JUSTIN JAQUITH

XOLO DÍAZ Y EL CORAZÓN DE MAMUT

nuna ediciones

Guadalajara, Mexico

Xolo Díaz y el Corazón de Mamut
© 2025 por Justin Jaquith

Publicado por Nuna Ediciones
Un sello de Grafo House Publishing
Guadalajara, México | Sheridan, Wyoming

ISBN   978-1-963127-04-1 tapa blanda
        978-1-963127-05-8 libro electrónico

Library of Congress Control Number: 2024905039

Diseño de portada: Edgar Pulido

Impreso en los Estados Unidos de América
28 27 26 25   1 2 3 4

Para Ángela, mi constante inspiración.

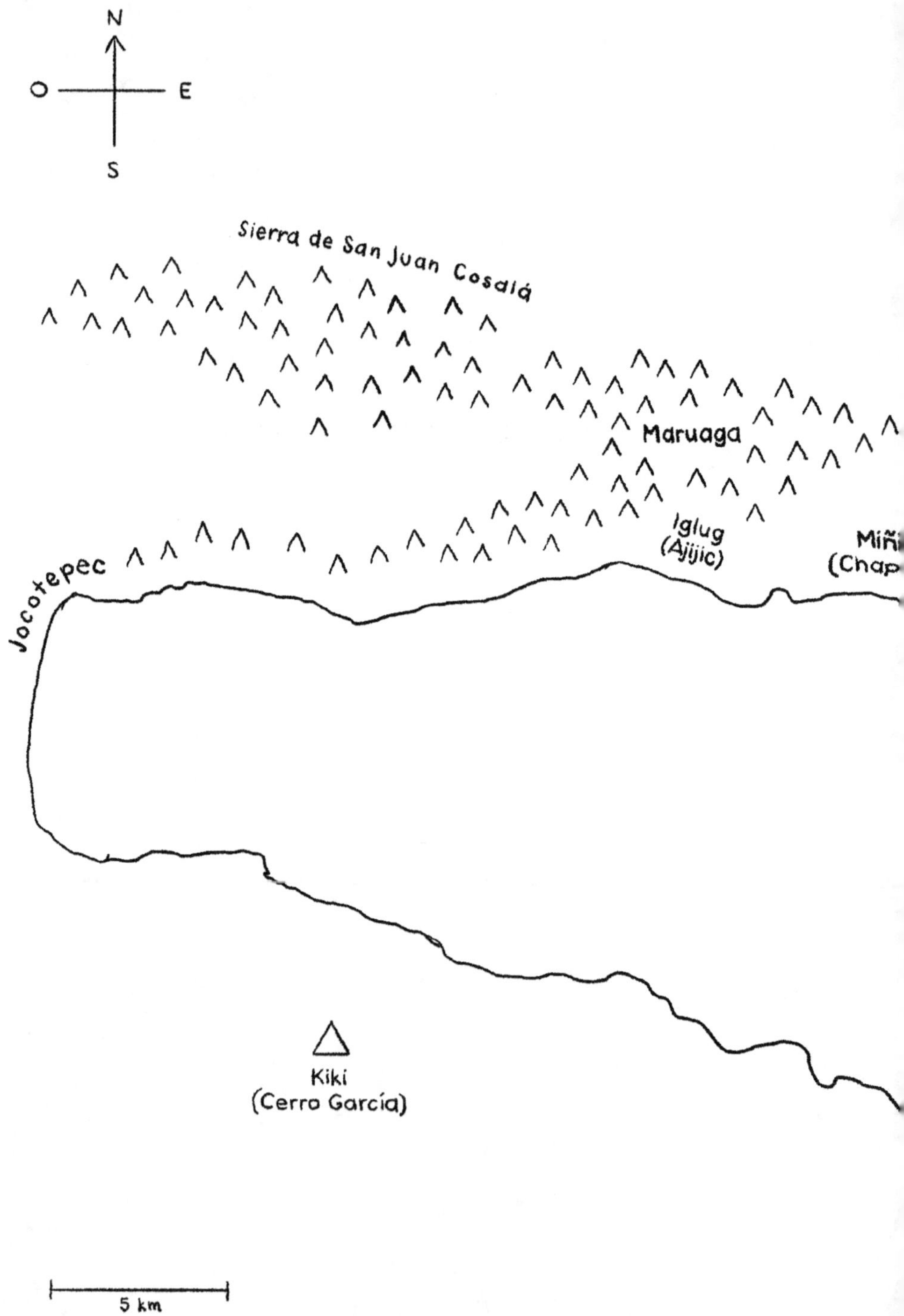

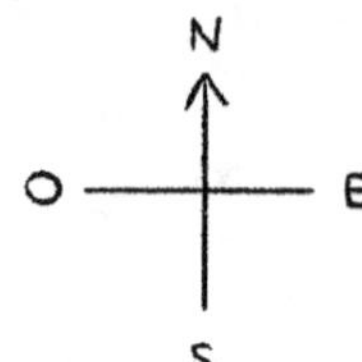

N
O
E
S
Sierra de San Juan Cosalá
Maruaga
Iglug
(Ajijic)
Miñ
(Chap
Jocotepec
Kiki
(Cerro García)
5 km

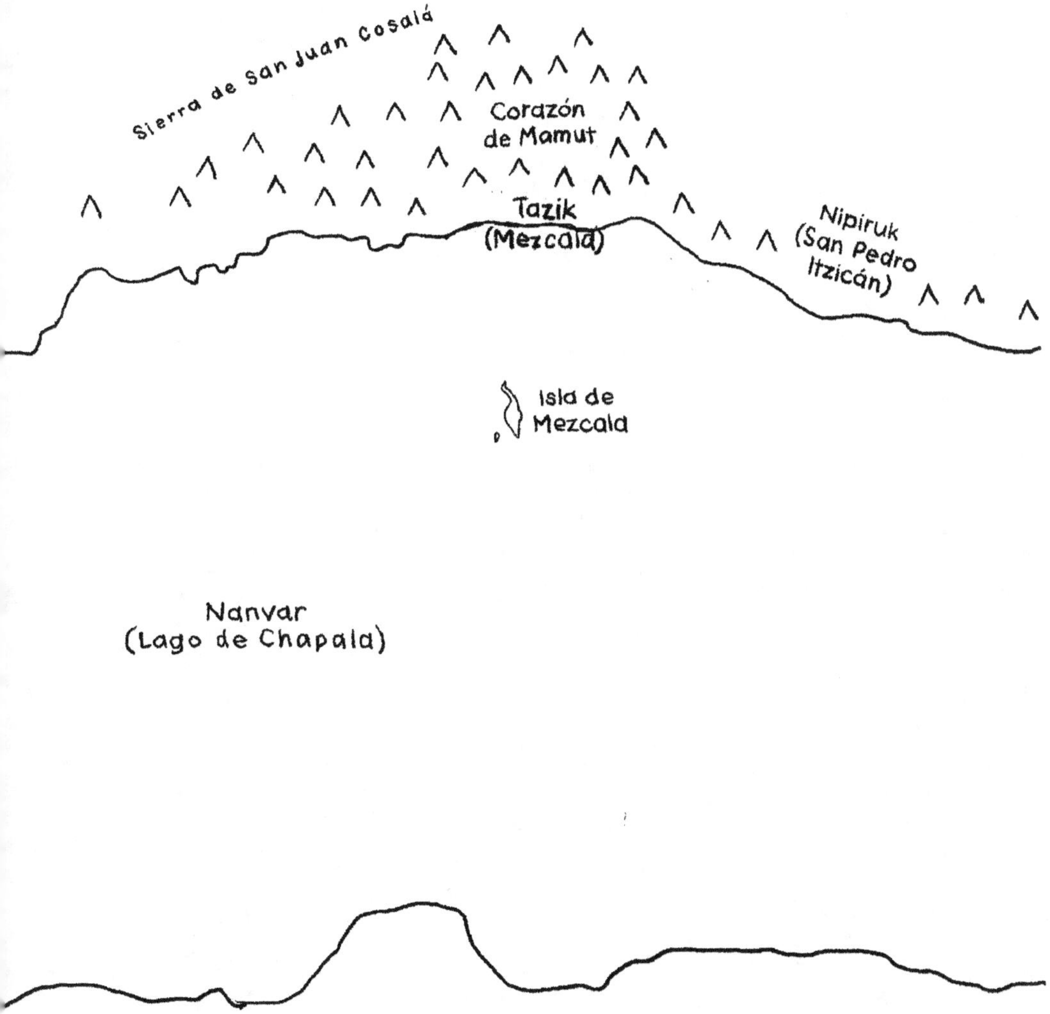

Sierra de San Juan Cosalá
Corazón de Mamut
Tazik
(Mezcala)
Nipiruk
(San Pedro Itzicán)
Isla de Mezcala
Nanvar
(Lago de Chapala)

ÍNDICE

capítulo uno

Casi nunca como carne de humanos

A las dos de la madrugada, vestido con pijama y cargando un bate de béisbol al hombro, Xolo Díaz descendió la colina bajo su casa en dirección al lago, buscando los ruidos que lo habían despertado. Los extraños sonidos crecían en volumen con cada paso: agua salpicando, bufidos esporádicos y, por encima de todo, un lento y escalofriante silbido que subía y bajaba, subía y bajaba, como si un fantasma roncara o un extraterrestre señalara a sus compañeros dónde aterrizar.

«Los fantasmas no existen, y mucho menos roncan —Xolo se aseguró—. Y si existieran extraterrestres, el pueblo de Mezcala sería el último lugar que visitarían».

Seguro era un animal. Pero ¿qué animal? Los cerdos de Doña Rosa no estarían en el agua a esta hora, ni los perros tampoco; además, su casa estaba más lejos. Xolo miró hacia abajo, pero los árboles y las plantas que tapizaban la colina no le permitían ver la orilla.

Uuh iiih uuuh iiihi. El silbido rítmico se escuchaba más fuerte ahora, y más desesperado.

Xolo levantó su mirada hacia el lago de Chapala, el más grande de México, que se extendía en todas direcciones ante sus ojos. El agua apenas estaba iluminada por la luz tenue de la luna llena. No alcanzaba a ver nada de la ribera opuesta del lago, a veinticinco kilómetros, salvo algunas luces minúsculas del pueblo de Tizapan, centelleando en la oscuridad. De ancho, el lago medía todavía más: unos treinta o cuarenta kilómetros en cada dirección.

Un viento súbito sopló. Olía a invierno. Noviembre ya se acababa, y pronto bajaría la temperatura.

Caminó cuesta abajo, pasando con cuidado entre árboles y enredaderas. Los últimos metros de la colina eran de roca desnuda y tierra seca, por lo que Xolo resbaló. Se detuvo justo antes de caer al lago, pero las pequeñas piedras que habían caído con él rodaron un par de veces y se clavaron en el agua como ranas sorprendidas.

Al instante, los extraños ruidos se detuvieron.

—¡Chin! —susurró.

Estaba a unos diez metros de la arboleda de donde habían emanado los sonidos. Esperó unos segundos y, de pronto, el silbido se escuchó de nuevo, una sirena misteriosa y penetrante en la oscuridad. Su corazón arrancó como la pequeña moto que manejaba a la escuela todos los días para llegar a clases.

Xolo se aferró al bate con más fuerza. Era lo primero que había encontrado para defenderse cuando salió de casa. «Ojalá yo fuera más atlético —pensó— o más peleonero». Era de estatura normal en comparación con otros chicos de su edad, delgado, de temperamento paciente y cuidadoso. Según su maestro de deportes, le hacía falta un «instinto asesino», lo cual era primordial si quería ganar en la cancha de fútbol. Xolo trató de explicar a dicho maestro que no le importaba mucho lo que sucediera en la cancha, y que, por supuesto, no tenía planes de asesinar a nadie nunca en la vida, pero el hombre solo sacudió la cabeza con frustración y lo puso a correr.

Xolo avanzó un metro. Luego otro, y otro más. Las salpicaduras y bufidos sonaban más urgentes ahora. Apresuró el paso. Tal vez algún animal estaba atascado en el lodo a la orilla del lago y necesitaba ayuda…o tal vez una criatura terrible lo esperaba para atacar. Qué espantoso pensamiento. Por un instante quiso darse por vencido y regresar a casa, donde vivía con su mamá a las afueras de Mezcala, pero le ganó la curiosidad sobre aquel extraño ruido.

Pasó entre los árboles y llegó a la ribera. No vio más que una pequeña rama redonda que sobresalía del agua a metro y medio de la orilla. De repente, la rama se movió, ondeando como en un saludo frenético. No era una rama. Xolo dio un salto de terror hacia atrás. ¡Una víbora!

Dos segundos después, volvió a dudar. ¿De verdad se trataba de una víbora? Porque las víboras tampoco roncan, y el silbido parecía provenir de dos hoyitos al final del extraño objeto.

Xolo extendió el bate de madera hacia la peculiar silueta que sobresalía del agua. Al instante de tocarlo, este se agitó, se dobló y se aferró al bate como si su vida dependiera de ello.

—¡Oye! ¡Suéltalo! —gritó Xolo, jalando con repentina desesperación. Por medio segundo, recordó la cara de su papá, sonriente, borrosa, una memoria feliz y desvanecida a la vez. El bate era suyo. Se fue de la casa cuando Xolo tenía nueve años y nunca regresó. Xolo no iba a dejar que ninguna rama, víbora, fantasma o extraterrestre se lo arrebatara.

Sin embargo, su sumergido contrincante estaba peleando con tanta fuerza que, por segunda vez esa noche, Xolo estuvo a punto de caerse al agua. Se sujetó con su brazo libre de un árbol a su lado, empotró ambas piernas entre las fisuras de la orilla rocosa, y jaló con toda su fuerza. El agua de la orilla comenzó a agitarse, bullendo y burbujeando como si mil peces pelearan bajo su superficie.

Algo grande estaba ahí. Algo que luchaba por emerger.

Justo cuando Xolo creía que iba a partirse en dos, sintió como la criatura atascada, apoyada por el bate, encontró tierra firme y se acercó a Xolo.

El tubo salió del agua primero, luego dos orejas, una frente, dos ojos enormes, y el resto del cuerpo de...

¿Un elefante?

Xolo soltó el bate, jadeando confundido. Ambos se quedaron mirándose por un instante. El animal era un bebé, pero aun los elefantes bebés son enormes. Éste medía más de un metro de alto; era gordo como un cerdo y extrañamente peludo. Xolo solamente había visto elefantes en el zoológico de Guadalajara, y nunca había estado tan cerca de uno, especialmente de uno así. ¿Qué clase de elefante tiene un pelaje más largo que el de un perro?

El animal cargaba el bate en su trompa como un beisbolista lanudo, pero a Xolo no le hizo ninguna gracia.

—¡Ey! ¡Dámelo!

Se acercó al elefante. El movimiento brusco espantó al pequeño paquidermo; este lanzó un barrito infantil y retrocedió temblando.

Xolo le arrebató el bate de la trompa y pasó a inspeccionar al animal. El pequeño estaba cubierto de lodo, mojado y tan indefenso que Xolo de pronto se arrepintió de su agresión. Puso el bate en el suelo y se agachó, con las palmas de las manos hacia arriba, cuidando de no espantarlo más.

—Lo siento, elefante. No te voy a lastimar. Nada más no quería que rompieras mi bate.

El animal estornudó, y un torrente de lodo y mocos elefantinos le rociaron la cara a Xolo.

—¡Oye! ¡Qué asco! —Se limpió la cara con la manga de sus pijamas—. Espero que al menos ya puedas respirar mejor.

Xolo extendió la mano y tocó la cabeza de la criatura, mirándola a los ojos. Al hacerlo, sintió algo inesperado en su interior. Era como la tristeza, pero más fuerte. Vio en los ojos amarillos del animal un dolor, una violencia, que no entendía pero que de alguna manera compartía. Qué extraña sensación.

Al instante, Xolo escuchó una voz que provenía del agua, furiosa y femenina.

—¡Oye tú! ¡No lo toques!

—¡Aaaay! —aulló Xolo en pánico repentino. Recogió el bate y se dirigió a la oscuridad—. ¿Quién anda ahí? ¿Qué quieres?

Entre las diminutas olas que lamían la orilla, una adolescente con una daga negra en su mano lo miraba fijamente. El agua le llegaba hasta la cintura. Al instante, a Xolo se le puso la piel de gallina.

La figura habló:

—Me llamo Ánaka. Y si vuelves a tocar a Baku, voy a matarte, destriparte y comerte de un bocado a la vez. ¿Me entiendes?

Ánaka salió del agua y caminó con pasos decididos hacia él, con el arma extendida al frente, su filo iluminado por la luz lunar. Xolo retrocedió con un sobresalto.

—Oye, ¡tranquila! Solo estaba tratando de ayudar. ¡No le voy a hacer nada! Le salvé la vida, ¿no viste?

—¿Cómo te llamas, niño? —Susurraba, pero con una intensidad que bien pudo haber sido un grito.

—Xolo. No me digas niño, niña. Tengo catorce años.

—Sssolo . . . Zzzolo . . . Xolo. —Le costó trabajo pronunciarlo, pero por fin lo logró—. ¿Qué haces aquí?

—Yo vivo aquí. Más bien, ¿ustedes qué hacen? ¿Por qué están jugando en el lago a esta hora? ¿Y por qué tienes un elefante como mascota?

—No es un elefante, menso. Es un mamut.

Se acercó a Xolo mientras hablaba. Era una niña tal vez de catorce años también, chaparrita y musculosa, morena, con una nariz chata y salvaje cabellera negra. Estaba vestida con una túnica rústica de cuero y llevaba botas del mismo material. Sus ojos eran grandes y brillantes con una mirada de peculiar potencia.

—¿Un mamut? —respondió Xolo. No se le ocurrió una pregunta más inteligente en el momento.

—¿Tienes algún problema con eso?

—Bueno . . . sí. No es posible. Los mamuts murieron hace miles de años. He visto imágenes de ellos en libros de ciencias, pero ya están extintos. Esto es un elefante, solo que es muy peludo.

—No sé qué sea un elefante, pero Baku es un mamut. ¡Hay mucho que no entiendes! —Ahora estaba gritando de verdad, y reforzaba sus gritos gesticulando con la daga.

—Sale, está bien, tranquila. Como tú digas. Es un mamut. Pero por favor no me apuñales con esa cosa, ¿va? Y baja la voz, o despertarás a mis vecinos, y los dos vamos a estar en problemas. Doña Rosa es más enojona que tú. ¿Por qué estás tan molesta conmigo? Deberías darme las gracias.

Ánaka bajó la daga. Su cara se relajó y, después de un momento, asintió con la cabeza.

—Tienes razón. Perdóname, Xolo. Hemos pasado tres días muy difíciles. Y para colmo, este gordito decidió atascarse en el lodo. No lo pude sacar sola por más que empujé. Creí que iba a morir. Me espanté mucho.

Se acercó a Xolo y puso una mano en su hombro, con la cara a unos cuantos centímetros de la suya. De repente, se paró sobre las puntas de sus pies y, antes de que él pudiera reaccionar, empujó su nariz y el labio superior contra la mejilla izquierda de Xolo. Se quedó así durante un par de largos e incómodos segundos, nariz con mejilla, inhalando profundamente, luego dijo:

—Gracias, Xolo. Acepta mi amistad.

—Eh… pues… claro. De nada… Amigos, ¿va?

Xolo estaba agradecido por la oscuridad que ocultaba lo rojo que se había puesto cuando la chica rara lo… ¿besó? No fue un beso. Pero sí fue una manera demasiado extraña de agradecer.

Ánaka dio un paso atrás y ahora Baku se acercó. Levantó su trompa y olfateó la cara de Xolo. Al instante Xolo volvió a detectar algo especial, una emoción que no podía describir. Muchas emociones, mejor dicho, pero entre ellas, una intensa gratitud.

—De nada, Baku —respondió Xolo, rascándole la cabeza—. Qué bueno que llegué a tiempo. Y que no rompiste mi bate.

—Xolo, ¿le acabas de entender a Baku? —preguntó Ánaka maravillada.

Ella se le quedó mirando unos instantes más, sin decir nada. Por fin, Xolo rompió el silencio.

—Oigan, ya es demasiado tarde. Tengo un montón de preguntas, pero mañana tengo que ir a clases o me las tendré que ver con mi mamá. ¿Tienen dónde dormir? ¿Tienen hambre?

—Hemos dormido aquí entre los árboles y comimos estas cosas verdes que crecen colgadas. ¿Cómo se llaman?

—Chayotes. Una verdura muy sembrada por aquí. Hay chayoteras por toda la zona.

—Baku solo come plantas, entonces él está feliz. Más gordo que nunca. Pero yo mataría por un poco de carne.

—Me di cuenta cuando dijiste que me querías destripar y comer un bocado a la vez.

Ánaka se rio.

—Ya te pedí perdón por eso. Es que, si algo le hubiera pasado a Baku, no me lo perdonaría. Ha sufrido mucho. Pero tú no te preocupes, Xolo. No te voy a hacer nada. Casi nunca como carne de humanos.

Seguro estaba bromeando. Bueno, casi seguro. Xolo señaló con un gesto a su hogar cuesta arriba y dijo:

—Hay comida en mi casa y tenemos un cuarto extra. Solo no despierten a mi mamá. Es directora de la escuela y entra a trabajar súper temprano. Vámonos.

Ánaka tomó una bolsa de piel que colgaba de un árbol, y ella y Baku le siguieron subiendo por la ladera.

La casa era de dos pisos, sencilla, pero acogedora; con macetas repletas de flores alrededor de la entrada. Sin querer, Baku tiró una maceta y aplastó otra, luego estornudó de nuevo. Xolo estaba seguro de que su mamá se despertaría, pero afortunadamente no sucedió.

—Quédense aquí, voy por unas toallas para que se limpien un poco. Si meten tanto lodo a la casa, no me hago responsable de lo que suceda.

Trajo toallas, y Ánaka se secó, luego hizo lo mejor que pudo para limpiar a Baku. Xolo los llevó a una habitación pequeña en el segundo piso.

—Pueden dormir aquí. Es el cuarto de mi hermana Xóchitl, pero está haciendo su carrera en ciencias en la Universidad de Guadalajara, y solamente viene los fines de semana. Ahorita te busco algo de comer.

Bajó a la cocina y sacó un plato con carne asada del refrigerador. Qué locura todo esto. ¿De verdad estaba dando de cenar a una niña fantástica, con una mascota todavía más fantástica, a esta hora adentro de su casa? Sacudió la cabeza. No sabía qué pensar.

Llevó la carne al cuarto, con tortillas, salsa y cubiertos. Cuando entró, Ánaka le arrebató del plato el pedazo completo de carne y se lo llevó a la boca.

—Provecho—dijo Xolo con ironía—. ¿No quieres el tenedor?

—¿Qué es un tenedor?

Treinta segundos después, Ánaka había dejado el plato limpio. Se chupó los dedos, eructó con obvio placer y anunció:

—Xolo, mañana tenemos mucho que hacer. Necesito tu ayuda.

—Mañana tengo que ir a la escuela, ya te lo había dicho.

—¿Qué es una escuela?

—Mmm… un lugar donde nos enseñan cosas. Bueno, eso intentan. ¿Cómo no sabes eso?

Ánaka no contestó la pregunta. Estaba concentrada en un mapa en la pared cubierto de líneas aparentemente caprichosas e irregulares.

—¿Qué es eso?

—Es un mapa geológico. Mi hermana es aún más ñoña que yo.

—No, ¿qué es esta mancha aquí? —Se acercó y señaló con el dedo un conjunto de cerros justo al norte de Mezcala.

—Pues, lo llamamos el Cerro de Mezcala. Es parte de una cordillera que bordea este lado del lago de Chapala que se llama la Sierra de San Juan Cosalá.

Ánaka no respondió. Solo trazó con su dedo las líneas que representaban a la sierra, perdida en sus pensamientos. Xolo la observó. Se veía triste, o tal vez preocupada.

—¿Por qué lo preguntas? —preguntó Xolo.

—Allí es el Corazón de Mamut. —Ella pronunció el nombre con reverencia, como si fuera un lugar sagrado.

—El Corazón de… ¿Mamut? ¿Qué es eso? ¿Es importante?

—Más de lo que te imaginas. Mañana te cuento más. Quiero dormir.

—Tienes razón. Es muy tarde. Y tengo que levantarme en —revisó su reloj— cuatro horas. Qué emocionante…

Baku ya estaba tirado en el piso, roncando, con sus patas, trompa y cola extendidas en seis direcciones distintas. Ánaka jaló las cobijas de la cama, se acostó en el piso al lado del mamut y cerró los ojos.

—Es muy molesta esa lumbre en el techo —murmuró ella.

—¿La luz? Ahorita la apago. Oye, ¿no quieres dormir en la cama? Pero Ánaka ya estaba haciendo un dueto de ronquidos con Baku.

—Descansen —Xolo apagó la luz y cerró la puerta.

capítulo dos

Siempre escoges la violencia

El despertador sonó a las siete de la mañana y, después de un breve quejido, Xolo lo apagó. Sentía que no había dormido casi nada. Justo cuando estaba por sentarse en la cama, algo caliente y peludo acarició su mejilla.

—¡Ahhh! —Con un grito de miedo saltó al piso, donde se tropezó con un mini elefante. Baku estaba al lado de la cama, mirándolo con ojos enormes.

Entonces, no había sido un sueño. Examinó a Baku en la luz matutina. Sí se parecía a un mamut bebé, o al menos a como Xolo se imaginaba que podría lucir uno, basándose en las imágenes que conocía. El único detalle es que no era muy peludo, probablemente porque no estaban en Siberia. Y tenía colmillos muy pequeños, de unos quince centímetros por mucho, probablemente porque era un bebé. Pero…¿un mamut en Mezcala? Imposible.

Su mamá ya había salido, como siempre, bastante temprano. Xolo caminó a la habitación de su hermana. La puerta estaba entreabierta.

—¿Ánaka?

—¡Jjasss! —Un aullido aterrador provino del interior.

—¡Ánaka! ¿Estás bien?

Justo en ese momento, un gato de rayas naranjas y blancas emergió de la habitación con una mirada de satisfacción. Era Gus. Había vivido con ellos durante años, desde que era un pequeño gatito y Xolo lo rescató de un perro que lo estaba atacando en la calle. La mayor parte del día Gus la pasaba dormido y, el resto, comiendo.

—¿Por qué tienes ese animal aquí? —La voz afligida de Ánaka escapaba por la puerta—. Te juro que si se me acerca de nuevo, lo voy a matar, a destripar y a…

—¿Comer a bocados? ¿Por qué siempre escoges la violencia? —respondió Xolo—. ¿Puedo pasar?

—Sí.

Ánaka estaba de cuclillas sobre el ropero, daga en mano, sus ojos clavados en la puerta. ¿Había brincado hasta ahí? De verdad era atlética. En la luz blanca que entraba por la ventana, relucían todavía más los músculos de sus brazos y piernas. Hizo nota mental de nunca pelear con ella. Lo vencería en diez segundos.

—Ya bájate, Ánaka. Es solo Gus, mi gato. No te va a lastimar.

—Jamás había visto un gato tan pequeño. —Ánaka brincó al piso—. Pero todos son traicioneros, Xolo. Vas a ver. ¿Ahora tienes que ir a tu… escuela?

—Después de desayunar. ¿Tienes hambre?

Bajaron a la cocina. Baku salió por la puerta de atrás y felizmente comenzó a devorar la vegetación del cerro que colindaba con la casa.

—Xo-lo… —dijo Ánaka, pronunciando con curiosidad el nombre—. Nunca había escuchado ese nombre.

—En realidad me llamo Xólotl. Así se llamaba el dios del inframundo de los aztecas, y a mi papá le encantaba su mitología. Por desgracia, xolo también es una raza de perros, los famosos xoloitzcuintles, así que imagínate cómo se burlan de mí.

—¿Qué es un perro?

—Eh… como un lobo muy pequeño.

—Entonces deberías estar orgulloso. Son feroces y valientes, y aman a su manada.

Xolo asintió con la cabeza, sin mencionar que el xoloitzcuintle es un perrito pequeño, pelón y medio feo.

Mientras Xolo preparaba el desayuno, comenzó el interrogatorio.

—Ánaka, ¿qué onda contigo? ¿De dónde vienes, cómo llegaste aquí, y qué haces con un elefa… con un mamut?

Ánaka no respondió. Xolo estudió su cara. Había algo escondido detrás de sus ojos marrones. Temor, tal vez, o coraje. No, era preocupación. Por eso se frotaba los dedos y se veía tan asustada.

Por fin ella respondió:

—Quiero contarte algo muy…serio. Incluso peligroso. No se lo puedes decir a nadie porque no sé en quién confiar aquí.

—¿Y confías en mí? Ni me conoces.

—Ya nos ayudaste una vez. Y más importante, Baku te tiene confianza, y los mamuts no se equivocan.

Xolo se sintió halagado, aunque trató de disimularlo.

—No tengo amigos. ¿A quién se lo voy a contar? Sí, puedes confiar en mí. —Colocó un plato de huevos con jamón frente a Ánaka, junto con tortillas, y se sentó a la mesa—. Adelante. Provecho.

—Gracias. —Ánaka se veía un poco confundida con el desayuno. Finalmente agarró un puñado de huevo y se lo llevó a la boca—. Es que, vengo de otro…lado.

—Ya me di cuenta de eso. Pero ubicaste el cerro. Conoces el lago. ¿Cómo?

—Bueno, no vengo de otro lado, precisamente... Vengo de otro... tiempo. Otra época. Tengo que encontrar el amuleto de Uyak y regresar antes de que nuestros enemigos ataquen y maten a mi familia y mi tribu, los Tazik.

Xolo se quedó mirando a Ánaka, parpadeando y boquiabierto, su desayuno olvidado.

—¡Xolo! —dijo ella casi gritado.

—¡¿Qué?!

—¿Me escuchaste?

—Sí, pero no te entendí nada. ¿Cómo que vienes de otra época? ¿Viajaste en el tiempo? Eso no es real.

Ánaka cruzó sus brazos y respondió impaciente:

—No lo puedo explicar tampoco. Mira, yo vivo aquí, igual que tú, pero en mi época, hace más frío, y hay mamuts, gatos dientes de sable y otros animales que ustedes no tienen. Es el mismo lugar, pero no el mismo periodo de tiempo. ¿Por qué crees que tengo un mamut?

Xolo echó un vistazo por la puerta de atrás. El pequeño mamut seguía engullendo plantas como si llevara una semana sin comer. Tenía razón. Baku no era fácil de explicar.

Volvió a mirar a Ánaka. —Pero… ¿cómo llegaste aquí?

—El Corazón de Mamut. Es una cueva en el cerro de Mezcala que conecta mi tiempo con el tuyo.

—¿Una cueva mágica te trajo? —respondió con un matiz nada sutil de sarcasmo, cruzando también los brazos.

Ánaka se levantó de la mesa y comenzó a caminar en círculos por el comedor, su expresión concentrada, urgente. Acompañaba sus palabras con gestos intensos.

—¡No es magia! Es… conexión. Todo está conectado. La tierra, el lago, el cielo, los animales, tú y yo.. Y por alguna razón, tu tiempo y el mío también lo están. Mi papá me dijo que es como dos ríos que corren en paralelo, y aquí pasan tan cerca que se puede cruzar de uno a otro. Solo que el Corazón de Mamut casi no deja a nadie pasar. A mí sí me dejó, entonces me toca salvar a mi tribu. ¿Entiendes todo eso?

—No entiendo nada de eso.

Ella dejó de caminar y suspiró exasperada.

—No importa. Lo importante es encontrar el amuleto de Uyak. Si no regreso a tiempo con él, los Máruag van a matar a todos.

—¿Y los Máruag son…?

—Una banda de guerreros, o mejor dicho asesinos, que quieren controlar todo Nanvar. El gran lago. —Señaló al lago de Chapala, visible desde la ventana de la cocina—. Nos dijeron que tenemos que rendirnos antes de la luna llena y ser sus esclavos, o nos matan a todos. En mi mundo, la luna llena es en nueve días. ¡Nueve días! Ya lo han hecho con otros, Xolo. Nadie los ha podido resistir.

Ánaka lucía realmente desesperada. Su tono era una mezcla de dolor y furia, como si quisiera llorar y pelear al mismo tiempo.

Xolo sacudió lentamente la cabeza, sintiéndose de repente cansado y muy confundido. Quizás estaba en uno de esos sueños molestos donde te despiertas, te preparas para ir a la escuela…y luego te despiertas de verdad, y te das cuenta de que todo fue un sueño y debes hacerlo de nuevo. Odiaba esos sueños.

Se dio un pequeño manotazo en la mejilla para checar. Le dolió. No estaba soñando.

—¿Qué haces, Xolo? ¿Por qué haces eso? —preguntó Ánaka, sentándose de nuevo en la mesa.

No contestó la pregunta, se limitó a sobarse y preguntó con resignación:

—¿Y el amuleto? ¿Qué es eso?

—Es como un punto de conexión con los mamuts. Es una voz que les avisa que los humanos estamos en peligro. Después ellos decidirán si ayudarnos o no.

Xolo se quedó callado de nuevo. Si todo esto no era un sueño, tenía que ser era una broma, como esos programas de televisión de cámara escondida que le gustaban a su mamá.

—A ver, Ánaka. ¿Un amuleto mágico llama a una manada de mamuts? Suena a chiste. No puedes estar hablando en serio.

—¡No es una broma! —exclamó Ánaka, golpeando la mesa con ambos puños.

Xolo brincó, sorprendido por su intensidad, y se quedó en silencio. Baku entró y acarició el brazo de Ánaka con la trompa mientras Xolo pensaba.

¿Viajar en el tiempo? Hace unas horas, hubiera dicho que era imposible. Pero la ropa de piel, la daga, su forma de actuar y, sobre todo, un mamut en vivo…

Finalmente, Xolo respondió:

—Mira. Supongamos que estás diciendo la verdad. Una locura total, lo sé, pero digamos que es cierto. Entonces, ¿qué quieres de mí? Todo esto suena muy…muy… peligroso.

—Por supuesto que es peligroso. Es un asunto de vida o muerte. Necesito ayuda porque llevo tres días buscando el amuleto y no tengo ni idea de dónde está. —Ella volvió a azotar la mesa, ahora en frustración.

—Si tú no sabes, ¡yo menos! —protestó Xolo—. Tengo que ir a la escuela. Lo siento, Ánaka. Mucha suerte en tu búsqueda.

Ánaka se levantó, sus ojos brillando en la luz matutina, su rostro resuelto. Parecía una guerrera de la antigüedad. A Xolo no le costaba imaginársela lanza en mano, montada sobre un mamut y dirigiendo una batalla…

Él sacudió la cabeza de nuevo. No, era una chica de procedencia dudosa, diciendo locuras imposibles en su comedor. Necesitaba ayuda, no contra invasores quiméricos, sino con su salud mental. Pero, ¿y el mamut? Tal vez era un elefante con alguna mutación que escapó de un circo o de algún laboratorio…

—Toca la cabeza de Baku —le ordenó Ánaka con firmeza y a la vez suavidad.

Baku contemplaba a Xolo con ojos expresivos, como si le rogara que le pusiera atención. Vaciló unos segundos, luego puso su mano sobre la cabeza peluda y marrón del mamut. Al instante, sintió la tristeza y violencia que había percibido junto al lago. Era tan doloroso que empezó a retirar la mano.

—No quites tu mano, Xolo. Espera.

Esperó. Las emociones ahora eran colores, o tal vez sonidos; no podía distinguir. Las podía casi tocar, oler, saborear. De repente, sus cinco sentidos se consolidaron en una imagen: una mamut yacía de lado en un bosque, agonizando, la tierra y el pasto empapados de sangre carmesí. A su lado, Baku lloraba con un pánico desgarrador mientras la empujaba y acariciaba con su trompa. En la distancia, hombres con lanzas que brillaban como diamantes de muerte les gritaban.

Más fuerte que la imagen, mil veces más fuerte, eran las emociones que recorrían su interior como lava ardiente. Sentimientos que se mezclaban, se separaban, se volvían a unir. Seguridad y ternura, confusión y terror, y finalmente un luto tan agudo que por un instante creyó que una lanza había perforado su propio pecho. Sintió lágrimas calientes recorrer sus mejillas.

Impulsivamente, abrazó a Baku, mejilla con mejilla, inhalando y exhalando, oliendo su tristeza y respirando compasión.

Ánaka puso la mano en el brazo de Xolo. Él volvió en sí y se sentó, no tenía palabras, estaba muy conmovido. Sin soltarle el brazo, Ánaka le preguntó: —Viste algo, ¿verdad?

Xolo asintió con la cabeza. Ánaka puso sus manos en los hombros de él y le miró detenidamente.

—Lo vi en ti anoche, Xolo. —Su voz estaba extrañamente cargada de emoción—. Muy pocos pueden escuchar a los mamuts. Por eso supe que me puedes ayudar. El Corazón de Mamut te escogió.

Atónito, Xolo apenas logró contestar:

—Pero…¿qué fue eso? O sea, vi cuando mataron a la mamá de Baku. Estuvo terrible. Pero ¿qué sentí? ¿Y por qué fue tan…tan fuerte? ¿Tan real?

—Sentiste lo que los mamuts sienten. Te conectaste con él, como ellos hacen con todos. Tienen un sentido que nosotros no tenemos, o que tal vez nunca supimos desarrollar. Baku percibe lo que estás sintiendo. Es como oler, pero para las emociones.

—¿Y los que mataron a su mamá? ¿Fueron los…?

—Máruag. Sí. No está permitido matar a una hembra con cría. De hecho, casi no cazamos a los mamuts porque es muy difícil y peligroso. Pero los Máruag tienen armas que nosotros no tenemos, y no respetan el orden de la naturaleza. Yo le salvé la vida, enseñándole a comer plantas.

Para Xolo, ya no cabía duda: la historia de Ánaka era verídica. No podía explicarlo, pero ya no era necesario. Solo tenía que sentirlo. La comprensión le hizo sentir inquieto, nervioso.

—Todo esto es tan raro, Ánaka. No sé…no sé qué puedo hacer yo.

—Solo ayúdame a buscar el amuleto. Luego Baku y yo regresaremos a mi tiempo, yo me encargo de llamar a los mamuts, y así nos podemos defender contra los Máruag. Es un plan muy sencillo.

—Ah sí, claro, muy sencillo —respondió Xolo—. Y este amuleto… ¿cómo es?

Ánaka se quitó una pulsera de su antebrazo y se la mostró.

—Está hecho de marfil, como mi pulsera, pero es un collar en forma de hacha. Tampoco lo he visto nunca.

Xolo tomó la pulsera en sus manos. Al instante sintió una leve descarga en sus dedos, como de electricidad estática.

—¡Auch! —exclamó sorprendido, agitando la mano.

El marfil era más ligero de lo que Xolo hubiera esperado, suave y lustroso, de un color blanco hueso, con figuras de animales grabadas alrededor. Líneas rojas hacían espirales entre el blanco, como si algún material desconocido se hubiera fusionado con el marfil.

—Está hermosa —murmuró Xolo en admiración.

—Sí, pero, más que hermosa, es útil. ¿Cómo crees que nos estamos entendiendo?

—¿Cómo?

—¿Crees que hablamos el mismo idioma?

Xolo no lo había pensado.

—Pues…supongo que no. El español viene de Europa. Entonces… ¿la pulsera es mágica? —No creía en la magia, pero tampoco había creído en viajes por el tiempo, ni en mamuts vivos, ni en sextos sentidos que te hicieran llorar.

—No. Funciona gracias a ellos. —Señaló a Baku—. Este material rojo lo llamamos kiliak. Viene de los mamuts; es un órgano detrás del cerebro que usan para percibir las emociones de otros.

Un poco nervioso, Xolo tocó el kiliak que corría como venas por el marfil. Quizás era su imaginación, pero otra vez sintió algo parecido a electricidad correr de la pulsera a sus dedos. Se la devolvió a Ánaka. No quería más experiencias raras por hoy. Ni siquiera eran las ocho de la mañana.

Ánaka continuó:

—La pulsera es un «piku». Son objetos…especiales. Todos son diferentes y tienen usos distintos. Para ser honesta, no tengo idea cómo funcionan. Pero no es magia, solo es una conexión con la naturaleza. Este piku fue hecho por Uyak, una persona buena para inventar cosas. Él se la regaló a mi papá.

—¿Entonces tu papá sabe que estás aquí? ¿Te dejó viajar sola?

—Pues…seguramente ya lo sabe. —Esbozó una sonrisa culpable—. Pero no me «permitió» viajar. El viaje fue algo espontáneo, digamos.

—¿Espontáneo? —Xolo la miró incrédulo—. ¿A quién se le ocurre viajar espontáneamente por el tiempo?

—Pues ¿a mí? —Sonrió de nuevo—. Es que mi papá trató de hacerlo, pero no pudo. Él creía que la pulsera le ayudaría a cruzar. Pero el Corazón de Mamut no le dejó pasar. Entonces esa noche yo tomé prestada la pulsera mientras él dormía, y fui temprano en la mañana con Baku, nada más para ver si el paso se abriría para mí o no, y…

—El Corazón de Mamut te dejó cruzar.

Ella asintió con la cabeza. Xolo iba a hacer otra pregunta cuando de repente Gus saltó a la mesa.

—¡Jjjasss! —Ánaka tiró su silla y escapó por la puerta del jardín. Xolo se rio a carcajadas.

—Gus solo vino a pedir comida, cobarde. No a comerte.

Ánaka entró de nuevo, daga en mano.

—Tú cállate. Ya tienes que irte, ¿no?

—¡Chin! —respondió, revisando la hora—. Voy a llegar tarde otra vez. Oye, ¿nos vemos en el lago en la tarde? El mismo lugar.

—Sí, está bien. Mientras, voy a seguir buscando el amuleto.

—Oye, ¿puedo tomar fotos de tu pulsera?

—¿Qué son fotos?

—Te enseño. Esto te va a gustar. —Xolo sacó su celular, tomó algunas fotos y se las mostró a Ánaka.

—¿Qué magia es esto? —exclamó Ánaka, alarmada. Trató de agarrar la imagen y suspiró con miedo al sentir la pantalla rígida y plana bajo sus dedos. —Xolo, si algo le hiciste a mi pulsera, te juro, te voy a…

—Otra vez con tus amenazas, Ánaka. Estoy empezando a pensar que no eres capaz de destripar a nadie. Pero no, no es magia. Aquí también somos buenos para inventar cosas. Aunque, igual que tú, no tengo idea cómo funciona. Lo que tengo son solo imágenes…como pinturas. Mira, aquí está tu pulsera.

Xolo se agachó y acarició la cabeza de Baku. Esta vez no sintió nada fuera de lo normal: solo mucho pelo y algunos restos de lodo del incidente de la madrugada. Quizás Baku ya le había dicho todo. El mamut se echó de espaldas para que Xolo le rascara la panza como cualquier cachorro, y él accedió con una sonrisa.

—Nos vemos al rato, Baku. Pero por favor, no te vayas a meter al agua, ¿va?

Xolo agarró su mochila. En la puerta, se detuvo. ¿Y si faltaba a la escuela hoy?

No, su mamá se daría cuenta. Desde la ventana de su oficina podía ver el salón de clases, y siempre lo esperaba. Además, el maestro de la primera hora era el más serio y regañón de todos: el director de ciencias, Dr. José Félix de la Cruz, quien siempre presumía de su doctorado en arqueología.

Arqueología…Xolo rumió por un segundo, luego volteó hacia Ánaka con una sonrisa.

—Ya sé por dónde empezar.

capítulo tres

Por eso no tienes amigos

En menos de diez minutos, Xolo estaba estacionando su moto dentro de la Escuela Preparatoria Regional de Chapala Módulo Mezcala, como anunciaba un letrero descolorido por el sol. Al llegar al salón, el profesor ya había iniciado la clase.

Xolo entró con la cabeza agachada y la mirada desviada, ignorando las caras curiosas de sus compañeros, y tomó su asiento en medio del aula. Aunque generalmente le fascinaban las ciencias, hoy no podía dejar de pensar en Ánaka, Baku y su extraña búsqueda.

—Oye, ¡güey!

El susurro poco discreto provenía del asiento detrás de Xolo. Era Charal, el chico que más lo molestaba. Se llamaba Charly, pero todos le decían Charal, como el pececito plateado que abundaba en el lago de Chapala. Al igual que el pez, Charal era pequeño y flaco, con ojos grandes y saltones, y no dejaba de moverse.

Xolo no le hizo caso.

—¡Güey! ¡Oye! —repitió Charal con voz más fuerte.

Otros alumnos estaban mirando ahora, y Charal no lo iba a dejar en paz. Xolo giró la cabeza para ver qué quería. *¡Pum!* Un pedazo de chicle baboso se impactó en su mejilla y bajó rodando por su cara. Las dos filas de atrás se rieron, y el profesor Félix interrumpió la lección.

—Chicos, o prestan atención o se salen de mi clase. ¿Entendido?

—Sí, profe —respondió Charal —. Justo eso le decía a Xolo, que pusiera atención porque llegó tarde.

El profesor continuó con la clase y Xolo cruzó sus brazos, intentando olvidar que durante casi medio año escolar había hecho exactamente cero amigos. Sus compañeros no lo odiaban; peor aún, lo ignoraban. Era el alumno nuevo, el bicho raro de Poncitlán, el más pequeño de su salón y, además, el hijo de Miss Mari, la directora. Por si fuera poco: muy nerd, según Charal y, por consiguiente, también para todos los demás.

No había querido mudarse a Mezcala. Estaba contento en Poncitlán, la cabecera municipal. No entendía por qué su mamá había aceptado el puesto. Solo porque aquí nació y, según ella, ser directora era un cargo importante que le permitiría ayudar a muchos niños.

La clase terminó y Xolo se acercó al profesor Félix, que corregía exámenes en su escritorio. Era un hombre de cuarenta años, alto y delgado, de tez blanca y rasgos europeos. Según la mamá de Xolo, era el maestro más capacitado de la escuela, quizás de todo el distrito escolar. Había estudiado su doctorado en la UNAM, en la Ciudad de México, y todos se sorprendieron cuando se ofreció a enseñar ciencias en una preparatoria tan pequeña.

—Perdón por llegar tarde, profe, y por tanto escándalo hace ratito.

—No te preocupes, Xolo —dijo Félix, serio mas no enojado—. Llevo muchos años siendo maestro. Vi todo lo que pasó. Si quieres, hablaré con Charal.

—Gracias, profe, pero no es necesario. Solo me metería en más problemas. ¿Puedo hacerle una pregunta?

—¿Sobre los cambios químicos en la goma de mascar al mezclarse con la saliva?

—Eh, no, qué asco. —dijo Xolo haciendo una mueca de náusea—. Sobre los mamuts.

—¿Los mamuts? —El profesor apartó los exámenes y se inclinó hacia adelante.

—Sí. ¿Podría haber mamuts en esta zona?

—Pues, hoy en día no. Aparte de estar extintos, el clima es bastante caluroso y la vegetación es muy distinta a la que existía aquí antes. Hace más de ocho mil años que no hay mamuts en Mezcala.

—¿Pero entonces sí los había?

—Sí, por supuesto. Durante cientos de miles de años, de hecho. Además, había mastodontes, y gonfoterios, que son parecidos a los mamuts pero un poco más pequeños. Y también gatos dientes de sable, armadillos gigantes, perezosos gigantes, osos, camellos y muchos animales más.

Xolo sacó su celular y mostró una foto de la pulsera al profesor.

—¿Ha visto algo así? ¿Tal vez en algún museo?

—A ver. —Félix se puso sus lentes y tomó el celular. De pronto inhaló fuerte, y su mirada se volvió intensa. Tras unos segundos de silencio, negó con la cabeza—. No, nunca. ¿Dónde conseguiste esa foto?

—Yo la tomé.

Los ojos del profesor se abrieron de sorpresa.

—¿Entonces tienes la pulsera? Me encantaría verla.

Xolo no sabía qué hacer. El secreto pertenecía a Ánaka, no a él. Sin embargo, con su conocimiento arqueológico, el maestro era la persona más adecuada para ayudar. Respondió con cautela:

—No la tengo. Es de una amiga, y no creo que me la vaya a prestar. Nada más quería saber si usted conocía otro amuleto de marfil similar a este, pero en forma de hacha. Mi amiga lo está buscando.

El profesor comenzó a caminar de un lado a otro, sumergido en sus pensamientos. Incluso parecía nervioso por alguna razón.

—Mira, Xolo, conozco a alguien, un amigo mío, que encontró fósiles de mamut y mastodonte en el lago de Chapala cuando el nivel del agua bajó mucho hace décadas. Ha recolectado muchos objetos antiguos, incluyendo otros fósiles. De hecho, abrió un museo en el centro para los turistas que visitan la Isla de Mezcala. ¿Nunca has ido? Estoy seguro de que a mi amigo le interesaría mucho ver esa pulsera.

—Ni siquiera sabía que existía un museo.

—Yo te llevo. Hoy mismo, si quieres. Está cerrado al público los lunes, pero él me dará acceso. Y puedes invitar a tu amiga.

—¿En serio? ¡Mil gracias, profe!

—¿Te parece si nos vemos en el malecón a las cinco? —preguntó el maestro con una sonrisa—. Y recuerda decirle a tu amiga que lleve la pulsera.

—¡Súper! Va. Ahí le busco entonces. ¡Gracias!

El resto del día pasó demasiado lento. Xolo no podía concentrarse en nada. En cuanto terminó la última clase, casi corrió hacia el estacionamiento.

—¡Xolo! Espérate, güey. —La voz desagradable de Charal lo detuvo—. ¿A dónde vas con tanta prisa?

—¿Qué te importa? Déjame en paz.

—¿Qué dijiste? —Charal se acercó y bloqueó su camino—. Por eso no tienes amigos. Por grosero. Bueno, y por nerd. —Se rio y lo empujó.

Xolo no respondió. Charal quería discutir, pero Xolo no tenía ni ganas ni tiempo para eso. Se dirigió al estacionamiento. Charal lo persiguió, buscando molestarlo burlándose más de él.

Xolo subió a su moto y arrancó con suficiente velocidad para dejar a Charal tosiendo en una nube de polvo. Sonrió para sí mismo. Mañana pagaría por eso, pero había valido la pena.

Dejó su moto y mochila en casa. Su mamá tenía una reunión en la escuela y llegaría tarde. No quería perder tiempo comiendo, así que tomó unas galletas y salió casi corriendo hacia el lago.

Los únicos sonidos eran el zumbido constante de insectos y las pequeñas olas de la ribera. Descendió la colina bajo la sombra de matas y viñas de chayote que trepaban sobre largos alambres. Siempre le había gustado caminar entre los ramajes de las chayoteras. Era un santuario verde y vivo con piso de piedras y techo de plantas serpentinas.

Al acercarse a la arboleda donde había rescatado a Baku, olió algo delicioso, como carne asada, y vio columnas de humo entre los árboles.

—¿Ánaka?

—¡Xolo! Justo a tiempo. ¿Tienes hambre?

Sobre una pequeña fogata dentro de un círculo de piedras, Ánaka estaba asando... ¿un pollo?

—Ánaka, ¿dónde conseguiste eso? —preguntó Xolo, incrédulo.

—Lo atrapé, lo maté, lo destripé y... ya sabes. Vamos a comerlo a bocados.

Xolo se sentó en una piedra grande.

—Estás loca, ¿lo sabías? Pero huele rico y tengo hambre, entonces acepto la invitación. ¿Dónde está Baku?

Ánaka señaló hacia atrás.

—Ahí, comiendo chayote, por supuesto.

—¿Encontraste el amuleto? ¿O alguna pista?

—No, nada. Ya no sé qué hacer, Xolo.

—Descubrí algo que tal vez nos pueda servir —respondió él entre bocados de pollo—. Hay un museo aquí que tiene huesos y dientes de animales de tu época.

—¿Qué es un museo?

—Es un lugar donde se coleccionan cosas, y la gente va a mirarlas y a aprender.

—¿Y coleccionan huesos y dientes? Qué morboso, ¿no crees? Mira, aquí tengo huesos de pollo, por si quieren añadirlos a su colección.

—Sería mejor no decirle a nadie que mataste un pollo, Ánaka. Seguramente era de Doña Rosa y ella es muy…especial. Los museos no coleccionan cualquier cosa, solamente lo antiguo o lo raro. Aquí, los huesos de mamut son raros porque están extintos desde hace miles de años —miró alrededor—. No se lo digas a Baku.

—Sé que están extintos en tu tiempo. Es muy triste. Los mamuts son animales increíbles —Ánaka tomó otro trozo de pollo—. Pero, si alguna vez tienes la oportunidad de probarlas, las costillas de mamut son deliciosas. Tampoco se lo digas a Baku.

—Ánaka, hablo en serio. Encontraron huesos de mamut aquí, en el lago.

—Pobre animal, tal vez le pasó lo mismo que a Baku, pero nadie lo rescató. Pero ¿de qué nos sirve? Un mamut que murió hace quién sabe cuánto tiempo no nos puede ayudar.

—Tal vez no es nada. Pero voy a platicar con el conservador del museo hoy para ver si encontró algo más en el sitio. ¿Qué tal si sabe algo del amuleto? Pero hay un detalle: necesito llevar tu pulsera.

—No, yo te acompaño.

—No creo que sea buena idea. —Xolo sacudió su cabeza.

—Ya te dije. Voy contigo. Tú no sabes nada de mamuts o de amuletos. Debo estar ahí.

Xolo suspiró.

—Mira, es que… te ves… diferente a las personas de este tiempo. Van a sospechar algo.

—Tienes razón, pero soy buena para actuar. Mira, soy Baku. —Se agachó y extendió un brazo hacia abajo, dejándolo columpiar como una trompa. Se bamboleó torpemente alrededor de la fogata—. Chaaayooooote. Quiero más chayote.

—Excelente actuación — sonrió Xolo—, pero te falta ser un poco más peluda.

—Y ahora soy Xolo. —Bajó su tono de voz y caminó rígida y tensa por la colina—. ¡Todo es peligroso! ¡No hagan nada! Tengo miedoooo.

—Oye, eso no es justo —interrumpió Xolo, un poco ofendido— Tener cuidado no es lo mismo que tener miedo.

—Es una broma. Pero en serio: voy contigo.

Xolo exhaló, vencido. Ella no cedería.

—Entonces necesitas ropa diferente. Y Baku definitivamente no puede ir. Tal vez podamos dejarlo en la habitación de mi hermana. Solo que no debe hacer ruidos ni salir del cuarto, o a mi mamá le dará un infarto cuando llegue a la casa.

—Está bien —dijo Ánaka, contenta—. ¿Y dónde consigo ropa como la de tu tribu? Se ve terrible, para que sepas. Y muy incómoda.

—Mi hermana tiene demasiada ropa. Te podemos encontrar algo.

Baku caminó hacia ellos, su panza tan llena de chayote que casi arrastraba el suelo. Apagaron la fogata y arrojaron los restos del pollo al lago. Estuvo rico el pollo asado, admitió Xolo a sí mismo. Bastante… fresco. Aunque le faltaba sal. ¿Usarían sal en su época? Quizás no. ¿Qué más no usarían? Papel higiénico, para empezar…

—Xolo, ¿vienes? —Ánaka lo sacó de sus pensamientos.

Al llegar a casa, subieron a la habitación de Xóchitl, donde Xolo le mostró a Ánaka los cajones con ropa.

—Toma lo que quieras de aquí. Mi hermana es más o menos de tu talla, creo. Y aquí abajo hay zapatos.

Salió de la habitación y esperó en la suya, aprovechando el tiempo para revisar las fotos de la pulsera en su celular. Después de diez minutos, gritó por el pasillo:

—Ánaka, ya, apúrate. Mi mamá va a llegar en cualquier momento.

—¡Tranquilo, ya voy! Es que esta ropa es ridícula y complicada —Ánaka abrió la puerta y salió al pasillo—. En lo que tardas en vestirte así, un gato dientes de sable ya te habría devorado. Incluso uno tan pequeño como Gus.

Llevaba puestos unos pantalones de mezclilla y una camiseta negra sin mangas. Había lavado su cara y peinado un poco su cabello grueso. Se veía… normal. No solo normal, sino también bonita, notó Xolo, aunque extinguió el pensamiento de inmediato.

Todavía traía puesto su calzado de cuero. Eran un tipo de mocasines muy simples que le llegaban hasta los tobillos, donde se ataban con una cuerda. Estaban forrados con piel blanca y suave, tal vez de conejo. Se veían muy cómodas.

—¿No encontraste zapatos que te quedaran? —preguntó Xolo.

—Sí, pero no podía sentir el suelo. ¿Cómo puedes caminar sin sentir lo que estás pisando? Es como tener los pies ciegos.

—Me gustaría decir que te entiendo, pero sería mentira. Te ves bien. Esas botas se ven… artesanales. Vámonos.

Ánaka se agachó para mirar a Baku a los ojos.

—Es muy importante que te quedes en este cuarto, Baku, ¿me entiendes? No te salgas. Regresamos más tarde. —Le dio un beso en la frente.

Salieron a la cochera y Xolo sacó la moto.

—Súbete detrás de mí y agárrate fuerte. Iré lo más lento que pueda.

Arrancó el motor y avanzó con cuidado sobre la calle empedrada. Ánaka aulló sorprendida, y se aferró con fuerza a la cintura de Xolo, acto que lo hizo sonrojarse de nuevo. Sin embargo, a los dos minutos, ella ya había perdido el miedo.

—¡Auuuu! —gritó, feliz y a todo pulmón, con una mano al aire y la otra alrededor de Xolo.

Manejaron rápidamente por la sencilla carretera de dos carriles que rodeaba el lago. De pronto, en una curva ciega, se encontraron con un carro que venía en el centro del estrecho camino. Xolo apenas alcanzó a esquivarlo, pero logró ver la cara sorprendida de la conductora: era su mamá. Exhaló, sacudiendo la cabeza. Iba a ser complicado explicarle todo esto.

El siguiente camino a la izquierda bajaba al centro de Mezcala. Aún faltaban unos minutos para las cinco.

—¿Quieres seguir un poco más? —preguntó Xolo por encima del viento.

—¡Síiiii! —gritó Ánaka con entusiasmo contagioso. Xolo aceleró, gritando también al viento, hasta que tragó un insecto y tuvo que frenar por la tos que le provocó.

Unos minutos después, Xolo detuvo la moto al costado del camino, y juntos contemplaron la vista del lago. En su recorrido, habían ganado altitud. Cien metros debajo de ellos, el agua brillaba bajo la luz dorada del atardecer, una superficie viva y cambiante de verdes, azules y grises, extendiéndose hacia el horizonte.

—¿Así se ve en tu época? —preguntó Xolo—. ¿O era más grande?

—Un poco más pequeño, yo creo.

—Pero está congelado, ¿no?

—¿Por qué estaría congelado?

—Por ser la era de hielo.

—¿La era de hielo? ¿Según quién?

—Según…no sé. —De repente, Xolo estaba muy consciente de su ignorancia—. Así lo llaman en nuestro tiempo. ¿No es cierto?

—Nuestros ancianos cuentan leyendas de tierras lejanas donde siempre hay nieve y hielo. Pero aquí no. Solo es más frío que en tu tiempo, y a veces nieva en los cerros en invierno. Todo es más hermoso y huele mejor. Y hay pinos en vez de…estos. —Señaló un nopal junto a la carretera—. Ojalá pudieras conocerlo algún día.

—No conozco la nieve y odio el frío —confesó Xolo.

—Porque eres tan flaquito. Engordarías, y te acostumbrarías. Vamos, hay que ver tu morbosa colección de huesos.

capítulo cuatro

Es un hacha que corta el tiempo

Estacionaron la moto en el centro y caminaron hacia el agua. El malecón era pequeño y pintoresco, con el aroma del agua y los mariscos flotando en el aire. Un par de embarcaderos de piedra y cemento formaban un puerto artificial, rodeado por un andador de piedra roja con restaurantes de mariscos y puestos de comida. Desde aquí, los pescadores salían en sus pangas cada mañana, y los turistas embarcaban para visitar la Isla de Mezcala, con su fuerte abandonado que databa de la Guerra de Independencia.

—¡Hay muchísima gente! —exclamó Ánaka con asombro mientras caminaban por el malecón—. ¿Cuántas personas hay en tu tribu?

—No sé, ¿ocho mil? Es un pueblito nada más.

—¡Ocho mil! ¡Es enorme! En mi tribu somos poco más de cien, y somos la más grande de todo el lago. Excepto los Máruag, por supuesto, pero ellos son de muchas tribus y vienen de lejos.

—Deberías conocer Guadalajara. Ahí hay millones de personas.

—No sé qué quiere decir «millones». Pero ¿cómo recuerdas los nombres de ocho mil personas?

—Ehm…—

En la distancia, Xolo vio a Félix acercándose a pie.

—¡Profe! —gritó, no tan alto para no molestar a las familias paseando por el malecón.

—¡Profeeeee! —secundó Ánaka, pero cuatro veces más fuerte. Todas las familias los voltearon a ver.

—Ánaka, no tienes filtro.

—¿Qué es un filtro?

—Exacto. —Xolo sacudió la cabeza.

Félix caminó hacia ellos.

—Xolo, una disculpa, llegué tarde.

—No, no, para nada. Profe, le presento a mi amiga gritona, Ánaka. Ánaka, él es el doctor José Félix de la Cruz, pero todos le decimos profe.

—Mucho gusto, profe —sonrió Ánaka.

Se acercó a Félix y trató de tocar su nariz y labio superior con la mejilla izquierda de él. Félix, suponiendo que quería saludarlo de beso, movió su cabeza de un lado a otro, intentando alcanzar su mejilla, resultando en un baile ridículo de cabezas. Finalmente terminaron nariz con nariz, mientras Ánaka inhalaba durante sus típicos dos o tres incómodos segundos.

Xolo cerró los ojos para no ser testigo de tanta pena ajena. Tendría que explicarle algunas cosas si ella iba a seguir acompañándolo en público.

Ánaka arrugó la nariz un poco.

—Hueles raro.

—¿Huelo? —preguntó Félix confundido.

—¡Profe! —interrumpió Xolo con una alegría forzada—. Vámonos, ¿no?

Caminaron dos cuadras hasta la plaza principal. Frente a ellos se plantaba el museo, un sencillo edificio del gobierno municipal con varias oficinas adentro.

Félix tocó la puerta. Se escuchaban ruidos en el interior, luego una chapa se deslizó y la puerta blanca se abrió lentamente. Al otro lado, Xolo vio a un hombre de más o menos setenta años, con cabello grueso entrecano, piel arrugada por años bajo el sol, y ojos alertas que mostraban una chispa de humor.

—Chicos —anunció Félix—, les presento a mi buen amigo Don Rafa, fundador del museo, cronista del pueblo, impulsor del turismo local, escultor, herrero, hablador de náhuatl, experto en mamuts y…¿qué más haces, Don Rafa?

—Un poco de todo —contestó él, sonriendo—. A sus órdenes.

—Mucho gusto, señor. —Xolo extendió su mano y lo saludó—. Gracias por recibirnos.

Mientras Don Rafa saludaba a Xolo, miró a Ánaka con una intensidad sorprendente. Examinó su rostro, sus botas de piel, la daga de obsidiana que sobresalía de una de ellas, y en especial la pulsera en su antebrazo.

—Mucho gusto, señor —repitió Ánaka, extendiendo la mano.

Aprendía rápido, Xolo notó. Eso era bueno. Pero Don Rafa no tomó su mano. En cambio, puso la mano derecha en el hombro izquierdo de Ánaka y, presionando la nariz contra su mejilla, inhaló. Luego, Ánaka hizo lo mismo, mano en hombro, nariz a mejilla, pero del otro lado de la cara del anciano.

—Mucho gusto, Ánaka. Recibe mi amistad —murmuró Don Rafa.

—Kuyima tungit, señor —respondió con respeto—. Y usted, la mía.

Xolo estaba desconcertado. Era bastante raro que Don Rafa conociera ese saludo tan peculiar. Pero era aún más raro que supiera usarlo con Ánaka. Echó un vistazo a Félix. Su cara no revelaba nada.

—Entren, entren —Don Rafa extendió un brazo de bienvenida hacia el interior del museo—. Permítanme, voy a prender la luz.

Miraron alrededor. El lugar era sencillo pero limpio y bien organizado. A lo largo de dos salas pequeñas, filas de repisas protegidas por cristales exhibían cientos de objetos con sus respectivos carteles descriptivos.

Don Rafa les explicó que la primera parte del museo mostraba la era prehistórica; la segunda, la prehispánica; y la tercera, la Guerra de la Independencia, a inicios del siglo XIX. Luego se puso a conversar con Félix, dejando solos a los jóvenes.

Recorrieron el pequeño museo en quince minutos, buscando alguna pista que pudiera ayudarlos a encontrar el amuleto. La mayor parte del lugar se dedicaba a tiempos más recientes: había espadas, cascos y balas de cañón encontrados en la Isla de Mezcala, y puntas de flecha y dagas de obsidiana de la época prehispánica, antes de la llegada de los españoles. Pero objetos de 200 a 1000 años de antigüedad eran muy recientes en comparación con lo que buscaban.

Xolo y Ánaka regresaron a la pequeña sección prehistórica. No había mucho: fotos de pinturas rupestres, piedras con petroglifos, y algunos fósiles de animales, incluyendo muelas de mamut y mastodonte.

—Pues, esta es la famosa colección de huesos y dientes —suspiró Ánaka, señalando un mostrador.

—Parece que sí. ¿Evidencia de una rica carne asada de mamut?

—Tal vez —ella sonrió—, pero no veo nada que nos pueda ayudar. No tengo idea de qué hacer ahora. Me queda poco tiempo. —Su tono se volvió más preocupado.

—Quizá Don Rafa sabe algo. Fue extraño cómo te saludó, ¿no?

—No lo pensé mucho —contestó Ánaka—. Ese saludo lo llamamos amuk. Es una manera de mostrar amistad y confianza. Así siempre saludamos en mi época.

—Exacto. Y aquí nunca saludamos así. Por mucho, nos besamos en la mejilla, pero no tratamos de oler a la otra persona. —Hizo una mueca de asco—. Y tú casi le besaste la boca a mi pobre profesor.

Ánaka iba a contestar cuando se acercó Don Rafa.

—¿Qué les parece el museo?

—Muy interesante, señor —respondió Xolo—. Me dijo el profe Félix que usted encontró estos huesos en el lago.

—Así es — asintió Don Rafa—. Debe de haber más bajo el agua, pero no hay manera de encontrarlos.

—¿Y no ha encontrado algún otro objeto? —preguntó Xolo.

—Muchos. La mayoría de los que ven aquí en el museo, de hecho. ¿Por qué? ¿Querían ver algo en especial?

Ánaka se quitó la pulsera de marfil.

—Traigo algo que le podría interesar, abuelo. Perdón, ¿le puedo llamar abuelo? Es por respeto.

—Por supuesto.

Ánaka le ofreció la pulsera a Don Rafa. El anciano la tomó con sus temblorosas manos y la examinó detenidamente.

—Es… es un piku. No lo puedo creer.– Cuando levantó la cabeza, sus ojos brillaban con asombro y emoción—. No he visto algo así en quince años. ¿Dónde lo conseguiste?

—Es de mi papá. Se lo regaló un anauk llamado Uyak.

—¿Uyak? —Una sonrisa enorme reacomodó las arrugas de su rostro—. ¡Lo sabía! Un gran hombre. No saben cuánto lo extraño.

Xolo lo quedó mirando boquiabierto.

—Entonces…¿Usted conoce a la persona que le regaló esto al papá de Ánaka? ¿Pero cómo? No entiendo.

—Hay mucho que no entiendes —respondió Don Rafa.

—Eso me dicen.

Don Rafa le devolvió la pulsera a Ánaka, luego les señaló una puerta abierta en la parte trasera del museo.

—Les invito a mi casa, amigos. Vengan, hay mucho de qué platicar.

Una vez que entraron todos a la casa, Don Rafa cerró la puerta.

—Niños…digo, jóvenes, ¿les ofrezco algo de tomar?

—Yo estoy bien, muchas gracias —respondió Xolo.

Ánaka no contestó. Estaba absorta en una pieza grande de colmillo de mamut, cubierta de un extremo al otro en tallas, que colgaba en la pared.

—Es impresionante, ¿verdad? —preguntó Don Rafa—. Fue un regalo de Uyak. Por eso no lo tengo en exhibición. Es demasiado valioso para mí. Acérquense más. Se aprecia mejor de cerca.

Los jóvenes obedecieron y quedaron fascinados. La superficie blanca-amarilla estaba grabada con imágenes de animales y personas, así como símbolos y figuras geométricas.

—Es increíble —susurró Xolo, sin saber por qué. Quizás por respeto, en la presencia de una obra de arte tan majestuosa—. Los grabados se parecen a tu pulsera, ¿no, Ánaka?

—Sí. Cada figura representa algo. Yo conozco algunas, pero solo los anauk entienden todas. Ellos son personas con mucho entendimiento.

Don Rafa se acercó.

—Según Uyak, los mamuts enseñaron a los anauk. Incluso muchos de los símbolos que ven aquí provienen de ellos. Ahora, Ánaka, cuéntame. ¿De dónde vienes? ¿Qué buscas? Puedes hablar con confianza, ¿eh? Félix ya sabe de Uyak. De hecho, lo conoció una vez, cuando era joven.

—Nunca lo he olvidado. Por eso hice mi doctorado en arqueología —añadió Félix—. Si les comenté que tengo un doctorado, ¿verdad?

Ánaka miró a Don Rafa y a Félix, y suspiró profundamente.

—¿Por dónde empiezo? Bueno, vengo de otro tiempo, abuelo, como usted sabe. Mi tribu se llama Tazik, y estamos en mucho peligro, al igual que todos los pueblos del lago. Una banda de guerreros que se llaman los Máruag está exigiendo que nos rindamos y seamos sus esclavos, o nos van a matar. Nos queda muy poco tiempo ya. Mi tribu está preparando defensas, pero ellos son muchos, y nosotros pocos. El amuleto de Uyak es nuestra única esperanza.

—Mmm. El amuleto de Uyak…—murmuró Don Rafa con voz solemne.

Ánaka se iluminó.

—¿Usted lo ha visto, entonces?

—No —contestó el anciano, negando con la cabeza—, pero Uyak me habló de él en una de las ocasiones cuando vino.

—¿Y no sabe dónde se encuentra el amuleto ahora? —inquirió Ánaka.

—No, no. Nunca me dijo nada al respecto. Me imagino que lo dejó en Nuna, pero no puedo estar seguro.

—¿Nuna? ¿Dónde está eso? —preguntó Xolo.

—Mejor dicho, «cuándo es» eso —respondió Félix—. Nuna es aquí, pero hace unos doce mil años. Bueno, eso es un estimado. No puedo estar seguro porque no existe un récord escrito de su tiempo. De hecho, por eso llamamos a esa época la «prehistoria», porque todo sucedió antes de la historia que nosotros conocemos.

—Pero para ellos, sí fue historia — añadió Don Rafa—. Su historia.

Mientras hablaban, Ánaka daba vueltas rápidas por la sala y jugaba distraídamente con un mechón de su cabello. Parecía ser su manera preferida de concentrarse.

—¿Entonces Uyak venía seguido? ¿Y cuando venía, qué hacían? ¿Adónde iban?

—Vino la primera vez por accidente. —respondió Don Rafa—. Hace más de veinte años. Lo encontré muy herido por un deslizamiento de rocas en el cerro de Mezcala, y le ayudé. Le salvé la vida, de hecho. Después de eso, regresaba una o dos veces al año. —El anciano sonrió, su mirada distante y tierna—. Nos hicimos buenos amigos. Siempre quería salir en la panga. Le encantaba el viento y la velocidad, y se ponía a gritar como loco.

«Igual que Ánaka», pensó Xolo, sin decir nada.

Don Rafa continuó:

—Platicábamos de muchas cosas, pero nunca me dijo qué hizo con el amuleto. Solo que tenía más poder de lo que todos podíamos imaginar. Lo siento, Ánaka. Ojalá tuviera más información. Pero no te desanimes. Si el Corazón de Mamut te trajo aquí, es por algo. De eso puedes estar segura.

—Tal vez —respondió Ánaka, la frustración evidente en su voz—. Quisiera creerlo. Pero llevo cuatro días buscando ese amuleto y todavía estoy tan confundida como cuando llegué. Creo que no soy la persona indicada. Hubiera venido mi papá, no yo.

—Pero Ánaka —preguntó Xolo—, si viajas por el tiempo, puedes tomarte el tiempo que necesites aquí, ¿no? Y luego regresarte al mismo día cuando viajaste, o antes, incluso, para tener más tiempo.

—No controlo el Corazón de Mamut —replicó ella—. Nadie tiene tanto poder.

—Uyak me dijo lo mismo —añadió Don Rafa—. Pero hay otra razón también. Si Ánaka ha estado aquí durante cuatro días, entonces también han pasado cuatro días allá. El tiempo en Nuna corre paralelo al nuestro. Uyak me explicó que viajar entre las dos épocas es como saltar entre dos lanchas en movimiento. Los dos avanzan juntos y no se detienen para nada. De hecho, si no le atinas bien al momento de cruzar, te quedas atrás.

—¿Atrás? —preguntó Xolo—. ¿Atrás de qué?

—Del tiempo. De la vida. —Don Rafa se veía solemne ahora—. Dejas de existir en cualquiera de las épocas.

—¡¿Dejas de existir?! —exclamó Xolo—. Qué miedo.

Don Rafa fijó su mirada en Ánaka.

—Mi amigo Uyak no ha regresado en quince años. Ánaka, ¿tú… tú sabes algo de él?

Ánaka se acercó al grupo y se sentó al lado del anciano. Hubo tristeza en su voz, y ternura.

—Abuelo, siento mucho tener que decirle esto, pero Uyak murió hace algunos años. Alguien lo atacó en el bosque. Nadie sabe quién fue.

Don Rafa cerró los ojos, una expresión de dolor en su rostro. Ánaka tomó sus manos entre las suyas y susurró:

—Su tristeza es mi tristeza.

Hubo unos momentos largos de silencio, luego Don Rafa exhaló.

—De alguna manera, ya sabía que no lo volvería a ver. —Se detuvo, como si intentara controlar sus emociones. Al hablar de nuevo, su voz reflejaba firmeza y determinación—. Pero si el Corazón de Mamut trajo a Uyak aquí tantas veces, quiero creer que fue por algo. Quizás Uyak me dejó algo más que su amistad.

—¿Algo más? ¿A qué se refiere? —preguntó Félix.

—Al colmillo. Siempre he imaginado que podría haber algo importante escondido ahí, pero no lo sé descifrar.

Ánaka se levantó y cruzó el cuarto para examinar el colmillo de nuevo.

—Puede que tenga razón, abuelo. Tal vez Uyak dejó alguna pista aquí.

Ella tocó el colmillo con su mano, apreciando los grabados bajo sus dedos.

—Kuyima tungit —susurró, como si rindiera homenaje al antiguo mamut cuya majestuosidad trascendía el tiempo.

Xolo se acercó y se puso a su lado.

—Kuyima tungit —repitió, aunque no sabía por qué. Luego, impulsivamente, inclinó su rostro y presionó su nariz y labio superior contra el marfil. Sintió la textura suave y orgánica del marfil contra su rostro. Cerró los ojos, inhalando, y el tiempo se detuvo.

Extrañamente, ahora se encontraba a solas en una barranca salpicada de nieve. Desde nubes densas y grises, caían copos de nieve cada vez más grandes. Caminó cuesta arriba hacia un cerro rocoso buscando refugio, pero se detuvo en seco cuando vio la entrada de una cueva. Alrededor de la entrada había huellas que pronto serían borradas por la nevada. Huellas de gato. De gato dientes de sable.

No sintió miedo, sino algo menos esperado: soledad. Una soledad que enfurecía, que desgarraba el alma, que robaba las ganas de vivir. Levantó la cabeza y aulló al aire con toda su fuerza, desahogándose entre ráfagas de viento helado, su voz resonando por las barrancas y colinas. Cayó al suelo, boca abajo, y lloró, y sus lágrimas ardientes se mezclaron con la nieve que poco a poco lo cubría. Prefería la muerte a esta soledad.

—¿Xolo? ¡Xolo! —La voz de Ánaka lo trajo de vuelta a la realidad. Se dio cuenta de que estaba en posición fetal en el suelo, los puños apretados, el cuerpo empapado en sudor—. ¿Por qué lloras, Xolo?

Xolo se sentó, desorientado y conmovido.

—No estoy llorando. —Se limpió la cara con el brazo.

—Xolo, ¿estás bien? —preguntó Félix—. Nunca he escuchado a alguien gritar así en la vida. Mira, me dejaste la piel de gallina.

—Perdón, profe. Qué pena. No sé, vi algo, o mejor dicho, sentí algo, pero no fue nada. No se preocupen, debo tener sueño. No dormí bien anoche, gracias a ella. —Intentó bromear, pero Ánaka se veía preocupada todavía. Se puso de pie con cuidado y fingió una son- risa—. Por eso no se debe besar fósiles de mamut, ¿verdad, amigos? No lo recomiendo.

Solo Don Rafa se rio.

—El chico va a estar bien. Uyak así se ponía a veces. Casi me daba un infarto cada vez.

Xolo se acercó de nuevo al colmillo.

—Ánaka, dijiste que conoces estos símbolos, ¿no?

—Nada más algunos. —Señaló un símbolo grabado en la parte más gruesa del fósil—. Mira, por ejemplo, aquí hay un mamut. ¿Lo ves? Este punto dentro de dos círculos es el ojo, y la línea curvada es el colmillo.

—Pues, si tú lo dices —dudó Xolo, examinando el símbolo—. Para mí, parece más ese pobre pollo asado de Doña Rosa.

Ánaka le dio un golpe en el brazo. Ahora sí, sonrió.

—¿No que el pollo iba a ser nuestro secreto?

Xolo se frotó el brazo discretamente. De verdad pegaba fuerte.

Ánaka continuó, su voz cobrando más ánimo:

—Y miren. ¿Ven aquí debajo del mamut, esta espiral entre dos líneas que parecen brazos? Esto significa corazón.

—¡Corazón de mamut! —exclamó Xolo, igualmente emocionado. Señaló un conjunto de puntos al lado—. ¿Y estos qué son? ¿Sangre? ¿Lluvia?

—Es agua. Podría ser lluvia, pero no estoy segura.

Ánaka se quedó en silencio por un segundo mientras registraba con cuidado los siguientes símbolos. De repente dijo, su voz tentativa, casi incrédula:

—Amigos, creo… creo que encontré una referencia al amuleto.

Félix se acercó con tanta prisa que por poco tumbó a Xolo.

—¿De verdad? ¿Dónde?

Ella señaló un conjunto de cinco espirales cuadradas ubicadas debajo del símbolo de agua.

—Estas espirales son sagradas. Representan el transcurso de la vida. Miren, estas cuatro espirales giran en la misma dirección. Pero hay una, aquí a la izquierda, que gira al revés. O sea, es una vida que va en dirección contraria.

—¡Como volver en el tiempo! —Félix casi lo gritó.

—Exacto —respondió Ánaka—. Y ¿ven este símbolo al final de la espiral? Parece un hacha. Es un hacha que corta el tiempo. Creo que representa el amuleto de Uyak.

Don Rafa fue el primero en hablar.

—He estudiado este colmillo muchas veces, Ánaka. Jamás habría visto eso. Creo que Uyak no me estaba enviando un mensaje a mí con este regalo. Más bien era para ti.

—Pues, no sé, abuelo. Aún si tengo razón en todo esto, no sé dónde buscar.

—Sigue intentando, Ánaka —insistió Félix—. Vas muy bien. ¿Qué más ves ahí?

—Es que hay símbolos que no entiendo, y a lo mejor son los que muestran la ubicación. Como este: ¿es un caracol? ¿Un pájaro?

—¿Un pájaro? ¿Dónde? —Xolo examinó el grabado que Ánaka señalaba, luego sacó su celular y buscó una foto de la pulsera—. No creo que sea coincidencia. Mientras te esperaba hoy en casa, vi algo parecido en una de las fotos que tomé de tu pulsera. Mira, si hago zoom aquí…

Xolo magnificó la imagen todo lo que pudo. En el centro de una de las espirales rojas en la pulsera, aparecieron dos figuras pequeñas, apenas visibles: el contorno de un pájaro y, justo arriba, un óvalo pequeño e irregular. Eran idénticos a los dibujos pintados en el colmillo.

—¿¡Qué es eso!? —preguntó Ánaka, alarmada—. ¿Qué le hiciste a mi pulsera con esa cosa?

—No hice nada. Checa tu pulsera. Vas a ver que están ahí, solo que muy pequeños.

Ánaka inspeccionó su pulsera.

—¡Los veo! Y como dices, no puede ser coincidencia. Si Uyak grabó este pájaro en el colmillo y también en la pulsera, debe ser importante.

Ella volvió a examinar el colmillo. Pronto señaló una línea curva y dentada al lado derecho de las dos figuras.

—¿Y si esta parte es un mapa? Los puntos representan agua, recuerden. Entonces esta línea podría ser un río.

—Déjenme ver, chicos. —intervino Félix, acercándose todavía más. Puso su cabeza de lado y estudió el conjunto de figuras detenidamente. Luego se enderezó con una sonrisa—. Creo que ya sé qué es. Espérenme.

Salió por la puerta que conducía al museo y, treinta segundos después, regresó con un mapa turístico de Mezcala. Lo desplegó sobre la mesa y señaló una isla en el lago.

—Miren aquí. Esta es la Isla de Mezcala, y aquí al lado hay una isla menor. Ahora observen. —Giró el mapa 90 grados en el sentido de las agujas del reloj—. Ahora, ¿a qué se parece la Isla de Mezcala?

—¡Es un pájaro! —exclamó Ánaka —. Una isla pájaro.

—Precisamente. —Félix sonrió, triunfante—. Y esta línea que mencionaste, Ánaka, no es un río, sino la ribera del lago.

Xolo sintió una ráfaga de adrenalina recorrerle el cuerpo.

—Entonces el amuleto podría estar en la isla. Tenemos que…

Bzzz bzzz. El celular en su mano comenzó a vibrar, y la isla pájaro se convirtió en una foto de su mamá.

—Ay, no. Se me olvidó decirle a mi mamá que venía al museo. No pensé que tardaríamos tanto. Ojalá no haya encontrado a Baku.

Contestó la llamada con una casualidad fingida.

—Hola, ma, ¿qué onda?

—¡Xolo! ¿Dónde estás?

Mari hablaba tan fuerte que Xolo alejó el celular de su oído. Ánaka se acercó con asombro, mirando el teléfono como si aún lo sospechara de algún hechizo. Xolo puso la llamada en altavoz para que ella también pudiera escuchar.

—Estoy con el profe Félix en un museo en el centro. Perdón, mamá. ¿No estabas preocupada?

—No, para nada. Me da gusto que hagas cosas así, ya sabes. Oye, ¿sabes algo de la habitación de Xóchitl? Quiero guardar unas cajas en su clóset, pero no puedo pasar.

—¿No puedes pasar?

—No. Es como si la puerta estuviera bloqueada por algo.

—¿La puerta está bloqueada?

—Sí, Xolo. Te estoy diciendo. Y estas contestando mis preguntas con más preguntas, como siempre haces cuando escondes algo.

—¿Te estoy contestando con preguntas?

—¡Xolo!

—¡Ma! No entres. Es que…Dejé algo ahí…Chin. Mejor te lo explico cuando llegue.

—Más te vale, Xolo. Te espero para cenar, ¿sale?

—Va, ya vamos para allá.

—¿Cómo? ¿Viene el profe también?

—Digo, ya voy. Voy yo. Yo y nadie más.

—Oye, Xolo. ¿Con quién andabas en tu moto?

Xolo suspiró resignado.

—Con una amiga. Eso también te lo explico al rato, ma.

—¿Y si invitas a tu amiga a cenar?

—Bye, ma.

Terminó la llamada. Ánaka rompió el silencio, humor travieso en su voz:

—¿Y si invitas a tu amiga a cenar, Xolo?

Xolo exhaló y sacudió la cabeza. Ánaka se rio al ver su cara larga.

—Creo que tu mamá me caería bien. ¿Qué es lo peor que podría pasar?

—¿Te hago una lista?

—Me gustaría conocerla.

—Pero ¿cómo le voy a explicar de ti y Baku?

—No te preocupes por eso. —Ánaka se encogió de hombros y sonrió—. Algo se nos va a ocurrir en el camino.

—Ah, súper. Qué alivio — suspiró Xolo con una mezcla de inquietud y nerviosismo—. Sale, entonces. Estás invitada a lo que podría ser la cena más incómoda de la historia.

capítulo cinco

Estás actuando raro

Se despidieron de Don Rafa y Félix. Los planes para visitar la isla tendrían que esperar.

De regreso a casa, la vista desde la carretera era aún más encantadora que antes. Bajo el sol dorado del atardecer, el lago se veía como fuego mojado, cada ola un fragmento de luz teñida de morado, rojo y anaranjado.

—¡Ayyyyy! —gritó Ánaka alegre al aire, y Xolo entendió la razón. Por primera vez desde su llegada, tenía esperanza.

Llegaron a la casa y se bajaron de la moto. En la entrada, Ánaka se detuvo.

—Oye, Xolo, ¿y si no le caigo bien a tu mamá? —Se veía realmente preocupada.

—Por supuesto que le vas a caer bien. Mi mamá es una buena persona. Es dura conmigo a veces, pero no es su culpa. Es difícil ser madre soltera. Lo que me estresa es cómo le voy a explicar… todo. Literal, todo. Mejor le digo que eres mi amiga, y ya, sin entrar en detalles.

Entraron a la casa.

—Hola, mamá, ya llegamos —gritó Xolo desde la sala.

Mari salió de la cocina. Era más baja que Xolo pero el doble de ancha, efusiva y platicona, con una sonrisa rápida que transformaba su cara y alumbraba el cuarto.

—Hola hijo. ¿Cómo te fue en el museo? —Abrazó a Xolo, y él se agachó para darle un beso en la mejilla.

—Bien, muy interesante. Mira, te presento a mi amiga Ánaka. Ánaka, mi mamá, Mari.

—Mucho gusto, Mari.

En vez del amuk, Ánaka extendió su mano, y Xolo se relajó, pero fue un alivio prematuro ya que Ánaka cambió de plan a último instante. Acercó su cara a la de Mari, empujó su nariz contra su mejilla, e inhaló, lento y dramático.

—Acepte mi amistad.

—Pues…claro, por supuesto, gracias —Mari contestó con un tono de confusión, más no de molestia.

Ánaka sonrió. —Huele igual a su hijo.

—¿Cómo? ¿A mi hijo? —Mari volteó a ver a Xolo.

Xolo suspiró más fuerte de lo que quería.

—Mamá, no, nada de eso. Créeme, no significa nada, solo es su forma rara de saludar.

—¿Le puedo decir tía? —preguntó Ánaka.

—Me encantaría. ¿De dónde eres, Ánaka?

—Eh…se podría decir que de muy cerca de aquí, tía.

—Pues estás en tu casa, mija. La cena ya está lista. Siéntense, yo les sirvo.

Mientras estaba en la cocina sirviendo los platos, Xolo susurró a Ánaka:

—Oye, ¿y Baku? Lleva tres horas encerrado en el cuarto.

—Estaba pensando lo mismo. —Ánaka se asomó para ubicar a Mari—. Distrae a tu mamá, y yo lo saco al jardín.

Ella subió las escaleras a hurtadillas, dejando a Xolo con la incómoda tarea de entretener a su mamá mientras una chica cavernícola y un mini mamut intentaban escabullirse cinco metros detrás de ella. No iba a ser fácil.

Mari trajo platos de birria de chivo para todos, luego se sentó a la mesa.

—¿Y Ánaka? ¿Se fue al baño?

—Eh, sí, exacto. Le atinaste. Quería lavarse las manos. —Xolo sabía que hablaba demasiado rápido y con un tono extrañamente agudo, pues nunca había sido bueno para mentir—. Oye, ma, platícame de tu día. ¿Cómo te fue en tu junta? ¿De qué hablaron?

—¿Quieres saber de mi junta? ¿En serio?

—Pues, no, creo que no tanto. —Se rio nerviosamente—. Tienes razón, eso es muy aburrido. Pero sí quiero saber cómo estás. Siento que casi nunca platicamos ahora.

—Xolo, platicamos todos los días. Estás actuando raro.

Detrás de Mari, Ánaka y Baku ya estaban bajando las escaleras de puntillas o, al menos, todo lo que una cría de mamut puede caminar de puntillas.

Xolo fingió inocencia.

—¿Estoy actuando raro? No, no, para nada. Tal vez estoy nervioso porque…tengo una visita. Es que tengo pocos amigos y nunca los invito a mi casa.

Ánaka y Baku estaban justo detrás de su mamá ahora. Xolo hizo todo lo posible para no mirarlos.

—Me da gusto que la hayas invitado a cenar. Ay, se me olvidó el cilantro y la cebolla en la cocina. —Mari empujó su silla hacia atrás.

—¡Yo voy! —Casi lo gritó.—. Has trabajado todo el día. Tú siéntate y relájate. Mira por la ventana: qué bonito atardecer, ¿no? Bueno, ya es noche. Qué bonita noche, ¿no?

Corrió a la cocina y encontró el plato de verduras. De regreso, notó con alivio que Baku ya estaba en el jardín de atrás, felizmente atendiendo a sus necesidades. Qué bueno que aguantó. Xolo no quería ni imaginar la cantidad de popó que un animal de su tamaño podía generar.

Ánaka entró y se sentó.

—¡Huele muy rico, tía!

—Muchas gracias. Provecho, chicos.

Ánaka estaba a punto de agarrar la birria del plato con sus dedos cuando Xolo le dio un codazo. Usó su cuchara y una tortilla para llevar la carne a su boca, y Ánaka le siguió el ejemplo.

—Entonces, Xolo —Mari dirigió la mirada a su hijo—, me ibas a explicar por qué no puedo entrar a la habitación de tu hermana. ¿Algo hiciste a la puerta?

—¿Yo?

—Tú.

—Bueno, lo que pasa es que…Ánaka me estaba ayudando con un trabajo de investigación y… ¿tal vez la puerta se atoró? Déjame checar.

Brincó de su silla y subió corriendo a la habitación. Hizo un ruido dramático al abrir la puerta para que su mamá la escuchara, luego aprovechó el momento para revisar el cuarto. Afortunadamente todo se veía en orden, aunque había pelo por todos lados. Ojalá su hermana no fuera alérgica a los mamuts.

Cerró la puerta con fuerza exagerada y bajó las escaleras. Ánaka estaba sonriendo, y Mari le estaba contando con colorido detalle alguna anécdota que había sucedido hoy en la escuela. Era increíble qué tan rápido la chica había ganado la confianza de su mamá. Tenía un don para encantar a la gente.

—Ma, buenas noticias, la puerta funciona. Solo estaba atorada.

—Qué raro. —Mari no se veía convencida—. Gracias, hijo. Luego me ayudas a meter las cajas. —Ella se dirigió de nuevo a Ánaka—. Bueno, como te estaba contando, yo le pregunté que cómo era posible que se le ocurriera decirle eso al maestro, y ella me dijo que no era más que la verdad, y que alguien se lo tenía que decir…

Al parecer, la historia iba para largo. De repente, Xolo notó con horror una trompa peluda levantándose detrás de su mamá. ¿Qué estaba haciendo ese tonto animal? Xolo dio una patada a Ánaka por debajo de la mesa.

—¡Ay, Xolo! —exclamó Ánaka sin discreción alguna.

—¿Estás bien, Ánaka? —Él fingió sorpresa mientras hacía un gesto sutil con su barbilla en dirección a Baku—. ¿Qué pasó?

Los ojos de Ánaka se abrieron al doble. También lo había visto.

—Estoy bien, solo me pegué con la mesa —mintió.

Mari seguía platicando su anécdota entre bocados. La trompa ahora estaba a su lado, extendiéndose cada vez más hacia el plato de chayote. Xolo discretamente deslizó el plato hacia el otro lado de la mesa, y la trompa se retiró, únicamente para reaparecer momentos después al lado opuesto de Mari.

Era como una escena de terror que se desenvolvía justo ante sus ojos, pero no podía desviar la mirada de la trompa ahora imposiblemente larga. ¿Cómo no la había visto todavía su mamá? Justo cuando lo pensó, pasó lo inevitable.

—¡Una víbora! —gritó Mari en pánico absoluto. Agarró la trompa del pobre Baku con ambas manos—. ¡Ya la tengo! ¡Corran!

Baku, lógicamente espantadísimo, brincó y jaló con toda su fuerza. Logró aflojar el agarre de Mari lo suficiente como para jalar una bocanada de oxígeno junto con medio platito de salsa picante.

El resultado era de esperarse. «¡Achú!»

Si el estornudo de anoche había sido una explosión, esto fue una bomba nuclear. El estallido levantó los platos y bautizó a Xolo en sopa de birria, roja y caliente.

—¡Ah! —Xolo se disparó de su silla, medio quemado y en completo pánico. Tomó un paso atrás y sin querer pisó la cola de Gus, que apenas había entrado al comedor por la ventana.

—¡Miau! —Gus saltó al aire, maullando como poseído, y cayó sobre la mesa, garras afuera y colmillos expuestos, justo enfrente de Ánaka.

—¡Jjjasss! —Ahora fue Ánaka la que saltó, casi igual de alto que el gato, terminando parada sobre su silla con sus manos en posición de ataque.

Xolo limpió sus ojos lo suficiente para inspeccionar el daño. El comedor parecía una escena de crimen, todo cubierto de sopa, salsa roja y trozos de carne. Ánaka estaba de pie en la silla, daga de obsidiana en mano, aparentemente a punto de cumplir sus amenazas previas contra Gus, quien tenía todo el pelo erizado como si hubiera sido electrocutado. Mari estaba al lado de Baku, mirándolo con la boca abierta; se había quedado sin palabras por primera vez en la corta y ahora condenada vida de Xolo. El único feliz era Baku, quien había devorado el plato entero de chayote y ahora estaba probando la cebolla.

—Ma, sé lo que vas a decir… —Xolo sacudió la cabeza—. No, no es cierto, no tengo idea qué vas a decir.

Después de unos segundos de silencio, Ánaka comenzó a reírse. Pronto Mari y luego Xolo se unieron. Incluso Baku barritó, provocando otro estornudo y otra ronda de risas.

—Xolo y Ánaka —Mari miró primero a uno, luego a la otra, ahora con cara y tono de directora de escuela—, o me explican esto, o me explican esto. Ya no más secretos. Y me ayudan a limpiar todo esto mientras hablan.

—Sí ma.

—Sí tía.

Mientras recogían el desastre que antes era la cena, explicaron lo que sabían a Mari, empezando con su encuentro en el lago y terminando con el descubrimiento en el museo. Al final, Mari se quedó callada por unos momentos. Cuando por fin habló, había una emoción inesperada en su voz.

—Esto no me sorprende, si les soy sincera.

¿No le sorprendía? Xolo no sabía qué pensar. Había temido más escándalo, más confusión. Pero Ánaka era muy convincente, y ahí estaba Baku, la prueba viviente y peluda de la veracidad de su historia. Tal vez por eso aceptó que la niña empapada de sopa que ahora limpiaba su comedor era una visitante fantástica de hace doce mil años. Pero lo que su mamá dijo después lo confundió aún más.

—No me sorprende, Xolo, porque te pareces mucho a tu papá.

—¿A mi papá? ¿Cómo?

Su mamá platicaba de todo…menos de su papá. Era un capítulo secreto y cerrado. De niño, cualquier pregunta al respecto solamente despertaba un dolor profundo en ella, entonces aprendió a no hacer preguntas.

Su papá dejó la casa y nunca regresó. Era todo lo que Xolo sabía. Tal vez tenía otra familia, o era un borracho perdido en algún rincón de México o los Estados Unidos, o se había metido en el narcotráfico, o simplemente no quiso continuar con las responsabilidades de esposo y papá.

—Luego te cuento. No es el momento. —La vulnerabilidad desapareció tan rápido como había aparecido. El capítulo seguía cerrado.

Con un suspiro fuerte, Baku se tiró de lado al piso, patas y trompa extendidas, y cerró los ojos.

—¿Está enfermo? —inquirió Mari —. Comió mucho.

—No, tía, así se duerme. Y siempre lo hace donde más estorba el paso, como si fuera a propósito.

Baku bostezó, suspiró de nuevo y empezó a roncar.

—Pues yo tengo sueño también, chicos. Ya es tarde y ustedes no descansaron bien anoche. Xolo, ¿me cierras con llave la puerta de la casa, por favor? —Mari sonrió a Ánaka y señaló en dirección de las escaleras—. Vámonos, mija. Por supuesto, tú y Baku pueden quedarse en la habitación de mi hija otra vez.

Mientras subían, Mari continuó hablando como si no necesitara respirar:

—Sí te contó Xolo que tiene una hermana, ¿verdad? Se llama Nachiak Xóchitl, y en realidad es su media hermana porque su papá ya la tenía cuando yo lo conocí, era una niñita de tres años nada más, pero ella es mi hija ahora; lo único es que vive en Guadalajara y casi nunca la veo, y luego cuando le marco no contesta porque dice que estudia mucho, y pues, qué le puedo decir, ¿verdad?, es bueno que sea así de responsable y trabajadora, y mira: aquí está la recámara, y el baño, y si algo ocupas, me dices...

Su voz se desvaneció en la distancia. Xolo estaba a punto de cerrar la puerta cuando escuchó un sonido rasposo afuera, como si alguien hubiera arrastrado una maceta. Abrió la puerta con precaución y se asomó afuera, con el corazón acelerado. Ojalá no fuera otro visitante fantástico. Lo único que vio fue a Gus, sentado en la calle frente a la casa, mirándolo con ojos todavía ofendidos mientras limpiaba restos de birria de su pelaje.

La noche era despejada y fresca, y el cielo presumía un sinfín de estrellas diamantinas parpadeando en asincronía con tonos sutiles de blanco, naranja, amarillo y azul. El viento era más frío que en las últimas semanas. Aunque nada cercano al del tiempo de Ánaka, por supuesto. Aquí apenas bajaba a cinco grados, a lo mucho.

Xolo intentó visualizar la escena con una capa de nieve, mamuts deambulando por la ribera, la familia de Ánaka en túnicas de piel preparándose para dormir. El vistazo imaginario le provocó una urgencia repentina. Tenían que encontrar el amuleto. Mañana mismo.

capítulo seis

Es muy bella, y duele mucho

La cueva era profunda y oscura, una garganta en la montaña que tragaba más luz con cada paso que Xolo tomaba. Intentaba recordar por qué había entrado aquí, pero un repentino y creciente pánico sofocaba su cerebro. Había tan poca luz que apenas lograba distinguir el polvo suelto bajo sus pies o las piedras filosas que formaban el techo y las paredes del pasaje.

Notó algo en el polvo. Una huella, familiar en su forma, imposiblemente grande. Al instante recordó lo que buscaba: la vieja gata dientes de sable.

Una segunda huella. Luego otra más.

Un ruido le disparó la adrenalina. Se había caído una piedra arriba, entre las sombras. Registró la oscuridad con cuidado, con urgencia, con pavor, hasta que deslumbró, sobre una cornisa plana y elevada, la fuente de las huellas: una pata enorme y negra como la cueva. Arriba de la pata, una pierna sinuosa, musculosa; luego el cuerpo recostado en la cornisa, y dominándolo todo, la cabeza majestuosa de una gata prehistórica y nada extinta. Dos ojos verdes lo contemplaban sin parpadear, como luminarias gemelas en el vacío del espacio.

Xolo se paralizó, pero ella ya lo había visto. El animal se levantó, abrió su boca y rugió tan fuerte que las paredes de la cueva retumbaron. Un único colmillo curvo, de unos quince centímetros de largo, sobresalía de un lado de su boca, mientras del otro lado se veía solo la punta rota del segundo colmillo; evidencia, sin duda, de alguna batalla feroz.

La gata rugió de nuevo, luego saltó de la cornisa y aterrizó justo frente a Xolo. Con un empujón brusco pero sin sacar las garras, lo tiró al suelo.

Xolo fingió estar muerto. No le quedaba otra opción. Ojos cerrados, tendido sobre la cama de polvo y piedra, percibía el calor de su aliento y un olor a carne podrida. «No abras los ojos —se repitió— no abras los ojos…»

Bip. Bip. Bip. Un sonido persistente y fuera de lugar interrumpió su concentración. No pudo ignorarlo. Contra su voluntad, como obligado por una fuerza de otro mundo, abrió los ojos.

La luz del día lo asaltó con rayos agudos. En la mesa al lado de su cama, la alarma de su celular sonaba estridente, mientras Gus, parado sobre su pecho, lo empujaba insistentemente con la pata, pidiendo su desayuno.

—¡Gus! Ánaka tenía razón. Das miedo.

Xolo suspiró con una mezcla de alivio e irritación. Sacudió la cabeza para deshacerse del sueño y los restos del miedo paralizador. Antes tenía pesadillas normales, como caerse de un precipicio infinito o dar una presentación escolar en calzones. Ahora todos sus sueños eran prehistóricos.

Se puso su típico pantalón de mezclilla, playera y tenis, y luego bajó las escaleras. Ánaka estaba en la cocina, ya desayunando, y Baku rondaba por el jardín trasero, haciendo lo mismo.

—Por fin te levantas, Xolo. Tu mamá nos hizo el desayuno y se fue a la escuela. Dijo que va a avisar a tus maestros que tienes un compromiso urgente hoy, entonces no vas a ir a clases.

—¿Mi mamá dijo eso? —preguntó, un poco incrédulo—. ¿Y no la estabas amenazando con tu daga?

—No, fue idea de ella. No siempre escojo la violencia, aunque no me creas. Y nos preparó lonches para más tarde. Ya apúrate, desayuna. Tenemos que irnos a la isla. —Le pasó un plato con quesadillas y fruta—. Por cierto, ¿cómo llegamos? ¿Tienes un barco?

—Hay que tomar una lancha de turistas desde el malecón —respondió Xolo entre mordidas.

—Está bien. Esta vez debemos llevar a Baku también.

—¿Llevar a Baku? —Xolo frunció el ceño—. Sería muy complicado. ¿Tú lo vas a cargar en la moto?

—Vamos caminando, entonces. No quiero volver a dejarlo encerrado, y tal vez nos pueda ayudar.

—¿Y cómo lo vamos a esconder en el malecón? No es una mascota muy normal, ¿sabes?

—Algo se nos va a ocurrir en el camino. —Ánaka se levantó de la mesa—. ¿Ya terminaste? Vámonos.

Eran las ocho cuando salieron hacia el malecón. Xolo llevaba los lonches y botellas de agua en una mochila. Caminaron por senderos angostos a la orilla del lago, zigzagueando entre chayoteras y casitas sencillas. Los cerdos de Doña Rosa estaban al lado del agua, comiendo restos de quién sabe qué.

De repente, tres perros corrieron hacia ellos, gruñendo y ladrando como si defendieran su hogar de una amenaza mortal. Xolo se detuvo en seco, y Ánaka sacó su daga, pero fue Baku quien tomó control de la situación. Con un mini barrito de guerra, corrió entre los perros, soltando patadas y cabezazos al azar. En cuestión de segundos, los caninos huyeron con las orejas y colas caídas.

—¡Órale, Baku! —maravilló Xolo—. ¡Bien hecho!

Al llegar al malecón, Xolo se adelantó para buscar una lancha, mientras Ánaka y Baku se escondían detrás de un restaurante de mariscos que todavía no abría. Para su sorpresa, Xolo encontró al profesor Félix esperando en el muelle, junto a una lancha. Lucía como todo un arqueólogo, con pantalones de senderismo, una gorra de ala ancha y una mochila de la cual colgaban una pala y un pico pequeños.

—¿Profe?

—Xolo, ¡buen día! Van a la isla, ¿verdad?

—Bueno, sí, de hecho. ¿Cómo lo sabía?

—Cuando vi que no llegaste esta mañana, me imaginé que estarían aquí. Le ofrecí a tu mamá acompañarlos, y ella dijo que estaba bien. Yo los llevo en mi lancha, si quieren.

—Pero ¿no tiene que dar clases hoy?

—Hasta los profesores se saltan las clases a veces —se rio Félix.

—Pues muchas gracias, profe. Me parece muy bien.

—Es un gusto, Xolo. Me encantan los viajes de exploración. Aquí tengo todo lo que necesitamos. ¿Dónde está Ánaka?

Xolo chifló, y cuando Ánaka se asomó, le hizo señas para que viniera. Ella y Baku corrieron hacia el muelle.

—¿Qué es ese animal? ¿Es un mamut? ¿Un mamut bebé? —El profesor no podía contener su emoción.

Cuando llegaron al muelle, Félix extendió la mano para tocar la cabeza de Baku, pero él intentó esconderse detrás de las piernas de Ánaka, una meta imposible debido a su tamaño.

—Profe, le presento a Baku. —Xolo presumió el mamut—. Tiene seis meses, ¿verdad, Ánaka?

—De seis a ocho, tal vez; no sabemos bien. Oye, Baku, pórtate bien con el profe —lo regañó Ánaka, sin éxito—. Qué raro, profe, nunca lo he visto así de tímido. Pero tampoco ha visto a alguien tan alto y blanco como usted. Ni yo, de hecho.

—No te preocupes, Ánaka. Me ganaré su confianza. Nunca he visto un mamut tan pequeño.

—¿Ha visto mamuts más grandes entonces? —preguntó Ánaka.

—No, no, para nada, nunca —respondió Félix, con una risa abrupta—. Solo he visto fósiles de mamuts adultos. Un mamut vivo, ¡jamás! Qué increíble, y aquí en Mezcala... no lo puedo creer. Pero miren, si nos quedamos aquí platicando, llamaremos la atención de todos. Vamos a la isla.

—¡Sí, vámonos! —asintió Ánaka.

Entre los tres, lograron meter a la lancha a Baku, quien estaba aterrado por el constante balanceo del bote. Félix extendió la mano y ayudó a Xolo a subir. Estaba a punto de ayudar a Ánaka, pero ella saltó desde el muelle, agarró los soportes del techo y se columpió hacia adentro con su distintiva risa contagiosa.

El profesor arrancó el motor.

—¡Listos! Llegaremos en quince minutos, chicos. ¡Qué hermoso día para una expedición!

Era cierto. El aire matutino aún se sentía fresco, pero había pocas nubes, y pronto el día se calentaría. El lago alrededor era un espejo de zafiro líquido que se extendía sin fin hacia todos lados. Xolo levantó la mirada hacia el horizonte. No podía distinguir dónde terminaba el agua y empezaba el cielo. La lancha era una nave viajando entre dos mundos, uno celestial y otro acuático, sin pertenecer a ninguno.

El pensamiento le dio escalofríos. Imaginó el salto entre las dos épocas, las dos líneas de tiempo. ¿Cómo sería eso? Aún más aterrador, ¿cómo se sentiría quedarse atrás, abandonado y fuera de tiempo, viviendo la extinción propia mientras los tiempos iban desapareciendo de la vista?

—¡Aaayyyy! —El jubiloso grito de Ánaka lo sacó de su muerte imaginaria y lo devolvió a la realidad. Ella estaba balanceándose sobre la proa, piernas flexionadas, brazos extendidos hacia los lados, cabello volando hacia atrás, luciendo una enorme sonrisa.

—Ánaka, ven, te vas a caer. Y no tengo con qué sacarte esta vez.

—Yo sé nadar, Xolo. ¿No recuerdas cuando sacamos a Baku del lago? —Se bajó y se sentó junto a Xolo—. Está más sucio tu lago que el nuestro. ¿Qué le han hecho?

—Tienes razón, y es una lástima. Hay muchos químicos en el agua.

—¿Químicos?

—Son como veneno.

—¿Envenenan el agua? —Ánaka estaba escandalizada—. ¿Por qué harían eso? El lago es parte de nosotros. De ustedes. Matarlo es como matar a todos. ¿No saben lo que hacen?

—Los que lo hacen, sí saben. No está permitido, pero no les importa. Valoran más lo que pueden obtener que el lago o la gente que vive aquí. Se supone que está mejorando, pero aún falta mucho.

—Odio a la gente avara. Y casi no odio a nadie. —La cara de Ánaka estaba tensa, afligida—. Pero las personas que toman lo que quieren sin importar cómo lastiman a los demás… a esas, sí las odio.

Una lágrima cayó de su ojo y fue arrebatada por el viento, y Xolo entendió que no hablaba solo del lago. Tocó su brazo.

—Vamos a encontrar el amuleto, Ánaka.

Ánaka le dio un abrazo espontáneo. Xolo se tensó, incómodo, por un momento, luego se relajó y puso un brazo alrededor de ella.

Era malísimo para los abrazos, según él, pero Ánaka parecía consolada. Ella se levantó y contempló la isla, ahora a unos cien metros de la lancha.

—Voy a rodear la isla para que la vean mejor —anunció el profesor, reduciendo la velocidad y el ruido del motor—. ¿Nunca han estado aquí antes?

—No, nunca. —Xolo negó con la cabeza.

—Yo tampoco —dijo Ánaka—. Es más grande de lo que hubiera creído. Desde la orilla parece pequeña.

—Mide mil quinientos metros de largo y hasta quinientos de ancho —informó el profesor—. Aquí vivieron cuatro mil personas durante la Guerra de Independencia, entre 1812 y 1816.

—¿Cuatro mil soldados? —preguntó Xolo.

—No, eran familias completas. Eran campesinos de Mezcala, San Pedro y otros pueblos desde Jocotepec hasta Ocotlán, que resistieron muchos ataques del ejército español, los realistas. La historia es increíble, créanme. Merece ser más reconocida. Eran verdaderos héroes.

Rodearon el extremo de la isla y regresaron por el otro lado, pasando entre la isla principal y una isla pequeña. El profesor señaló las ruinas de fortificaciones en ambas islas, testigos silenciosos de batallas desesperadas y sangrientas.

—Los defensores indígenas colocaron cañones en ambas islas —explicó el profesor— y construyeron muros de piedra bajo el agua. Cuando los soldados realistas intentaban desembarcar, quedaban atrapados en los muros, y los insurgentes los atacaban con hondas y piedras. También recuperaban las bolas de cañón que los españoles disparaban, y las utilizaban en su contra. Después de cuatro años, el ejército realista no pudo vencerlos y tuvo que negociar la paz. Los insurgentes lograron no solo su libertad, sino también la devolución de sus tierras, la reconstrucción de sus casas, donaciones de animales y herramientas de trabajo, así como exención de impuestos.

—Luchaban por sus familias y sus hogares. —La voz de Ánaka era fuerte, sus ojos feroces—. Por eso peleaban así. Los entiendo y los respeto.

Baku, nervioso por el movimiento del agua, se arrimó a Xolo, quien le rascó la cabeza para tranquilizarlo. Mientras Xolo contemplaba la isla, sintió como si cobrara vida. Percibió a los habitantes antiguos con su furia, su resolución, su coraje. Escuchó las risas de los niños jugando, inconscientes del constante peligro, mientras los jóvenes practicaban con hondas y los ancianos discutían estrategias de guerra.

En voz baja y cargada de emoción, Xolo murmuró:

—Más si osare un extraño enemigo profanar con su planta tu suelo, piensa, oh patria querida, que el cielo un soldado en cada hijo te dio.

Ánaka le echó un vistazo sin decir nada.

—Viene de nuestro himno nacional —explicó el profesor—. Es un canto que representa nuestra libertad.

Los tres mantuvieron silencio mientras terminaban la vuelta alrededor de la isla. Finalmente, se acercaron a un muelle pequeño, un hechizo local de tablas viejas y vigas oxidadas. El profesor se bajó para amarrar la lancha. Cuando Baku vio tierra firme, salió disparado, casi tirando al profesor al agua en su urgencia, y corrió por el muelle hasta llegar a la playita de piedras.

—Pobrecito. —Ánaka fue a acariciarlo—. No tengas miedo, ya llegamos.

Los cuatro tomaron una senda corta que serpenteaba entre árboles sorprendentemente altos, hasta llegar a un espacio abierto y sombreado. Junto al camino, letreros oxidados describían los sucesos de la isla, tal como el profesor había explicado. Xolo se detuvo frente a un mapa muy simple que mostraba los edificios y ruinas más importantes: el cuartel, el fuerte y una capilla, entre otros.

—¿Por dónde empezamos? —preguntó Xolo, de repente abrumado por la dificultad de la tarea—. Hay mil lugares donde Uyak pudo haber escondido el amuleto.

Ánaka no respondió. Estaba mirando, atónita, la pulsera en su antebrazo. El kiliak brillaba con una luz roja que subía y bajaba en intensidad, como si palpitara al ritmo de su corazón.

—¡Ánaka! ¿Por qué hace eso? —exclamó Xolo.

—¡No tengo idea! Nunca había pasado. ¿Tal vez puede sentir el amuleto?

Xolo extendió la mano hacia la pulsera. En el momento que sus dedos tocaron las espirales de kiliak, un arcoíris de colores líquidos explotó en su cerebro. Al instante, oyó un rugido de viento, y sintió que una fuerza lo levantaba, como si un huracán invisible y de tamaño individual lo hubiera succionado. Medio segundo después, la fuerza misteriosa lo aventó por el aire, y cayó con un golpe brutal al suelo, a cinco metros del grupo.

«Si esto es la muerte —pensó mientras perdía la conciencia—, es muy bella, y duele mucho».

capítulo siete

Mi abuela es más ágil que tú

Corría como si volara, cuesta arriba, apenas pisando el suelo del cerro boscoso con cada zancada imposiblemente larga. Después de mucho tiempo, llegó a una pequeña explanada de roca que corría al lado de una peña escarpada. Medía unos diez metros de largo y menos de dos de ancho. A la izquierda, había un muro vertical de piedra, imposible de escalar. A la derecha, hacia el lago, la explanada terminaba en un vacío.

Se dirigió al final de la explanada, pegado al muro del peñasco, hasta que se topó con el abismo. Miró por la orilla. A casi tres metros abajo, una cornisa estrecha sobresalía del acantilado y formaba un camino natural y vertiginoso sobre el precipicio.

Brincó sin vacilar a la cornisa y avanzó por la cara del acantilado. El viento gélido le arrastraba hacia el vacío con cada paso. A treinta metros, encontró una fisura en la peña, una brecha entre dos columnas enormes de piedra. Subió por la brecha hasta llegar a un espacio abierto y plano que estaba escondido entre las peñas.

Era algún tipo de santuario, un lugar sagrado y más antiguo que la historia. Estaba a cielo abierto, pero completamente rodeado por acantilados verticales de roca roja y amarilla que se extendían a lo alto. Muchos de los muros alrededor del santuario estaban grabados, otros pintados de rojo y negro. No había leyendas que hablaran de quienes descubrieron este espacio por primera vez, quienes plasmaron su conocimiento sobre sus paredes rupestres, quienes desaparecieron de la memoria sin dejar otra huella más que su arte.

Cuatro columnas de tres metros ocupaban el centro del espacio. Estaban talladas alrededor con símbolos. En medio de ellas, se veía una piedra cuadrada, grabada en la parte de arriba con una gran espiral y en los lados con varias figuras, como el colmillo de Don Rafa. ¿Era alguna especie de altar?

De repente, uno de los símbolos brilló en rojo, y lo miró con cuidado. Era un pájaro. Una isla pájaro. Extendió su mano para tocarlo, pero no era su mano, sino una pata negra con garras largas que daban miedo, y no lo tocó, porque una voz le insistía mucho, y alguien le estaba dando manotazos en la cara, y todo era demasiado molesto.

—¡Xolo! ¡Despierta!

Era Ánaka. Xolo abrió los ojos para encontrarse con una trompa y dos ojos enormes a escasos centímetros de la cara. Baku lo lamió, cubriendo su cara al instante con saliva de mamut. Xolo se sentó y empujó a Baku a un lado.

—Baku, ¡qué asco! —Se intentó secar con la manga—. Estoy bien. Bueno, todo me duele y Baku me embarró de medio litro de baba, pero fuera de eso, estoy bien. ¿Qué fue eso? ¿Qué me pasó?

—No tengo idea —respondió Félix—. Cuando tocaste la pulsera, te fuiste volando como cohete, luego te quedaste inconsciente, igual que en el museo. ¿Seguro estás bien?

—Sí, creo que sí. ¿Qué onda con esa pulsera?

—No sé —contestó Ánaka—. Pero ya dejó de brillar. Mira, está como si nada. ¿Qué te pasó?

—Tuve otro sueño, o visión, o no sé qué fue.

—¿Cómo que otra visión? —preguntó Félix.

—Me pasó lo mismo cuando toqué la cabeza de Baku ayer en mi casa, luego cuando olí el colmillo en el museo. Y ahora con la pulsera hecha con kiliak de mamut. Creo que los mamuts tienen algo en mi contra.

Baku le acarició la cara con la trompa, y Xolo sonrió.

—Bueno, por lo menos este mamut me quiere.

—Y estas visiones, ¿cómo son? —preguntó Ánaka—. ¿Crees que significan algo?

Xolo sacudió la cabeza. No entendía lo que veía, y por alguna razón no quería hablar de él.

—No son nada. Sueños extraños de lugares que no existen. —Se levantó del suelo—. Vámonos, ¿no? De verdad, estoy bien. Se lo prometo.

Estaban a cincuenta metros de la primera atracción de la isla, un enorme árbol que crecía del lado de una ladera de piedra negra y volcánica de unos siete metros de alto. El árbol se destacaba de inmediato por su altura y copa extensa, pero lo más impresionante eran sus raíces de color marfil que descendían la ladera, entretejidas y sinuosas, como un río hecho árbol, una cascada de madera viva. De las raíces crecían varios troncos amarillos que se extendían hacia el cielo con una explosión de ramas y hojas verdes.

Félix comenzó el tour ahí.

—A esto lo llaman el Árbol de la Vida —entonó en modo guía—. Es una especie de árbol que se llama amate. Este mide unos doce metros de ancho, y deberá de tener doscientos años o más. Quiere decir que los insurgentes lo vieron crecer.

Ánaka tomó dos pasos hacia adelante, cerró los ojos e inhaló.

—Kuyima tungit.

Cuando ella abrió sus ojos unos segundos después, Xolo preguntó:

—¿Qué haces, Ánaka? ¿Qué significa eso?

—Estoy honrando a un anciano.

—¿Un anciano?

—Sí. En mi tribu, kuyima tungit significa «guardián del verdadero conocimiento». Los ancianos preservan lo que siempre se ha sabido, lo transmiten y nos ayudan a caminar hacia un nuevo futuro.

Xolo no sabía cómo responderle. Se estaba acostumbrando a eso.

—Pues no sé si te puede escuchar o no —comentó Félix—, pero ¿se imaginan cuántas historias nos podría contar?

—Se parece un poco a un elefante —observó Xolo—. Miren, del lado izquierdo, esa rama curva es la trompa.

—O a un mamut —añadió Ánaka.

De repente, Baku corrió hacia adelante. Se acercó al árbol, volteó su cuerpo hacia la izquierda y levantó la trompa como la rama curva, imitando el árbol masivo.

—¿Te entendió? —preguntó Félix con tono de sorpresa.

—Parece que sí. Siempre entiende más de lo que me imagino. Y siempre quiere jugar.

Continuaron el recorrido, siguiendo el camino hacia la derecha, la parte más ancha de la isla. Unos cien metros adelante, a la izquierda, encontraron un viejo cuartel, construido de piedra, su antigua fortaleza ya hecha ruinas por la naturaleza. A la derecha, a treinta metros, se apreciaba una capilla antigua, construida de la misma piedra y también abandonada.

Finalmente llegaron a la construcción más imponente, el fuerte mismo. Era cuadrado, de unos cuatro metros de alto y cincuenta de largo, rodeado de una fosa, con un gran puente levadizo en la entrada. Después de la guerra, les contó el profesor, toda la isla fue convertida en una prisión, y aquí vivían los funcionarios del gobierno y los guardias.

Entraron y subieron al techo. Xolo contempló la vista hacia el extremo de la isla que no habían explorado. Había una torre ahí, cuadrada, alta, sus únicas ventanas dos pequeñas fisuras por lado.

—Allí echaban a los prisioneros que querían castigar —explicó el profesor—. Los dejaban encerrados días enteros, en condiciones terribles. Era muy terrible.

Xolo sintió escalofríos. ¿Cuánto sufrimiento representaba ese lugar? Casi podía escuchar los gritos de los prisioneros sufriendo ahí.

Salieron del fuerte y regresaron hacia el centro de la isla. Ahí, cerca de la vieja capilla, descansaron bajo la sombra de una arboleda.

—¿Y ahora qué? —De nuevo, Xolo se sentía un poco intimidado—. Esta isla es aún más grande de lo que parecía desde la lancha.

—No sé —contestó Ánaka, su voz un poco cansada—. Volver a recorrer todo, yo creo, más lento esta vez… Oigan, ¿qué está haciendo Baku? —se interrumpió, señalando al mamut que otra vez estaba parado, su trompa en el aire, como estatua.

—Está jugando, ¿no? —respondió Félix—. Está imitando el árbol que vimos al inicio.

Xolo lo observó con cuidado.

—¿Y si no está jugando?

—¿Cómo? ¿A qué te refieres?

—Tal vez quiere que regresemos al árbol. ¿Qué tal si Uyak pensó lo mismo que nosotros cuando vio el árbol? ¿Que se parece a un mamut? Quizás le pareció un lugar lógico para esconder un amuleto que llama a los mamuts.

Ánaka se puso de pie.

—Y fue allí donde tuviste tu…visión, o no sé cómo llamarlo.

—No estaría de más investigarlo más de cerca —opinó Félix, poniéndose de pie también.

Siguieron el camino que recorría el centro de la isla, ahora en dirección contraria. Cuando llegaron al árbol, Baku inmediatamente corrió entre las raíces y se dedicó a mover piedras pequeñas con su trompa.

—Está buscando algo —observó Xolo—. Y no creo que sea chayote.

Ánaka tocó el brazo de Xolo sin decir nada. Él la miró. El cansancio había desaparecido de su rostro, reemplazado por una esperanza naciente. Los tres se acercaron al árbol. Baku estaba casi brincando ahora, y hacía pequeños resoplidos con su trompa, como si estuviera emocionado o frustrado.

Ánaka de pronto jaló el brazo de Xolo.

—¡La pulsera! Mira, está brillando de nuevo.

Al instante, Baku corrió hacia Ánaka y extendió la trompa.

—Dale tu pulsera, Ánaka —sugirió Xolo.

Ánaka se la quitó y la entregó al pequeño mamut, quien empezó a deambular por las raíces del gran árbol que se extendían arriba y abajo en la colina. La pulsera colgaba de su trompa, y la movía de un lado a otro alrededor de las raíces como si fuera un detector de metales.

Xolo había tomado dos pasos en dirección a Baku cuando el profesor le detuvo.

—Déjalo, Xolo. Parece que sabe más que nosotros.

—Creo que tiene razón, profe —afirmó Ánaka—. Todos los mamuts tienen una conexión con el kiliak. Tal vez Baku está usando la pulsera para encontrar el amuleto.

—¿A poco así funciona? —preguntó Xolo.

—Nadie sabe cómo funciona. ¿Cómo podríamos entender un sentido que no tenemos?

—No lo entiendo, pero creo que lo he sentido en esas visiones locas que he tenido. Veo no solo con los ojos de otros, sino con su… con su corazón, o algo así. Con sus sentimientos. Es como… bonito y doloroso al mismo tiempo. Pero es demasiado. Me pierdo por completo.

En los ojos de Ánaka había curiosidad, y algo más. ¿Admiración?

—Ojalá los humanos tuviéramos kiliak, ¿no? —dijo ella—. ¿Te imaginas cómo sería el mundo si todos sintiéramos el dolor de otros?

—Hay mucho dolor en el mundo. No sé cómo manejaríamos tanta emoción.

De repente se escuchó un barrito triunfante. Todos voltearon hacia Baku. Se había subido entre las raíces que serpenteaban por la ladera, y ahora estaba trepado arriba, sobre la ladera misma, donde las raíces terminaban y los troncos del árbol se alzaban. No se veía más que su cola, sobresaliendo entre las ramas y meneándose como un perrito feliz.

—¡Encontró algo! —exclamó Félix.

Los tres se apresuraron al árbol. De cerca, era todavía más grande, un muro fantástico de raíces y ramas entrelazadas. Para llegar a donde estaba el pequeño mamut, tuvieron que subir la ladera volcánica detrás de la rama más grande, la que parecía la trompa del mamut, y treparse entre un laberinto de amate y piedra. Era impresionante que Baku se hubiera metido hasta ahí.

Baku los esperaba en un espacio angosto y plano arriba de la ladera y detrás de los troncos, casi invisible desde abajo. Aquí la roca estaba cubierta de tierra y pequeñas piedras, y plantas crecían alrededor. Aunque Baku no había encontrado el amuleto, era obvio que algo lo tenía emocionado. Con patas y trompa, estaba intentando cavar un hoyo justo en el centro del área. No había logrado mucho progreso por sí solo porque la tierra era dura, y además llena de piedras volcánicas.

—Hacen falta unos buenos colmillos, amiguito —sonrió Ánaka—. No te preocupes, pronto te crecerán.

—Tampoco tengo colmillos, pero estos sí nos servirán. —Félix desamarró la pequeña pala y pico del costado de su mochila—. Solo hay que tener cuidado para no dañar ningún artefacto.

El profesor comenzó a excavar, poco a poco, con movimientos leves que removían escasos centímetros de tierra a la vez. Continuamente daba con piedras que se tuvieron que remover, a veces con la ayuda de Baku, quien podía levantar cuatro veces más que los otros tres.

El sol estaba más alto en el cielo ahora. La temperatura había subido con él, aunque la sombra del árbol los protegía de los rayos más fuertes. Por lo menos era un calor seco, no el bochorno húmedo y sofocante del verano, y esporádicos vientos los refrescaban. Cuando Félix se cansó, Ánaka tomó la pala, luego Xolo.

Pasó una hora. El hoyo ya era de un metro de ancho. Medía apenas treinta o cuarenta centímetros de profundidad, porque habían topado con la roca sólida que formaba la ladera. Después de tanto trabajo, no habían encontrado más que raíces y piedras enterradas.

El profesor se enderezó y se limpió la frente.

—Se me hace que no está aquí —concluyó con frustración evidente en su voz—. Era demasiado optimista pensar que lo íbamos a encontrar a la primera. Opino que debamos buscar por otro lado. Tal vez en la capilla o en el cuartel viejo.

—¿Tú qué piensas, Baku? —preguntó Ánaka.

Baku extendió la trompa y agarró la pala. Luego se movió medio metro a un lado y golpeó la tierra con la pala una y otra vez. El mamut era pésimo para hacer hoyos, pero no estaba dispuesto a rendirse.

—Pues al ataque —suspiró Xolo.

Justo en ese momento, se percataron del sonido de un motor de lancha que se acercaba a la isla.

—Son turistas —informó Félix—. Ya son las 11 de la mañana.

Ánaka tomó la pala de Baku. —Hay que seguir trabajando. Podemos escondernos cuando se acerque la gente.

Durante cinco horas cavaron un agujero tras otro, algunos grandes, algunos pequeños, todos sin éxito. Cada vez que venía un grupo de visitantes por el sendero turístico que pasaba a veinte metros de donde excavaban, tenían que detener la obra y esconderse detrás de los troncos para no llamar la atención.

Para las cuatro de la tarde, el sol se apresuraba hacia el horizonte, y en un par de horas se pondría. Cuando los últimos turistas embarcaron y se alejaron de la isla, los cuatro, exhaustos y desanimados, contemplaron la escena. El espacio detrás del árbol parecía una zona de guerra, como si diez bombas hubieran caído allí. Baku se tumbó al suelo con un quejido enorme.

—No te rindas, Baku —Ánaka lo intentó animar. Sin embargo, ella misma se veía desalentada, como si también estuviera perdiendo la esperanza. Se sentó en una raíz expuesta y puso la cara entre las manos.

Xolo se sentó a su lado.

—Tampoco te rindas, Ánaka. Podemos regresar otro día.

Cuando Ánaka no respondió, Xolo se preocupó. No estaba acostumbrado a verla desanimada. De repente, levantó su cara. En vez de desesperanza, la misma determinación de siempre brillaba en sus ojos.

—A ver. Vamos a pensar esto bien —dijo ella—. La pulsera quería estar con Baku, y Baku no se quiere ir de este lugar. Entonces, tiene que estar cerca, ¿no?

—Pues tiene lógica, pero ya hay más cráteres aquí que en la luna y no hemos encontrado nada.

—¿Qué son cráteres? ¿Y qué tienen que ver con la luna?

—Eh…es que la luna es como una gran bola de piedra y polvo en el espacio… bueno, en el cielo, y gira alrededor de la Tierra, que es otra bola mucho más grande, y hay muchas piedras más chiquitas volando por todos lados también, y cuando pegan la luna, hacen agujeros que se llaman cráteres, y estos se parecen a los hoyos que estamos cavando…

—No, Xolo, la luna es un conejo que muere y nace de nuevo cada veintiocho días.

Su tono no admitía discusión. Comenzó a caminar entre los hoyos, pensativa y distraída.

—¿Y si no está enterrado? —preguntó de repente.

En dos brincos, ella estaba al lado del hoyo original. Se recostó boca arriba en el suelo y comenzó a escanear cuidadosamente el laberinto de ramas que se extendían hacia el cielo sobre su cabeza.

Xolo la contempló, primero para ver qué hacía, luego porque el dorado atardecer bañaba su rostro y cuerpo con luz veteada, y su piel relucía como cobre pulido. Nunca había conocido a alguien así, tanto por dentro como por fuera.

Ánaka no se dio cuenta de su mirada. Estaba registrando las ramas, una por una, buscando algo.

—Vente, Xolo, ayúdame. —Tocó la tierra a su lado.

Mientras Félix cavaba otro agujero, Xolo se acostó junto a ella, hombro a hombro. Una sensación tanto inquietante como agradable lo recorrió cuando sus brazos se tocaron, algo como adrenalina, pero la ignoró.

—¿Qué buscamos? —preguntó él.

—No tengo idea.

—Súper.

—Mira, si Baku sintió el amuleto justo aquí, tal vez tuvo razón, solo que está arriba de nosotros, no abajo.

—O sea que desperdiciamos todo el día jugando en la tierra.

—Pues, ningún esfuerzo es un desperdicio, así dice mi abuela… —Su voz se fue apagando mientras lentamente se ponía de pie, su mirada clavada en algo que Xolo no veía.

—Xolo, Profe, ¡miren!

—¿Qué? ¿Dónde? —el profesor contestó con repentina urgencia.

Pero Ánaka no contestó. Ya estaba trepando al árbol. Subió de rama en rama, ágil y sin miedo, hasta llegar a un punto donde dos ramas se habían fusionado. Al lado del cruce, se notaba un pequeño anillo oscuro en la madera, como si alguien hubiera tatuado el árbol en forma de círculo.

—¿Qué encontraste? —gritó Félix desde abajo, mirando fijamente hacia arriba, la emoción plasmada en su cara.

—No sé todavía. —Ánaka tiró de los bordes del círculo como si intentara desalojar algo de la madera, pero nada se movía—. Xolo, ¡pásame el pico!

—¿Desde aquí? ¿Te lo aviento?

—¿Estás loco? Me vas a matar. No, súbemelo.

«La loca es ella —pensó Xolo— para columpiarse como acróbata a seis metros en el aire», pero no dijo nada. No quería verse como un cobarde. Amarró el pico del profesor a su cintura y con movimientos tentativos se trepó al árbol.

—Apúrate, Xolo, mi abuela es más ágil que tú —gritó Ánaka, riéndose.

Por fin, Xolo llegó a donde Ánaka esperaba. Miró hacia abajo, una mala decisión porque no le gustaban mucho las alturas. Mejor levantó la vista. Podía ver el lago desde ahí, y el sol que se ponía en el oeste. La temperatura estaba bajando, y con cada ráfaga de aire frío, las ramas ondulaban como las olas del lago. Sentía que se mareaba, que se ahogaría en un mar de hojas verdes.

Ánaka volvió a carcajearse cuando vio su nerviosismo.

—No te preocupes, Xolo. Son fuertes. No se rompen. Nada más se mueven con el aire, así. —Brincó con todo su peso sobre la rama donde estaban parados, agitándola con violencia.

—¡Ya, Ánaka! Deja de jugar o nos vas a matar a los dos.

—Chicos, ¿qué está pasando? —exclamó Félix desde abajo.

—Todo bien, profe, solo jugando un poco. —Ánaka dejó de sacudir la rama con una sonrisa traviesa.

—Ah sí, «jugando». Qué divertido —gruñó Xolo.

Juntos examinaron el círculo oscuro, que medía unos quince centímetros de diámetro.

—Este anillo es donde el árbol se sanó alrededor de esta cosa pegada dentro de la madera —señaló Ánaka—. No sé qué es, pero no es parte del árbol.

Xolo tocó el objeto circular. Tenía una textura familiar. Su pulso se aceleró al instante.

—Creo que es marfil.

Los dos se miraron asombrados, solemnes. Con cuidado para no dañarlo, Ánaka hizo palanca con el pico alrededor del objeto. Poco a poco salió de su lugar, hasta que cayó en las manos de Xolo, listas para recibirlo.

—Es algún tipo de caja —susurró Ánaka.

Ella puso su mano en el brazo de Xolo. Ninguno respiró mientras Xolo, con manos temblorosas, giró a ambos lados en sentidos contrarios. La caja se abrió con facilidad. Adentro, había una pequeña hacha decorativa, esculpida de marfil e incrustada de kiliak, con una cuerda de piel perfectamente preservada.

El amuleto.

Los dos se quedaron en silencio por unos segundos. El sol estaba abajo ahora, pero había suficiente luz para apreciar la belleza de la antigua y sagrada pieza en sus manos. Se sentía algo en el aire: una energía viva, orgánica, pulsante.

Xolo se dio cuenta de que estaba sonriendo. A su lado, escuchó un resuello. Ánaka estaba llorando.

—De verdad no sabía si lo íbamos a encontrar —confesó ella —. Te daría un abrazo ahora mismo, pero creo que te morirías de nervios.

—Chicos, ¿encontraron algo? —La voz del profesor rompió la magia del momento.

—¡Ayyyyyy! —gritó Ánaka al cielo, espantando a medio millar de pájaros en los árboles alrededor.

—¡Profe! ¡Lo encontramos! —exclamó Xolo. Luego la rama se movió con el aire, y su alegría se convirtió en terror. —Ánaka, ya hay que bajarnos, ¿va?

Él cerró la caja de nuevo y se la entregó a Ánaka. Ella ya no pudo resistir el impulso y le dio un abrazo espontáneo.

—Gracias, Xolo, con todo mi corazón —susurró en su oído—. No lo hubiera logrado sin ti.

—Hacemos buen equipo. Pero suéltame o nos vas a matar a los dos.

Ánaka lo soltó y gritó:

—¡Profe, ahí le va el pico! ¡Cuidado!

Dejó caer la herramienta al suelo y comenzó el descenso. Aún con la caja en una mano, llegó abajo en cuestión de segundos.

Xolo iba más lento, buscando con cuidado cada punto de apoyo. Era complicado ver las ramas en la penumbra del crepúsculo. Por fin llegó a tierra firme, un poco raspado; pero sano y salvo.

En el suelo, una lámpara que el profesor había traído iluminaba una escena que no esperaba ni entendía.

Ánaka estaba agachada en posición de ataque, daga en mano, ojos entrecerrados, cara tan intensa como un animal atrapado. Baku se escondía detrás de ella.

Tres metros en frente de ellos estaba el profesor, con un cuchillo en una mano, una pistola en la otra, y ojos tan malignos y escalofriantes como la muerte.

capítulo ocho

Eres un monstruo
y siempre te odiaré

Ánaka no parpadeaba, solo respiraba de forma casi imperceptible, su peso balanceado sobre las puntas de los pies, su daga al nivel de los ojos. Parecía una leona a punto de saltar. Ahora sí, era capaz de matar y destripar a alguien.

—¿Profe? ¿Qué está pasando? —preguntó Xolo, confundido.

—Xolo —dijo el profesor con una voz demasiado amigable—. Hazme el favor de explicarle a Ánaka qué es una pistola y por qué debe obedecerme.

—¡Ánaka! No puedes ganar contra una pistola. Es como…es como un arma que lanza relámpagos. Te mata en un instante.

Ánaka no bajó la daga ni dejó de fijar su mirada asesina en el profesor, pero ajustó su peso sobre los talones, adoptando una postura más defensiva.

—Gracias, Xolo. —El profesor sonrió falsamente y guardó el cuchillo, sin bajar la pistola—. Ahora, Ánaka, dame el amuleto.

—¡Jamás! —Ánaka extendió la daga más, y su mirada se intensificó—. Esto representa la vida de mi familia y mi tribu. Lo defenderé hasta la muerte, ¿me entiendes?

—¡Profe! —exclamó Xolo—. ¡No entiendo! ¿Qué está haciendo?

—No es personal, chicos —respondió Félix con una voz fría como el hielo—. Es la única manera de regresar a Nuna.

—¿Regresar? —Xolo no entendía—. Profe, ¿entonces usted sí ha viajado al tiempo de Ánaka?

—Les mentí. Lo siento. —El profesor no parecía sentirlo en absoluto—. Fui por única y última vez hace seis meses. Después de quince años buscando el Corazón de Mamut, por fin lo encontré.

—Pero el amuleto, ¿qué tiene que ver? Usted no lo necesita, y Ánaka sí.

—Porque quiero regresar, y no puedo hacerlo sin el amuleto. Cuando fui, llevé algunos…regalos conmigo. Puntas de lanza de acero. Se las di a los Máruag. Ellos no tienen hierro, mucho menos acero. Solo obsidiana y piedras. Son así de primitivos, y casi creen que soy un dios. Si les llevo más, me van a pagar en marfil. ¿Saben cuánto vale un solo colmillo de mamut, chicos? Más de lo que ganaría en un año en cualquier universidad. Ellos pueden conseguirme tantos colmillos como quiera. Y quiero muchos.

—No puedo creer que el Corazón de Mamut dejara pasar a alguien como tú, kiñakuk. —Ánaka puntualizó sus palabras escupiendo en dirección del profesor.

—Ten cuidado, niña —replicó Félix con una seriedad que erizó el pelo a Xolo—. Por eso necesito el amuleto. Cuando quise regresar por segunda vez, el Corazón de Mamut me negó el paso. —Señaló con su pistola a Ánaka—. Pero esa joya que tienes ahí le abre el paso a quien lo porte.

—Profe, ¡usted sabe que ella necesita el amuleto para defender a su tribu! —protestó Xolo con desesperación—. ¡Es su única esperanza!

—¿Cuál esperanza, Xolo? —Félix se rio—. Su forma de vivir se va a acabar. Tú sabes eso. No son importantes. Ni siquiera la historia los recuerda.

—¡Son importantes para mí! —Ánaka avanzó hacia el profesor.

¡Pum! Una bala impactó el árbol justo al lado de Ánaka, llenando el aire con astillas de madera. Ella se detuvo.

—La siguiente bala va para ti —gruñó el profesor—. Y después, para tu mamut. Ya te advertí. Ahora dame el amuleto y les dejo ir. No estoy jugando, chicos.

Ánaka se puso frente a Baku otra vez, con el amuleto detrás de su espalda. El mamut temblaba de miedo. Xolo se agachó al lado de Baku.

—Profe, no le haga nada a Baku. Es un bebé.

Puso la mano sobre la cabeza de Baku y se concentró en un pensamiento: «Abre la caja y saca el amuleto».

Mil emociones hervían en el rostro de Ánaka, y apretaba su mano libre en un puño como si quisiera golpear y apuñalar al profesor al mismo tiempo.

—¡Traidor! Eres un cobarde. ¡Un asesino!

Félix le ignoró y extendió la mano izquierda sin bajar la pistola.

—Dámelo, Ánaka. Yo regresaré a Mezcala, y ustedes pasarán la noche aquí en la isla. Fríos, pero vivos.

—Profe, profe, espere. —Xolo se enderezó y sutilmente dio algunos pasos hacia un lado—. Hay un problema con su plan.

El profesor giró la mirada hacia Xolo. De reojo, Xolo vio la trompa de Baku acercándose a la caja, abriéndola.

La voz de Xolo era más alta y acelerada de lo que hubiera preferido, pero no podía controlarla.

—Es que… ¡mi mamá! Usted sabe cómo se pone. Se preocupa por todo. De hecho, ya debe estar esperándonos en el malecón…

—¿No crees que pensé en eso? —interrumpió Félix—. Mientras estaban arriba en el árbol, le mandé un mensaje a tu mamá. Le dije que descubrimos que el amuleto está en el Museo de Paleontología de Guadalajara, y que ustedes querían acompañarme a buscarlo, y que ya le preguntaste a tu hermana si podían quedarse con ella. Por supuesto tu mamá dijo que sí. Cuando los encuentren a ustedes aquí mañana, yo ya habré cruzado a Nuna.

Los ojos del profesor estaban entrecerrados, su cara tensa, su tono ácido.

—Ahora necesito tu celular, Xolo. Ponlo en el suelo.

Xolo sacó su teléfono y, tras una larga pausa, lo colocó en el suelo y lo deslizó hacia los pies del profesor.

—Oiga, es un iPhone, y es nuevo. Bueno, nuevo para mí. Se lo encargo mu…

¡Pum! Félix disparó al celular con obvia satisfacción. Se dirigió a Ánaka de nuevo:

—Ahora, Ánaka. El amuleto. No te lo voy a pedir otra vez.

Ánaka extendió la caja hacia el profesor. Sus ojos brillaban con más filo que la daga en su otra mano.

—Eres un monstruo y siempre te odiaré, kiñakuk. —Escupió en la tierra de nuevo, al lado del profesor—. Que tu vida sea corta y tu muerte dolorosa.

—Qué bonitas palabras. —Félix se acercó en triunfo y tomó la caja de sus manos. Sin soltar la pistola, giró los costados de la caja en direcciones opuestas y la abrió.

Su semblante cambió al instante. Con furia homicida en cada movimiento, dejó caer la caja de marfil al suelo y la aplastó bajo su talón, haciéndola añicos.

—¡Ánaka…! —Félix gruñó con voz amenazante mientras levantaba la vista.

Justo cuando su mirada se enfocó en ellos, Baku exhaló en sus ojos un torrente de polvo que había aspirado. Ánaka agarró un palo grueso del suelo y con toda su fuerza golpeó las piernas de Félix. Mientras el hombre caía hacia atrás exclamando de dolor, disparó ciegamente, y la bala pasó entre los dos jóvenes y estalló una piedra detrás de ellos.

—¡Corran! —gritó Xolo.

Ánaka tomó el amuleto de Baku y huyó, seguida por Xolo y Baku. Se escabulleron cuesta abajo entre raíces y piedras, luego corrieron por el sendero turístico hacia el interior de la isla.

La luna aún no había salido, por lo que la noche era oscura, casi opaca. Sin embargo, tanto Baku como Ánaka avanzaban por el camino empedrado como si poseyeran un sexto sentido. Xolo no tenía su habilidad. Tropezó tantas veces que Ánaka finalmente le tomó de la mano para guiarlo. Atrás de ellos parpadeaba la luz de una lámpara. El profesor ya los perseguía.

Siguieron corriendo hasta que vieron, a la izquierda, la entrada a las ruinas del cuartel viejo, donde los soldados insurgentes y sus familias habían vivido durante cuatro largos años.

—¡Por aquí! —urgió Ánaka, jalando a Xolo de la mano hacia dentro.

De noche, el cuartel era un laberinto oscuro de muros, columnas y patios, todos hechos de piedra. El lugar habría sido fuerte e impenetrable en su época, pero hoy estaba en ruinas, sin techo, desmoronándose bajo la fuerza del tiempo y las plantas que crecían en cada ranura.

Detrás de ellos, el profesor se acercaba, gritando algo. Promesas de muerte, seguramente. Xolo sabía que no dudaría en disparar si los alcanzaba.

A su derecha, una hilera de habitaciones, con sus techos completamente derrumbados, se extendía a lo largo del complejo, bordeando un gran patio central. Los tres corrieron de habitación en habitación, buscando refugio; sin embargo, todas eran demasiado pequeñas y expuestas.

En la tenue luz que las estrellas arrojaban, las ruinas eran monstruos fantásticos, esculpidos por el tiempo y la gravedad, perfilándose contra el cielo. Xolo no creía en fantasmas, pero si existían, este sería un lugar perfecto para ellos. Tanta muerte en esta isla. Quizás hoy la cifra aumentaría por dos, más un mamut.

Detrás de ellos, la luz de la linterna bailaba alocadamente por los muros. El profesor ya había entrado en el cuartel.

Cuando llegaron al final de la hilera de habitaciones, se encontraron con el grueso muro que rodeaba todo el antiguo lugar. Giraron a la izquierda y cruzaron el patio central, pegados al muro, en busca de algún escondite. Estaban muy cerca del lago ahora. Xolo podía oír las olas rompiendo contra la orilla de la isla, al otro lado del muro.

Alcanzaron el extremo opuesto del patio y se ocultaron detrás de una pequeña construcción circular con menos de dos metros de alto. Según el profesor, ahí adentro los defensores fabricaban la pólvora que usaban.

—¿Cuántos relámpagos tiene una pistola? —susurró Ánaka en su oído.

—¿Seis, tal vez? Pero puede recargarla. Es demasiado peligroso enfrentarlo.

—Entonces debe ser un ataque sorpresa. Tú vas a ser la carnada. Yo me subo arriba de uno de estos muros. Haz ruido para que el profesor te siga, y cuando pase por debajo de mí, le tiro una piedra encima de la cabeza.

—¿¡Qué!? ¿Siempre matas así a la gente?

—¡Claro que no! Acompañé a mi papá y a mi abuela cuando cazaron a un oso, y así lo hicimos. Yo fui la carnada. Me divertí mucho.

—¿Te divertiste? Estás mal de la cabeza, Ánaka. Pero no puedes hacer eso con el profesor. Los osos no tienen pistolas ni linternas como él. Si te ve con esa luz, podría dispararte desde lejos. Serías un blanco fácil en el muro.

—Entonces, ¿qué? ¿Tienes una mejor idea?

De repente, Baku golpeó a ambos con su trompa. Se callaron de inmediato. El profesor había apagado su linterna, y no se escuchaba nada, ni voces ni pisadas. Podría estar cerca. Xolo trató de percibir algún sonido, pero solo oía su propia respiración entrecortada y las olas constantes del lago.

—¡Xolo! —El grito del profesor rompió el silencio como una bala y rebotó por los muros. Estaba en el centro del patio, no muy lejos de su escondite—. No quiero lastimarte, Xolo. Entréguenme el amuleto y los dejaré ir. Se los prometo.

El pozo donde se escondían Xolo, Ánaka y Baku estaba en el rincón extremo del patio, contra esquina con la entrada. Estaban atrapados. La noche se había vuelto más fría, y el viento sollozaba entre las ruinas como las voces de almas perdidas.

Pasaron diez segundos, veinte, treinta.

—Ánaka, ¡escúchame! —El profesor escupió las palabras con un tono lleno de odio—. ¿Quieres que Xolo muera? ¿Tú le vas a decir a su mamá que murió por tu culpa?

Los jóvenes no se movían ni respiraban. El haz de la lámpara recorría el patio como el faro de una prisión, iluminando piedras, muros y pasto seco.

La voz del profesor volvió a hacer eco entre las ruinas:

—¡Ya estoy harto de este juego, niños! Donde quiera que corran, los voy a encontrar. O se entregan ahora, o les va a ir muy mal.

Xolo sintió el aliento caliente de Ánaka en su oído.

—Si nos quedamos aquí, nos va a encontrar —susurró ella urgentemente.

De repente, Baku se aferró al brazo de Xolo con su trompa y lo jaló en dirección del muro, a pocos metros detrás. Con su otro brazo, Xolo tocó la espalda de Ánaka.

—Baku quiere que lo sigamos —le susurró.

—Espera.

Ánaka recogió una piedra y la lanzó al otro extremo del patio, hacia los cuartos que habían recorrido minutos antes. En el silencio nocturno, el sonido del impacto retumbó como un disparo de cañón. Al instante, el haz de luz se giró hacia los cuartos, y Xolo oyó pasos alejándose.

—Vamos. —Ánaka empujó a Xolo, quien empujó a Baku, quien corrió hacía el muro.

De nuevo, Baku se movía con una agilidad impresionante. En segundos, ya estaban inspeccionando el muro en busca de una salida. Estaba tan deteriorado en varias partes que Xolo y Ánaka pudieron treparlo con facilidad.

Baku, sin embargo, no podía hacerlo, por más que intentaba. Solo logró subir sus patas delanteras al muro, y desde ahí los quedó mirando con ojos enormes y tristes.

—No te preocupes, Bakucito, no te vamos a dejar atrás —le aseguró Xolo.

Varios árboles delgados crecían justo al otro lado del muro. Xolo agarró el tronco del más pequeño y flexible y lo inclinó hacia el mamut.

—Agárrate, Baku, como hiciste en el lago.

Baku enrolló su trompa alrededor del árbol y tiró. Ánaka y Xolo bajaron y lo empujaron por detrás, gruñendo con el esfuerzo.

—¿Cuánto chayote comiste, gordinflón? —se quejó Ánaka.

Finalmente, Baku logró subirse al muro, balanceándose en sus cuatro patas como un elefante de circo sobre un balón.

—Vamos, Baku, ¡salta! —instó Ánaka.

El mamut obedeció y aterrizó con un estruendo al otro lado. Xolo y Ánaka lo siguieron, y los tres se escondieron detrás del muro.

—¡Xolo! ¡Ánaka! ¡Sé que están ahí!

El haz de luz ahora saltaba frenéticamente entre los árboles sobre sus cabezas, y se oían pisadas apresuradas. El profesor se acercaba.

Baku los guio por el exterior del muro, regresando hacia el sendero central de la isla, el mismo por el que habían llegado al cuartel. Ánaka y Xolo se agachaban en las partes más bajas del muro para esconderse del haz de luz. Varias veces, Baku se detuvo para olfatear, su trompa en el aire como un periscopio, y luego continuó.

Pasaron diez minutos avanzando paso a paso. Ya no se oía al profesor, quien había apagado de nuevo su linterna.

Vieron el sendero adelante. Si lograban llegar a otra parte de la isla sin que Félix se diera cuenta, podrían esconderse toda la noche y buscar ayuda por la mañana, cuando el lugar se llenaría de nuevo con turistas y guías.

Baku estaba respirando con un silbido extraño ahora, como si tuviera polvo en su trompa. Xolo sabía lo que venía, pero no podía hacer nada.

«¡Achuuu!» El estornudo rompió el silencio tenebroso como un trueno. El resultado era de esperarse, y llegó de inmediato.

¡Pum! ¡Pum!

El muro de piedra al lado de sus cabezas explotó bajo el impacto de las balas, y una lluvia apocalíptica de polvo les cubrió. La linterna del profesor se encendió nuevamente, a escasos veinte metros detrás, y el profesor gritó algo que no se entendía, su voz haciendo eco como el alarido de un demonio en la noche.

No tenían otra opción más que correr, así que eso hicieron, cruzando el camino y adentrándose más en la isla.

No hubo más disparos. Tal vez al profesor le quedaban pocas balas, o simplemente no tenía un tiro claro.

A treinta metros adelante, en silueta contra el cielo estrellado, divisaron la antigua y abandonada capilla de la isla, un edificio más alto que ancho, construido con las mismas piedras volcánicas que el resto de las edificaciones.

Corrieron hacia la capilla. Las puertas altas de madera se habían podrido desde hace décadas, y entraron sin ningún obstáculo.

—Creo que no nos vio —jadeó Xolo, intentando recuperar su aliento—. Pero ¿qué hacemos ahora?

—No sé. Déjame pensar.

La furia de Ánaka contra el profesor se había transformado en fría resolución. Caminaba en círculos por el interior de la iglesia, sumida en sus pensamientos.

Xolo se asomó por la puerta y echó un vistazo en dirección del cuartel. El profesor había vuelto a apagar su linterna, pero sin duda se acercaba, invisible bajo el manto de la noche, en busca del amuleto que tanto deseaba. En el horizonte oriental, la luna, grande y naranja, empezaba a emerger.

—Nunca se va a rendir. —El susurro de Ánaka en su oído le espantó—. Creo que tenemos dos opciones: una, robamos su lancha; dos, peleamos.

—Amarró la lancha al muelle con un candado —respondió Xolo, también susurrando—. Y no tengo la llave.

—No sé qué es un candado ni una llave, pero entonces solo nos queda pelear.

—Hay otra opción. Podemos escondernos aquí hasta mañana.

—¡Nos va a encontrar! —Ella negaba urgentemente con la cabeza, apenas visible en la oscuridad—. La isla no es tan grande. Por eso digo, es mejor atacarlo primero. No lo espera, y si lo sorprendemos, no puede matarnos a todos.

—Ay, qué alivio. Nada más morimos algunos.

—Yo aceptaría morir si con eso pudiera salvar a mi familia.

—No lo dudo, Ánaka. Solo que, si tú mueres, yo no tengo la menor idea de qué hacer con el amuleto.

—Bueno, ahí sí tienes razón. Además, en mi época, morirías en un día sin mí.

—Otra vez, no lo dudo.

—Entonces prometo no morir. No creo que el profesor me mate tan fácilmente.

Xolo estaba a punto de responder cuando, de repente, un pequeño cilindro de vidrio cayó junto a los tres y se rompió, llenando el aire con un olor tan amargo como la muerte.

—¿Para qué matarlos si los puedo dejar inconscientes? —La escalofriante voz del profesor provenía de arriba, de una brecha entre el techo y el muro.

El aire quemaba y la risa de Félix resonaba en el cerebro de Xolo, como si rebotara en un túnel sin fin. Un sueño irresistible lo arrastró al suelo, junto al cuerpo ya inerte de Ánaka. Pero ¿dónde estaba Baku?

Mientras lo buscaba con sus ojos, lo único que podía controlar todavía, oyó pisadas que descendían por escaleras ocultas, y luego sobre su cuerpo se cernió la doble y borrosa imagen del profesor, que pronto fue tragada por la oscuridad más absoluta de su vida.

capítulo nueve

Aquí huele a crueldad

Un rayo de luz polvoriento lo despertó. Se cubrió los ojos con el brazo, intentando detener el dolor pulsante en su cabeza, pero no funcionó.

Miró a su alrededor. Aparte de dos delgadas barras de luz que filtraban por ranuras verticales en el muro que miraba al amanecer, todo era una densa y apestosa oscuridad. Escuchó pisadas cerca de su cabeza.

—¿Quién está ahí? —Se sentó con prisa y volteó hacia el ruido.

—Soy yo. —Ánaka estaba caminando en círculos agresivos.

—¿Dónde estamos?

—No sé. Es una prisión cerrada y terrible. Aquí huele a crueldad.

—¿Y Baku? ¿Dónde está Baku?

Ánaka no contestó por unos segundos. Cuando por fin habló, su voz temblaba:

—No lo sé. Pero lo voy a encontrar. Y si ese traidor, ese monstruo, le hizo algo a mi Baku... te juro, Xolo, me vengaré.

—Baku es fuerte. Medio bobo a veces, pero fuerte. Vamos a encontrarlo.

—¡El profesor tiene el amuleto, Xolo! Era nuestra única esperanza.

—También lo encontraremos. No nos queda de otra. Pero primero tenemos que salir de aquí.

Xolo se puso de pie con cuidado, la cabeza aún nublada y dolorida. La memoria de la noche anterior regresó: el profesor en el techo, lanzando un frasco de algún químico que los dejó inconscientes.

Qué horror. Después de tanto esfuerzo, perderlo todo así era la injusticia más cruel. Y para colmo, estaban encerrados en lo que parecía ser una celda abandonada. Era cuadrada, de unos cuatro metros por lado, con dos ranuras en cada muro que servían de ventanas. El piso y los muros estaban hechos de la misma piedra que los demás edificios de la isla, y la única salida era una puerta de madera.

—¿Y esa puerta? —preguntó Xolo.

—Ya intenté tumbarla, pero es demasiado gruesa. Ven, lo intentamos juntos.

Patearon la puerta al unísono, con furia y cada vez más desesperación, hasta que Xolo creyó que se le rompería un hueso, pero no obtuvieron resultado alguno.

—¿Y si gritamos por una ventana? —preguntó Xolo, jadeando—. Tal vez hay turistas o guías cerca.

Se asomaron por una de las fisuras. Apenas se veía la parte trasera del fuerte a unos veinticinco metros de distancia. No había ventanas ni puertas visibles, solo un muro impenetrable. Xolo sabía dónde estaban ahora: en la torre de castigos que el profesor había señalado ayer.

No se veía gente por ningún lado. Aunque hubiera, a esta distancia difícilmente escucharían los gritos. Peor aún, durante el día nadie bajaría hasta la torre. Los recorridos turísticos terminaban en el fuerte.

Gritaron, sin embargo, juntos y por separado, hasta quedarse roncos. Por fin se sentaron exhaustos en el piso de piedra. Mientras recuperaban el aliento, Xolo preguntó:

—¿Por qué dijiste que huele a crueldad aquí? Yo diría que huele más bien a humedad.

—Porque lo siento. En el aire. En los muros. Este lugar debe tener una triste historia. ¿No lo sientes tú?

Xolo olfateó varias veces con su nariz en el aire.

—Nop. Nada.

—Pareces un conejo cuando haces eso. —A pesar de la seriedad del momento, Ánaka se rio.

—Gracias, qué amable. Pero en serio, creo que la gente de mi tiempo hemos perdido algo de nuestros sentidos. No veo como tú ves de noche, ni escucho, ni corro como tú.

—Tal vez. Pero creo que tienes algo que yo no tengo. Tu conexión con Baku es muy especial. Tienes un don, Xolo, y es para algo.

Se quedaron en silencio unos momentos más, luego Ánaka se levantó y volvió a caminar en círculos.

—Ya, Ánaka, me estás mareando.

—No puedo con esto. ¡Me estoy volviendo loca!

Ánaka puso su boca en la ventanita y gritó con toda su fuerza al exterior:

—¡Me estoy…volviendo…locaaaaa!

—¡Güey! ¡No manches! —La voz vino de afuera de la apertura—. Casi me dejas sordo, güey, ¡tranquila!

—¿Charal? —exclamó Xolo, incrédulo.

De todas las voces que pudo haber esperado, Charal habría estado al final de la lista. No, ni siquiera habría estado en la lista.

Un segundo después, una víbora peluda se deslizó por la ventanita.

—¡Baku! —Ánaka llamó el nombre con una alegría que Xolo compartía—. ¡Qué bueno que estás a salvo! Ahorita salimos de aquí. No te preocupes, todo va a estar bien.

Xolo se acercó a la ventana.

—Charal…eh, qué sorpresa, güey. Oye, ¿nos ayudas con la puerta? Está al otro lado.

Unos segundos después, hubo ruidos detrás de la puerta, seguidos de la voz de Charal.

—¡Tiene candado, güey! Pero déjame ver qué puedo hacer.

Pronto se escuchó otro grito de Charal:

—¡Encontramos un palo de metal! ¡Oigan, ¿creen que este bruto de animal podría…? Ah, parece que ya entendió, ya agarró el palo y…¡Oye! ¡Cuidado! No me vayas a pegar, güey.

El chirrido de metal contra metal hizo eco en la celda, y segundos después, un rayo cuadrado de luz iluminó el interior. Dentro del rayo lucían las siluetas de un chico flaquito y un mamut gordito.

Ánaka salió primero, luego Xolo, deslumbrado y adolorido. Ánaka puso sus brazos alrededor del cuello de Baku y lo apretó fuerte, casi llorando de alegría. Baku jaló la pierna de Xolo con su trompa para incluirlo a la fuerza en el abrazo grupal.

—No quiero interrumpir tanta lloradera, pero ¿alguien quiere explicarme qué está pasando? —Charal estaba parado al lado del grupo, con los brazos cruzados—. ¿Xolo? ¿Por qué estaban encerrados aquí? ¿Dónde está el profesor? Tengo muchas preguntas, güey.

Xolo escapó del abrazo y contestó:

—Pues…¿por dónde empiezo? Ánaka es…

—Es una cavernícola —interrumpió Charal—. Y el elefante peludo es un mamut. Los dos vienen de otra época buscando algún tesoro mágico para salvar a su tribu. Ya sé todo eso.

—¿Ya sabes todo eso?

—Sí, es que estaba en la calle afuera de tu casa cuando se lo explicaste a tu mamá.

El ruido fuera de su casa. Entonces no fue Gus. —¿Nos estabas espiando?

—No a propósito. —Encogió los hombros como si abogara por su inocencia—. Iba pasando por tu casa cuando escuché unos gritos terribles, y me detuve un poco frente a la ventana para asegurar que todos estaban bien. Cuando ustedes y el profesor faltaron a clases hoy, me imaginé que estaban buscando el amuleto, entonces decidí venir a la isla a acompañarlos. Luego encontré a este animal mutante siguiéndoles el rastro, y lo acompañé. Si están buscando un tesoro, yo quiero ser parte. Bueno, quiero una parte. Lo merezco porque les salvé la vida. Nadie los hubiera encontrado aquí hasta demasiado tarde.

—Gracias por eso —respondió Xolo.

—Sí, muchas gracias —añadió Ánaka—. Acepta mi amistad. —Puso sus manos en los hombros de Charal y trató de acercar su boca y nariz a su mejilla, pero Charal brincó hacia atrás, batiendo sus manos como si espantara un enjambre de mosquitos.

—¿¡Qué haces, güey!? —berreó en confusión—. Él es tu novio, no yo.

—No somos novios, güey —protestó Xolo—. Solo amigos. Y no estamos buscando un tesoro. Es un amuleto.

—Pero es mágico. Entonces sí vale mucho.

—No, no es mágico —insistió Ánaka—, pero sí es muy valioso para mí. Ese profesor kiñakuk nos lo robó y nos dejó aquí para morir.

—¿Qué significa kiñakuk? Siempre lo dices —preguntó Xolo.

—Cara de cola.

Charal se rio.

—Acabo de descubrir tu nuevo apodo, Xolo. Kiñakuk. Me gusta.

Xolo lo ignoró. De todas las personas en el mundo, tenía que ser Charal quien los encontrara. Qué mala suerte.

—Charal, ¿tienes tu celular? Para avisar a mi mamá dónde estamos.

—No... —Charal frunció el ceño. Se veía apenado—. Es que...ya sabes cómo es mi tío. Se enojó y me lo quitó.

—Que mal, lo siento.

Xolo no conocía personalmente al tío de Charal, pero estaba al tanto de su reputación. Se supone que era pescador, pero pasaba más tiempo consumiendo alcohol que pescando, y tenía la mala fama de ponerse agresivo cuando se emborrachaba. Pasaba la mayoría de las tardes afuera de su casa, sentado en una vieja silla de metal, tomando caguamas y chiflándole a las mujeres. Xolo desconocía por qué Charal vivía con él, ni qué había pasado con sus padres.

Ánaka interrumpió sus pensamientos.

—Tenemos que encontrar al profesor. ¿Cómo llegaste a la isla, Charal? ¿Nos ayudas a regresar?

—Mi tío me prestó su lancha. Bueno, la tomé prestada sin decirle nada, pero es casi lo mismo, ¿no? Sí, vámonos, les doy un aventón.

Cuando llegaron al muelle de la isla, estaba desierto. Eran las diez de la mañana y los embarcaderos turísticos pronto comenzarían a llegar. Los cuatro subieron al bote de Charal, una panga vieja con un motor que tardaba ocho intentos en arrancar y no tenía sombra alguna.

A pesar de la antigüedad del motor, cuando Charal abrió el acelerador al máximo, la lancha volaba. Ánaka se sentó en frente con piernas cruzadas y el rostro al viento. Baku, en cambio, parecía miserable en la parte trasera, cubriéndose los ojos con las orejas para no ver el agua. Xolo se sentó a su lado y le rascó la cabeza.

—Ya casi llegamos, Baku, no te preocupes.

En lugar de dirigirse al malecón de Mezcala, Charal llevó la lancha a la derecha del pueblo, a una chayotera abandonada no muy lejos de la casa de Xolo.

—Aquí los dejo para que nadie vea a Baku —explicó Charal.

Antes de bajarse, Ánaka le sonrió a Charal.

—Muchas gracias. Eres un buen amigo.

—¡Ja! No me acuses de eso —reaccionó con una risa burlona, luego señaló a Xolo con desdén—. Ese güey nerd no es mi amigo.

—Charal —continuó Ánaka, ignorando el comentario—, ¿no quieres ayudarnos a buscar al profesor?

—¿Qué? —exclamaron Xolo y Charal al unísono.

—¿Ayudarlos? —Charal sacudió la cabeza y resopló—. No, gracias. Si no hay tesoro, no voy a arriesgar mi vida. Ya tengo suficientes problemas.

—Sí, no, claro. Vamos sin ti, no pasa nada —respondió Xolo con cierto alivio.

Baku ya había saltado a tierra firme. Ánaka y Xolo también se bajaron, y Charal se fue en la lancha sin mirar atrás. Los tres caminaron a la casa. Para sorpresa de Xolo, el auto de su mamá estaba estacionado afuera. Él abrió la puerta.

—¿Mamá? ¿Ya llegaste?

No hubo respuesta. De repente, escucharon un ruido en el segundo piso, como si algo se hubiera caído al suelo. Subieron las escaleras. Al final del pasillo, la puerta del dormitorio de su mamá estaba abierta. De ahí venían más ruidos, más golpazos de objetos tirados al suelo.

Cuando entraron, Mari estaba balanceada sobre una silla junto al armario. Tenía la cabeza y medio cuerpo metido dentro del armario y sus manos extendidas hasta arriba, aparentemente buscando algo que había guardado en la parte más inalcanzable de la última repisa.

—Mamá, ¿qué haces? Déjame ayudarte, te vas a caer.

—¡Xolo! —Su voz estaba amortiguada por la ropa—. ¡Gracias a Dios! Dame un segundo, casi lo alcanzó. Aguas, ahí les van más cosas.

Aventó unas bolsas de quién sabe qué al piso, tal vez ropa de bebé de Xolo, y nubes de polvo en forma de hongo se alzaron de donde cayeron. Al parecer, por fin encontró lo que buscaba, porque bajó sus brazos y sacó la cabeza del armario. Tenía una mochila de piel en sus manos. La sopló y otra nube de polvo se esparció por la habitación.

—Mija, ayúdame con la mochila, por favor. Ahí la puedes poner, sobre la cama.

Ánaka tomó la mochila y Xolo ayudó a su mamá a bajarse. En cuanto tocó el suelo, abrazó a Xolo hasta casi asfixiarlo, luego hizo lo mismo con Ánaka, y empezó a hablar sin parar.

—Qué bueno que están bien, chicos. No saben cómo me espanté. Es que le hablé a Xóchitl hoy en la mañana y pregunté por ustedes, y ella me dijo que no sabía nada, que tú nunca le escribiste, Xolo, y que nunca llegaron a su departamento, y yo le dije que cómo era posible que el profesor Félix me hubiera mentido así, y ella me dijo que viniera hoy mismo para ayudarme a buscarlos, pero yo le dije que no, en caso de que ustedes llegaran ahí, y luego fui al museo, pero Don Rafa no los había visto y tampoco podría creer que ese desgraciado Félix les hubiera hecho algo, pero me dijo algo importante, y eso es que él sospecha que en algún momento, Félix visitó tu mundo, Ánaka. ¿Lo pueden creer? Porque yo no, estoy sin palabras. Pero ustedes cuéntenme, ¿qué pasó? ¿Por qué no regresaron anoche? ¿Y dónde está el profesor?

—Mamá, no quiero que te espantes —empezó Xolo—, pero el profesor… no es quien creíamos.

Ánaka interrumpió, casi gritando con furia ardiente:

—¡Es un maldito traicionero mentiroso kiñakuk y jamás dejaré de odiarlo! Nos quiso matar con su pistola, luego nos drogó con algo, nos robó el amuleto, y nos abandonó para morir atrapados en una celda.

—¿¡Qué!? ¿Y no quieren que me espante con eso? —Mari se veía más que espantada.

—Te lo iba a decir con más…cuidado —lamentó Xolo, lanzando una mirada exasperada a Ánaka—. Pero sí, básicamente eso es lo que pasó. Ah, y también destruyó mi iPhone a balazos. Qué mala onda, ¿no?

—¡Hijo! ¿Casi te mata ese desgraciado y solo puedes decir «qué mala onda»? No sabes lo peligroso que es todo esto.

—Su hijo actuó con valentía, tía. —Ánaka le tocó el brazo y habló con sinceridad—. Debería estar orgullosa de él.

Mari se relajó un poco. Casi sonrió.

—No lo dudo. Como les dije la otra noche, se parece mucho a su padre.

De pronto la expresión de Mari se volvió seria, dubitativa, como si luchara con una decisión.

—Hay algo que debes saber, mijo. Siempre supe que este momento llegaría. Hubiera querido protegerte unos años más, pero veo que ya estás listo para entender lo que te voy a decir.

Titubeó otro momento, luego sonrió. Habló con fuerza ahora, incluso con orgullo:

—Xolo, tu papá era de Nuna. Y Uyak era tu abuelo.

capítulo diez

Está diseñado para ser peligroso

Tanto Xolo como Ánaka estaban boquiabiertos ante las noticias. Xolo sacudió la cabeza. ¿Qué? ¿Cómo? Si su papá era de Nuna, entonces él era mitad…¿cavernícola? ¿Y su abuelo era un anauk, que al parecer era alguna especie de sabio o chamán o inventor que convivía con mamuts y tallaba amuletos mágicos para esconderlos doce mil años en el futuro?

Era…demasiado.

¡Demasiado increíble! De repente, un entusiasmo inesperado le brotaba.

—¿Soy de Nuna? Bueno, ¿mi papá era de Nuna? ¿De la era de hielo? ¡Qué loco! No lo puedo creer. Pero ¿cómo? ¿Qué? O sea…

Mari se rio al ver su reacción.

—Perdóname por no decírtelo antes, mijo. Es que, estabas muy chico y no hubieras entendido. De hecho, no lo he platicado con nadie porque es algo que la gente no entendería, pues.

—¿Y mi hermana? ¿Xóchitl lo sabe?

—Sí, ella sí. Xóchitl nació en Nuna. Es nuniana. Pero no la recuerda y nunca ha regresado.

—Tía —intervino Ánaka—, entonces es posible que mi familia conozca a tu esposo. ¿Cómo se llama?

—Se llamaba Tukiun, pero no creo que tu familia lo haya conocido, porque era de la tribu de los Nipiruk. Es otro pueblo del lago, pero más hacia el este, según lo que me contó Tukiun. Por lo que ahora es San Pedro Itzicán.

—¿Los Nipiruk? He escuchado de ellos. Saben montar caballos, cosa que ninguna otra tribu ha hecho. También están en peligro, tía. Los Máruag amenazan a todos.

Xolo ya no estaba escuchando la conversación. Su entusiasmo se había transformado en temor. Un temor que pesaba como una piedra en su vientre. ¿Su papá «se llamaba» Tukiun? ¿Por qué hablaba así de él?

—Mamá… ¿Y mi papá? ¿Dónde… dónde está ahora?

La voz de Xolo le fallaba. Esta pregunta le había atormentado durante incontables noches. Era lo que más quería entender. Pero ya sospechaba, ya temía la respuesta.

Mari tomó la mano de Xolo, y su cara se volvió seria.

—Hijo, no sé cómo decirte esto. Creemos que tu papá… falleció, hijo. Lo siento, sé que no es nada fácil escucharlo.

Xolo se quitó la mano y volteó hacia la pared para que nadie viera su cara. Por fuera, estaba estoico, pero por dentro, fluían torrentes de sentimientos revueltos: tristeza, coraje, incredulidad, amargura, abandono, dolor y mil emociones más que no tenían ni nombre.

Por fin habló, su voz sorprendentemente estable:

—Pero ¿cómo pasó? Lo único que me has dicho es que se fue de casa y no regresó. ¿No sabes cuánto me ha dolido eso?

Ahora predominaba el enojo. El enojo y la confusión. ¿Cómo podía contarle esto ahora, después de tantos años sin decir nada?

—Lo sé, Xolo. Y lo siento. Pero nunca te mentí, solo te dije que se fue y no volvió, y es la verdad.

Mari estaba llorando ahora, quebrantada y vulnerable.

—Tu papá intentó viajar a Nuna hace cinco años y algo… algo salió mal, yo creo, porque nunca regresó. Yo sé en mi corazón que jamás hubiera abandonado a su familia, y ha pasado tanto tiempo… si estuviera vivo, ya hubiera regresado y… —No pudo continuar.

Xolo quería entender, quería perdonar, pero las emociones incandescentes que corrían frenéticas por su interior no lo permitían. Soltó a su mamá, apretó las manos en puños y caminó en líneas rabiosas por el cuarto. El coraje no hacía más que crecer, y se notaba en su voz.

—¡Pero no entiendo! No es justo. Y no puedo creerlo. Mamá, ¿cómo sabes? ¿O simplemente te diste por vencida y ya? Hay que buscarlo. ¡Tal vez nos necesita!

—Xolo, ¿no crees que lo busqué? —respondió con ternura—. Cuando vi que tu papá no regresaba, fui al cerro en muchas ocasiones durante meses, tratando de encontrarlo. Recorrí todos los cerros y valles buscándolo. Te prometo, Xolo, hice todo lo posible.

Xolo resistía aceptarlo con toda su fuerza, pero sabía que decía la verdad. La soledad y tristeza en su rostro eran pruebas suficientes.

Puso sus brazos alrededor de su mamá y sintió cómo lloraba, cómo descansaba en él. Ella también había sufrido mucho. Más de lo que él había llegado a entender.

Después de unos momentos, Ánaka tomó la mano de Mari con una de las suyas, y la de Xolo con la otra. Había lágrimas en sus ojos también.

—Lo siento mucho, tía, Xolo. Su tristeza es mi tristeza.

Cuando sintió que su mamá dejó de llorar, Xolo la soltó y volvió a caminar por el cuarto.

—¿Cómo sabes que no se quedó atrapado en Nuna? Tal vez el Corazón de Mamut no lo dejó viajar.

—Durante un tiempo, pensé lo mismo. Pero luego encontré esta mochila cerca del Corazón de Mamut.

Mari tomó la bolsa de la cama y la levantó. Era grande y tenía dos correas de piel en la parte de atrás.

—Esta era de tu papá. La llamaba su «bolsa de trucos» porque ahí guardaba lo que necesitaba para sobrevivir. Nunca la hubiera abandonado. Por eso pienso que ya... que ya no está con nosotros. La guardé para ti, Xolo. Sé que él querría que la tuvieras.

Xolo tomó la mochila y, con un nudo en la garganta, la abrió.

Primero, sacó un palo extraño de tal vez cuarenta centímetros de largo. Lo giró en sus manos, examinándolo. Estaba hecho de marfil pulido, con una muesca en un extremo y un agarre envuelto en hilo al otro. Estaba incrustado de incontables puntos de kiliak y grabado con figuras y símbolos, similar a la pulsera de Ánaka.

—¡Es un atlatl! —exclamó Ánaka—. Y es increíble. Nunca he visto uno tan hermoso.

—¿Un atlatl? ¿Qué es eso?

—Es un arma. Una lanzadardos. Yo te puedo enseñar a usarlo. Colocas una lanza o dardo en esta muesca, y luego tiras el brazo hacia abajo como si estuvieras lanzando una piedra. El atlatl es como una extensión de tu brazo, como un codo extra, por decir. Te da mucha más fuerza.

—¿Y no es peligroso? —preguntó Xolo.

—¿Peligroso? —Ánaka sonrió—. Es un arma. Está diseñado para ser peligroso.

—No, me refiero al kiliak. —Señaló los puntos rojos—. Ya sabes cómo me pongo con ese material.

—Pues… solo hay una manera de saberlo.

Xolo tocó el agarre con un dedo. Nada. Ni emociones extremas, ni visiones inexplicables, ni huracanes invisibles que lo arrojaran por el aire.

Sujetó el atlatl con más confianza y lo levantó hasta su hombro. Al sentir el kiliak contra la palma de su mano, una repentina ola de cariño lo inundó. Imaginó a su papá riéndose mientras le enseñaba a lanzar una bola de béisbol. Tan rápido como llegó, la memoria se disolvió, y Xolo se encontró sonriendo. Sintió una paz profunda.

—Hay puntas de lanza, plumas y cuerdas en la mochila, y un cuchillo también. Solo tienes que cortar palos para hacer los dardos —explicó Mari.

Xolo metió la mano y sacó una punta de lanza. Era de obsidiana, afilada y perfectamente tallada, de seis centímetros de largo.

—¡Órale! Qué chido. No se metan conmigo, ¿eh?

—No te tengo miedo, Xolo —sonrió Ánaka—. No matarías ni a una ardilla.

Xolo volvió a hurgar en la mochila y sacó dos piedras: una negra, la otra dorada.

—Es pedernal y pirita —explicó Ánaka—. Para hacer fuego.

Por último, Xolo encontró dos pequeños sacos de piel. Abrió el primero y notó al instante una fragancia extraña pero agradable, como una mezcla de pino, limón y menta. Cuando sacudió la bolsita boca abajo en la mano, salieron varias bolitas blancas de alguna sustancia pegajosa, del tamaño de granos de maíz.

—Es resina de un árbol que crece en los cerros de Nuna —respondió Mari antes de que preguntara—. Se llama copal. No sé cómo funciona, pero tu abuelo usaba el copal para crear los piku, como la pulsera de Ánaka.

«Tu abuelo». Todavía esas palabras le causaban cierto choque mental. Se encontró sonriendo de nuevo. Ojalá hubiera conocido a Uyak.

Dentro del segundo pequeño saco, Xolo encontró una barra roja de veinte centímetros de largo, tan dura y translúcida como la obsidiana. La identificó de inmediato: kiliak. El material extraño reflejaba la luz como un diamante, con matices de morado y naranja que le despertaban memorias del atardecer sobre el lago.

—Eso es más poderoso y precioso de lo que te imaginas, Xolo —dijo Mari—. O por lo menos eso siempre decía tu papá. Era un regalo de Uyak.

Xolo guardó la barra con cuidado. Le tenía mucho respeto al kiliak. Era demasiado impredecible.

Estaba a punto de meter todo en la mochila cuando vio, en el fondo, una cajita pequeña y plana, hecha de marfil. La sacó y la abrió. Dentro había fotos viejas y descoloridas. Primero, una de sus padres en su boda. Luego, otra de Xóchitl, cuando tenía doce o trece años. Y, por último, una de Xolo, a los nueve años, con el bate de béisbol de su papá sobre su hombro, sonriendo a la cámara.

Ahora sí, Xolo no podía detener las lágrimas. Mari lo abrazó, y Ánaka y Baku también. Después de unos momentos, Xolo resopló fuerte y se limpió las mejillas con la manga de su playera.

—No estoy llorando —insistió con una leve sonrisa—. Saben, creo que nunca voy a perder la esperanza. Pero si ya no vive, por lo menos tengo recuerdos de él.

Mari lo soltó y lo miró con una mezcla de ternura y seriedad.

—Hay otra cosa, Xolo, Ánaka. Algo que no les dije anteayer cuando me platicaron del amuleto porque… porque para ser honesta, tenía miedo de perder a mi hijo como perdí a su papá. Pero entiendo ahora que la decisión no es mía.

Exhaló y con rostro solemne continuó, hablando más lento de lo normal, como para enfatizar la importancia de sus palabras:

—El amuleto que encontraron es una conexión con los mamuts, eso sí, pero los mamuts no confían en los humanos. Uyak fue una excepción. Hizo un pacto con ellos. Mi esposo me dijo que una vez fue con Uyak a verlos, y los mamuts lo recibieron, pero solo porque era su hijo.

—No entiendo, tía —respondió Ánaka—. ¿Estás diciendo que no hay esperanza? ¿Que no me escucharán?

—Ánaka, creo que Xolo debe estar contigo cuando los llamas, por ser el nieto de Uyak. —Se dirigió a Xolo—. Pero te soy sincera, no quisiera que te fueras, porque sé que es muy peligroso.

Ánaka no dijo nada. No le pediría a Xolo dejar a su familia para salvar la suya, pero sus pensamientos estaban escritos en sus ojos. Si los mamuts únicamente escucharían a un nieto de Uyak…

—Es tu decisión, mijo —concluyó Mari, su voz casi un susurro.

Ánaka asintió con la cabeza. Xolo no sabía qué pensar. Hace tres días, no había oído hablar de Ánaka, de Nuna, de los Tazik o los Nipiruk. No había visto un mamut de verdad. Ni siquiera había visitado la isla de Mezcala, mucho menos peleado por su vida allí contra un profesor maníaco.

Ahora tenía en sus manos la vieja mochila de su papá y sabía que la sangre que recorría sus venas era mitad nuniana. Y que ese mundo estaba en peligro. Era mucho que asimilar.

Vio de nuevo la foto de su papá. Otra vez, ese sentimiento de paz lo inundó. Levantó la mirada. Su mamá no estaba llorando, para su sorpresa. Estaba mirando la foto también, sonriendo como si fuera el día de su boda, y Xolo supo al instante que la misma paz le acobijaba.

Guardó la foto, puso la caja y las demás cosas en su mochila, y se la colgó al hombro. Sabía lo que tenía que hacer; lo que quería hacer.

—Es mi gente también. Voy contigo, Ánaka. Cuentas conmigo.

Ánaka gritó con alegría y lo abrazó tan fuerte que temía que sus ojos saldrían de sus órbitas. Su mamá solamente inhaló con fuerza, pero enseguida se controló.

—Hijo, ¿estás seguro?

—Sí, mamá. —Trató de decirlo con fuerza, pero su voz tembló un poco.

—Estoy tan orgullosa de ti, mijo —respondió Mari. Luego puso sus manos en sus caderas y comenzó a hablar con su energía usual—. Bueno, chicos, mi esposo siempre decía que en Nuna, a los jóvenes se les consideran adultos a partir de los trece años, pero ¿saben? Incluso los adultos tienen que desayunar. Ya son las 11:30 y no han comido nada. Xolo, ya sabes cómo te pones cuando no comes, y eres tan delgado. No quiero que te me enfermes. Ni modo que los dos lleguen medio muertos a casa de los papás de Ánaka. ¿Qué pensarían de mí? Vamos a la cocina.

—Ma, arruinaste el momento.

—Vamos, les preparo algo.

—Sí, ma.

—Sí, tía.

Bajaron a la cocina. Mientras Mari cocinaba, Baku salió por la puerta trasera para buscar una última prueba de chayote, y Ánaka y Xolo hicieron planes para su viaje al Corazón de Mamut. Según ella, estaba a tres horas a pie, en los cerros detrás del pueblo.

Cuando Mari les sirvió los platos, Ánaka preguntó:

—Tía, ¿no puedes ir con nosotros?

—Sí quisiera, pero no puedo. ¿No les dijo Don Rafa? Nadie de nuestro tiempo puede cruzar. Lo intenté muchas veces. Parece que únicamente los nunianos, y muy pocos de ellos, pueden entrar. De hecho, Xolo, es posible que te niegue el paso porque solo eres mitad nuniano.

—Ay, no diga eso, tía, por favor —protestó Ánaka mientras torpemente maniobraba un tenedor, intentando llevar una mordida de huevo con jamón a la boca—. El Corazón de Mamut sabe que lo necesitamos.

—No sé cuánto yo pueda aportar —respondió Xolo, riéndose de la lucha de Ánaka por desayunar—. Tú eres la que sabe cazar osos, mamuts y profesores kiñakuk.

—Y tú hablas con mamuts y eres el nieto de Uyak. El Corazón de Mamut tiene que dejarte cruzar.

—Ojalá. —Xolo terminó su plato y lo llevó al fregadero—. Vámonos entonces. Seguramente el profesor salió muy temprano. Tiene muchas horas de ventaja.

Ánaka abandonó el tenedor y rápidamente comió tres puñados más de huevo, luego agarró un pedazo de pan para llevar.

—¡Estoy lista! ¡Baku, vente, ya nos vamos!

—Tu ropa, Ánaka. —Mari la detuvo—. La lavé cuando fueron a la isla. Está en la cama de Xóchitl.

Ánaka bajó las escaleras cinco minutos después, vestida de nuevo en su túnica de piel. Se veía contenta y caminaba con confianza. Le quedaba bien esa túnica, mucho mejor que la ropa de Xóchitl.

Mari le dio un codazo nada sutil a Xolo y medio susurró:

—Es muy bonita tu amiga, mijo.

—¡Ma!

Mari puso dos bolsas de plástico en la mesa.

—Les hice lonches, chicos, y aquí hay botellas de agua para el camino, y algunos chayotes para Baku. Obedezcan a los padres de Ánaka, no se metan en problemas y regresen pronto. Y si hace frío, usen abrigos para que no se enfermen. ¿Me escuchas, Xolo? Todo te hace enfermar.

—Ma, ya, qué exagerada eres.

Ella tomó la cara de Xolo entre sus manos y trató de esconder una lágrima que se le había escapado. Xolo era más alto que ella por veinte centímetros, pero de repente él se sintió como un niño pequeño. Por alguna razón, en esta ocasión, no le pesaba el sentimiento.

—Xolo, te pareces tanto a tu papá. No te dejaría ir si no confiara en ti. Eres todo un joven ahora, pero sigues siendo mi bebé. Cuídense mucho y regresen pronto, ¿me entienden?

En la puerta, Mari les dio un abrazo a los dos. Se fueron por la calle, y cuando Xolo volteó, la vio ahí en la entrada de la casa, despidiéndose con una sonrisa seguramente un poco forzada. Por un segundo consideró la posibilidad de que no la volvería a ver, pero rechazó la idea de inmediato.

Caminaron medio kilómetro por la calle que rodeaba el lago. Luego Ánaka tomó un sendero casi invisible que desviaba rumbo a los cerros, la entrada demarcada por tres piedras planas que ella debió haber apilado cuando llegó. El camino ondulaba entre árboles y piedras, subiendo levemente hacia la sierra. Era la una de la tarde y el calor les pesaba. Xolo ya estaba sudando y todavía no llegaban a la parte difícil.

—Mira, Xolo. —Ánaka señaló una piedra grande al lado del sendero. Era lisa y gris, y sobre su superficie estaban talladas figuras extrañas, parecidas a la pulsera de Ánaka. Eran petroglifos, como los que habían visto en el museo.

—No inventes, ¡qué padre! ¿Los hizo tu tribu?

—No, tienen que ser más recientes, pero aun así muy antiguos.

Xolo tocó la piedra con su mano y sintió las ranuras profundas, talladas por manos antiguas. Llevaba toda su vida en esta región, y un año en Mezcala, y jamás había venido aquí. Increíble que todavía existieran restos de una civilización que desapareció hace quién sabe cuántos cientos o aún miles de años. ¿Qué habrían estado intentando comunicar? Quizá parte de su historia estaba plasmada aquí, solo que los humanos modernos habían perdido el conocimiento necesario para entenderla.

—No la vayas a saludar de amuk, Xolo, ya sabes cómo te afecta —se rio Ánaka—. Hay otras piedras también. Por toda esta zona. Las encontré buscando el amuleto.

Siguieron caminando cuesta arriba otra media hora. El terreno era mucho más empinado ahora, pero Ánaka era incansable. Xolo ya conocía esa expresión en su rostro: un revoltijo de determinación, coraje y desesperación. Él no tenía la misma condición física y finalmente se detuvo.

—Ánaka, espera, creo que Baku necesita descansar. —Intentó sofocar sus jadeos para que ella no se diera cuenta.

Baku lo miró con gratitud. Pobrecito. ¿Cómo soportaría el calor con tanto pelo? Ánaka se quedó parada mientras Xolo y Baku se tumbaban en el suelo.

—Oye, Xolo —rumió ella, mientras sacaba las botellas de agua y se las ofrecía—, si solo los nunianos podemos cruzar por el Corazón de Mamut, ¿cómo es que el profesor lo hizo hace seis meses?

—No lo había pensado. ¿Crees que nos mintió?

—No. Hemos escuchado rumores de que los Máruag tienen armas extrañas, de algún material que no se rompe. Las nuestras son de obsidiana, que es más frágil, y están diseñadas para cazar, no para guerrear.

—¿Entonces cómo lo hizo?

Ella se sentó a su lado y tomó un trago de agua.

—Tal vez tenga un piku también.

—Pero a tu papá no le funcionó la pulsera, y él es nuniano.

Ánaka encogió los hombros y contestó:

—Únicamente entendemos en parte al Corazón de Mamut… nadie puede explicarlo por completo.

Xolo frunció el ceño, perdido en sus pensamientos.

—Si tuviera un piku… eso podría explicar cómo se comunica con los Máruag. Pero ¿cómo lo habrá conseguido? No es como si los vendieran en línea.

—¿En línea?

—Ehm, olvídalo. Cuando todo esto termine, recuérdame explicarte el internet.

Ánaka tomó otro trago de agua, luego preguntó con cautela en su voz:

—Xolo, ¿crees que tu papá… tenía un piku?

—Me imagino que sí, ya que su papá sabía hacerlos. ¿Por qué? ¿Crees que Félix lo encontró?

—Eso… o algo peor.

Un frío golpe de horror lo paralizó. Si Félix le había hecho algo a su papá… No quería ni pensarlo.

—Vámonos. —Xolo se levantó y con urgencia renovada volvió a caminar.

capítulo once

Tuve que casi morirme

Ascendieron, descendieron y ascendieron más, conquistando colinas y cruzando barrancas, hasta que el lago quedó tan abajo y tan lejos que parecía una fotografía. El aire se sentía más fresco ahora. El sol había bajado a 45 grados sobre el horizonte, y el viento soplaba y chiflaba en sus oídos.

El sendero zigzagueaba entre árboles de copalillo, zapote y amate. Xolo se maravilló con Ánaka. ¿Cómo sabía por dónde ir? Se detenía a veces, orientándose con el sol, el lago, los cerros, y luego continuaba. En algunos lugares, había apilado tres o cuatro piedras planas que ahora les servían de indicadores.

Platicaron poco y descansaron menos, solo cuando era necesario. La urgencia era palpable. Con cada minuto que pasaba, el profesor se alejaba, y con él, el amuleto.

Después de dos horas de esfuerzo brutal, por lo menos para Xolo, llegaron a una explanada de piedra en la orilla de la montaña, un mirador natural que ofrecía una vista panorámica del lago. Al frente, los pueblos en la ribera opuesta parecían minúsculos, como juguetes de un mundo diferente y una época irreal. Se detuvieron para comer sus tortas de pierna adobada, una especialidad de Mari.

Cuando Xolo terminó su torta, caminó a la orilla de la explanada. Era un precipicio escarpado de 150 metros, si no es que más, y la vista por el vacío era tanto bella como espantosa. Se sintió mareado de repente y tomó un paso rápido hacia atrás.

De pronto, todo era extrañamente familiar: la explanada de piedra, el precipicio, el viento. ¿Había estado aquí antes? Una sensación de déjà vu inundó su mente, y parpadeó algunas veces en confusión. No podía ser el mismo lugar de su visión. ¿O sí?

Con cuidado, regresó al precipicio y se asomó, buscando la cornisa que le había servido de camino en la visión. No había nada. Solo el abismo profundo y un par de buitres negros planeando silenciosos en las corrientes de aire.

—Xolo, ¿qué haces?

La voz de Ánaka interrumpió su concentración. Volvió donde ella y Baku terminaban de comer.

—Este lugar se parece demasiado a la visión que tuve en la isla. ¿Recuerdas cuando tu pulsera empezó a brillar, y la toqué, y casi me morí?

—Ehm, recuerdo cuando te quedaste sonso por unos momentos… pero ¿casi morirte? No recuerdo esa parte —respondió con una sonrisa traviesa—. Y nunca me contaste lo que viste ahí.

—Vi este lugar. Bueno, creo que era este lugar. Se veían un poco diferente. Y yo me veía diferente también… creo que era una gata dientes de sable. —En cuanto lo dijo, se dio cuenta de lo absurdo que sonaba.

—Tú y tus gatos, Xolo —se rio Ánaka—. ¿Debo estar preocupada?

—Ja. Ja. Ja —contestó con sarcasmo. Señaló la peña, imposible de cruzar sin la cornisa que aparentemente se había erosionado a lo largo de doce mil años—. Había algo importante allá. Algo… sagrado. Como un santuario.

—¿Un santuario? —Dejó de burlarse al instante—. ¿Cómo era?

Xolo describió el estrecho sendero por la cara de la peña, la fisura entre columnas de piedra que desembocaba en un espacio oculto y olvidado, y los acantilados cubiertos de grabados sagrados.

—Es Inukara — concluyó Ánaka finalmente, su voz teñida de incredulidad.

—¿Inukara? ¿Qué es eso?

—Ahí es donde tenemos que llevar el amuleto.

—Súper. Hay que recuperarlo, entonces. ¿Ya terminaste de comer?

—Xolo, espera. —El tono de Ánaka era de asombro, casi miedo. Se acercó y puso su mano en el brazo de él—. Inukara es un lugar de leyendas. Pero su ubicación se perdió de la memoria hace muchas generaciones. ¿Cómo supiste que existía? Y más que eso, ¿cómo supiste que está justo aquí?

—A ver, Ánaka…¿Cómo que se perdió de la memoria? O sea, aunque tuviéramos el amuleto, ¿ni siquiera sabías a dónde llevarlo?

—Sí sabía. A Inukara. El paso siguiente después de recuperar el amuleto iba a ser encontrar Inukara.

—Esa parte no me la dijiste.

—Esa parte no me la preguntaste. Pero no me has contestado. ¿Cómo viste un lugar que ni siquiera sabías que existía?

—Fácil. Solo tuve que casi morirme. —Xolo sonrió—. No, pero en serio, fue un sueño nada más, ¿sabes? Y mis sueños nunca significan nada. No confíes mucho en lo que vi.

—Confío mucho en ti.

Su tono era sincero, y sus grandes ojos marrones lo miraban con la misma intensidad de aquella noche junto al lago en que se conocieron. De repente, Xolo fue muy consciente de su mano descansando sobre su brazo. «No te pongas rojo, menso», se rogó por dentro, pero en vano.

Ánaka tocó su mejilla con un dedo.

—Ay, creo que te estás quemando, Xolo. Yo también. Hace mucho calor en tu mundo. Vámonos, ya falta poco.

Pronto Xolo descubrió que la frase «ya falta poco» se referiría a la distancia, no a la dificultad, ya que la siguiente media hora fue la más agotadora de todo el viaje, si no de su vida. Finalmente llegaron a la cima del cerro, donde se detuvieron para descansar. Ya no les quedaba ni agua ni comida. Baku se tumbó en el suelo con un suspiro dramático. No aguantaría mucho más.

—Ahora sí, casi llegamos —aseguró Ánaka—, y lo que falta es plano o de bajada.

—¿Cómo es posible que el profesor haya traído armas de acero hasta aquí? —preguntó Xolo—. Deben pesar mucho.

—Tienes razón. Entonces no llevó muchos cuando cruzó la vez pasada. Y si ahora porta más, no creo que haya avanzado tan rápido como nosotros. Tal vez podamos alcanzarlo.

Reanudaron su camino. Caminaron más rápido ahora, conscientes de la poca distancia que les quedaba. Al llegar a una arboleda densa, Ánaka se detuvo.

—Aquí empieza la bajada. Es la parte más complicada. Baku, ten cuidado.

Giró a la izquierda. El cerro estaba empinado, y los tres tuvieron que descender agarrándose de árboles y piedras. En algunos tramos, el sendero no era más que desniveles de piedra de basalto, irregulares y filosas, donde cualquier traspié habría resultado en una caída terrible.

Tras diez minutos de miedo, salieron a un espacio estrecho y llano. A su derecha había una serie de paredes rocosas casi verticales, con árboles y plantas creciendo a su alrededor. A la izquierda, doscientos metros abajo, otra barranca profunda y verdosa se extendía hacia la distancia.

—¿Qué son esas? —preguntó Xolo, señalando decenas de pinturas rupestres que cubrían la pared rocosa—. ¿Ustedes las pintaron?

—No, no existen en mi época. Tal vez los mismos que hicieron los petroglifos abajo pintaron estas. Pero este lugar tiene una energía especial, y no me sorprende que otras personas la hayan sentido. Vamos, la cueva está aquí enseguida.

Al rodear un afloramiento de roca, frente a ellos apareció una fisura estrecha y poco profunda en la cara de la peña. Ánaka se detuvo en la fisura y respiró profundamente.

—Aquí es.

—¿Dónde?

Xolo no veía ninguna cueva. La fisura tenía solo dos metros de profundidad como mucho. Esperaba algo más… cavernoso.

—Atrás de esta peña —contestó Ánaka—. Mira, te voy a explicar qué vamos a hacer. Esto es como saltar de un río de tiempo a otro mientras ambos fluyen.

—¿No dijo Don Rafa que era como saltar de un bote a otro?

—Exacto, nada más que no hay botes.

—¿Cómo?

—¡Te lo estoy explicando! Ya deja de interrumpir.

Xolo se calló, y Ánaka continuó.

—Cuando lleguemos allí, vas a ver que los tiempos se unen y se separan como dos rios movedizos, vez tras vez. —Mientras hablaba, Ánaka juntaba y alejaba sus palmas como si fueran dos peces nadando lado a lado en el aire—. Tienen un ciclo, un ritmo. Cuando están juntos, brincamos de un río al otro. Es sencillo. Peligroso, pero sencillo. Solo requiere concentración. Hasta Baku lo hizo sin problemas, y él brinca como un perezoso gigante. ¿Entiendes todo eso?

—No entiendo nada de eso, pero ya me estoy acostumbrando. Te sigo. Vamos… ¿pero por dónde?

—Por aquí.

Ánaka entró al pequeño espacio en la peña. Xolo la siguió, luego Baku. Xolo sintió la trompa del mamut envolver su brazo. Él también estaba nervioso.

—Baku, vamos a estar bien. Pronto estaremos en Nuna.

En cuestión de segundos, se encontraron frente a la pared rocosa al fondo.

—¿Qué pasa ahora? —preguntó Xolo.

—Tiene que abrirse. La fisura se separa más, y hay un pasillo ahí.

—¿Cómo? ¿La montaña se abre?

—Si el Corazón de Mamut te deja cruzar, sí. Si no, no. —Se escuchaba preocupada—. Cuando mi papá intentó hacerlo, no sucedió nada. La peña se quedó así. Luego, Baku y yo venimos sin él, y cuando entramos aquí, la montaña se abrió al instante.

—¿No hay un botón o algo así? ¿Alguna frase mágica?

—No, nada de eso, te digo. ¡Entramos y ya! —La desesperación crecía en su voz.

Ella recorría el estrecho espacio, nerviosa, dando vueltas alrededor de Xolo y Baku. Se detuvo y empujó con todas sus fuerzas contra el muro pedregoso, luego lo golpeó con el puño.

—¡Déjanos pasar!

Xolo no sabía qué hacer. Ánaka tenía pánico en su rostro ahora. Eso no era una buena señal.

Baku tocó la espalda de Xolo con su cabeza, pero este no le prestó atención. Estaba demasiado enfocado en el Corazón de Mamut, esa fuerza invisible y misteriosa, que al parecer le había negado el paso. El mamut le volvió a golpear, más fuerte ahora.

—¡Ay, Baku! Eso sí me dolió. ¿Qué haces?

De pronto, Xolo sintió cómo su mochila se levantaba y se deslizaba de su hombro. Cuando se volteó, Baku había puesto la mochila en el suelo y con su trompa intentaba abrirla. Xolo aflojó la cuerda que mantenía la mochila cerrada.

—¿Qué buscas, Baku? Ya no queda comida ahí.

Baku sacudió la mochila boca abajo, y todo su contenido cayó al suelo. Recogió la bolsita de copal y se la entregó a Xolo.

—¿El copal? ¿Qué quieres con el copal, Baku?

Ánaka dejó de recorrer el espacio y se acercó.

—El copal se usa como incienso. Tal vez Baku sepa algo, Xolo. Pero no es fácil encender fuego para quemarlo.

—Ya sé. Y para mí, imposible. Por eso, traje esto. —Sacó de su bolsillo un encendedor y sonrió al ver la confusión de Ánaka—. Esto te va a gustar.

Recogieron palitos y Ánaka los acomodó en forma de pirámide sobre un pedazo suelto de basalto. Xolo colocó dos bolitas de copal encima y encendió la flama. En segundos, los palitos ardían.

—Yo quiero uno de esos — dijo Ánaka maravillada.

Ánaka elevó la piedra al nivel de su barbilla y sopló con cuidado para avivar la llama. En segundos, hilos de humo fragante llenaron el espacio, filtrándose entre las grietas del muro hacia arriba.

Una espiral de humo envolvió el rostro de Xolo. Tosió fuerte y cerró los ojos para protegerse. Cuando los abrió dos segundos después, se encontró cara a cara con un hombre anciano y arrugado, de cabello blanco como el sol y ojos que irradiaban una energía azul y cálida.

Uyak.

Tenía que ser él. Vestía una cazadora de piel gruesa, con capucha contra el frío, y portaba una lanza con punta de obsidiana.

Xolo sabía que estaba soñando, pero no quería volver en sí. Más bien, quería conocerlo, abrazarlo, hacerle mil preguntas que saltaban como chapulines por su cerebro.

Uyak no habló, solo golpeó el muro rocoso dos veces con su lanza. Luego sonrió a Xolo, un gesto tan similar al de su padre que el chico asombrado contuvo el aliento. Tragó otra bocanada de humo, volvió a toser con violencia, y la visión se disipó junto con el incienso.

De repente, un estruendo resonó, como si la montaña les cayera encima. Los dos gritaron: Xolo de miedo, Ánaka de gozo. Tierra suelta y piedras pequeñas cayeron alrededor del grupo mientras la fisura se fue abriendo, poco a poco, hasta revelar un pasaje estrecho y bajo que se dirigía al corazón del cerro.

—¡Te está dejando pasar, Xolo! ¡El copal funcionó! —Ánaka estaba brincando de alegría.

—Más bien, fue…fue mi abuelo —respondió Xolo—. Bueno, eso creo. Apareció en el humo.

—Qué extraño…

—No más extraño que todo esto. —Señaló el agujero negro frente a ellos—. Una montaña acaba de abrirse. De hecho, es más que extraño. Es imposible.

Ánaka dio un paso hacia dentro, luego volteó hacia Xolo y Baku.

—¡Vámonos! Aquí empieza la parte divertida.

—Mejor dicho, la parte peligrosa —murmuró Xolo.

—Por eso mismo.

Caminaron en fila por el pasaje angosto. El pasillo sombrío, junto con el olor a polvo, le recordó a Xolo la guarida del gato dientes de sable, aunque no era la misma cueva. Avanzaron unos cincuenta metros en línea recta, y luego la cueva comenzó a descender en un ángulo pronunciado. Se escuchó un retumbo atrás, como si la montaña los tragase vivos, y pronto cualquier luz restante se extinguió.

—Eso no da miedo ni nada —comentó Xolo, su voz tan oscura como la cueva.

—La montaña se cerró. Ya no hay vuelta atrás.

Xolo se sentía nervioso, pero menos de lo esperado. La curiosidad y la determinación de luchar por Ánaka y los Tazik predominaban. Decidió enfocarse en eso, no en la espantosa realidad de estar sepultados bajo una cordillera.

Sacó su encendedor. La flama alumbraba apenas un metro adelante, pero era mejor que nada. Sin embargo, a los cinco minutos, la llama parpadeó y se apagó. Se había quedado sin butano.

Continuaron a ciegas, tanteando las paredes mientras se enterraban más en la montaña. Entre la negrura asfixiante y el túnel claustrofóbico, el tiempo perdió todo sentido. Ya no existía ni pasado ni futuro, solo un presente sin luz, sin fin, sin salida.

Justo cuando Xolo empezaba a cuestionar si todavía estaba vivo, o si ya había muerto y esto era el camino al infierno, Baku inhaló ruidosamente por la trompa. O iba a estornudar, u olfateaba algo.

—Huele a agua. Vamos bien —anunció Ánaka desde adelante.

Para Xolo, el aire solo olía a polvo. La voz lejana de Ánaka le indicó que se había quedado rezagado, y apresuró el paso por el pasaje oscuro. «Ojalá no haya estalactitas por acá —pensó— o me voy a descalabrar».

Momentos después, sintió una corriente de aire fresco y húmedo en su rostro. Alrededor de veinte pasos más adelante, comenzó a escuchar el murmullo del agua, y percibió un brillo azul en la distancia, apenas visible.

—Ánimo, ya casi llegamos —aseguró Ánaka.

El rugir del agua crecía con cada metro que avanzaban. Había otros colores ahora, y eran más pronunciados. Destellos de azul, rojo, morado y amarillo bailaban sobre las paredes del túnel rocoso, iluminando los filones de cuarzo que atravesaban la piedra. Parecían venas y arterias, como si viajaran por el corazón mismo de la montaña.

De repente, el pasillo se abrió más, mucho más, y desembocó en una caverna tan amplia y alta que parecía no tener fin. Ahora se revelaba la fuente de las luces y del ruido: dos ríos sinuosos, uno al lado del otro, fluyendo en la misma dirección, pero no de agua, sino de innumerables puntos coloridos de luz fosforescente, como bioluminiscencia. No se distinguía de dónde venían ni a dónde iban. Simplemente existían y fluían, imparables y veloces como el tiempo.

Xolo estudió los ríos. Eran peculiares, no solo porque estaban hechos de luz, sino también porque su curso cambiaba constantemente. Las curvas de los ríos fluctuaban en un ritmo regular, sincronizadas pero en contraposición, siendo uno el reflejo en espejo del otro.

La oscilación le recordó a Xolo los diagramas de ondas de luz que había visto antes, con sus picos y valles distribuidos alrededor de un eje central. ¿Existieran las ondas de tiempo? No lo sabía.

En breves momentos, las curvas de los ríos se aproximaban hasta casi rozar, para luego alejarse a gran distancia. Este ciclo se repetía, los ríos ondulando y serpenteando sin fin, como víboras subterráneas pintadas con los colores del arcoíris.

—Recuerda, no es difícil —insistió Ánaka en su oído, por encima del ruido—. Solo un pequeño salto y ya. Lo hacemos juntos.

—Va —respondió Xolo. De verdad, no parecía difícil, pero estaba agradecido de que los tres pudieran cruzar al mismo tiempo. No confiaba mucho en su ritmo.

Se adentraron juntos en el río. No era frío ni mojado, y no se sentía corriente alguna. Xolo miró hacia atrás y, para su sorpresa, vio la entrada del túnel ahora muy lejos. Estaban en movimiento, llevados por una fuerza imperceptible pero veloz. Sintió un golpe de pánico.

Ánaka notó su preocupación y le tomó la mano. —Todo va a estar bien. Confía en mí. Solo fíjate en el otro río. Mira, ya se acerca.

Las curvas de los ríos se acercaban ahora. Era hipnótico observar todo: la luz, los colores, la corriente…

—¡Xolo! ¿Estás listo?

Xolo apretó su mano en respuesta. No se sentía listo, pero nunca lo estaría, y prefería hacerlo ya. Tres segundos…dos…uno…

—¡Baku, ya! —Ánaka dio un empujoncito a Baku, quien con un brinco cruzó al otro río. Al instante, ella hizo lo mismo, quedándose también a salvo. Xolo saltó medio segundo después.

Justo cuando lo hizo, sintió una mano en su hombro que le jaló fuerte hacia atrás, y escuchó una voz familiar gritando, «¡Espérame, güey!», y vio entonces la cara horrorizada de Ánaka, mirándole desde cada vez más lejos, mientras él resbalaba, se caía, se hundía en la oscuridad, dejado atrás por el tiempo.

XOLO DÍAZ Y EL CORAZÓN DE MAMUT

capítulo doce

Todo esto es tu culpa

Todo era oscuridad. No la oscuridad del espacio exterior, porque aquella no pesa; sino la del fondo del mar: una negrura líquida, densa, sofocante.

¿Caía? ¿Subía? No sabía. Aquí ni la gravedad, ni la luz, ni el tiempo parecían importar. ¿O ya había muerto? Quizás esa era la mejor explicación. Nadie le había dicho qué sucede después de ser dejado atrás por el tiempo, porque de aquí nadie regresaba para aclarar dudas.

—¡Xolo!

La voz de Charal en la oscuridad lo sorprendió. Primero, porque significaba que no estaba muerto, y segundo, porque Charal nunca le había llamado por su nombre. Para Charal, todos eran güey.

—¡Charal! —gritó Xolo desesperado a las tinieblas opacas. Su corazón latía con temor, y aún más con furia, y eso se notaba en su tono. No podía creer que esto estuviera sucediendo.

—¡Güey! ¡Qué bueno que estás aquí! Pensé que nos habíamos muerto. ¿Dónde estás? ¿Y dónde estamos?

Xolo intentó localizar la voz, pero no venía de ningún lado, sino de todos lados, como un eco. Aparentemente, estaban suspendidos en una especie de éter primordial. Las voces de ambos sonaban extrañas, como si se transmitieran a través de un líquido sin textura ni fricción.

—Ni idea, Charal. Atrapados entre dos mundos, o dos tiempos, yo creo. Esto es terrible. ¡Terrible! —Gritó la última palabra en frustración.

—Ya sé, qué loco, ¿no? Y estamos flotando en algo.

—Ya me di cuenta —contestó Xolo con sarcasmo y cierto enojo.

—Oye, güey, ¿qué tienes?

—¿Qué tengo? ¿Qué tengo? ¡Eres un idiota! ¿Por qué me jalaste justo cuando brinqué? Todo esto es tu culpa. ¿Qué haces aquí?

—¡No me grites! —Charal sonó ofendido—. No sabía que esto iba a pasar. Yo no tengo una novia cavernícola como tú. Vine para ayudar. Ánaka me invitó, ¿no recuerdas?

—¿Entonces nos estabas siguiendo todo el tiempo?

—No es difícil. Caminan lento y hacen mucho ruido.

—Pero ¿por qué no dijiste nada antes? Caminamos como tres horas para llegar aquí. ¿No se te ocurrió decirnos que estabas ahí y que querías ayudar? O, mejor dicho, ¿que querías arruinar todo?

Después de unos segundos, Charal contestó con una voz menos intensa que antes.

—Mira, perdóname, ¿no? Me escondí porque no sabía si me aceptarían o no. Y no te hice caer a propósito. Solo no quería quedarme atrás.

Xolo no respondió. Seguía furioso. Además, era extraño conversar con una voz incorpórea. Extendió sus manos y las movió en todas direcciones. No sintió nada. Lo intentó con los pies, pero tampoco. Era como si estuviera flotando en algún tipo de limbo. ¿Y ahora qué? ¿Moriría eventualmente? ¿O quedaría aquí para siempre, vivo pero sin vida? ¿Necesitaría comer o beber? ¿Tendría que usar el baño?

Charal interrumpió sus pensamientos cada vez más ridículos.

—Güey, te dije que me perdonaras. ¿Ni me vas a contestar? —Otra vez se escuchaba ofendido.

—Está bien, te perdono. Pero si salimos de aquí, te voy a matar.

—Eso no es perdón, güey, no sabes nada. Oye, ¿no tienes una lámpara en tu mochila?

—No. Y mi encendedor ya se acabó. ¿Y tú?

—Tampoco. Traje una mochila con mis cosas de acampar, pero olvidé la lámpara.

En la oscuridad, Xolo buscó la apertura de su mochila.

—Tengo pirita y pedernal, pero no nos sirven de nada sin combustible. —Siguió hurgando dentro de la mochila. Sintió las bolsitas y las sacó. Probablemente sería imposible prender el copal, pero tenía que intentarlo.

Abrió la primera bolsita que encontró y, para su sorpresa, emanaba una luz rojiza de su interior. Era el kiliak. Cuando lo sacó, brillaba rojo y pulsante, como la pulsera de Ánaka en la isla. Levantó la barra.

—¿Qué es esa luz? —Charal preguntó sorprendido—. ¿Eres tú, güey?

—¡Sí! ¿Entonces sí me ves? —Xolo puso la barra debajo de su barbilla para iluminar su rostro.

—Sí, y eres más feo de lo que recordaba. Estoy a tu derecha. Como a cinco metros, yo creo. ¿No me ves?

Xolo giró su cabeza. Ojalá pudiera ver como Ánaka en la oscuridad. Extendió su brazo con la barra y finalmente, apenas visible, encontró a Charal, quien hacía gestos dramáticos con sus brazos y piernas.

—¡Te veo! ¿Estás intentando volar?

—Volar o nadar, no sé cuál de los dos. Pero no puedo moverme a ningún lado. Me siento como un astronauta atrapado en el espacio.

—Pues te ves como una cucaracha moribunda.

Xolo estudió cómo se movía Charal. Todo era demasiado extraño aquí. Hablaban y respiraban… ¿pero sin aire? Agitó sus brazos. No había resistencia de aire, ni viento. Estaban suspendidos en algún éter inexplicable, atrapados no en el espacio exterior, sino en un mundo bajo el mundo, en un tiempo fuera del tiempo.

—¡Xolo, mira! —gritó Charal de repente—. A tu lado izquierdo, arribita de tu cabeza.

Xolo examinó las sombras y pronto divisó un punto de luz roja que palpitaba en la oscuridad.

—¡No había visto esa luz! —exclamó Xolo, con un brinco de esperanza en su voz.

¿Estaba cerca? ¿Lejos? Era imposible medir la distancia, ya que la luminaria misteriosa podía ser de cualquier tamaño. Le llamó la atención lo mucho que se parecía al kiliak en sus manos. ¿Existiría alguna conexión entre los dos? Escondió la barra en la mochila, y la luz se atenuó. La sacó de nuevo, y brilló intensamente.

—Responde a mi barra de kiliak —afirmó Xolo—. Creo que está hecha del mismo material. Algo así me comentó Ánaka, que hay una conexión entre los mamuts y que el kiliak la comparte.

—¿Tu «barra de kiliak»? ¿Es como un imán o qué?

—Es como… luego te lo explico.

—¿Y si tratamos de alcanzarla, güey? —sugirió Charal—. Tal vez es como una salida de emergencia.

—O tal vez es una trampa, como esos peces en lo profundo del océano que te atraen con una luz y luego te devoran.

—No manches, güey, siempre piensas en lo peor. Voy a intentarlo. —Se oyeron movimientos frenéticos y gruñidos frustrados, seguidos de un grito—. Es imposible. No tengo con qué moverme. Necesito unos propulsores como los astronautas.

—Chin, dejé los míos en casa —respondió Xolo con humor negro.

—Otra vez con tu sarcasmo. Oye, ¿y si me echo un pedo?

—¿En serio?

Ffrrrt. Con la extraña acústica del lugar, el sonido pareció estar en todas partes al mismo tiempo.

—¿Es neta? —se quejó Xolo.

—Creo que funcionó un poco. Muy, muy poco… tal vez… o tal vez no. Ni modo, valió la pena el intento.

Xolo pensó por unos segundos.

—Charal, tengo una idea. Es un principio de la física. Y si me dices ñoño, te juro que no te voy a ayudar.

—Yo nunca te digo ñoño, te digo nerd. Pero adelante, cuéntame.

—Se llama la ley de conservación del momento, y dice que la cantidad total de momento en un sistema aislado se mantiene constante.

—Güeeeey.

Xolo continuó. —Eso significa que, si lanzas algo, tu cuerpo se moverá en dirección opuesta con la misma cantidad de energía que usaste para lanzarlo.

—Ah, como un rifle —interrumpió Charal—. Cuando disparas, sientes un empujón porque el rifle se avienta en la otra dirección opuesta a la bala.

—Pues… me imagino que sí. Nunca he disparado un rifle. El detalle es que, si avientas algo ligero, te mueves poco. Si avientas algo pesado, especialmente si lo haces con mucha fuerza, te mueves más rápido. ¿Qué llevas en la mochila que pesa?

—Lo más pesado que tengo es un hacha — respondió Charal—. Y puedo lanzarla fuerte, créeme. Vi algunos videos en línea y luego practiqué en mi casa y, la neta, soy bastante bueno.

—Pues no perdemos nada con intentarlo. Bueno, aparte de tu hacha. Recuerda, debes lanzarla en la dirección exactamente opuesta a la que quieres ir, en este caso, esa luz roja. Y hazlo lo más fuerte que puedas porque no pesa mucho y necesitamos toda la energía posible. Cuando llegues a mí, yo te agarro y vamos flotando juntos.

—Va.

A la tenue luz del kiliak, Xolo vio cómo Charal arrojaba el hacha al vacío con impresionante fuerza. La oscuridad se lo tragó al instante, dejando atrás solo un silbido líquido que parecía eterno.

«Ojalá ese tiro no despierte a alguna criatura terrible», pensó Xolo, recordando algunas películas que había visto. Sacudió su cabeza para borrar los pensamientos escalofriantes.

Charal ya flotaba hacia Xolo, su cuerpo girando lentamente hacia atrás, ejecutando un mortal perfecto en cámara lenta debido al retroceso de su tiro.

Después de quince segundos y una vuelta completa, la espalda de Charal impactó el pecho de Xolo con un golpe sólido. Xolo lo sujetó para que no rebotara, y juntos flotaron, abrazados y a la mitad de la velocidad anterior de Charal, hacia la luz misteriosa.

Después de un minuto así, Charal habló:

—Ya puedes soltarme, güey.

—Va, pero no me empujes, porque los dos terminaríamos volando en direcciones opuestas hasta quién sabe dónde.

Lograron acomodarse uno al lado del otro, con los brazos entrelazados para no separarse. El resto del trayecto tardó más de lo que Xolo hubiera esperado, quizás treinta minutos, aunque era imposible estar seguro.

Ahora, la luz que irradiaba del objeto era suficiente para iluminar su entorno: un pequeño hueco en una pared vertical de piedra. La luz flotaba cerca del techo en la parte trasera del hueco. En cuestión de segundos, estarían aterrizando justo debajo de la luz.

—Le atinaste, Charal. Bien hecho.

—Te lo dije, güey.

Cuando Xolo por fin tocó la pared dentro del hueco y logró estabilizarse, sintió un alivio desbordante. Aunque todavía no había gravedad, al menos habían llegado a algo sólido, y podían moverse con pequeños empujones contra las paredes, como si estuvieran en una nave espacial.

Miró a su alrededor. El hueco era de apenas tres metros de profundidad, estrecho y con un techo bajo. En la parte trasera, flotando al nivel de su pecho, estaba la luz que los había guiado. Era una esfera de unos diez centímetros de diámetro, hecha de marfil incrustado con decenas de puntos rojos y fosforescentes de kiliak.

—Bueno... ¿y ahora qué? —preguntó Charal.

—No sé. No hay ninguna salida.

—¿Qué es esa cosa? —Charal señaló el orbe que pulsaba como si respirara luz—. Da miedo, ¿no? Parece un corazón sangriento. Oye, ¿no será eso el Corazón de Mamut?

—No, creo que es un piku —informó Xolo—. Los pikus son objetos que tienen poderes... especiales. Dice Ánaka que no es magia, pero honestamente yo no los entiendo. Solo sé que son muy prácticos. Quiero verlo de cerca. Tal vez es algún tipo de botón o señal.

—Y tal vez estamos en la boca literal de un monstruo prehistórico, y la luz es esa cosita que cuelga en el fondo de la garganta, y cuando lo toques nos tragará vivos.

—¿Ya ves? No soy el único que piensa en lo peor. ¿Tienes alguna otra idea?

—Nop.

—Yo tampoco.

Xolo se empujó de la pared y flotó a la esfera. La tocó rápido con un dedo, como si fuera un sartén caliente, pero no sintió nada extraño. La tomó en sus manos. Era realmente hermosa, cubierta de tallas intrincadas, no de animales y figuras geométricas, sino de personas, paisajes y planetas con lunas en órbita.

De repente, escucharon un silbido fuerte cerca de sus cabezas, como si el aire estuviera siendo expulsado al vacío. Hubo un chirrido tenebroso, como de piedra rozando con piedra, y la parte trasera del hueco empezó a temblar, a moverse, a abrirse. Un instante después, Xolo y Charal observaban con horror como una figura masiva y peluda emergía de la boca recién abierta de lo que había resultado ser un túnel.

No podían distinguir en la luz rojiza del kiliak si era una persona o alguna bestia fantástica. Lo único que sabían era que se acercaba flotando hacia ellos, cargando algo en sus brazos: un animal grande, al parecer un venado, ya muerto. Xolo sintió cómo la sangre se le iba a los pies.

—¡Xolo! ¿Nos aventamos al vacío? —Charal se agarraba del brazo de Xolo tan fuerte que casi lo quebraba.

—¡No sé! ¿No tienes un arma en tu mochila?

—Pues, ¡tenía un hacha, güey!

Ya no había tiempo para discutir ni huir. Se colocaron hombro con hombro, espaldas contra la pared, puños frente a sus pechos como boxeadores, ojos clavados en el intruso. Sin embargo, este pasó de largo y flotó con todo y carga macabra hasta el borde, donde arrojó el cuerpo al vacío.

Un segundo después, un aullido sepulcral penetró la oscuridad del éter, acompañado de un ominoso sonido de aleteo. Luego, una criatura gigantesca y sinuosa, negra como las sombras, planeó afuera de la gruta. Parecía una serpiente, solo del tamaño de una ballena, y se movía por el éter como una sombra de muerte. Por un instante sus ojos se fijaron en el grupo, luego abrió su boca, mostrando filas de enormes dientes que brillaban rojos en la luz del kiliak. Con otro aullido que resonó hasta el alma, engulló el venado de un bocado y desapareció en la oscuridad.

—¡Rápido! —susurró la figura, tirando de una cuerda alrededor de su cintura para acercarse a ellos—. Vámonos.

capítulo trece

Son zopilotes en esteroides

Empujándose contra los muros de piedra, los tres se apresuraron a flotar por el túnel hacia una cámara de piedra un poco más alta pero igual de pequeña que el hueco que habían abandonado. Una vez adentro, la figura deslizó una laja grande de basalto y tapó el túnel detrás de ellos, dejándolos encerrados en la cámara.

—¿Quién eres? ¿A dónde nos estás llevammm…? —La voz de Charal se amortiguó bajo la mano del visitante misterioso.

—¡Silencio!

El susurro brusco fue suficiente para mantenerlos callados a los dos. Oyeron de nuevo el silbido del viento, y pronto corrientes de aire llenaron la cámara, rozando su piel con una sensación rica y bienvenida. Xolo jamás había apreciado tanto el oxígeno.

Junto con el aire fresco, o semi fresco por lo menos, la gravedad regresó, y cayeron hacia arriba, aterrizándose de cabeza sobre lo que habían creído que era el techo, pero resultó ser el piso. Se sentaron, desorientados.

Momentos después, al otro lado de la cueva, escucharon el ruido de otra piedra laja siendo arrastrada, luego un delgado haz de luz del día penetró el espacio.

—Vamos —gruñó la figura—. Rápido. No hablar.

Apenas entendían las palabras por el acento raro que tenía, pero el significado era obvio, y caminaron hacia la luz sin decir nada. Estaban en un túnel claustrofóbico que olía a polvo y humedad. Por delante, a una distancia de tal vez cien metros, se veía la salida, una grieta vertical de luz blanca que perforaba la cortina de oscuridad. Detrás de ellos, la figura volvió a deslizar la laja de basalto, ocultando por completo el túnel que habían abandonado.

Xolo examinó al personaje que les había rescatado, o tal vez se-cuestrado, ya que sus intenciones aún no eran claras. Era un hombre de edad indeterminable y tamaño enorme, rechoncho y macizo, con cabello largo y salvaje, una barba todavía más salvaje, cejas exage-radas y nariz aguileña. Estaba vestido de cabeza a pie con pieles de animales y portaba una mochila grande en su espalda. Parecía todo un montañés. Por lo menos era humano, no algún troll o duende. Después de los eventos recientes, todo era posible.

—Mío. —El montañés extendió una mano abierta a Xolo, quien le entregó la esfera.

Sin otra palabra, el hombre dio la vuelta y caminó, casi corrió, hacia una abertura. Xolo lo siguió, luego Charal. Cuando llegaron a la salida pocos minutos después, tuvieron que gatear y arrastrarse por la grieta, ya que solo en la parte de abajo había espacio sufi-ciente para pasar. Xolo no podía creer que el montañés tan masivo lo hubiera logrado.

Por fin emergieron de una hendidura en las rocas. La luz matutina que los deslumbró era un regalo de vida, no una molestia. Se pararon, gritaron con alivio y brincaron solo para disfrutar de la gravedad. Habían vuelto al mundo y al tiempo. Pero ¿a qué mundo? ¿Y en qué tiempo? Xolo no estaba seguro.

La mañana era fresca, casi fría, y el aire que respiraban, puro y dulce. Estaban rodeados de cerros y barrancas. En la distancia, se veía el lago de Chapala, pero donde debería estar Mezcala, solo había bosque. La vegetación alrededor también era diferente: espesuras de pinos cubrían los cerros, salpicados de antiguos abetos con troncos enormes y rugosos. Habían salido en otro punto de la sierra, también. Si antes estaban a seiscientos metros sobre el lago, ahora estaban a la mitad de eso.

¿Era Nuna? ¿O algún otro mundo o tiempo? Xolo solo sabía que ya no estaban en el siglo veintiuno y que estaban vivos. La segunda parte de esa idea le ayudó a no entrar en pánico por la primera. Xolo se dirigió al hombre:

—Muchas gracias por ayudarnos.

¿Debía saludarlo con un amuk? Desconocía por completo la cultura prehistórica, por razones obvias. Optó por no intentarlo. Era mejor así. Incluso a un metro de distancia, el hombre olía como si no se hubiera bañado en años, y su barba y cabello estaban llenos de tierra y alguna que otra ramita. Mientras lo miraba, una pequeña araña salió de su cabello y se columpió de su ceja izquierda. El hombre la bateó sin parpadear, cruzó sus brazos y contempló a los chicos.

Xolo continuó:

—Yo soy Xolo, y él es Charal. Somos de otro tiempo y nos quedamos atrapados en el Corazón de Ma…

—Pagar. —El hombre extendió la mano, palma arriba.

—¿Pagar? —Xolo estaba confundido—. Bueno, sí, por supuesto… Tengo un poco de dinero, pero no creo que le sirva de mucho aquí…

—¡Pagar! —repitió, más firme que antes.

—Ehm…Está bien, ¿cuánto le debemos? Tengo que ver cuánto traigo…

—Güey, no te entiende —interrumpió Charal—. No creo que hable español.

¿Español? Xolo se confundió por un segundo, luego entendió. Por supuesto. Ya no tenían la pulsera de Ánaka. Al parecer, la barra de kiliak que llevaba en su mochila no funcionaba como traductor, ni la esfera que el hombre había guardado en la suya.

Xolo se dirigió de nuevo al montañés. Encogió los hombros, con manos extendidas y palmas hacia arriba, y dijo lento y con demasiado volumen:

—¿¡Cómo…le…pagamos!?

—No está sordo, güey. —se burló Charal.

El montañés misterioso señaló la mochila de Xolo.

—Dame.

—¡No quiero darle mi mochila! —exclamó Xolo en voz baja a Charal—. Era de mi papá. ¿No tienes algo que le podamos dar en la tuya?

—Déjame ver. —Charal metió la mano en su mochila y pronto sacó una brillante bolsa amarilla de papas Sabritas.

—¿Estás en serio? Eso no vale ni veinte pesos.

—Güey, si estamos en la era de hielo, esta es la única bolsa de papas que existe. Vale oro.

Charal se acercó al hombre con la bolsa en ambas manos, su cabeza agachada, como si le ofreciera un tributo a un rey.

—Su pago, señor. Muchas gracias.

El hombre la recibió con una expresión de asombro total. Levantó la bolsa para que la luz la iluminara, riéndose a carcajadas al percibir cómo crujía y brillaba. Sacudió la bolsa y escuchó el traqueteo de las papas. Su expresión cambió a confusión.

—Señor, le ayudo. —Charal tomó la bolsa y la abrió. Con movimientos exagerados, se comió una papa, luego ofreció las demás al hombre.

El montañés probó una; su expresión se hizo indescifrable. Un momento después, vació la bolsa en el suelo y con mucho cuidado la aplanó y la guardó dentro de su mochila. Sonrió.

—Pagar. Sí. Bueno.

—No puedo creer que eso funcionó —susurró Xolo a Charal. Se dirigió al hombre, tocó su propio pecho y luego el de Charal, y anunció:

—Xolo. Charal.

—Ingri —respondió el hombre.

—Mucho gusto, Ingri. —Xolo dudó otra vez si debía besar-olerlo. Y otra vez prefirió quedarse con la duda. Señaló alrededor y preguntó—: ¿Dónde estamos?

—Aquí Nuna. —Ingri abrió los brazos para abarcar todo el paisaje.

—¿Esto es Nuna? —preguntó Charal, incrédulo—. ¿Dónde están las capas de hielo? ¿Los dinosaurios? ¿Los pingüinos?

Xolo volteó hacia el norte, en dirección opuesta al lago.

—Si quieres ver capas de hielo, camina en esa dirección unos tres mil kilómetros. O sea, casi hasta Canadá. En cuanto a los dinosaurios, ellos murieron hace sesenta y seis millones de años cuando cayó el meteorito de Chicxulub en Yucatán. Y los pingüinos solo están en la Antártida, güey.

—Entonces, la era de hielo…¿no era de hielo? Nos defraudaron, güey. Qué aburrido. Esperaba algo más…intenso. Más como en las pelícu…

—¡Silencio! —Ingri volvió a taparle la boca con su enorme y mugrienta mano.

Escucharon ruidos en el bosque de pinos abajo. Se escondieron detrás de las piedras y arbustos que ocultaban la entrada del pasaje secreto por donde habían salido, y desde allí se asomaron.

De pronto, a unos cien metros de distancia, aparecieron dos… ¿armadillos? Xolo escuchó un suspiro de incredulidad de Charal, y compartió el sentimiento. Eran gigantescos, de más de dos metros de largo y un metro de alto. Sus caparazones eran imponentes, una armadura natural hecha de placas densas, con colas cortas y gruesas que parecían de cocodrilo. Caminaban entre los pinos y pastaban la hierba que crecía alrededor de los troncos de los árboles.

—Güey, son del tamaño del vochito de mi tío —exclamó Charal.

Era un poco exagerado, tal vez, pero no mucho. Los armadillos se asemejaban al icónico carro Volkswagen, tanto en forma como en tamaño. Parecían tanques vivientes.

—¿No que no había dinosaurios? —Charal preguntó.

—No son dinosaurios. Son gliptodontes —explicó Xolo—. Son herbívoros. No nos hacen nada. Son parte de la megafauna prehistórica, animales que ya están extintos.

—Oye, ¿desde cuándo sabes tanto acerca de la era de hielo?

—Desde anteayer, cuando conocí a Ánaka y me puse a investigar en línea.

—¡Silencio! —La voz de Ingri era urgente ahora, y los jóvenes se callaron de inmediato.

De repente, se oyó el retumbo de pisadas en el bosque, muchas pisadas. Luego, aullidos escalofriantes y el golpeteo de alas, no en el cielo, sino en el suelo.

Al instante, de entre los árboles, aparecieron tres pájaros. Sin embargo, no eran pájaros normales. Medían más de tres metros de alto y parecían tiranosaurios emplumados con picos gigantescos y aguileños. No volaban, solo corrían como avestruces endemoniados, y cuando alcanzaron a los gliptodontes, comenzaron a picotearlos ferozmente.

Xolo y Charal observaron horrorizados, petrificados, cómo las aves iban sin piedad contras las cabezas de sus víctimas. En poco tiempo, los habían matado; luego los voltearon y con sus picos separaron los caparazones para empezar a despedazar los cadáveres, peleando entre sí por los trozos de carne con una cacofonía ensordecedora de chillidos.

—¿¡Y esos qué son!? —susurró Charal. Xolo apenas podía oír las palabras por encima del ruido en el bosque abajo, pero el tono era inconfundible: horror absoluto, lo mismo que sentía él.

—Se llaman fororrácidos, pero son conocidos como «aves del terror». Por razones obvias.

Ki-aaah. El ruido espeluznante y prolongado, algo entre un graznido y un chillido, resonó en el cielo. Al instante, una sombra hizo que parpadeara el sol, y todos miraron hacia arriba. Tres pájaros masivos planeaban en órbita expectante sobre la masacre.

—Güey, no manches, ¡también son enormes!

Charal tenía razón. De envergadura, sus alas fácilmente medían cuatro metros. Parecían avionetas negras y emplumadas.

—Esos deben ser terátoros —informó Xolo—. Son como zopilotes, buitres, si recuerdo bien.

—¡Son zopilotes en esteroides! Nos acabarían en un trago.

—Entonces, no hay que morirnos.

—De acuerdo.

Las aves del terror seguían con su fiesta sangrienta, mientras los terátoros volaban en círculos cada vez más bajos, chillando con anticipación. Xolo no quería ver la escena abajo, pero tampoco podía desviar la mirada. Por fin, le dio un codazo a Charal.

—Oye.

—¿Qué, güey?

—¿No querías que Nuna fuera más intensa?

—Cállate, güey.

Ingri hizo gestos para que lo siguieran. Los guio cuesta arriba y en sentido opuesto a la violencia abajo. Cuando llegaron al otro lado de la colina, descendieron por una barranca angosta y llena de densa vegetación. Pronto se escuchaba el borboteo de agua, y minutos después, vieron un riachuelo en el fondo de la barranca.

—Beber —gruñó Ingri, ahuecando sus manos para indicar que tomaran agua.

Xolo y Charal obedecieron con gratitud. No habían bebido ni comido nada desde la tarde anterior, cuando entraron al Corazón de Mamut, y el agua era dulce y fría. Después de saciar su sed, se sentaron en piedras planas cerca del agua para descansar.

—Comer.

Ingri les ofreció trozos de cecina seca. Charal aceptó de inmediato. Xolo dudó por un segundo, pero el hambre pronto venció sus reservas. Aceptó un pedazo y lo probó. A pesar de ser extremadamente salada, era sabrosa. Tomó otra mordida. No reconoció la carne. ¿Era de venado? ¿De mamut? ¿O tal vez de algún viajero perdido que había encontrado, como a ellos…? Detuvo sus pensamientos. Charal tenía razón. Siempre se imaginaba lo peor.

Cuando terminaron, Xolo preguntó:

—Ingri, estamos buscando a los Tazik. ¿Los conoce? Tazik. —Intentó pronunciarlo como Ánaka, con las vocales más cortas y la 'z' con un zumbido.

Ingri guardó silencio. Desvió la mirada y su expresión se suavizó, como si estuviera recordando algo. Tras una pausa, su rostro se endureció de nuevo. Se puso de pie y les dio la espalda.

—No —respondió finalmente, con un tono casi enojado.

Xolo no entendió. ¿No los conocía o no estaba dispuesto a ayudar? Si no los conocía, tal vez no habían llegado al tiempo de Ánaka, o quizás habían estado suspendidos en aquel éter horrible durante años.

¿Y si no quería ayudar? Tal vez podría cambiar su opinión con otro regalo. Xolo abrió su mochila. Sacó el atlatl para ver mejor dentro de la bolsa y lo puso a un lado. Estaba buscando la pirita y el pedernal, lo más fácil de reemplazar.

De un brinco, Ingri estaba a su lado, sus ojos asombrados.

—¡Tukiun-llu egun! ¿Qangvaq pimallruq?

La única palabra que Xolo entendió fue «Tukiun», y su corazón se volvió un tambor en su pecho.

—¿Tukiun? No entiendo. ¿Conoce a Tukiun?

Ingri se sentó de nuevo y tocó el atlatl.

—¿Dónde?

Cuánta falta hacía esa pulsera traductora. ¿Cómo explicarle que su mamá encontró la mochila al otro lado del Corazón de Mamut, y que su papá estaba desaparecido? Optó por omitir los detalles, respondiendo simplemente:

—Tukiun era mi papá.

La expresión de Ingri se transformó. Se levantó, puso su mano en el hombro de Xolo y tocó con su nariz la mejilla izquierda de Xolo, inhalando profundamente. Cuando terminó, Xolo no tuvo más remedio que imitar el gesto, colocando su mano en el hombro de Ingri y tocando su nariz con la mejilla derecha del hombre. Olía exactamente como esperaba: a tierra, a sudor y…a algo más. El olor familiar le sorprendió. Olía a soledad. Como el gato en su visión.

Ingri sacó la esfera de su mochila y se la mostró a Xolo, luego la aferró a su pecho y repitió:

—Tukiun.

Entonces, había sido un regalo de Tukiun, dedujo Xolo.

—Ingri, ¿cuándo se lo dio?

—Mucho tiempo.

Ingri les hizo señas para que se acercaran más y con sus dedos trazó los símbolos grabados en la esfera. Señaló una figura en el marfil, un hombre junto a una montaña, y anunció:

—Ingri.

Al lado de la imagen del hombre había una mujer. Ingri la tocó y se detuvo. Xolo notó tristeza en sus ojos, mezclada con la soledad que había olido.

—Lupita. —Ingri pronunció su nombre con tristeza, luego lo repitió con orgullo—. ¡Lupita! Esposa. Esposa.

Charal y Xolo intercambiaron miradas. ¿Lupita? Sonaba muy mexicano ese nombre. Eso explicaría cómo Ingri había aprendido a hablar español.

—¿Dónde está Lupita? —preguntó Charal.

La mirada de Ingri se oscureció. Se levantó abruptamente y se apartó del grupo, de espaldas y con el rostro agachado. Los jóvenes esperaron. Algo conmovía al montañés, y hasta Charal tuvo la sensibilidad de guardar silencio. Cuando Ingri regresó unos momentos después, su rostro era estoico. O no quería hablar de Lupita, o no encontraba las palabras para expresar lo que pensaba. Extendió su mano rugosa hacia el atlatl que estaba sobre una piedra.

—Dame.

Xolo vaciló. ¿Para qué lo quería? Ingri parecía concentrarse en las palabras, mirando hacia arriba como si tratara de recordar un vocabulario olvidado.

—Yo… quiero ayudar. Quiero enseñar. Hijo de Tukiun.

El montañés sacó de su mochila una punta de obsidiana, tres plumas y una pequeña hacha de madera y obsidiana.

—¡Qué chida su hacha! —exclamó Charal—. Yo necesito una así.

Ingri fue a un árbol cercano y con un cuchillo hizo una pequeña incisión en la corteza. Luego, de otro árbol, cortó un palo recto, de más de un metro de largo y un centímetro de grosor, y quitó las hojas y ramitas para dejarlo liso y limpio. Cortó una ranura en un extremo del palo, insertó la punta de obsidiana y, con una cuerda de piel, la amarró. Finalmente, del primer árbol, recolectó gotas de copal fresco que habían salido de la incisión y usó la resina para pegar las plumas al otro extremo del palo. En diez minutos, había terminado de armar un dardo bastante funcional. Volvió a extender la mano.

—Dame.

Esta vez Xolo le entregó el atlatl sin dudar. Estaba fascinado con la destreza del hombre. Charal estaba igual de atento.

El montañés colocó un dardo en la muesca del atlatl, alineándolo a lo largo del arma, con la muesca hacia atrás y la punta del dardo hacia adelante. Sujetó el dardo al atlatl con su dedo índice, lo levantó por encima de su hombro derecho en posición horizontal, y miró alrededor, buscando un blanco adecuado.

Con su mano izquierda, señaló un árbol a veinte metros. De repente, con un movimiento fluido y fuerte, bajó su codo derecho, extendió su mano hacia adelante y soltó el dardo. El proyectil voló por el aire, arqueándose y vibrando con un silbido distinto, y se clavó en el tronco del árbol.

Charal chifló en asombro.

—¡No manches! Quiero uno de esos también.

Ingri le pasó el atlatl a Xolo.

—Tú.

En sus primeros intentos, el dardo se le caía del atlatl cada vez que intentaba lanzarlo. Ingri tomó la mano derecha de Xolo y colocó sus dedos en la posición correcta. El acto le recordó nuevamente a su papá, cuando le enseñaba a agarrar una pelota de béisbol para lanzarla mejor. Con razón su papá era tan buen pitcher. Había crecido haciendo esto.

Por fin, Xolo logró colocar el dardo correctamente, con el arma sobre su hombro, listo para lanzar.

—Ahí —indicó Ingri, señalando a una ardilla gris en una rama no muy lejos—. Matar. Comer.

Xolo inhaló profundo y apuntó el atlatl hacia la ardilla. Con toda su fuerza, flexionó su codo hacia abajo y su mano hacia adelante. Realmente no esperaba mucho, entonces se sorprendió cuando el dardo voló en línea recta hacia la ardilla. Se enterró en la rama justo debajo del animal, que, igual de sorprendido que Xolo, huyó por los árboles, deteniéndose a una distancia segura para regañarlos con chirridos molestos.

—Órale, güey. —Charal se escuchaba impresionado.

—Bien. —Ingri asintió con la cabeza. Luego señaló el dardo y con gestos le hizo entender a Xolo que bajara el dardo, que estaba a unos seis metros de altura.

—¿Yo? —protestó él—. No soy bueno trepando árboles…

—Sí, porque eres un nerd —interrumpió Charal. Brincó para agarrar una rama baja, luego jaló su cuerpo hacia arriba y caminó sin titubear de rama en rama hasta alcanzar el dardo. Lo aventó al suelo y volvió abajo.

—Bien —repitió Ingri, sonriendo con aprobación a Charal. Se dirigió a Xolo de nuevo. Señaló el atlatl y después el tronco del árbol que había usado como blanco. —Más.

Xolo continuó practicando. No era tan malo, al parecer, porque casi siempre daba en el árbol, aunque a veces el dardo rebotaba en vez de clavarse en la madera.

—Güey, déjame intentarlo —insistió Charal tras observar durante varios minutos—. Yo lo puedo hacer mejor.

Xolo le pasó el atlatl. Charal colocó el dardo, y luego lo lanzó con toda su fuerza. Voló rápido, pero en una trayectoria chueca y demasiado alta. Falló el árbol por tres metros, pasó entre varios árboles más y terminó cerca de la misma pobre ardilla, que otra vez chirrió con enojo.

—Esto no es lo mío. —Charal sacudió la cabeza con frustración—. Extraño mi hacha.

—Tú. Hacha —gruñó el montañés, extendiéndole la herramienta.

Charal la tomó y, sopesando el peso y el balance del arma, se dirigió al árbol, concentración en su rostro. Con un grito, lanzó el hacha, que giró en el aire y se clavó justo en el centro del tronco.

—¡Bien! —Ingri le dio una palmada a Charal en el hombro, tan fuerte que casi lo tumba, luego fue por el hacha. A pesar de lo profundo que estaba clavada, la sacó con facilidad y la devolvió a Charal—. Regalo.

Charal se veía confundido. —¿Pagar?

—No. Regalo. Tú.

—No, no, no. Se la pago con algo… —Se puso a buscar en su mochila para hacer un trueque.

—Charal, acéptala —se rio Xolo—. Lo vas a ofender. ¿Qué, nunca has recibido un regalo?

Charal se veía apenado, y Xolo se arrepintió al instante de sus palabras. El tío de Charal no parecía el tipo de persona que daba regalos.

—Está bien, pero no le voy a besar como tú, güey. —Se dirigió a Ingri, inclinando su cabeza en agradecimiento—. Muchas gracias.

Ya era mediodía, y Xolo se preocupaba por Ánaka. Seguramente ella creería que él y Charal habían muerto, y con la prisa que tenía, no tardaría en perseguir al profesor.

—Ingri, gracias, muchas gracias. Pero ahora, necesitamos encontrar a los Tazik.

—No. Tazik no. Malos.

Entonces Ingri sí conocía a los Tazik, pero no quería ayudar. Qué lástima. Buscar a la tribu por su cuenta parecía la única opción, pero encontrarla llevaría tiempo. Además, el recuerdo de las aves del terror no inspiraba confianza. Xolo intentó nuevamente.

—Mi amiga es Tazik. Mi amiga Ánaka. Necesitamos ayuda.

Ingri no respondió. Fingía jugar con otra araña que había salido de su barba.

Charal decidió intentarlo.

—Xolo, Ánaka, esposos. —Hacía gestos mientras hablaba, señalando primero a Xolo, luego hacia el lago, y finalmente abrazándose a sí mismo.

—¿Esposos? —Ingri tocó el pecho de Xolo con un dedo y se acercó la cara, y Xolo trató de no hacer una mueca de disgusto cuando el aliento pungente del hombre lo asaltó de nuevo—. ¿Ánaka…tu esposa? —Su expresión tensa se había suavizado.

—Sí…es mi esposa…—mintió Xolo, resignado. De reojo, vio la sonrisa traviesa de Charal. Nunca dejaría de molestarlo con eso ahora.

—Ánaka…Ánaka…—Ingri estaba pensando, haciendo memoria.

Sus ojos se iluminaron. —¡Ánaka! —Puso su mano a un metro del suelo, como si hubiera recordado a una niña, y luego sonrió. —Ánaka, Xolo, ¡esposa! ¡Sí!

El montañés les indicó que lo acompañaran y se lanzó cuesta abajo, siguiendo el riachuelo con rapidez, sin fijarse en que lo seguían. Xolo le miró a Charal y sacudió la cabeza.

—Otra vez, no puedo creer que eso funcionó —confesó—. Pero ella no es mi novia. Mucho menos mi esposa.

—Obvio. Alguien como ella nunca estaría con un nerd como tú, güey.

Después de diez minutos, Ingri abandonó el riachuelo y ascendió por el lado de la barranca hasta salir a un espacio abierto con vista al lago. Señaló una parte del bosque junto al agua, directamente frente a ellos, a menos de un kilómetro. Contra el fondo de los árboles, Xolo pudo distinguir volutas de humo azulado que indicaban la presencia de fogatas.

—Tazik —afirmó Ingri, con cierta amargura, o tal vez dolor, en su tono.

Xolo sintió su corazón acelerarse. La realidad de su misión se había vuelto muy palpable. Estaban en un mundo extraño, habitado por criaturas prehistóricas y un enemigo desconocido. Frente a todo eso, un atlatl y un hacha parecían un cruel chiste. Ni siquiera todas las armas de una tribu como los Tazik serían suficientes. Ánaka tenía razón. Necesitaban el amuleto. Era la única manera.

No tenía miedo. Bueno, un poco. Pero más fuerte que eso, y más importante también, descubrió un nivel de confianza que no estaba acostumbrado a sentir. Había encontrado el amuleto, junto con Ánaka. Habían escapado de la isla con Charal y ganado el paso al Corazón de Mamut con Uyak. Ahora, él y Charal habían sobrevivido al vacío entre los tiempos con la ayuda de Ingri.

Sintió un súbito orgullo y, con él, determinación. Jamás se habría imaginado haciendo todo eso, pero aquí estaba, listo para lo que viniera.

Era el nieto de Uyak.

capítulo catorce

Estamos haciendo historia

Se despidieron de Ingri, quien se negó a acercarse más a la aldea de los Tazik por razones que no podía o tal vez no quería decir, y caminaron cuesta abajo entre los pinos que llenaban los cerros. El sol había rebasado el cenit hace un par de horas, y ahora seguía su circuito arriba del lago en un cielo despejado y claro.

Qué raro que Ingri odiara tanto a los Tazik. Obviamente los conocía, pues había reconocido el nombre de Ánaka, aunque la recordaba de niña. ¿O será que habían regresado más en el tiempo de lo que pensaban? ¿Si Ánaka tuviera solo unos ocho años ahora…?

—Oye, güey. —Como siempre, Charal interrumpió sus pensamientos.

—¿Qué onda?

—He visto pelis donde viajan en el tiempo, y siempre cuando se cambia algo en el pasado, todo cambia en el futuro. Eso, o terminan creando universos paralelos y todos casi mueren. Si tú y yo cambiamos el pasado, ¿no afectaría nuestras vidas en el futuro? Aunque, en mi caso, es probable que sea una mejora.

—Bueno, nadie sabe —contestó Xolo—. Pero estoy casi seguro de que no.

—¿Por qué?

—Porque hay una teoría que se llama la inmutabilidad del tiempo, y tiene mucho sentido.

—Güey, eres el nerd más nerd que he conocido en mi vida.

—Pues tú preguntaste, güey. Mira, te lo explico. Cuando estábamos en nuestra época, todo esto ya había ocurrido doce mil años atrás, ¿estás de acuerdo? —Xolo señaló al mundo a su alrededor.

—Sí.

—Y como todo esto pertenece al pasado, cualquier cosa que tú y yo hagamos aquí ya debería ser parte de la «historia» que el futuro conoce. El futuro no ve los cambios, solo los resultados.

—No manches, güey, me duele la cabeza.

—O sea, tú y yo no estamos cambiando la historia ahora. Estamos haciendo la historia.

Charal se quedó en silencio, intentando asimilarlo, y luego comentó:

—Entonces, si después de todo esto, alguien en Nuna escribiera un libro de historia, ¿mencionaría a dos vatos que llegaron del futuro para apoyar a los Tazik?

—Exacto. Bueno, eso, o hablaría de dos vatos que murieron en el intento.

—Qué bonito pensamiento, como siempre, güey. Oye, ¿no hay manera de saber si lo logramos o no?

—Nop. —Xolo negó con la cabeza—. Porque nadie escribió ese libro de historia que dices. Solo sabemos que lo que ya pasó, ya pasó…

Se detuvo. ¿Algo se movía en el bosque a su izquierda?

—Oye, ¿viste eso? —preguntó Xolo con repentino nerviosismo.

—¿Qué?

—Hay algo allá.

—¿Las aves del terror? —Charal se escuchaba ansioso también.

Xolo lo calló con una seña. Al instante oyeron un crujido suave entre los pinos, ahora al lado derecho, seguido de otro. Eran pisadas.

—No pueden volar —susurró Xolo—. ¿Y si nos subimos a este árbol para escondernos?

Se miraron hacia arriba justo a tiempo para ver a un hombre, agazapado en una rama, lanzar al aire una red circular con piedras atadas en el borde. En un instante, los dos quedaron atrapados como peces en el lago.

El hombre en el árbol silbó con un tono bajo, luego otro alto. Como fantasmas, una banda de quince personas armadas emergió de diferentes puntos y formaron un círculo grande alrededor de los jóvenes. Había hombres y mujeres de diversas edades, vestidos con túnicas de piel y armados con lanzas de obsidiana.

Xolo y Charal lucharon contra la red, pero estaba hecha de fibras vegetales que les cortaban, y con cada movimiento se enredaban más. Con esfuerzo, Charal logró sacar su hacha. Sin embargo, sus manos estaban tan enmarañadas que no podía usarla. De todos modos, no era nada frente a tantas personas armadas.

Otra vez resonó el silbido peculiar y, al unísono, los atacantes apuntaron sus lanzas hacia los chicos, las afiladísimas puntas destellando al sol como vidrio negro. El círculo se cerraba con pasos sincronizados hasta que los atacantes formaban un muro sólido alrededor, tan cerca que Xolo podía ver la mezcla de furia y miedo en sus ojos.

—¡Son los Máruag! —susurró Charal, más fuerte de lo que probablemente quería.

—¡Máruag! Ptttu. —El hombre en el árbol escupió hacia ellos con furia indignada.

Xolo se tensó, pero fue Charal quien recibió el salivazo en la mejilla esta vez. «Bendito karma», pensó Xolo.

—Lumtiitaa atuurqelqa —La voz de mujer venía desde atrás del círculo. Inmediatamente dos personas se apartaron, y una mujer anciana caminó lentamente por la abertura. Su cabello era largo y gris, su rostro serio y arrugado, y sus ojos preocupados. Parecía ser la líder del grupo.

Hubo un largo silencio mientras la mujer contemplaba a los chicos. Solo se escuchaba la respiración rítmica y tensa de los guerreros y sus gruñidos de advertencia cada vez que Xolo o Charal se atrevían a moverse.

Por fin Charal no aguantó el silencio.

—Somos amigos de Ánaka. Á-na-ka —pronunció el nombre lo más claramente posible—. Venimos en paz. No queremos…

—¡Qalartuq! —Uno de los hombres lo golpeó en la espalda con la parte trasera de su lanza, tirándolo al suelo, y Charal se calló.

Entonces no eran los Tazik. Cualquier miembro de la tribu de Ánaka habría reconocido su nombre, y también habría escuchado la trágica pero afortunadamente falsa noticia de dos jóvenes del futuro que habían muerto porque uno era un idiota y el otro no era atlético.

Xolo estudió el rostro de la anciana líder, que los miraba en silencio. Se veía cansada pero fuerte, esa fuerza indomable que solo se adquiere a lo largo de muchos años de lucha y supervivencia. A pesar de la amenaza que representaba, Xolo sintió una súbita admiración, y sin pensarlo, murmuró:

—Kuyima tungit.

La líder lo miró con curiosidad, luego inclinó su cabeza levemente en señal de agradecimiento. Un momento después, dijo algo a su gente, y dos de ellos levantaron la red, mientras los demás mantenían sus lanzas apuntadas hacia las gargantas de los chicos.

Con movimientos lentos, Xolo puso su mochila en el suelo. Levantó las manos, palmas hacia arriba, mostrando que no representaba una amenaza. Tras dudar un segundo, Charal hizo lo mismo con su hacha y mochila. La líder dio otra orden y dos hombres recogieron los objetos.

La líder tenía los brazos cruzados, y su expresión era imposible de leer.

—¿Imkut angún?

Xolo no entendió la pregunta. Negó con la cabeza y sonrió, una actuación digna de un Óscar, considerando que había diez puntas de lanza a centímetros de su cabeza. Hizo gestos para presentarse mientras dijo:

—Xolo. Charal.

—Iraluq —respondió la líder. Luego señaló a su grupo, y una expresión de dolor cruzó como dardo por su rostro—. Niuk.

Eran de otra tribu, entonces. Los Niuk.

Iraluq repitió la pregunta.

—Xolo, ¿imkut angún?

Esta vez, ella señaló en varias direcciones distintas como si estuviera preguntando de dónde venían o hacia dónde iban.

—Nosotros…buscamos…a los Tazik. —Xolo hizo una pantomima de cada palabra como si fuera un juego de charadas. Un juego cuyas consecuencias de perder podrían ser letales.

Iraluq y algunos miembros de su tribu discutieron entre sí por unos minutos. Finalmente, se pusieron de acuerdo en algo y, al regresar, indicaron que los chicos debían acompañarlos.

El hombre que había lanzado la red, un guerrero bajo y musculoso con una nariz prominente y un ceño permanentemente fruncido, silbó otra vez. De pronto salieron del bosque cinco niños de diversas edades. Se veían asustados, y corrieron con diferentes miembros del grupo, aparentemente sus familiares.

Aunque los Niuk les estaban permitiendo unirse a su grupo, era obvio que no les tenían confianza. No les devolvieron sus pertenencias y asignaron guardias al frente y detrás mientras caminaban en dirección al lago. El grupo entero avanzaba con mucho miedo, mirando alrededor constantemente como si esperaran algún ataque.

—¿A dónde crees que nos lleven? —preguntó Charal a Xolo, lanzando una mirada cautelosa al guardia que lo había golpeado la última vez que habló.

Xolo se encogió de hombros. No tenía idea. No habían caminado más de quince minutos cuando la banda se detuvo. Olía a fogata. Estaban cerca de algún asentamiento o aldea.

El guerrero enojón de nariz destacada gritó al bosque vacío:
—¡Apulik!

Todos esperaron en silencio. Habían bajado sus lanzas, aunque no dejaban de vigilar a los jóvenes.

—¡Apulik! —La respuesta, gritada por una voz femenina, resonó desde los árboles adelante.

Al instante, salieron a la vista tres mujeres jóvenes, no mucho mayores que Ánaka. Dos llevaban lanzas, y la tercera un atlatl y dardos de dos metros. Parecían ser guardias de la aldea.

Los dos grupos se acercaron e intercambiaron palabras. Por el lenguaje corporal que Xolo lograba interpretar, no se conocían, ya que Iraluq se presentó a sí misma y luego a su grupo. Conversaron más. La líder anciana estaba pidiendo algo de las tres guardias, quienes asentían y repetían la palabra "apulik". ¿Significaría paz, tal vez?

Iraluq mencionó el nombre Máruag, y su tono se volvió furioso y escupió en el piso. No era difícil interpretar esa parte.

De repente, Iraluq y una de las guardias, al parecer la capitana del grupo, intercambiaron el tradicional amuk. Habían llegado a un acuerdo.

Todos miraron a Xolo y Charal y continuaron hablando. Los dos jóvenes intentaron sonreír lo más inocentemente posible. Era demasiado incómodo ser el centro de tantas miradas y gestos sin poder entender nada de lo que decían.

Por fin dejaron de hablar. Iraluq dio una orden a sus guerreros, y dos de ellos les devolvieron sus pertenencias a Xolo y Charal. Esto era una buena señal. Luego, todos comenzaron a caminar hacia el lago. Otra buena señal.

Pronto, Xolo escuchó risas de niños jugando y percibió el aroma a carne asada. Llegaron al límite del bosque y se encontraron con un amplio espacio abierto a la orilla del lago. Dentro de esta área, unas cuarenta chozas formaban una aldea. Eran sencillas pero resistentes, construidas con palos y pieles, muchas con fogatas encendidas al frente.

A dondequiera que Xolo mirara, había actividad. Miembros de la tribu cocinaban, platicaban, remendaban redes de pesca, secaban pieles al sol. Un grupo de jóvenes de la edad de Xolo y Charal tallaban pedazos de obsidiana para crear puntas de lanza y dardo.

—Kiliartuk Tazik —anunció la líder de las guardias a todos, con mano extendida y una sonrisa de bienvenida.

«Tazik». La palabra le trajo tanto alivio a Xolo que soltó una risa de alivio.

Las guardias hicieron señas para que Xolo y Charal se quedaran ahí. Después acompañaron a Iraluq y su grupo a otro lado, probablemente para presentarlos a los líderes de la tribu.

Los dos chicos esperaron, incómodos y solos, penosamente conscientes de su condición de extraños. Los niños de la tribu fueron los primeros en acercarse. Se arrimaban un poco, retando a los más valientes a aproximarse más. Luego huían a carcajadas, solo para volver a acercarse poco después. Estaban fascinados con las camisetas coloridas y pantalones de mezclilla, y se morían de risa de sus tenis.

La más atrevida, una niña pequeña con cabello rizado y una sonrisa que le cubría todo el rostro, fue la primera en hablar.

—Atam… Nanik. —Se señaló a sí misma y enfatizó el nombre—. Nanik.

Xolo le devolvió la sonrisa.

—Atam Xolo.

—¿Xolo? —Un niño cachetón de unos ocho años se acercó con timidez. Xolo le sonrió también, pero el niño no dijo más. Corrió a una de las chozas y desapareció en su interior.

Pronto la puerta de piel se abrió de golpe y una cara familiar apareció. Luego, con un grito alocado de alegría, Ánaka se lanzó corriendo por la aldea, esquivando a niños y fogatas, hasta llegar con ellos.

Ella no dijo nada, solo lloró y abrazó a Xolo con tanta fuerza que ambos terminaron cayendo al suelo. Al instante, él sintió la panza peluda de Baku caer encima de los dos, y su rostro fue empapado de saliva de mamut, y se encontró riendo con un alivio que no se había permitido sentir en mucho tiempo.

Apenas comenzamos a pelear

Cuando se pusieron de pie, Baku no dejó de abrazar a Xolo con su trompa. Ánaka secó sus ojos.

—Bienvenidos a nuestra aldea —exclamó ella —. Y a Nuna. No lo puedo creer. De verdad, no puedo…es que estaba segura de que habían muerto. Y aquí están.

—Casi no sobrevivimos, la neta—respondió Charal—. Estuvo muy feo todo, ¿eh? No te lo recomendaría.

Ánaka puso sus manos en las caderas.

—Charal, honestamente eres un…

—Ya sé, un idiota. Xolo ya me regañó, güey.

—Iba a decir que eres un buen amigo por haber venido, «güey». Y sí, también fuiste un idiota. Pero te perdono.

—¿Ánaka, cuánto tiempo llevas en Nuna? —preguntó Xolo.

—Tres días.

—¿Tres? —respondió Charal, incrédulo— ¿Cómo crees?

Xolo pensaba lo mismo. Según él, estuvieron dentro del éter negro tan sólo por dos o tres horas. Entonces, en ese lugar horrible, el tiempo no corría igual.

—Cuando salimos, la montaña se cerró y nunca volvió a abrir —añadió ella—. Los esperamos un día completo afuera del Corazón de Mamut. Luego nos vinimos aquí.

—¿Y por qué no seguiste al profe? —preguntó Xolo.

—Mis papás no me dejaron. —Su cara mostraba frustración, aún coraje—. Dijeron que con la ventaja que el profesor tenía, ya habría de estar con los Máruag; y que sería imposible recuperar el amuleto. Mi papá está a cargo de la defensa de nuestra aldea. Él quiere que me enfoque en eso.

Los niños de la tribu los rodeaban ahora con confianza. Palpaban la tela de su ropa e intentaban abrir sus mochilas, y los más pequeños pedían ser cargados. Con la pulsera de Ánaka, todo lo que gritaban era entendible, al menos en teoría, pero como eran tantos y hablaban todos al mismo tiempo, no se entendía nada.

—Vámonos, o nunca los van a dejar en paz —se rio Ánaka—. Quiero presentarlos a mis padres.

Cuando llegaron a su choza, la mamá de Ánaka estaba junto a la fogata. Algo que parecía un pollo exageradamente grande estaba colgado en el espetón sobre el fuego, atravesado por un palo de madera mojada que descansaba sobre dos enormes huesos verticales.

—Son fémures de mamut —aclaró Ánaka, respondiendo a la duda silenciosa de Xolo.

Ánaka rodeó con sus brazos a su mamá.

—Xolo, Charal, les presento a mi mamá, Ketia.

Ketia era una versión adulta de Ánaka: chaparrita, sonriente y llena de energía. Recibió a los dos visitantes con un amuk, que fue bastante incómodo para Charal, aunque él hizo lo mejor que pudo.

—Xolo, qué bueno que estés bien —comentó Ketia con un tono de alivio cuando lo soltó—. Ánaka ha estado muy mal, como nunca la he visto. No dejaba de llorar, pero yo le decía que tuviera paciencia, que todo lo que pasa tiene un propósito, y que algo bueno iba a salir de esto, pero me decía que no, que habías muerto por su culpa, y así ha estado hasta que Puka, su hermanito, llegó corriendo hace un ratito y nos dijo que llegaron dos jóvenes con ropa extraña, y que uno se llamaba Xolo, y mira, aquí están. Bienvenidos los dos. ¿Tienen hambre?

«Es igualita a mi mamá», se maravilló Xolo para sí mismo.

—Muchas gracias… tía. —Vaciló al llamarle así porque no sabía si el título era adecuado, pero Ketia sonrió contenta al escucharlo.

—Mamá, ¿podemos comer más tarde? —intervino Ánaka, un poco impaciente—. Quiero que mi papá los conozca.

—Está bien, hija. Está supervisando el entrenamiento como siempre. Dile que venga a comer cuando termine.

Siguieron la orilla del lago hasta salir de la aldea. En el espacio abierto que bordeaba la aldea por tres lados, decenas de guerreros practicaban con lanzas, atlatles y hondas. Troncos cortados de madera, colocados a unos diez, veinte y treinta metros de distancia, servían como blancos. Era un grupo diverso: hombres y mujeres, jóvenes, adultos y personas mayores, todos con la misma mirada de preocupada concentración.

A un lado del grupo, el papá de Ánaka y algunos Tazik hablaban muy seriamente con Iraluq y los Niuk. Cuando los tres chicos, acompañados por Baku, se acercaron, él se separó del grupo para presentarse. Era alto, de unos cuarenta años, con un largo cabello negro y grueso que le llegaba casi a los hombros y una barba corta, igualmente gruesa.

—Bienvenidos, Xolo, Charal. Soy Kasluk, el papá de Ánaka. —Su voz era firme y sincera, y los saludó de amuk—. Acepten mi amistad.

—Y usted la mía —contestó Xolo, seguido por Charal.

Kasluk dio un paso atrás y los contempló con las manos en las caderas.

—Me da mucho gusto que estén vivos.

«Yo también», pensó Xolo, sin decir nada.

Kasluk continuó:

—Como ya les comentó Ánaka, estamos en una situación difícil. Y no solo nosotros. —Señaló a los Niuk, que seguían platicando con los otros líderes—. Los Máruag los atacaron hace tres días. Ellos son los únicos que escaparon.

Xolo sintió compasión mezclada con furia, y junto con eso, un temor muy real. Los Máruag no dudaban en matar, y por más heroico que él se había sentido dos horas antes, no quería morir.

—Muchos sobrevivientes de otras tribus han llegado aquí buscando protección —explicó Kasluk—, porque somos la tribu más grande del lago.

—Por eso los Máruag nos tienen miedo —añadió Ánaka.

—Sí, y por eso nos quieren extinguir o dominar. —Kasluk suspiró fuerte mientras observaba a los Niuk—. No son la primera tribu que los Máruag han atacado, y no serán la última si no los detenemos ahora.

—¡Papá! —interrumpió Ánaka, su voz urgente—, por eso debemos recuperar el amuleto.

Kasluk negó con la cabeza.

—Hija, ya discutimos esto. Es demasiado tarde.

De pronto se dirigió a los guerreros que entrenaban.

—Mira, Bekal —instruyó a un hombre de unos cincuenta años practicando con un atlatl sencillo—. Debes sujetar el dardo así con el dedo. Inténtalo de nuevo.

—Entonces les atacamos por sorpresa —insistió Ánaka, siguiendo a su papá mientras caminaba entre los practicantes—. Podemos llevar un grupo de guerreros de noche y cuando…

—No, Ánaka —le detuvo, su tono contundente, mas no enojado—. Son más fuertes que nosotros. Tú sabes eso. Sería suicidio. Además, eso debilitaría las defensas de la tribu.

Kasluk levantó la voz y gritó a una joven delgada que tiraba piedras con una honda:

—¡Bien, Kali, muy bien!

Mientras Kasluk recorría la línea de guerreros, dando instrucciones y ánimo, Ánaka lo seguía, debatiendo con él cada vez que la miraba. Por fin Ánaka se plantó justo en su camino. Él era mucho más alto, pero Ánaka era toda una fuerza de la naturaleza.

—Papá, ¿por qué dices que no? Sabes que el amuleto nos ayudaría.

De nuevo, Kasluk sacudió su cabeza.

—No lo sé con certeza. Fue una idea descabellada que tuve nada más. Ustedes hicieron un buen trabajo en encontrarlo, pero no sabemos si los mamuts nos ayudarían o no, y tampoco sabemos si serían suficientes contra los Máruag. Debemos enfocarnos en otras estrategias, hija.

—No, papá, no fue una locura —Estaba hablando fuerte ahora, casi gritando, y sus ojos chispeaban con la intensidad del sol—. Hasta el Corazón de Mamut nos ayudó. No es una coincidencia que me haya dejado cruzar o que nos haya traído a Xolo.

—Oye, ¿y yo qué, güey? —protestó Charal.

—Y a Charal, por supuesto —añadió Ánaka.

Xolo se atrevió a interrumpir la discusión:

—Señor, disculpe, pero creo que Ánaka tiene razón. Estamos aquí por algo. El Corazón de Mamut no se equivoca, ¿verdad?

—Gracias, Xolo, y puedes llamarme tío. Estamos en confianza —respondió Kasluk, exhalando profundamente—. Admiro la valentía de los tres. De los cuatro. Perdón, Baku. Ánaka, te juro que eres igual de terca como tu abuela. Pero ¿qué proponen hacer?

—Déjanos ir solos —respondió Ánaka sin vacilar—. Ya encontramos el amuleto una vez, podemos hacerlo de nuevo.

—¿Ustedes contra un ejército? No, jamás.

—¡No vamos a atacarlos! Te lo prometo. Podemos ir escondidos nada más para espiar, y si podemos robar el amuleto sin que se den cuenta, lo haremos. Si no, nos regresamos y te dejo de molestar.

Kasluk no respondió de inmediato. Su rostro reflejaba una lucha interna de emociones contradictorias. Detrás de él, los guerreros continuaban entrenando. Los golpes sordos de piedras y lanzas impactando blancos de madera marcaban un ritmo inquietante, como un tambor de guerra.

—¿Y saben cómo defenderse? —preguntó finalmente, añadiendo de inmediato—: No les estoy dando permiso. Solo es una pregunta.

—Papá, tú sabes que yo puedo. Tú me enseñaste.

Ánaka pidió prestada la honda y un par de piedras filosas y pulidas de Kali. Lanzó una, luego la otra, y acertó en el blanco con ambas.

—¡Eres una crack! —exclamó Xolo—. No sabía que podías hacer eso.

—Bien, bien, pero miren esto —respondió Charal. Sacó de su mochila el hacha que Ingri le regaló y, con un movimiento fluido, la lanzó al blanco. Se clavó justo en el centro del blanco, el mango vibrando por la fuerza del impacto.

Kasluk chifló en admiración.

—¿Dónde aprendiste eso?

—Viendo videos, güe… perdón, tío.

—¿Videos? —Se veía confundido—. ¿Es tu padre?

—Ehm, no, es… ¿Cómo se lo explico? Bueno, digamos que practiqué mucho. Y también soy bueno usando la honda. Eso lo aprendí de niño, jugando con mis amigos.

Kasluk se dirigió a Xolo.

—¿Y tú?

—Nada que ver con ellos, tío. Pero estoy aprendiendo. —Sacó el atlatl de su mochila y pidió prestado un dardo a uno de los guerreros. Colocó el proyectil en el arma y lo lanzó. Voló recto y veloz, pero pasó a medio metro del blanco.

—No estuvo tan mal —respondió Kasluk—. Mira, si acomodas tus pies así, te da más estabilidad.

Xolo lo intentó de nuevo y esta vez acertó al blanco.

—Tienes talento, hijo. Se nota en tu técnica. Es solo cuestión de práctica.

Kasluk rascó la cabeza de Baku con afecto.

—¿Y el mamut? No tiene ni colmillos todavía.

En respuesta, Baku arrancó corriendo. Embistió el blanco a toda velocidad, derribándolo y partiendo la madera a la mitad. Luego emitió un barrito feroz, levantó un pedazo de la madera con su trompa, lo giró sobre su cabeza como un garrote y lo lanzó por el aire con tanta fuerza que cayó dentro del lago, cincuenta metros atrás. Todos se rieron.

—Este amiguito es muy valiente —observó Kasluk con una sonrisa—. Imaginen cuando sea grande.

Después se dirigió a Xolo, señalando el atlatl en sus manos:

—Mi hija me contó que eres nieto de Uyak y que tu padre es de los Nipiruk.

—Sí, tío, es verdad. También me acabo de enterar, de hecho.

—Representantes de tu tribu están en camino, y deberían llegar esta tarde. Ellos quieren aliarse con nosotros. Sería bueno que conocieras a tu tribu.

—¿Mi… mi tribu? Sí, sí, me gustaría eso.

Xolo se sintió de repente desconcertado y nervioso. ¿Su tribu? ¿Quizás algunos familiares de su padre? ¿Qué pensarían de él? Ni siquiera hablaba su idioma.

Kasluk continuó:

—Miren, no he decidido sobre lo del amuleto. Quiero platicar con mi esposa. Pero si los dejara ir, pediría que una persona en especial de los Nipiruk los acompañe. Es alguien de mucha confianza que conoce mejor que nadie la sierra donde los Máruag tienen su fortaleza.

—¡Por supuesto, papá! Como tú digas. Entonces ¿sí nos dejas ir? —Ánaka casi brincaba de emoción.

—Te acabo de decir, no es un hecho. Vamos, tu mamá nos está esperando para comer.

Cuando llegaron a la choza de la familia, encontraron a Iraluq conversando con Ketia, la mamá de Ánaka, ambas sentadas en troncos cerca de la fogata. Ketia sostenía las manos de la anciana jefa entre las suyas, y algo le decía en voz baja. Las dos estaban llorando. Kasluk los detuvo.

—Esperemos aquí. Mi esposa sigue con Iraluq.

—Mi mamá es una «naklege». Una sanadora —explicó Ánaka.

Unos momentos después, las dos mujeres se levantaron y se abrazaron mientras Ketia acariciaba el cabello gris de Iraluq y le susurraba al oído. Cuando se separaron, Iraluq sonrió, y las lágrimas que recorrían sus mejillas se perdieron entre sus arrugas. Había paz en sus ojos, una paz que no contradecía su tristeza, sino que la complementaba.

Kasluk se acercó a la fogata.

—Iraluq, mi familia es su familia. Mi tribu es su tribu. Pueden quedarse con nosotros el tiempo que necesiten.

—Muchas gracias, Kasluk. —Iraluq inclinó la cabeza en gratitud, luego se enderezó con la dignidad propia de la jefa que era, y su voz se volvió firme—. Y mis guerreros son sus guerreros. Apenas comenzamos a pelear.

—Lucharemos juntas, hermana —aseguró Ketia. Se dirigió al grupo entero—. Antes que nada, debemos comer. El pavo ya está listo.

Ketia sirvió la carne, acompañada de vegetales, nueces y fruta seca, en tablas sencillos de madera. Todo era fresco y sabroso, y tanto Xolo como Charal lo devoraron. De repente, una sombra oscureció el sol. Xolo miró hacia arriba. Dos terátoros volaban en círculos sobre la aldea. Ánaka notó su mirada nerviosa.

—No nos hacen nada, no se preocupen.

—Son los únicos que no, entonces —contestó Charal entre mordidas—. Parece que todo aquí nos quiere comer. Voy a ver esas aves del terror en mis pesadillas.

—También hay osos. Y gatos dientes de sable. Y lobos… —Ánaka soltó una risa malvada.

—Ánaka, no lo hagas sufrir así —la regañó Ketia—. Si no molestamos a los animales, ellos nos dejan en paz. Nos respetan, y nosotros a ellos. Solamente no hay que estar solo en el bosque de noche. Bueno, tampoco de día. Y siempre hay que estar alerta y tener algo para defenderse. Si hacen eso, estarán bien.

—A menos que Uma te encuentre —dijo Puka, el hermano menor de Ánaka, un niño tímido que casi no había dicho nada desde que Xolo y Charal llegaron.

—¿Quién es Uma? —preguntó Xolo.

—Es una gata dientes de sable, y es una asesina —contestó el niño, sus ojos inocentes abiertos con temor.

—Supuestamente es una vieja gata malvada que vive en los cerros y odia a los humanos —interrumpió Ánaka —. Dicen que mata por venganza. Pero no son más historias de terror para asustar a los niños. —Le sacó la lengua a Puka, quien le respondió igual.

—¿No le tienes miedo? —dijo Xolo con tono juguetón—. Sé cuánto temes a los gatos.

—Como un amigo medio inteligente me dijo una vez, tener cuidado no es lo mismo que tener miedo.

—Solo medio inteligente? Bueno, supongo que podría estar peor.

—Un gato dientes de sable le atacó cuando tenía cinco años—, explicó Ketia—. La arrastró hacia el bosque y mi suegra apenas la logró rescatar.

Ánaka extendió su pierna izquierda, y le mostró a Xolo una cicatriz larga y blanca que se extendía desde el tobillo casi hasta la rodilla.

—¿Ya ves por qué no son de confianza? —ella dijo—. Pero Uma no es real. Es un mito, y no le tengo miedo a los mitos.

—Es real —insistió Puka—. El papá de Sisi la vio. Es negra, tiene un colmillo roto, y cuando camina no escuchas nada. Hasta que sientes cómo te brinca encima para devorarte.

—Si Uma es tan rápida y silenciosa, ¿cómo es que el papá de Sisi escapó para contarle la historia? —preguntó Ánaka con burla.

—Es que corrió muy rápido y no miró hacia atrás.

—¿Más rápido que una gata dientes de sable? Eso no es posible…

Mientras los hermanos discutían, la mente de Xolo volaba a mil por hora. ¿Una gata negra, enojada, solitaria? ¿Con un colmillo roto? Entonces el sueño era real, por lo menos en parte. Pero ¿qué significaba? ¿En verdad tendría que meterse a su guarida? ¿Y qué tenía que ver Uma con Inukara, el santuario escondido de sus sueños?

Un hombre se acercó a la fogata.

—Ya están llegando los representantes, Kasluk.

Kasluk se levantó y miró hacia el este. La luz dorada del atardecer iluminaba a un grupo de seis personas a caballo que se acercaban a la aldea, bordeando el lago.

—Ellos son los Nipiruk. Vengan conmigo. —Con un gesto, Kasluk indicó a los jóvenes que lo siguieran.

La delegación de los Nipiruk los esperaba en el mismo lugar donde Xolo y Charal habían llegado horas antes. Los seis se bajaron de sus caballos, una raza prehistórica que se asemejaba más a las cebras que a caballos modernos, tanto por su figura baja y panzona como por su pelaje rayado marrón y blanco. Kasluk y otros líderes de los Tazik les dieron la bienvenida, saludándolos uno por uno.

—Hermanos — anunció Kasluk—, mañana podemos hablar del asunto que nos une a todos: defendernos de los Máruag. Hoy ya es muy tarde. Después de su viaje, deben descansar.

Kasluk hizo un gesto para que Xolo se pusiera al frente del grupo. Él obedeció, aunque odiaba ser el centro de atención. El guerrero continuó:

—Antes de que descansen, con mucho gusto les presento a un hijo de los Nipiruk: Xolo, hijo de Tukiun, nieto de Uyak.

Los seis sonrieron y murmuraron entre ellos. Xolo no tenía la menor idea qué hacer. ¿Decir hola? ¿Abrazarlos? ¿Saludar de amuk? Todo era muy incómodo.

Ánaka, riéndose de su timidez, lo tomó del brazo.

—¡Ven, Xolo! Es tu gente.

Se acercaron juntos al grupo. Uno por uno, Xolo y los Nipiruk se saludaron de amuk. Xolo no sabía qué pensar ni qué sentir: apenas se había enterado de su conexión con la tribu, y aquí estaba, tocando con su nariz la mejilla de ellos, sintiendo y oliendo su bienvenida. Fue un momento inesperadamente especial.

Cuando llegó a la última persona, una mujer con la cabeza agachada y la capucha tan cerrada que Xolo no distinguía bien su cara, Kasluk comentó:

—Xolo, ella es la persona que les mencioné.

Xolo se acercó para saludarla. Sin embargo, en lugar de inclinarse hacia él, ella se quitó la capucha. Luego se puso unos lentes plenamente modernos y preguntó con una voz familiar:

—¿Me extrañaste, Xolo?

Ahora la luz dorada iluminaba la cara redonda y sonriente de alguien a quien Xolo jamás se habría imaginado encontrar en Nuna.

—¿Xóchitl?

capítulo dieciséis

Te sugiero que corras

Xóchitl se rio, y se acercó para abrazar a Xolo. Ella se veía muy natural así, vestida con una túnica y botas de venado, forradas contra el frío con piel de conejo. Sin su capucha, su cabello de negro azabache ondeaba en el viento. Llevaba una lanza y un escudo de piel gruesa atados a su mochila.

—¿Qué? ¿Cómo…? ¿Qué haces aquí? —preguntó Xolo incrédulo, casi sin palabras.

Kasluk, Xóchitl y los Nipiruk se rieron también al ver su confusión. Al parecer, todo esto había sido planeado.

—Cuando Ánaka llegó —explicó Kasluk—, me dijo que había conocido al nieto de Uyak. Yo ya había oído rumores de que la nieta de Uyak, la que desapareció con Tukiun cuando era una niña pequeña, había regresado y estaba entrenando con los Nipiruk. Entonces les envié un mensaje para ver si podía unirse a este grupo de representantes. Si les soy sincero, era para informarle que su hermano había caído fuera del tiempo en el Corazón de Mamut y estaba perdido. Pero afortunadamente ahora tenemos mejores noticias.

Xolo se dirigió a Ánaka.

—Entonces, ¿tú sabías de esto?

—¡No! Tú me dijiste que tu hermana estaba estudiando en Guadalalala…no sé qué.

—Guadalajara. Y sí, estoy estudiando allí —respondió Xóchitl—. Es solo que…voy y vengo. Mis profesores saben que estoy haciendo mis investigaciones en la Sierra de San Juan Cosalá. Y es verdad… nada más que en otra época.

—¿Y mi mamá lo sabe? —preguntó Xolo—. Según ella, nunca habías venido aquí.

—Bueno… no, no le he dicho nada. Ya sabes cómo se pone. Hace unos meses encontré el Corazón de Mamut por accidente mientras hacía mis investigaciones, y se me abrió. Desde entonces he estado viniendo. Oye Xolo, ¿en serio te caíste del tiempo? Yo he cruzado el Corazón de Mamut como treinta veces sin problemas. ¿Cómo le hiciste para caerte a la primera?

Charal levantó la mano.

—Porque es un nerd.

—Más bien porque Charal es un idiota —gruñó Xolo.

Xóchitl se dirigió a Ánaka.

—Y tú eres Ánaka, ¿verdad? Mi mamá me platicó de ti. Dijo que le caíste muy bien. Que eres un buen balance para mi hermano. Pero no sé qué ves en él —añadió con una sonrisa traviesa.

—Admiro mucho a Xolo —sonrió Ánaka—. Nunca he tenido un amigo como él.

Con una risita burlona, Charal susurró a Xolo:

—Eyyy, te bateó, güey. «Amigoooo».

Xolo no contestó. También lo había notado. Pero apenas se conocían, y él tampoco quería ser más que amigos. O al menos eso se decía. Por ahora, lo que más le interesaba era no morir.

—Los llevo a su hospedaje, hermanos —dijo Kasluk, extendiendo su mano en señal de invitación a los Nipiruk—. Tenemos espacio para todos y para sus caballos también.

El sol ya se había puesto, y por toda la aldea, fogatas parpadeaban como estrellas anaranjadas. Alrededor de cada una, familiares y amigos contaban historias, cenaban, se reían, cantaban. El ambiente era tan agradable y pacífico que a Xolo le costaba trabajo imaginar la muerte y el dolor que los amenazaban. ¿Por qué los Máruag atacarían a gente como esta?

Al regresar a la choza familiar de Ánaka, Ketia invitó a Xóchitl a quedarse con ellos para estar con su hermano, mientras el resto del grupo fue llevado a otra choza para cenar y dormir. Xóchitl comió carne de pavo y se puso al día con Xolo, Ánaka y Charal sobre todo lo que había sucedido.

Con la puesta del sol la temperatura había bajado bastante, y frecuentes ráfagas de frío viento descendían desde los cerros. Xolo se acercó más a la lumbre para calentarse. Xóchitl lo notó.

—¿No trajiste chamarra, Xolo? Te vas a enfermar con este aire. ¿Y tú tampoco, Charal? ¿Cómo se les ocurre visitar la era de hielo vestidos solo de playera?

Ánaka se levantó.

—Mañana les consigo abrigos, pero por ahora tenemos cobijas —dijo, entrando a la choza. Poco después regresó con dos cobijas de color gris ligero, peludas y gruesas—. Son de piel de un perezoso —comentó al ver la curiosidad de Xolo.

—¿Piel de perezoso? —Charal estaba examinando la cobija que con obvio gusto había envuelto alrededor de su cuerpo—. ¿Cuántos perezosos se necesitan para hacer una cobija así?

—Si te acabo de decir que uno.

—Son perezosos gigantes, Charal —comentó Xóchitl al notar su sorpresa—. Caminan por la tierra en vez de treparse en los árboles. Miden unos cuatro metros de alto, más una cola de otros dos metros. Son monstruos, pero solo comen plantas.

—No inventes, güey...

Xóchitl devolvió su plato a Ketia, luego bostezó.

—Creo que me voy a descansar, familia. Salimos temprano mañana, ¿verdad?

—¡Ayyyy! ¿Entonces sí nos acompañas? —preguntó Ánaka con un grito que atrajo la atención de la mitad de la aldea.

—Por supuesto que sí —afirmó Xóchitl con una sonrisa—. No me lo perdería.

Ánaka la abrazó, luego miró a sus padres.

—¿Papá, mamá?

—Sí, hija —respondió Ketia, su voz temblante revelando la preocupación maternal que no logró esconder—. Estás lista. Confiamos en ti.

—Pero no los ataquen, ni se metan con nadie —enfatizó Kasluk—. Van a ser espías. Lo que escuchen o aprendan nos servirá. Recuperen el amuleto únicamente si pueden hacerlo sin ser descubiertos. No pueden enfrentarse a un ejército tan grande, y ellos matan sin piedad. ¿Me escuchas, hija?

—Sí, papá. ¡Gracias!

—¿Ustedes están de acuerdo? —dijo Kasluk, mirando a Xolo y Charal.

Charal asintió con la cabeza y sonrió. Se veía cansado pero emocionado.

—Sí, tío —contestó Xolo. A pesar de la incertidumbre que les esperaba, estaba contento, incluso emocionado.

Charal se levantó de su lugar.

—Creo que también me voy a dormir, solo que… ¿el baño…?

Ánaka señaló hacia el oscuro bosque.

—Mujeres a la izquierda, hombres a la derecha. Detrás del árbol que gustes.

—¿Nada me va a deshebrar, comer, picar o aplastar?

—Siempre es una posibilidad… Te sugiero que corras.

—Ánaka, qué mala eres. —Ketia sacudió la cabeza—. No, Charal, los animales no se acercan por la luz de la fogata y el olor humano. No te vayas muy lejos y vas a estar bien. Descansen, chicos. Buenas noches a todos.

Ella y Kasluk también entraron a la choza, dejando solos a Ánaka y Xolo.

—¿Quieres ver el lago de noche? —preguntó Ánaka—. Es mi lugar favorito.

Xolo la siguió, envuelto en su cobija, caminando entre chozas y fogatas hasta llegar a la orilla del lago. Se sentaron en un tronco caído. El cielo estaba casi despejado, y el aire era claro y tranquilo. Al este, la luna iluminaba el lago y los cerros alrededor.

—¿Me compartes la cobija? Hace frío —pidió Ánaka.

—¡Claro! Perdón, te la hubiera ofrecido.

Ánaka se arrimó con Xolo, hombro con hombro, cadera con cadera, y él colocó la cobija alrededor de ambos.

—El lago es muy bonito —observó Xolo, más para distraerse de la cercanía de Ánaka que otra cosa.

De verdad, la vista era bella. Había visto este lago incontables veces, pero nunca así. El viento era más helado, el agua más clara, y el aroma acre del humo en el aire mucho más preferible al olor de la contaminación.

Ánaka exhaló lentamente, como si lanzara al viento la angustia acumulada de los últimos días en un único suspiro.

—Sigo sin creer que estés aquí, Xolo. Si algo te hubiera pasado… nunca me lo hubiera perdonado.

—De no haber sido por Ingri, seguiríamos ahí. Eso, o hubiéramos sido una cena exótica para ese monstruo.

—Ingri es toda una leyenda, pero la historia es triste. Yo tenía unos siete años cuando él dejó la tribu para buscar a Lupita. Ella venía de tu tiempo. Nadie sabe cómo llegó aquí, y nunca quiso decirnos. Vivió con nosotros unos meses, pero se fue porque extrañaba a su familia y su mundo. Ahora Ingri culpa a los Tazik porque no la detuvimos. Se dice que ahora, él recorre la sierra buscándola, y enciende una luz para que la siga.

—Entonces la esfera que nos guio en el éter era para Lupita, no para nosotros —dedujo Xolo—. ¿Cómo sabe tanto sobre el Corazón de Mamut?

—No sé. Yo nunca había escuchado de otra salida. Me imagino que descubrió muchos secretos mientras buscaba a Lupita.

Se quedaron en silencio, observando las olitas despertadas por el viento suave que ahora soplaba. Con cada suspiro de brisa, la imagen del cielo reflejado en el agua se fragmentaba, solo para volver a armarse momentos después.

—La luna se ve casi llena, Ánaka. ¿Cuántos días tenemos para recuperar el amuleto?

—Cuatro.

Era poco tiempo. Tan solo el viaje redondo tomaría dos días. Según Kasluk, el campamento de los Máruag estaba a más de nueve horas de camino hacia el oeste, escondido en el cerro más alto de la sierra.

Xolo ubicaba ese lugar porque, cuando todavía vivía en Poncitlán, había hecho una excursión para escalar y acampar allí con un grupo de su escuela. Era conocido como la Chupinaya, y estaba justo detrás de Chapala y Ajijic, los pueblos más turísticos de todo el lago. La diferencia es que en aquel viaje llegaron a Ajijic en camioneta, y ahora tendrían que irse caminando. Y otro pequeño detalle: ahora estarían rodeados de animales prehistóricos y guerreros hostiles.

Cerró sus ojos por un momento mientras trataba de disipar las dudas y volver al presente. Podía sentir los respiros lentos y suaves de Ánaka a su lado, donde estaba acurrucada contra el frío mientras contemplaba tranquilamente el oscuro lago. Xolo admiraba su confianza.

—Ánaka, ¿no te preocupa que no tengamos un plan?

—No, algo se nos va a ocurrir en el camino. —Lo dijo con tanta certeza que casi lo convenció—. Oye, tu hermana es muy inteligente, ¿verdad? Como tú.

—Es más ñoña que yo, como te dije. —Xolo no respondió al cumplido, pero no le pasó desapercibido. Señaló la naturaleza que les rodeaba—. Le encanta todo esto. Sabe qué plantas se comen, cómo construir refugios, cómo pronosticar el clima, dónde se esconden los animales… cosas así.

—Estoy feliz de que nos quiera ayudar. Toda tu familia es valiente.

Xolo no sabía qué responder. Se sentía todo lo contrario a valiente, pero no iba a admitirlo.

—Deberíamos dormir, mañana va a ser un día pesado.

—Odio dormirme, es lo más aburrido.

—¿Entonces, prefieres despertarte temprano?

—Tampoco. Odio levantarme por la mañana. Pero tienes razón, vámonos.

Regresaron a la choza y entraron silenciosos para no despertar a nadie. El interior era sorprendentemente espacioso, con un suelo cubierto de pieles. La familia de Ánaka estaba a un lado, todos ya dormidos, y Ánaka se acostó entre Puka y Xóchitl. Xolo se acomodó al otro lado de Xóchitl, junto a Charal, cuyos ronquidos sonaban como el motor de su lancha, tanto en tono como en volumen. Se tapó los oídos con una piel gruesa y suave, y en tres minutos estaba dormido.

De pronto se encontraba en un cerro que reconocía, el mismo donde había acampado con sus compañeros, y estaba cara a cara con Uyak. O, mejor dicho, trompa a cara, porque al parecer ahora miraba a través de los ojos de un mamut anciano, la matriarca y líder de su manada. A ambos lados de la trompa peluda que le ponía bizco cuando trataba de examinarla, notó colmillos largos y curvos, más grandes que el anauk que sin temor estaba parado entre ellos. Se veía pequeño el hombre, una criatura diminuta y frágil en comparación con el imponente mamut.

De reojo, percibió movimiento. Tenían compañía. A su lado había un mamut juvenil, de unos tres años, todavía pequeño e indefenso. Y detrás de ellos, en un charco de sangre que la tierra apenas comenzaba a tragar, yacía el cadáver de un gato dientes de sable.

Golpeó la tierra con su pata una y otra vez. La adrenalina fluía por sus venas y no podía calmarse. Había corrido hasta aquí. Había peleado. Ahora estaban a salvo, aunque apenas, y sus emociones eran un torbellino: furia, alivio, cariño, coraje, venganza. Pero por encima de todo, gratitud por el anauk que ahora le extendía una figura de marfil tallada en forma de hacha.

Entendió al instante que Uyak le había pedido algo. Pero ¿qué?

Recibió el amuleto con la trompa y lo levantó hacia el cielo. Estaban debajo de un abeto, y contra la sombra de sus ramas, las venas de kiliak en el hacha pulsaban rojas en sincronía con el latir de su corazón.

Percibió el espíritu del hombre. Sintió su amor por su tribu. No, por muchas tribus. Uyak se preocupaba por ellas. Luchaba por los humanos porque veía su bondad, su esfuerzo, sus lazos familiares.

Volvió a patear la tierra, dudando. Eran humanos los que le habían atacado y encerrado. Humanos, los que habían amenazado a su cría. Humanos, los que enviaron al gato que momentos atrás había aventado y arrollado con desbordada furia. Apenas había llegado a tiempo para salvar a su cría, gracias a este hombre. Él era diferente. Buscaba armonía, no violencia.

Sintió una fuerza repentina arder en su interior, conmover su corazón, llenar el amuleto. El kiliak brillaba con la intensidad del sol ahora, y quemaba. Sin embargo, no soltó el amuleto, sino que invirtió en él su esencia, su sabiduría, su voz.

Después de unos momentos, bajó el amuleto y se lo devolvió a Uyak.

—Kuyima tungit, Manuka —respondió el hombre, mientras sentía una ola de agradecimiento irrumpiendo desde su interior—. Vayan con paz.

La visión se volvió borrosa, y un ruido molesto resonó en el cielo. Flotando en círculos sobre el abeto, Xolo logró distinguir... ¿la lancha de Charal? No podía ser. Se despertó y abrió un ojo. Charal seguía roncando. Con un codazo en las costillas, Xolo apagó el motor y volvió a dormirse.

capítulo diecisiete

Aquí enterraron a sus muertos

Los cuatro amanecieron antes que el sol. El cielo estaba nublado, y hacía más frío y viento que el día anterior.

Ánaka fue a hablar con alguien y pronto regresó con dos abrigos de venado, forrados con piel de conejo y adornados con cuentas de marfil y pequeñas conchas. A pesar de estar hechos de los mismos materiales, los dos eran muy diferentes, con colores y cortes distintos, verdaderas obras de arte en piel.

—Pónganse estos. Los hizo mi abuela.

Xolo miró hacia donde señalaba. Una mujer bajita y arrugada levantó la mano, saludándolo, y Xolo devolvió el gesto.

—¿Ella hace abrigos?

—Ella hace de todo. También es una de las mejores cazadoras de la tribu. Dicen que hasta los mamuts conocen su nombre. También les traje pantalones y mitones. Lo único que no tengo son botas.

—Está bien, prefiero mis tenis —contestó Charal.

Los dos se cambiaron dentro de la choza. Los pantalones eran sencillos y funcionales, y el abrigo, cálido y acogedor, el más cómodo que Xolo había usado en su vida. Con razón Ánaka se había quejado de la ropa de Xóchitl.

Xolo colgó su bolsa del hombro y salió de la choza.

—¿Cómo me veo, Ánaka?

Ella lo admiró sorprendida, como si lo viera con nuevos ojos.
—¡Te ves bien! Muy…muy bien…—Por alguna razón no le salían las palabras, y ahora le tocó a ella ponerse roja.

Los cuatro desayunaron pescado, hierbas y fruta, luego terminaron de alistarse. Xóchitl había encargado su caballo con su grupo para caminar con los demás y acercarse a la fortaleza de los Máruag más silenciosamente. No llevaban más que lo esencial en sus mochilas: provisiones de comida, mitones, cobijas pequeñas y otros artículos de supervivencia, junto con sus armas. Kasluk le había regalado a Charal una honda y dos hachas más, acto que le hizo sonreír asombrado. De verdad no estaba acostumbrado a recibir regalos. Ánaka portaba su daga, una honda y una lanza corta; Xóchitl su lanza larga y escudo, y Xolo el atlatl y cuatro dardos de un metro, cortos y prácticos para viajar. Baku era el único que no llevaba nada. Él comería de las hierbas en el camino, y sus armas eran su trompa, patas y cabeza dura.

Los padres de Ánaka se acercaron. Ketia abrazó a Ánaka durante un largo rato.

—Te quiero, hija —fue lo único que logró decir, su voz conmovida de nuevo.

—Los esperamos aquí en tres días. —Aunque el tono de Kasluk era fuerte y poco emocional, sus ojos revelaban su preocupación—. Su misión es peligrosa, pero ahora todos tenemos pocas opciones. Si logran su objetivo, no exagero cuando digo que cambiará el curso de la guerra. Sin embargo, aquí estaremos preparando nuestras defensas. Con o sin los mamuts, vamos a luchar hasta que… hasta que todo esto se acabe.

Ánaka le dio otro abrazo.

—Pronto regresaremos, papá, con el amuleto.

No había miedo en su voz, sino emoción y valor. Xolo admiraba eso, ya que su corazón estaba hecho una bola de ansiedad.

Miró alrededor. El resto de la tribu apenas se estaba despertando. Algunos niños los avistaron y vinieron corriendo, entre ellos Nanik, la niña que los había saludado primero cuando llegaron. Con un grito alegre, la chiquita saltó sobre Baku como si fuera un caballo, y los demás niños aplaudieron cuando Baku la cargó por unos pasos. Debajo de la sonrisa de Xolo, su corazón pesaba. Si fallaban, o si los mamuts no respondían, todo esto se convertiría en un campo de batalla en pocos días. Xolo no quería imaginar el terror que sentirían los niños.

De repente, Baku tocó su brazo con la trompa, como si compartiera sus pensamientos, y Xolo le rascó la cabeza. Recordó la tristeza y soledad que sintió la primera vez que tocó al pequeño mamut. Ahora percibía algo diferente emanando de él: una determinación de proteger a los indefensos. Pensó en el sueño de anoche. Dentro de Baku brillaba el mismo espíritu que en aquella majestuosa líder.

Xolo se agachó y lo miró a los ojos.

—Estamos juntos en esto, Bakucito, ¿verdad? Te necesito. —Extendió su puño y Baku lo tocó con su trompa. —Eso, amigo.

La banda de cinco partió hacia el oeste, bordeando el lago. Caminaron rápido y en silencio. Pronto, la aldea quedó atrás, la única prueba de su existencia eran las pequeñas columnas de humo azulado contra el cielo gris. Después de unos minutos, esas tampoco eran visibles, y ahora no veían más que bosque de un lado y el lago del otro.

Xolo se asombró por la cantidad de animales a su alrededor. Ahora que no estaban cerca de ninguna aldea, era como si estuvieran en un safari, pero de un bosque prehistórico: venados, conejos, ardillas y jabalíes, además de una cantidad innumerable de aves de todo tipo y tamaño. Nada que ver con los tiempos modernos, cuando no se veían más que lagartijas y zopilotes.

En una ocasión se toparon con dos gliptodontes, o armadillos gigantes. Estos pasaron cerca del grupo, sin prestarles atención, sus cuerpos masivos y redondos aún más asombrosos de cerca. Xolo recordó la masacre que presenció el día anterior. Ojalá las aves del terror no los estuvieran acechando.

Sin embargo, lo más impresionante de todo fue un perezoso gigante que vieron dentro del bosque. Se parecía a una mezcla fantástica de oso e iguana. Era peludo y robusto, con garras de quince centímetros. Medía mucho más del doble de alto que los jóvenes y avanzaba con movimientos lentos y deliberados. Mientras Xolo lo observó, el enorme animal se levantó en sus patas traseras, apoyado por su cola, y usó su larguísima lengua para comer hojas que crecían cinco metros arriba del suelo.

Charal chifló con admiración, y la criatura giró su cabeza lentamente para contemplarlos mientras masticaba su comida.

—No manches, güey. ¿Ese monstruo es un perezoso? Se parece más a Godzilla.

Mientras avanzaban, definieron sus siguientes pasos: llegar a la sierra antes de la noche y mañana hacer un reconocimiento a distancia de la fortaleza de los Máruag. Luego, con base en eso, decidirían qué hacer.

«Pero eso no es un plan —pensaba Xolo preocupado— Es solo un plan para hacer un plan».

Se hubiera sentido mejor sabiendo qué les esperaba y cómo lo iban a enfrentar. Bueno, quién sabe. Tal vez se sentiría peor. La ignorancia tiene sus ventajas a veces.

Después de dos horas de caminata intensa, se detuvieron para descansar y comer algo, sentándose en grandes piedras cerca del lago. El día seguía gris y helado, con un viento constante.

Xolo estaba exhausto. Se acostó sobre una piedra y trató de disimular que estaba a punto de desmayarse. Con razón Ánaka tenía tan buena condición física, caminando por todos lados así. A Charal no le iba mal tampoco. Era un atleta nato que pasaba mucho tiempo a solas en el exterior, explorando y acampando. Y Xóchitl, aunque era menos musculosa que Ánaka y autodenominada ratona de biblioteca, siempre había disfrutado de la naturaleza, y ahora pasaba más tiempo que nunca caminando en el campo y las montañas debido a sus estudios. Ella, en especial, estaba fascinada con el viaje, deteniéndose cada rato para examinar alguna planta u observar un nuevo animal.

—Vamos muy bien —opinó Xóchitl, después de revisar la orilla del lago para ubicarse en su mapa mental—. Hemos caminado como diez kilómetros, y son unos treinta en total. Aunque recuerden, esta es la parte fácil. Mañana va a ser pura subida.

Charal se agachó junto al lago para tomar agua. De repente se detuvo en seco, su mirada fija en algo bajo la superficie. Se quitó el abrigo, luego sumergió el brazo hasta el hombro y sacó lo que había descubierto: un pedazo de lanza, rota a la mitad, con una punta metálica, afilada e inquietantemente moderna.

—¡Es de los Máruag! —susurró Ánaka con repentino miedo—. Y la punta es de ese maldito profesor Félix.

—Y miren allá. —Charal señaló más adelante, en dirección al bosque. A unos cien metros, entre los árboles, había un espacio abierto. No era un claro natural, sino uno hecho por humanos, pero lo que más destacaba era que todo estaba quemado.

El grupo se acercó. En el suelo, había fragmentos de cerámica y pedazos de canastas quemadas. Algo en la tierra llamó la atención de Xolo, y lo recogió. Era una muñeca de marfil, un juguete perdido de alguna niña. Alrededor del claro, postes caídos y rotos eran todo lo que quedaba de veinte chozas o más. Olía a humo aquí. Humo y muerte.

—Chequen eso —dijo Charal con un tono sombrío, señalando los árboles. Había plataformas en algunos de ellos, y una red como la que los Niuk usaron para atraparlos.

—Es… era… la aldea de Iraluq —Xolo afirmó, con un dolor agudo en su abdomen, como si alguien le hubiera golpeado—. De los Niuk.

Con una expresión adolorida, Xóchitl señaló un montículo de tierra recién movida a un lado del campo.

—Creo que aquí enterraron a sus muertos. —Sacudió su cabeza, sus manos hechas puños—. No tengo palabras.

Permanecieron en silencio durante unos momentos, en respeto. Ánaka tenía lágrimas en los ojos, pero cuando habló, no era tristeza lo que marcaba su tono, sino una furia ardiente:

—¡Los odio! ¡Son monstruos! —Caminó por el claro con el rostro tenso y la mirada fría—. Iraluq lo dijo. Apenas comenzamos a pelear. Vámonos. Esto se tiene que acabar.

Habían olvidado su cansancio ahora, y caminaron más rápido que antes. Xolo se estaba acostumbrando al ritmo. Con cada kilómetro, su agotamiento menguaba, convirtiéndose más bien en tenacidad. Era más fuerte de lo que creía.

Después de dos horas más, se detuvieron para comer. El viento se había intensificado, cada ráfaga era como el filo cortante de un cuchillo. En el lago, olas de un metro se habían despertado y ahora se azotaban contra la angosta playa con un estruendo constante.

Charal abrochó su abrigo para protegerse del viento y miró a Baku.

—Bien calientita la piel de mamut, ¿verdad? Qué envidia. Quisiera algo así…

Baku tomó un paso atrás, como si se preocupara por su seguridad.

—Güey, relájate. No te voy a hacer nada.

—Viene una tormenta —anunció Xóchitl, observando el lago.

—Sí, creo que sí —asintió Ánaka—. ¿Lluvia o nieve?

—No sé. Pero sería mejor llegar a los cerros para buscar refugio. Aquí estamos muy expuestos.

La sierra a donde viajaban era una línea serrada y azul en el horizonte. Los cerros eran más altos que los de Mezcala, alcanzando los setecientos metros sobre el lago, con numerosas barrancas y colinas escarpadas.

Hicieron una colación de carne seca, nueces y fruta de sus mochilas, junto con algunas plantas que Xóchitl y Ánaka habían encontrado durante su caminata. A pesar del frío, nadie sugirió una fogata. Estaban demasiado cerca de los Máruag.

—¿Nadie vive aquí entonces? —inquirió Charal, sentándose en un tronco seco que parecía haber sido víctima de algún rayo.

—Hace tiempo, una tribu importante vivía en esta punta. Los Miñik —respondió Ánaka, su voz triste—. Pero ahora todo esto es tierra de los Máruag, y las tribus que vivían aquí huyeron o fueron masacradas. Dicen que hasta los animales se han ido.

Tenía razón. Xolo no había visto fauna desde hace un buen rato. Después de cuatro horas escuchando sus gruñidos, chillidos y repentinos movimientos en el bosque, el silencio era extraño. Sintió escalofríos, y no fue por el viento. Los animales tenían más sentido común que ellos.

—Justo aquí está el pueblo de Chapala —comentó Xóchitl mientras comía un trozo de carne—. Bueno, lo estará dentro de unos doce mil años.

Después de quince frígidos minutos, retomaron su camino, siguiendo las curvas de la ribera a su izquierda. Al otro lado del grupo, colinas y barrancas cada vez más grandes formaban la sierra oscura donde pronto comenzarían a ascender.

Tardaron más tiempo en cubrir el tramo final. Treinta kilómetros en un día no era fácil. Cuando finalmente llegaron a lo que Xóchitl identificó como el pueblo de Ajijic, y Ánaka tristemente llamó la tierra abandonada de los Iglug, se desviaron a la derecha, hacia el norte, y pronto dejaron atrás el lago.

La sierra dominaba la vista, su cresta ondulante y verde casi oculta por la neblina. Dentro de poco tiempo, llegaron al pie de la sierra. Por delante, un riachuelo descendía en medio de una estrecha barranca pedregosa, y todo el terreno era empinado y estaba cubierto de pinos.

—Según Iraluq y Kasluk, es mejor subirnos por acá. —Xóchitl señaló cuesta arriba.

—Güey —anunció Charal a nadie en particular—, ya estoy muerto.

—Yo también —afirmó Xolo, contemplando exhausto la subida que les esperaba.

Xóchitl se sentó en un tronco caído y estiró los pies con una mueca de dolor.

—Ya no siento mis piernas. Creo que debemos buscar algún lugar para pasar la noche.

Ánaka los miró con impaciencia, aunque ella también parecía agotada.

—Otro poco más ¿no?

—No, güey, ya párale, nos vas a matar. —Charal se tiró en el suelo para enfatizar su punto.

Ánaka estaba a punto de responder cuando se detuvo. Levantó una mano para silenciar a todos, y señaló a Baku. Estaba de pie a un lado del grupo, mirando fijamente hacia el bosque, cuerpo tenso, trompa en el aire, olfateando.

Xóchitl susurró lo que todos sabían:

—Hay algo ahí.

De pronto, Xolo escuchó un crac en el bosque, seguido de otros más, como si algo masivo pisara las piñas y agujas de pino que cubrían el suelo. La criatura desconocida se acercaba directamente hacia ellos, siguiendo la orilla de la sierra. El ruido crecía en volumen con cada segundo.

Baku bajó su trompa y caminó rápido y silenciosamente hacia la colina, seguido por el grupo. Entraron en la barranca por delante. Alrededor del riachuelo que burbujeaba con agua fría y clara, grandes piedras desprendidas yacían dispersas entre la abundante vegetación, y se escondieron detrás de ellas.

Pronto, la fuente del ruido salió a la vista a escasos cuarenta metros de su escondite. Era un enorme oso marrón que avanzaba por el bosque sin desviarse, rompiendo ramas y derribando pequeños árboles en su camino. Caminaba sobre sus patas traseras con movimientos raros y tiesos, y giraba su cabeza de un lado a otro como si buscara algo. O a alguien.

El oso se detuvo justo donde los jóvenes habían estado sentados y comenzó a olfatear el aire. De pie, se veía imposiblemente grande, casi cuatro metros de altura y con un cuerpo masivo. Sus brazos eran más largos y macizos en proporción a su cuerpo que los osos que Xolo había visto en el zoológico, con garras curvas y afiladas como navajas.

El oso giró su cabeza en dirección a la barranca. Cuando Xolo vio sus ojos, sintió un repentino e inexplicable horror, a tal grado que tuvo que aferrarse a la piedra para no levantarse y huir. Su corazón palpitaba frenéticamente y tenía sudor en la frente, a pesar de la baja temperatura.

—No manches, güey —susurró Charal, su voz apenas audible sobre el sonido del agua—. Sus brazos son más largos que todo mi cuerpo. ¿Es un oso grizzly?

Xóchitl sacudió la cabeza.

—No, un grizzly sería pequeño comparado con él. Es un oso de nariz chata, el oso más grande y veloz que ha existido.

—¿Y… qué comen?

—Carne —respondió Ánaka.

De repente, un viento sopló desde arriba, primero lento, luego con más fuerza, chiflando por la barranca con un aullido quejumbroso, como si los cerros mismos resintieran la presencia de los jóvenes intrusos. Abajo, el oso levantó su nariz al viento y probó la corriente del aire montañoso. Tensó su cuerpo de inmediato y giró la cabeza hacia la entrada de la barranca, luego comenzó a examinar cada árbol y piedra con una intensidad escalofriante.

—¿Sabe... sabe que estamos aquí? —preguntó Charal con miedo, pero nadie le contestó.

Otra vez, Xolo vio los ojos del oso. Parecían cráteres de fuego opaco, dos volcanes dormidos, ahora a punto de despertar. Con un rugido terrible, y parado sobre sus pies traseros, el animal dio un paso directo hacia los jóvenes, luego otro, sus movimientos extrañamente torpes y rígidos. Bajó a cuatro patas y volvió a rugir, y la saliva que cubría sus colmillos brillaba con la luz del sol.

—¡Nos olió! —El miedo de Charal se había convertido en pánico absoluto—. ¡Hay que escondernos!

—¡No hay tiempo! Ya sabe que estamos aquí. —respondió Ánaka.

Tenía su lanza entre sus dos manos mientras emergía de su escondite. Plantó sus pies sobre una piedra baja y ancha, en plena vista del oso, y anunció:

—Tenemos que pelear.

capítulo dieciocho

Era un zombi asesino peludo

El oso se detuvo por unos segundos cuando Ánaka apareció, como si no supiera qué hacer con una presa que se rehusaba huir. Todos se apresuraron a sacar sus armas. Xolo apenas había tomado el atlatl y un dardo cuando el oso, con un rugido tan ensordecedor que amenazaba con desalojar piedras de las peñas, comenzó a embestir en su dirección.

Charal fue el primero en atacar. Giró su honda de piel en círculos largos durante un largo segundo; de pronto, el arma chasqueó con un crac que parecía un balazo, y un silbido violento de aire indicó que la piedra ya volaba hacia su blanco. Xolo ni siquiera vio el proyectil, pero al instante el animal rugió de dolor y tropezó, perdiendo el equilibrio y casi cayendo al suelo. Charal le había dado en la pata delantera. El oso volteó la cabeza para ver la herida, pero no se detuvo.

Al instante, Ánaka arrojó su lanza con un grito feroz que parecía brotar de su misma alma. La lanza voló rápida y directa, impactando en el hombro derecho del animal.

Éste se detuvo, a unos veinte metros, se levantó sobre dos patas y lamió la herida. Los volcanes en sus ojos habían entrado en una erupción de furia, y no dejaba de gruñir ni rugir. Sus ojos estaban fijos en los jóvenes con fría determinación, como si atacarlos fuera la única opción.

Charal giró nuevamente su honda y lanzó otra piedra plana y filosa que golpeó a su atacante en el costado. Luego otra, que le pegó en la pierna. El efecto fue nulo. El oso les hizo tan poco caso como a unas moscas irritantes.

Xóchitl se había apartado a varios metros del grupo. No llevaba más que una lanza y su cuchillo, y era mejor esperar hasta que la enorme bestia se acercara más para atacar.

—¡Xolo, ponte allá! —ella le gritó, señalando en la otra dirección—. Tenemos que atacarlo de diferentes lados.

Xolo corrió diez metros hacia donde ella había indicado, junto al muro rocoso de la barranca, y Ánaka y Charal se separaron también. Ahora, en un semicírculo, en la sombra tardía de la barranca, todos esperaron otro ataque. El oso miró de uno a otro, decidiendo contra quién ir primero, luego bajó a cuatro patas con la cabeza inclinada, preparándose para cargar de nuevo.

—¡Xolo, usa el atlatl! —exclamó Charal—. Su piel es demasiado gruesa para las piedras.

Xolo sentía el marfil liso del atlatl en sus dedos. Le temblaban las manos cuando colocó el dardo y subió el arma a su hombro.

Otra piedra, esta vez de Ánaka, rebotó en la cabeza del oso. El dolor enfureció todavía más al animal. Brincó hacia adelante y corrió en dirección a los jóvenes, acelerando con cada paso; amenazas de muerte brillaban en sus ojos.

Con toda su fuerza, Xolo lanzó el dardo. La distancia era poca para el arma, entonces tuvo que tirar rápido y sin mucho arco. El proyectil vibró en el aire, exactamente como tenía que hacer. Fue un tiro perfecto. El dardo se clavó en la pierna derecha del oso, tumbándolo en el suelo.

—Buen tiro, güey —lo felicitó Charal.

—¡Vete de aquí! —gritó Ánaka al oso con desesperación, tomando pasos hacia él y aventándole piedras— ¡Corre!

El oso no le hizo caso. Se levantó, se sacudió, luego se subió en sus patas traseras y avanzó de nuevo hacia Xolo, imparable y determinado. Aun herido, se movía rápido. Xolo tomó otro dardo en sus manos y esperó, su corazón palpitando tan fuerte que seguramente los Máruag en su fortaleza lo podían oír. Estaba a quince metros, diez, cinco.

—¡Ayyy!

El grito vino de Charal. Un instante después, un hacha pegó en la espalda del oso, rebotó contra su hombro y cayó al suelo.

Fue suficiente para distraerlo. El animal cambió de dirección y se dirigió hacia Charal. De inmediato, Xóchitl corrió a su lado, lanza en mano, y Charal tomó la segunda hacha que llevaba. Xolo miró alrededor. ¿Dónde estaba Ánaka?

Con un brinco más, el oso alcanzó a Charal y a Xóchitl y, con las garras desenvainadas y las fauces abiertas, los atacó. Xóchitl soltó un grito de guerra y apuñalaba al enorme animal mientras Charal intentaba desviar sus mordidas con un escudo de piel. El ruido era terrible: gruñidos bestiales y gritos humanos se entremezclaban y hacían eco por la barranca.

Xolo corrió hacia ellos y clavó su dardo en la espalda del oso. Con un aullido de dolor y espanto, el animal se echó para atrás. Xolo trató de correr, pero el oso le vino encima, y los dos cayeron al suelo. Xolo podía sentir el aliento caliente en su cuello, y el pelaje grueso del animal lo sofocaba.

Mientras el oso luchaba por levantarse, Xolo logró zafarse y se echó a correr. No había a dónde ir, sin embargo. Por detrás tenía solamente el muro de la barranca, y por delante, al oso, ahora de pie, mirándolo con rabia... y algo más. ¿Temor? ¿Cansancio? No hubo tiempo para pensarlo. El oso se lanzó hacia Xolo, indefenso y solo contra el muro.

Justo cuando el oso brincó, con las garras extendidas como navajas, algo cayó del cielo. Era una piedra, redonda y pesada, con la fuerza acumulada de diez metros de altura. Con un golpe sordo, impactó en la cabeza del oso y lo dejó inmóvil y agonizante a los pies de Xolo.

—¡Ayayay!

Se escuchó un grito familiar de arriba, y momentos después, Ánaka descendió la peña con la agilidad de una cabra montés. Corrió directo al oso con su daga y, sin titubear, se la clavó en el corazón al animal.

—Kuyima bala, hermano. —Ánaka susurró con reverencia—. Honramos y respetamos tu vida.

Xolo miró el cuerpo de la imponente criatura con alivio profundo y, sorprendentemente, un golpe de tristeza. Era un animal terrible, pero a la vez majestuoso.

—Estás herido, Charal. Mira, tu espalda —Ánaka se veía preocupada.

El hombro izquierdo de Charal estaba cubierto de sangre. Se quitó la camisa con cuidado. Detrás de su hombro, tres líneas largas de sangre señalaban donde el oso le había dado un zarpazo.

—Me han pasado cosas peores —el chico respondió—. Va a dejar una cicatriz muy chida, y será una historia buenísima, ¿no? ¿Quién más de nuestros compañeros ha sobrevivido una pelea contra un oso prehistórico?

—Lo tenemos que curar, Charal. —insistió Xóchitl—. Espérenme.

Xóchitl fue por su mochila y sacó unas hojas secas. Luego tomó una planta que crecía en la sombra de la peña y la aplastó, junto con las hojas, hasta hacer una pomada. La aplicó en su herida con cuidado. Charal hizo muecas de dolor, pero no dijo nada. Cuando ella había terminado, el chico sonrió con gratitud.

Xolo miró al oso. Su pelaje marrón, grueso y lustroso, ondulaba en el viento. Los ojos que habían ardido con furia estaban ahora opacos y vacíos. Quería odiar a la bestia, quizá para justificar su muerte, pero únicamente encontró lástima en su corazón. Por lo menos las extrañas olas paralizantes de terror habían cesado.

—Ánaka, ¿siempre actúan así los osos? —preguntó.

—No, nunca—ella respondió—. No huyó, aun cuando estaba herido. No entiendo eso.

—Y aparte, caminaba muy raro por el bosque —añadió Xóchitl—, en línea recta y aplastando todo como si no le importara lo que pisaba.

—¿No habrá sido un guardia, o algo así? —preguntó Xolo, pensativo—. Tal vez estaba vigilando el perímetro de las montañas.

Xóchitl negó con la cabeza.

—No, los animales del bosque son silvestres, y no obedecen a nadie.

Retomaron el ascenso. Entre más subían, más fuerte soplaba el viento. La neblina que cubría la cresta de la sierra descendía ahora, extendiendo su dominio con dedos etéreos que primero estrangulaban a los árboles y luego los sepultaban bajo su pesadez blanca.

—Debemos encontrar refugio antes de que sea noche —anunció Ánaka, resignada—. Si llueve o nieva, vamos a estar en problemas.

La barranca por donde ascendían era más abierta y expuesta ahora, y Xolo estaba agradecido por la neblina gélida que los escondía. Si el oso realmente era un guardia, quién sabe qué más tendrían los Máruag a su disposición, tanto en el bosque como en el cielo. Por reflejo miró hacia arriba, pero no había nada, solo un techo bajo y oscuro de nubes que amenazaba con soltar precipitación en cualquier momento.

—Podemos acampar ahí. —Xóchitl señaló un muro de roca que ofrecería algo de protección contra el viento.

Se acercaron, cansados y tiritando de frío, y exploraron el área. Había una cavidad en la base de la roca, un refugio esculpido por fuerzas geológicas antiguas y los vientos constantes de incontables milenios. Junto al muro de piedra, rocas masivas que en algún momento se habían desprendido del cerro se alzaban sobre el suelo como centinelas del bosque, creando un espacio semicircular alrededor de la cavidad.

Los cinco ingeniaron un cobertizo sencillo en la cavidad, con altura suficiente para estar sentados adentro. Echaron una capa de agujas de pino sobre la tierra para crear una especie de alfombra. En la entrada, Ánaka prendió una fogata, y todos se tiraron en el suelo, exhaustos y adoloridos.

—Nada mal —comentó Charal, observando con orgullo el refugio que habían creado—. Ahora a comer.

La temperatura se había desplomado. Xolo añadió otro leño a la fogata y cerró más su abrigo y su capucha. La piel forrada era bastante eficaz contra el frío. Únicamente lo sentía en su nariz y mejillas. Por eso acostumbraban a saludar de amuk, entendió, porque eran las partes más expuestas de la cara.

Acordaron turnarse para cuidar la fogata y vigilar la entrada, y Charal se ofreció a tomar el primer turno. En algún momento, ya dormido, Xolo escuchó a Charal exclamar que estaba nevando, pero no quiso despertarse para verlo. Durmió tan profundamente que, por primera vez en muchos días, no tuvo sueños.

Horas después, despertó con la cara llena de pelo de mamut. Baku dormía a su lado, casi encima de él. Estaba oscuro todavía. ¿Qué hora sería? Sintió movimiento y escuchó una respiración en su nuca. Ánaka dormía acurrucada contra su espalda, y al otro lado de ella, Xóchitl.

Sintió que algo lo había despertado, pero no sabía qué. Levantó la cabeza. Charal estaba acostado en la entrada, ojos cerrados, cara relajada, sumergido en un sueño obviamente agradable.

«Qué guardia tan vigilante», pensó Xolo, levantándose para relevarlo.

—¡Charal! —susurró, y lo sacudió por el hombro.

Charal se despertó lo suficiente para arrastrarse al espacio que Xolo había dejado y volverse a dormir. Baku puso su trompa encima del joven, y él la agarró como si fuera una almohada. Se veían muy tiernos. Lástima que Xolo no tuviera su celular para capturar una foto del momento. O mil fotos, fotos de todo esto, porque nadie jamás iba a creerlo.

La fogata olvidada no era más que un par de carbones incandescentes que brillaban como ojos diabólicos en el suelo. Xolo los sopló, añadiendo pasto seco y palitos hasta que la llama revivió. Se sentó en cuclillas y echó un vistazo afuera.

El cielo estaba oscuro y despejado, con un mar de estrellas claramente visibles. En el este, apenas se distinguía un leve brillo de donde el sol pronto aparecería. Aun en la oscuridad de la madrugada, el bosque se veía impresionante después de la nevada. Todo era blanco: el suelo, las piedras, las ramas de los pinos. Xolo nunca había visto un paisaje así.

Crac. Su corazón se aceleró al instante. El sonido estaba cerca, a diez metros o menos del refugio, detrás de las altas rocas que lo bordeaban. De pronto, sin explicación, se sintió muy solo, una soledad tan intensa que lo estremeció. Quería gritar sin saber por qué.

«Estoy loco». Se masajeó las sienes para alejar los pensamientos invasivos. Poco a poco, las emociones extrañas se disiparon, y cuando pasaron varios minutos sin otro ruido, se tranquilizó.

El cielo brillaba en el este ahora, el sol acercándose al horizonte con cada minuto que pasaba. Detrás de él, escuchó movimiento. Pronto, Ánaka se sentó a su lado, envuelta en su cobija, su cabello tan enmarañado como las zarzas del bosque.

—Charal no me despertó en la noche. —Ella bostezó fuerte y estiró los brazos hacia adelante.

—Se quedó dormido. Yo me levanté hace poco.

Uno por uno, los demás comenzaron a despertar.

—Todo me duele. Literal todo —se quejó Charal, empujando la trompa peluda de Baku a un lado y sentándose. Se quedó pensando un momento—. Oigan, me quedé dormido, ¿verdad? Chin.

Xolo salió del cobertizo y se estiró. El frío era punzante, pero no hacía viento y pronto saldría el sol para calentarlos un poco. No había caído mucha nieve. Tal vez un centímetro, solo lo suficiente para vestir el mundo de blanco.

—Hombres a la izquierda, mujeres a la derecha —anunció Charal, ahora estirándose junto a Xolo—. Y recuerden, no coman la nieve amarilla.

—Te acompaño —ofreció Xolo.

Para los dos, era su primera experiencia con la nieve. Sus pisadas producían un sonido extraño, como si caminaran sobre arena congelada. Curioso, Xolo se agachó y tocó la nieve con sus manos, luego levantó un puñado y trató de hacer una bola de nieve, pero no había suficiente. El frío quemaba en sus manos, y decidió mejor ponerse los guantes.

Los chicos iban rodeando las rocas en busca de árboles que ofrecieran más privacidad cuando se detuvieron en seco. Había huellas en la nieve, anchas y redondas, de unos quince centímetros de ancho.

—Creo que son de un león de montaña. —Charal observó asombrado—. Pero no manches, güey, te juro que aquí todo es el doble del tamaño normal.

Xolo reconocía las huellas, y echó un vistazo nervioso alrededor.

—Son de un gato dientes de sable. Y mira —señaló en dirección al cobertizo—, caminó alrededor de nosotros en la noche.

—¡Xolo! ¡Charal! —La voz de Ánaka era urgente.

Los dos corrieron hacia ella. Estaba con Xóchitl, quien se agachaba en la nieve, examinando huellas idénticas.

—¿Ya vieron esto? —Ánaka indicó la larga línea de huellas—. Acechó nuestro campamento anoche.

—¿Otra guardia como el oso? —preguntó Xolo.

—No sabemos si el oso era un guardia, Xolo —respondió Xóchitl—. Y del gato, quién sabe. Tal vez ya había comido, o la fogata lo espantó.

Xolo sonrió a pesar de su ansiedad. —Sí, esa fogata tan bonita y bien cuidada.

—Güey, ya les pedí perdón —protestó Charal —. Estaba muy cansado.

—Técnicamente no pediste perdón, pero ¿yo qué sé?

—Debemos irnos ya —intervino Ánaka con urgencia en su voz—. Creo que podemos llegar en una hora, tal vez dos a lo mucho.

Xolo miró cuesta arriba. Ya no había neblina, y los rayos de luz estaban pintando de colores la cadena de cerros que formaban la sierra. Ánaka tenía razón. Era hora de irse. Pronto el humo de su fogata sería visible en la luz matutina.

El cobertizo, diminuto y camuflado al pie de la peña, estaba casi invisible detrás de las rocas y piedras caídas, entonces lo dejaron intacto. Quizá lo necesitarían de regreso. Apagaron la fogata, desayunaron un poco de carne seca y nueces, y partieron en silencio.

Durante una hora y media, la caminata fue empinada, pesada y sumamente fría. Se detenían solo lo necesario para recuperar el aliento, luego seguían ascendiendo, manteniéndose siempre escondidos entre los abundantes pinos. Dejaban huellas en la nieve, pero el sol pronto las borraría, aseguró Xóchitl.

Alcanzaron la cresta de la sierra sin ninguna señal de vida en el bosque. Ni pájaros, ni ardillas, ni guardias monstruosos. Xolo volteó y revisó la barranca por donde habían subido, un paisaje navideño de blanco y verde. En el este, el sol ascendía sobre el lago, y su luz reflejada en el agua lo deslumbraba.

Xóchitl señaló un conjunto de cerros azules cerca del agua en el este, apenas visibles por la distancia.

—Ahí es el cerro de Mezcala, y abajo está la aldea de los Tazik.

Ánaka miró donde señalaba. Una expresión de dolor cruzó su rostro, luego habló, su voz sombría y tensa:

—Por ellos luchamos. Solo nos quedan dos días para la luna llena. Vámonos.

Viajaron hacia el oeste, siguiendo la cresta de la sierra, que corría por más de veinticinco kilómetros en paralelo con el lago. Por delante, el terreno bajaba y subía, formando una serie de cimas y brechas a lo largo de la sierra. En algunos puntos el camino era ancho y plano; en otros, estrecho, con precipicios impresionantes a cada lado.

Al fondo de una de las brechas, Xóchitl se detuvo.

—Esta es la última colina antes de su fortaleza. —Indicó la subida por delante—. Tengan cuidado. Cuando lleguemos a la cima, tenemos que escondernos o nos van a ver.

Caminaron cuesta arriba con pasos silenciosos, evitando romper pequeñas ramas o desalojar piedras. Como siempre, Xolo se sorprendía de la agilidad de Baku y Ánaka, que sabían por instinto dónde pisar para no hacer ruido.

De pronto Baku frenó tan bruscamente que Charal se estrelló contra su trasero. El mamut puso su trompa en el suelo y extendió sus grandes orejas como antenas. Xóchitl alzó la mano para detener al grupo.

—Esperen —susurró, señalando a Baku—. Creo que algo viene. Miren, está sintiendo las vibraciones en la tierra.

Después de unos segundos, Baku levantó la cabeza y se desvió hacia un lado, y el grupo lo siguió. Se escondieron dentro de una arboleda densa a veinte metros. Instantes después, percibieron ruidos bruscos y repetidos arriba en la colina. Reconocieron de inmediato el chasquido de ramas aplastadas bajo algún peso enorme.

—Otro oso —murmuró Charal.

Un minuto después, lo vieron a lo lejos. Caminaba igual que el primero, como un oso zombi, y venía bajando justo por donde el grupo había estado subiendo.

Ánaka suspiró frustrada.

—Está siguiendo la cresta. Debe ser un guardia.

—No lo hubiera creído posible —respondió Xóchitl, sacudiendo la cabeza.

Desde la distancia, Xolo vio los ojos del animal, y el pánico volvió a inundarlo. Se agarró de un árbol delgado y trató de tranquilizarse. El oso seguía mirando en su dirección con ojos torturados, como si sufriera algún dolor profundo. Al instante, Xolo entendió.

—Lo están controlando con temor. —Xolo sabía lo extraño que sonaba la idea, pero estaba seguro—. De alguna manera están manipulando sus sentimientos, y con eso lo esclavizan.

Nadie contestó, se limitaron a seguir con la vista al oso gigantesco que avanzaba por el perímetro de la fortaleza, alejándose ahora del grupo a pasos torpes.

—Tenemos que saber cuántos osos tienen —dijo Ánaka cuando el ruido había desaparecido—. Esto cambia todo.

Volvieron a caminar cuesta arriba, ahora en silencio absoluto. Faltaban unos cien metros para alcanzar la cima de la colina, y no sabían qué les esperaba al otro lado. La subida era intensa, tanto por la inclinación extrema como por la nieve que se derretía bajo el sol, haciendo resbaladizas las piedras en su camino. A la izquierda, la vertiente era empinada y abrupta, con barrancas cientos de metros abajo que descendían hasta el lago.

Xolo levantó la vista y revisó el cielo, nervioso por si algún pájaro los espiaba desde arriba. La distracción casi le resultó fatal. Resbaló sobre una piedra y apenas logró aferrarse de un árbol para evitar caer al abismo.

—Cuidado —advirtió Xóchitl.

Siempre le había molestado que le dijeran eso después de resbalar, cuando ya era demasiado tarde, pero no contestó.

Avanzaron más lentamente ahora, escondiéndose detrás de los árboles y moviéndose solo después de otear con cuidado en todas direcciones. Si llegara otro oso en este momento, estarían muertos. No habría lugar para esconderse ni tiempo para correr.

Minutos después, alcanzaron la cima y miraron hacia el otro lado. El corazón de Xolo se le cayó al suelo, y, a su lado, Ánaka se llevó una mano al pecho. Charal sacudió la cabeza y dijo con voz llena de temor y desesperación:

—¡No puede ser!

capítulo diecinueve

Eres el nieto de Uyak

Xolo había intentado imaginar la fortaleza de los Máruag, pero nada se comparaba con esto. Era un complejo interminable de chozas rústicas que se extendía en todas direcciones. No era un campamento, ni una aldea, sino una ciudad de la guerra, construida dentro de una cuenca natural en lo alto de la sierra.

—¡Es enorme! —exclamó Ánaka con repentina desesperación—. Nunca había visto algo así.

Era diez veces más grande que la aldea de los Tazik, con fila tras fila de chozas sencillas, hechas de palos cortados del bosque y cubiertos de pieles, que seguramente servían de barracas para los guerreros. En medio de ellas había un conjunto de tres chozas circulares. Eran más grandes que las barracas, construidas con troncos en vez de palos, y forradas también de pieles de animal. La entrada de la choza central estaba hecha de huesos de mamut y otros animales, dándole una apariencia siniestra y tétrica.

No era solo el tamaño de la fortaleza lo que los abrumaba, sino los guardias: osos, treinta o más, parados en diferentes puntos alrededor de la fortaleza, vigilando todo el bosque.

—Con razón están sacando a todas las tribus —dedujo Ánaka, su voz apenas audible—. Tendrían que cazar a muchísimos animales, de toda la región del lago, para alimentar a tanta gente.

—Están preparados para una guerra —observó Xóchitl—. Miren.

Señaló una estructura larga a la derecha de los edificios circulares. Era una enramada, sin muros, y parecía ser algún tipo de almacén. Dentro, a un lado, había decenas de colmillos de mamut estibados en un montón macabro. Innumerables lanzas, piedras, hondas y escudos estaban apilados en diferentes puntos alrededor del edificio. Afuera, grandes piedras de obsidiana estaban amontonadas en el suelo, material crudo para seguir fabricando armas.

—¡Hay tantos colmillos! —exclamó Charal—. ¿Todos esos son para Félix? Y están haciendo armas, pero ¿para qué? ¿Para ellos mismos? Son demasiados, ¿no?

—No tengo idea —respondió Ánaka—, pero lo que nos interesa ahora es encontrar el amuleto.

No se veía a nadie en la fortaleza. La única señal de vida eran los osos, y ellos parecían apenas vivos a medias.

—¿Dónde estarán todos? —preguntó Xolo.

Ánaka encogió los hombros.

—Tal vez se fueron de cacería, o a amenazar a otra tribu. Espero que se topen con Uma y los mate a todos —añadió, escupiendo en la nieve.

—¿No que no creías en Uma? —respondió Xolo, con un intento fallido de sonrisa.

De repente, se escucharon chasquidos en la colina detrás de ellos, y brincaron de susto. Se agacharon aún más, quedándose inmóviles entre los pocos árboles y matorrales en la cresta. No se oyeron más ruidos.

—Creo que nada más fue nieve —concluyó Xóchitl—. Cuando se derrite, cae de las ramas.

—Va a pasar otro oso en cualquier momento. —Ánaka se levantó de su lugar y miró con intensidad hacia la fortaleza—. Hay que hacer algo ya.

Charal se puso en pie también.

—No hay nadie en la fortaleza, entonces solo tenemos que solucionar el pequeño problema de los osos. ¿Alguien tiene una idea?

Xolo sintió movimiento en la mochila en su espalda y volteó la cabeza. Baku estaba intentando abrirla.

—¿Qué buscas, Bakucito? —Xolo preguntó, aunque ya sabía la respuesta. El pensamiento había cristalizado en el momento en que Baku lo tocó. «Kiliak». Xolo sacó la bolsita de su mochila y la abrió.

—¿Qué vas a hacer con eso, güey? —inquirió Charal.

—No tengo idea. Baku lo quería.

Xolo tocó la cabeza de Baku y cerró sus ojos. Al instante, vio en retrospectiva la mirada torturada del oso al pie de la sierra. Sintió el terror que invadía su ser, que interrumpía sus instintos y esclavizaba su mente al control retorcido de los Máruag. En su memoria, los ojos del animal ahora brillaban con una extraña luz roja y pulsante.

El trance duró un instante nada más. Cuando Xolo abrió los ojos, el kiliak en sus manos palpitaba al mismo ritmo, como un corazón vivo. Ahora comprendía.

—Baku cree que están controlando a los osos con kiliak —anunció al grupo, como si fuera lo más normal del mundo hablar por un mamut. En realidad, no podía explicar por qué a veces percibía lo que Baku pensaba. Solo sabía que sintió urgencia en el mamut, una urgencia nacida en el sufrimiento de los osos.

—¿Eso es posible? —preguntó Xóchitl.

—Baku piensa que sí. Y él sabe más que nosotros sobre el kiliak.

—Pues, tiene cierto sentido. —comentó Ánaka, pensativa—. Uyak hacía cosas maravillosas con el kiliak. Tal vez los Máruag aprendieron a manipularlo para otros fines.

—¡Güey! —exclamó Charal emocionado—. ¿Y si creas algo para interferir con la señal?

—¿Qué? ¿Cuál señal? —Xolo estaba confundido.

—O sea, haz algo con el kiliak para romper la conexión que ellos tienen con los osos, güey. Algo mágico como la pulsera de Ánaka o el amuleto.

—Que no lo entiendas no lo hace mágico —insistió Ánaka.

—Es que no tengo idea de cómo usar el kiliak —protestó Xolo a Charal—. Esto no te lo enseñan en la clase de ciencias. Y aun si fuera posible romper la conexión, ¿no creen que liberar a un ejército de osos asesinos del control de los Máruag sería una terrible idea?

—Es la única idea que tenemos —Ánaka le tocó el brazo, sus ojos resplandecientes—. Xolo, Charal tiene razón. Eres el nieto de Uyak.

Xóchitl interrumpió:

—Y no quiero presionarte, Xolo, pero es un poco urgente. Mira a Baku.

Una vez más, el mamut tocaba la tierra con la trompa, sus orejas alzadas. De repente, levantó la trompa y empujó el brazo de Xolo. «Viene otro».

—Dice que viene otro oso —repitió Xolo al grupo.

«Marfil y copal». Xolo percibió las palabras en su interior como si las oliera o las saboreara.

—¿Alguien tiene algo hecho de marfil?

—Yo sí. —Xóchitl se quitó un collar que llevaba puesto. Tenía un colgante de marfil, tallado en forma de flor. Susurró con voz cargada de emoción—: Me lo regaló mi papá antes de irse. Por mi nombre. Nachiak significa flor para los pueblos del lago, y Xóchitl es lo mismo en náhuatl, una lengua indígena de México.

—Gracias, Xóchitl. —Xolo sacó el copal de su mochila—. Ahora tengo que derretir esto.

Ánaka negó con la cabeza.

—No podemos hacer una fogata. Alguien podría ver el humo, y aparte es demasiado tardado.

Justo en ese momento, se oyó a lo lejos el crujido familiar de un oso centinela. Estaba lejos, pero no tardaría en llegar.

—Tengo algo. —Charal sacó una lupa de su mochila—. A veces la uso para hacer fogatas, pero también te sirve para esto.

Guiado tal vez por instinto, tal vez por la mano invisible de su abuelo, Xolo colocó el copal sobre una piedra plana de basalto que encontró. Charal ajustó la lupa para capturar la luz del sol y enfocó los rayos en una de las bolitas de copal. El copal brilló como una estrella pequeña. En cuestión de segundos, el calor del rayo lo ablandó, convirtiéndolo en un charco espeso y pegajoso de resina.

Se escuchó un estruendo en el bosque, no muy lejos. Un árbol entero se había caído bajo el peso del oso.

—Apúrate, güey —insistió Charal.

Xolo no le hizo caso. Estaba demasiado enfocado en su tarea. Con su cuchillo, raspó la barra de kiliak hasta obtener un pequeño montón de polvo rojo. Usó un palito para recoger gotas del copal líquido y rellenar las ranuras grabadas en el marfil. Mientras lo hacía, pensó en su padre, quien había tallado esas líneas. Cuánto lo extrañaba.

Tomó el polvo de kiliak y lo esparció sobre la resina pegajosa, presionando con sus dedos para asentar el polvo en las ranuras, sin importarle quemarse. El copal pronto volvió a endurecerse.

Levantó la flor y la giró en sus manos, examinando el resultado de su trabajo. El marfil ahora estaba cubierto de líneas rojas, pero el kiliak se veía opaco, muerto. ¿Había arruinado su poder de alguna manera? No tenía idea.

—Impresionante, güey —lo felicitó Charal—. No sabía que eras un artista. ¿Y ahora qué?

—No sé, güey. ¿Por qué no le preguntas a mi abuelo? —Lo dijo con sarcasmo para ocultar su temor.

«Si esto no funciona —pensó—, vamos a morir aquí devorados por un oso». El ruido estaba cerca ahora. En cualquier momento, el oso saldría de entre los pinos y los encontraría ahí, jugando a anauk en la cresta de una sierra prehistórica. Sería una muerte bastante épica, eso sí.

Baku tomó la flor de marfil con su trompa y la elevó hacia el cielo. Xolo recordó la majestuosa Manuka y aquella conexión entre hombre y animal. Puso su mano sobre el hombro de Baku. Sintió algo: energía, empatía, confianza. Emanaba del mamut y recorría su propio cuerpo.

—Miren —susurró Ánaka, asombrada.

Las líneas de kiliak brillaban ahora, y la flor blanquirroja resaltaba contra el fondo verde del bosque. Baku permaneció así por unos momentos, con la trompa en el aire, energía fluyendo entre el cielo y la tierra, el animal y el humano. Después le devolvió el colgante a Xolo.

—¡Ay! —Estaba caliente y ardía en sus manos, pero no lo soltó.

Con un rugido espeluznante, el oso emergió corriendo de entre los árboles, boca abierta, colmillos expuestos, ojos fijos en el grupo. Se detuvo al verlos y rugió con furia. Estaba a quince metros, una distancia que podría cubrir con cuatro brincos.

Xolo volvió a sentir el pavor abrumador que dominaba al animal, y todos sus sentidos le impulsaban a huir. El instinto lo dominaba. Empezó a temblar incontrolablemente.

—Ayúdame, no quiero correr —suplicó a nadie en particular.

Justo en ese instante, el oso rugió de nuevo y cargó en su dirección. Ánaka le agarró a Xolo del brazo, fuerte y determinada. Con la otra mano, Xolo extendió el collar, el colgante columpiándose entre sus dedos.

En pleno ataque, el oso desaceleró, caminó, y luego se detuvo a un salto de distancia. Xolo sintió su dolor convertirse primero en confusión y después en un silencio interno absoluto. De repente, exhaló y cayó al suelo con tanta fuerza que trozos de nieve se sacudieron de los pinos más arriba.

—¡Lo mataste, güey! —exclamó Charal, admirándolo más que acusándolo.

—No, no está muerto —insistió Xóchitl—. Miren.

El oso abrió los ojos. Era una criatura magnífica, con un grueso pelaje marrón que se ondulaba con cada respiración. ¿Sería amistoso u hostil? Era imposible saberlo, y estaba demasiado cerca de ellos. Poco a poco, todos tomaron pasos atrás.

Todos menos Xolo.

No podía irse. Se acercó al oso con el colgante extendido. Los ojos aceitunados del animal lo siguieron, pero no se movía. Solo respiraba profundo, su cuerpo masivo temblando donde había caído, como si hubiera sobrevivido a alguna batalla feroz y ahora necesitara recuperarse.

—¡Güey! ¡¿Qué haces?! ¡Quítate de ahí!

Xolo ignoró el susurro desesperado de Charal. Al llegar junto al oso, colocó su mano en la frente del animal. Sintió su pelaje corto y áspero bajo su palma, así como el calor de su piel. No dijo nada, solamente mantuvo su mano ahí por unos momentos hasta que el oso dejó de temblar y el pánico anterior fue reemplazado por una sensación de paz.

De repente, el oso movió la cabeza y trató de levantarse. Xolo tomó dos pasos atrás, nervioso. El animal masivo se puso de pie y estiró sus brazos hacia el cielo. Olfateó el aire, resopló, sacudió la cabeza. Había vuelto en sí, y su libertad era magnífica y aterradora al mismo tiempo.

Cuando el oso bajó a cuatro patas momentos después, todavía era más alto que el chico frente a él y diez veces más pesado. El animal lo miró por un instante, proyectando una profunda gratitud, luego desapareció silencioso por el bosque.

Ánaka corrió con Xolo y lo abrazó.

—¡Eso estuvo increíble!

—Güey, además de nerd, estás mal de la cabeza. —Era un cumplido muy al estilo de Charal.

—Fue idea de Baku —respondió Xolo—. Lo importante es que funcionó.

—Pero tú también tienes un don —insistió Xóchitl.

Ánaka ajustó la mochila en su espalda y miró la fortaleza que se erguía más abajo.

—Bueno, ya solucionamos el problema de los osos. Yo voto por entrar ahora mismo y ver qué encontramos. Ojalá no se hayan llevado el amuleto.

Xolo le devolvió el collar a su hermana.

—Esto es tuyo. Deberías llevarlo.

Descendieron de la cresta hacia la fortaleza en la cuenca. Los primeros edificios estaban a unos doscientos metros, en un claro enorme que los Máruag habían deforestado. Se detuvieron antes de llegar a la orilla del claro, todavía escondidos entre la vegetación y los pinos. Por delante, cerca de las primeras barracas, un oso hacía guardia. No se movía de su puesto, solo giraba la cabeza de un lado a otro.

—¿Y ahora qué? —preguntó Xolo—. ¿Le gritamos para que nos vea y venga?

—Mejor vamos con él para que los demás no escuchen —respondió Xóchitl.

Se levantó de su escondite y caminó hacia el oso con la flor en su mano extendida. Los demás la siguieron.

Otra vez, todos menos Xolo.

Su mochila se había atorado en una rama justo detrás de él, y no podía moverse. Mientras la intentaba desenredar, los demás se acercaron al oso. El animal los espió, gruñó con enojo y avanzó hacia ellos, sus colmillos y garras brillando al sol.

Xóchitl levantó la flor hacia él. El oso rugió con furia y aceleró el paso. Xolo sintió una ola de terror, que esta vez no solo provenía del oso, sino también de su propio interior. Algo estaba mal. El collar no funcionaba. ¿Sería porque lo llevaba Xóchitl y no él? Tenía que ir con ellos. Tiró de la mochila con fuerza una vez más y finalmente logró liberarla.

Antes de dar un paso, escuchó gritos entre las chozas delante. Al instante, el oso dejó de avanzar, chillando como si estuviera sufriendo. ¿La flor estaba haciendo efecto?

Justo en ese momento, cinco guerreros Máruag salieron a la vista, armados con lanzas. Con gritos y risas burlonas, rodearon a Ánaka, Charal, Xóchitl y Baku. Xolo se apresuró para esconderse detrás de una piedra, luego miró con horror como una sexta persona emergía, vestida no con pieles, sino con ropa de arqueólogo. Su corazón se hundió.

Era el profesor Félix.

capítulo veinte

¿Cómo preferirías morir?

Desde su escondite entre los árboles, Xolo miró con agonía cómo Félix arrancaba el collar de las manos de Xóchitl. El rostro de Ánaka estaba rojo de furia. Escupió a los pies de Félix, quien respondió con una bofetada. Cuando Xóchitl y Charal intentaron defenderla, los guardias los sujetaron a todos.

—Ánaka, Ánaka. —La voz fría del profesor resonó clara—. No sé por qué no te maté en la isla. ¿Y Charal? ¿Qué haces tú aquí? Díganme, ¿qué han hecho con Xolo?

Nadie respondió. Félix sacudió la cabeza.

—Si fuera por mí, los mataría a todos y nos comeríamos al mamut. Pero esa decisión le toca tomarla a Vulrik cuando regrese a Maruaga. —Se dirigió a uno de los guerreros—. Llévenselos al presidio.

Los guardias arrastraron bruscamente al grupo hacia la fortaleza, y pronto Xolo los perdió de vista. El profesor permaneció inmóvil, examinando el bosque cuidadosamente, como si sospechara que Xolo estaba cerca. Por fin gritó una orden al oso centinela, y el animal regresó a su posición de guardia inicial, con claro terror en sus ojos. El profesor entró a la fortaleza.

Xolo dio un paso cuidadoso hacia atrás, luego otro. Su corazón latía con pánico y enojo, y se sentía en estado de shock. Lo peor había sucedido.

No sabía qué hacer ni adónde ir, pero no podía quedarse allí. Si se encontraba con otro oso, su única defensa sería su atlatl, y no tenía confianza alguna en su capacidad para detener a un oso en pleno ataque.

Caminó cuesta arriba hacia la cresta. Cuando llegó al lugar donde habían liberado al oso, giró a la derecha, hacia el oeste, y caminó por la cresta de la sierra, bordeando la cuenca que escondía la fortaleza de los Máruag.

Su desesperación aumentaba con cada paso. Jamás se había sentido tan solo, tan inútil. «¿Qué hago? ¿Qué hago?» se preguntaba sin esperanza o respuesta alguna. Casi hubiera preferido que lo capturaran en vez de ser la única esperanza de su pequeña banda. Seguramente Ánaka sabría qué hacer si estuviera en su lugar, y Charal también. Ambos eran fuertes y decisivos. Incluso Xóchitl, con su conocimiento del terreno y la naturaleza, habría sido preferible. Pero él, Xolo, era débil, ignorante, cobarde. ¿Él qué podría hacer? Las acusaciones circulaban por su mente como terátoros voraces.

A su izquierda, cientos de metros más abajo, el lago brillaba bajo la luz del sol. Ya había pasado el mediodía, pero la temperatura seguía baja, y el viento del día anterior había vuelto. En el horizonte, un denso y amenazante banco de nubes avanzaba en su dirección.

La cresta lo llevó a otro punto alto con vista a la fortaleza. Se sentó para descansar, escondido entre la vegetación. Su corazón palpitaba violentamente en su pecho, no por el esfuerzo de caminar sino por el pánico que lo consumía.

Desde esta altura, podía ver todo Maruaga. Así lo había llamado el profesor. Xolo había notado que las tribus no nombraban a sus aldeas. Quizás esto se debía a que habían sido seminómadas, según Ánaka, moviéndose de lugar en lugar, antes de establecerse junto al lago. Para ellos, la gente era lo más importante, no el territorio. Pero Maruaga no parecía una tribu, sino el inicio de un imperio. Un imperio tan voraz como la niebla cuando devoraba el bosque.

Se fijó en las peculiares chozas redondas en medio de la fortaleza. Incluso a esta distancia, podía distinguir, frente a una de ellas, a dos hombres que estaban de guardia, y a un lado de la choza, una especie de jaula grande. Posiblemente ese lugar era una celda o un presidio, donde encerraban a los prisioneros.

Intentó contar las barracas, pero perdió la cuenta después de cien. Si dormían ocho en cada choza, su ejército sumaría más de ochocientos guerreros. Era un número imposible comparado con los

Tazik, que apenas reunían ochenta entre adultos y jóvenes capaces de luchar. Los Tazik tampoco tenían puntas de acero, y mucho menos un ejército de osos zombis.

¿Quién era Vulrik? Se suponía que el líder de los Máruag, quien probablemente llegaría en cuanto terminara sus actividades del día. Si no matara de una vez a todos, los usaría como rehenes para negociar con los Tazik.

Tenía que hacer algo. Revisó sus opciones. ¿Regresar a la aldea de los Tazik por ayuda? No había tiempo. ¿Esperar a que se escaparan? Se veía prácticamente imposible eso, dado las circunstancias. ¿Entrar a escondidas y rescatarlos? Sacudió la cabeza. Era el menos indicado para hacer eso.

«¿Qué haría Ánaka?» se dijo, intentando retomar control de su mente y emociones. No sabía. Pero definitivamente no desperdiciaría tiempo o energías sintiendo lástima por ella misma. Xolo inhaló, exhaló, volvió a inhalar. Entrar en pánico no ayudaría a nadie. Poco a poco sintió la claridad regresar a su mente. Era una situación terrible, la más difícil de su vida, pero no por eso tenía que rendirse. Trató de sonreír.

—No te preocupes, Xolo, algo se te va a ocurrir en el camino. —Lo dijo en voz alta, queriéndose animar, y para su sorpresa funcionó, por lo menos un poco. Enfocó la mirada en la fortaleza de nuevo, su corazón más firme. Todavía no tenía la menor idea de qué haría, pero por algo él estaba ahí, no los demás; entonces había algo que él tenía que hacer.

Crac, crac. Los ruidos bruscos de otro oso haciendo un circuito por la cresta rompieron su concentración. No podía quedarse ahí tan cerca de la fortaleza. Necesitaba encontrar un refugio, un lugar donde pudiera estar a salvo y pensar. Además, las nubes estaban más cercanas y densas, y el viento más helado, las primeras señales de una tormenta que prometía ser peor que la anterior. Estar atrapado ahí en la cima, expuesto a los elementos, sería un suicidio.

A su izquierda, una barranca angosta y empinada descendía en dirección al lago. Xolo bajó por allí, usando sus manos y pies para no resbalar en las piedras traicioneras por tanta nieve derretida. Una hora después, la pendiente de la barranca disminuyó un poco, y se encontró en una arboleda de abetos antiguos y altos con troncos enormes. Debajo de ellos, la vegetación era densa, nutrida por un delgado curso de agua que brotaba entre las rocas. Estaría oculto a la vista aquí.

Se sentó en una piedra y abrió su mochila. No tenía apetito, pero se obligó a comer un poco de carne seca y beber agua del riachuelo. Una ráfaga de viento corrió recio por la barranca, el aire frígido silbando entre las ramas que se extendían como brazos entrecruzados arriba de su cabeza. Se puso la capucha y apretó más el cinturón de su abrigo. Cuando levantó la cabeza, vio algo moverse en el bosque delante de él. Era un vistazo nada más: una sombra negra que apareció por un instante y volvió a desaparecer entre los abetos.

Se le erizaron los pelos del cuello. Estaba vulnerable aquí, solitario y sin apoyo. De pronto, el aislamiento fue un golpe en el vientre, y cerró los ojos. Casi se quedaba sin aire por el sentimiento tan abrumador de soledad. Quería rendirse. Ojalá el cerro lo tragara.

Sacudió la cabeza. No podía permitirse pensar así.

Se agachó en el suelo detrás de la piedra que había usado como asiento. Abrió su mochila con manos temblorosas y sacó el atlatl, luego colocó un dardo en la muesca del arma y esperó.

Los minutos pasaron sin ningún movimiento más. Sintió un toque frío en su mejilla, luego otro. Era nieve. Tal vez había imaginado el movimiento en el bosque, pero el frío era un peligro real, especialmente si se convertía en una tormenta. Le urgía encontrar un lugar más protegido.

Guardó el atlatl y se puso los guantes que la abuela de Ánaka había hecho. Calculaba que había descendido la tercera parte de la distancia al lago. Tal vez pudiera encontrar el cobertizo que habían construido, pero tendría que regresar hacia el oeste, paralelo a la cresta, cruzando una tras otra las colinas que se extendían como los huesos de un pez. Si lograba localizar la barranca por donde habían subido, solo sería cuestión de seguir cuesta abajo hasta encontrar el cobertizo. Ahí se refugiaría mientras formulaba un plan.

Resultó mucho más fácil idearlo que lograrlo. El terreno era muy empinado, tanto en las subidas como en las bajadas, y a menudo tuvo que buscar rutas alternativas para rodear rocas y precipicios que bloqueaban el camino.

La nieve caía más fuerte ahora. Ya no podía ver a más de dos metros de distancia. Pasó una hora, luego otra. Varias veces, cuando volteaba la cabeza, se imaginaba movimientos sigilosos detrás suyo, como si algo lo siguiera, pero no confiaba en sus sentidos. El viento alborotaba tanto la nieve que ya no distinguía entre cielo y cerro, árboles y piedras, realidad y fantasmas.

Iba cruzando la cuarta barranca cuando de repente resbaló y cayó con fuerza. No logró detenerse y cayó rodando por la colina angosta, golpeándose con árboles y piedras. Cuando por fin se detuvo, boca abajo en la nieve, por un momento creyó estar muerto. Sin embargo, todo le dolía, lo cual consideró una buena señal, ya que se supone que los muertos no sienten nada.

Se sentó con cuidado, evaluando sus brazos, piernas y cuello. Nada parecía roto, pero su pierna izquierda le ardía por un golpe brusco que sostuvo contra un tronco. Su mochila yacía a un lado, abierta, con el contenido desparramado en el suelo. Se quitó los guantes y trató de recogerlo todo, pero sus dedos apenas cooperaban debido al frío. Le urgía un albergue y, si fuera posible, fuego.

«Estoy tan solo.» El pensamiento llegó de la nada, atacándolo con garras frías. Se sintió abandonado, traicionado, hasta el punto de querer gritar al aire para desahogarse, como lo había hecho en el sueño en el museo.

La memoria lo detuvo en seco. En aquella ocasión, la soledad no había pertenecido a él, sino a una gata dientes de sable. Una gata solitaria y feroz, como la leyenda de los Tazik.

Uma.

Dejó de respirar. A través de la cortina blanca de nieve que lo rodeaba, dos ojos verdes lo miraban sin parpadear, y el contorno negro de un cuerpo felino se acercaba. Ella estaba allí, justo enfrente de él, a escasos tres metros de distancia.

No podía correr. Extrañamente, tampoco quería hacerlo. No podía hacer más que fijarse atónito en la criatura majestuosa ante él.

Ella no se acercó más, sino que se sentó en la nieve y lo observó con la cabeza ladeada, su único colmillo visible como una daga blanca contra la negrura de su pelaje.

Lentamente, Xolo cerró la mochila y se enderezó. Abrió sus ojos un poco más. Tenerlos demasiado cerrados podría indicar agresión; demasiado abiertos, temor. Quería encontrar un punto medio, pero no estaba seguro de haberlo logrado.

Extendió sus brazos, manos abiertas y palmas hacia arriba en señal de paz, y murmuró con una confianza fingida:

—Kuyima tungit.

Uma no reaccionó. Se le quedó mirando, inmóvil, una estatua de obsidiana en un mundo de marfil.

¿Qué quería con él? Tal vez nada más estaba curiosa, y le dejaría ir. Xolo tomó un paso atrás, luego otro. Con un brinco silencioso, Uma cubrió la distancia que los separaba. El chico se detuvo al instante. No, no lo dejaría ir.

Ella estaba parada justo delante de él ahora, ojos fijados en los suyos. Medía casi dos metros de largo, y su cabeza alzada llegaba al pecho de Xolo. Era puro músculo: sólida y ágil.

Sus orejas no estaban hacia atrás, y su cola no ondulaba. Eran buenas señales. Al menos no estaba enojada o nerviosa. De repente, dio la vuelta y caminó cuesta abajo, girándose para verlo cada cuatro o cinco pasos, igual que Gus cuando quería que Xolo le sirviera su desayuno por la mañana.

—¿Quieres que te siga? —preguntó Xolo.

Acompañar a una gata dientes de sable con reputación de ser una asesina por una barranca solitaria en medio de una tormenta, no le pareció una idea tan sabia.

Uma contestó con algo entre un gruñido y un maullido, revelando filas de dientes enormes. Si con el sonido buscaba tranquilizar a Xolo, logró todo lo contrario. Con esas fauces podría romperle el cuello o cortar su yugular en dos segundos.

La gata giró y desapareció en la ventisca.

—Bueno, Xolo, ¿cómo preferirías morir? —se preguntó en voz alta—. ¿Congelado o comido? Parece que tienes opciones.

El lúgubre pensamiento le hizo sonreír bajo su capucha, y siguió a Uma. Caminaron cuesta abajo. Aunque era de día todavía, por lo menos en teoría, la visibilidad era casi cero debido a los grandes copos de nieve que bailaban en la ventisca.

Un rato después, cuando Xolo ya no podía sentir su nariz, pies o manos, llegaron a la boca de una cueva que reconoció inmediatamente. Era la guarida de Uma. La gata entró, y después de vacilar unos segundos en la entrada, Xolo la siguió.

El frío cortante del viento desapareció de inmediato. Xolo miró alrededor. Por dentro, la cueva era más grande de lo que hubiera esperado. Se encontraba en una cámara de tal vez cuatro metros de ancho y tres de alto. Más atrás, la cámara se reducía a un túnel oscuro que se perdía en las entrañas de la montaña. Uma no estaba a la vista, así que seguramente se había metido allí. Era aterrador.

Cuando sus ojos se acostumbraron a la tenue luz, para su sorpresa descubrió en el suelo las cenizas de una fogata y, esparcidos alrededor, pequeños huesos, restos de alguna comida. Al lado, apoyada contra la pared, había una lanza con punta de acero. Los Máruag habían estado aquí.

Se asomó por el túnel, pero la oscuridad era impenetrable. Tal vez Uma solo quería que tuviera un lugar protegido de la tormenta. O tal vez prefería su comida fresca y caliente, en vez de congelada, y al rato iba a regresar por su cena.

Necesitaba fuego. Primero, para calentarse; segundo, para protegerse si Uma decidía atacar. Aunque nunca había hecho fuego con pirita y pedernal, había puesto atención cuando Ánaka lo hizo la noche anterior.

Se sentó de cuclillas al lado del círculo negro de cenizas. Los Máruag habían recolectado hierba seca y palitos que servirían de yesca, junto con leña. Hizo una pequeña pirámide de yesca, sujetó el pedernal en una mano, y golpeó la pirita contra el pedernal con movimientos rápidos y firmes. Pronto aprendió a sacar chispas, pero encender fuego resultó ser mucho más difícil.

Sus manos estaban raspadas y una ampolla dolorosa se había formado entre su pulgar y dedo cuando por fin logró generar una llama. Con cuidado la sopló, añadiendo yesca poco a poco hasta que agarró fuerza, luego alimentó la lumbre con pedazos de leña. Pronto la cueva se llenó de luz anaranjada, y la temperatura comenzó a subir.

Se sentó en el piso, sonriendo con satisfacción. Ahora sí se sentía todo un cavernícola. Por supuesto, no le había escapado de la memoria el pequeño detalle de que su compañera de cueva era una gata dientes de sable, pero se sentía un poco más protegido por la lumbre. Aunque… esta gata no era normal. ¿Le temería siquiera al fuego?

Tenía hambre. Iba a sacar más carne seca de su mochila cuando notó de nuevo los huesos al lado de la fogata. Más atrás en la cueva, había otros. Se puso de pie y los examinó. Encontró costillas, huesos de pierna, y otros que no reconoció. Eran de alguna criatura grande, tal vez un venado.

Vio dos objetos blancos en un rincón en la pared, pero no los identificaba con la poca luz que arrojaba la fogata. Tomó un palo largo del fuego y lo levantó como una antorcha.

La luz anaranjada bailó sobre las paredes de la cueva, y pronto iluminó los objetos. Eran huesos también. Dos huesos familiares en su forma, y espeluznantes por lo mismo. Sintió el aire congelarse en su garganta, y sus dedos se agitaron tanto que casi soltó la antorcha.

Eran cráneos humanos.

capítulo veintiuno

Tienen que huir

Nunca había visto un cráneo real. Sintió que iba a vomitar. Quería decir que todos los huesos que había estado manejando eran restos humanos. Los Máruag no habían comido aquí…habían sido comidos. Hasta las marcas de las garras y dientes de Uma se notaban en los huesos.

Era obvio que no le temía al fuego, porque felizmente devoró a estos pobres mientras se calentaban aquí. Al igual que Xolo.

Guardando silencio, caminó hacia su mochila al lado de la fogata y agarró un dardo de los tres que traía amarrados ahí. El atlatl no funcionaría en un espacio tan reducido, pero los dardos podrían ser lanzas.

Justo cuando estaba girando su cuerpo para vigilar el túnel, un golpe repentino lo tiró al suelo. El dardo deslizó por el piso de la cueva, y se encontró boca arriba, con el peso de una pata del tamaño de su cara exprimiendo el aire de su pecho.

Con los ojos cerrados, esperó la agonía de un colmillo curvo penetrando sus entrañas, o de garras de quince centímetros desmenuzando su cuerpo, pero no percibió más que un aliento caliente con notas de carne podrida. «Carne de dos guerreros Máruag», pensó, y otra vez quería vomitar.

Abrió los ojos. La enorme cara negra de Uma estaba a diez centímetros de su nariz. Pensó en su mamá y Xóchitl, luego en Ánaka y Baku, y finalmente en Charal. No iba a poder despedirse de ellos, pero, mucho peor, no les iba a poder ayudar.

La gata acercó aún más su cara, hasta tocar la frente de Xolo con la suya. Luego movió la cabeza, empujándola contra él, y sus bigotes le hicieron cosquillas en la mejilla. Xolo pensó en Gus. ¿Cuántas veces le había hecho lo mismo mientras él intentaba hacer sus tareas, empujándole la cara insistentemente, buscando atención?

Con movimientos lentos para no espantarla, extendió la mano y tocó su frente, sintiendo los pelos ásperos y gruesos de su cabeza. Ella empujó más fuerte contra su mano. Xolo rascó primero detrás de sus oídos, luego detrás de la mandíbula, y Uma comenzó a ronronear.

Xolo se sentó. Uma no lo dejaba en paz, empujándolo tan fuerte con la frente que casi lo volvía a tumbar. El chico se puso de pie y con las dos manos le rascó la cabeza por otro minuto más. Luego Uma se acostó a un lado y se dedicó a lamer furiosamente una pata y con ella limpiarse la cabeza, como si quisiera eliminar el olor humano.

—Quieres que te rasque, pero crees que yo apesto. Eres igualita a Gus —Xolo comentó en voz alta. Echó un vistazo a los huesos en el piso—. Bueno, no igualita. Él no mide dos metros… y solo come atún.

Acostada así, se apreciaba su tamaño y belleza. Era más larga que Xolo y por lo menos tres veces más pesada, con pelaje abundante, lustroso y tan negro como el interior de su guarida. A pesar de su edad, se veía ágil y fuerte.

Mientras Uma se bañaba, Xolo se puso a pensar. ¿Estaba en peligro o no? ¿Por qué lo trataba como si fuera un amigo, mientras mataba a otros?

La boca de la cueva ya estaba parcialmente bloqueada por la nieve que el furioso viento seguía azotando contra la peña. Sería imposible huir ahora. Moriría en media hora bajo esa tormenta.

Uma se levantó y regresó a su escondite dentro de la cueva. Sentado al lado de la fogata, Xolo intentó formular un plan. Más que nada, le preocupaban sus amigos. Aun si dejara de nevar, escalar la sierra él solo, en la oscuridad y a esas temperaturas, era una locura. Sumando a esto los treinta y tantos osos centinelas, ochocientos guerreros Máruag, un profesor kiñakuk y el misterioso Vulrik, era imposible. Una muerte garantizada.

¿Y si hiciera algo con el kiliak? Sacó la barra de su mochila y la examinó. La luz del fuego iluminó el material translúcido y esparció destellos coloridos sobre el techo de la cueva. Xolo recordó a Baku llenando la flor de Xóchitl con energía. Fue él quien activó el piku. Sin un mamut, no había nada que Xolo pudiera hacer.

Pasó dos horas así, barajeando ideas en su mente, pero no se le ocurrió nada. Por fin se levantó y con su pie empujó todos los huesos hacia un rincón de la cueva donde no los tenía que estar mirando. Ahí encontró la ropa de los dos guerreros, todo hecho pedazos por Uma, con la excepción de las botas.

Junto a la ropa, descubrió dos morrales de piel con cobijas enrolladas por debajo. Abrió los morrales y los revisó. Un poco de carne y fruta seca, nueces, cuchillos de obsidiana, pirita y pedernal para hacer fuego, un collar de dientes de oso, y guantes. Nada más.

Con un gesto de agradecimiento morboso en dirección a los cráneos, guardó toda la comida en su mochila, luego se puso un par de botas. Sus tenis se habían mojado con la nieve, pero éstas eran impermeables y cálidas. Con razón Ánaka las prefería. También se puso el collar. Tal vez esto intimidaría a un oso, o tal vez lo enojaría más. Era imposible de saber, pero se veía feroz, y eso le gustó.

Después revisó la lanza. Era de dos metros, sólida y lisa, y la punta de acero reflejaba la lumbre como un espejo del infierno. Esta le serviría. Recogió del piso un escudo de piel, forrado por fuera con la armadura de un gliptodonte.

Admiró su reflejo en el acero de la lanza. Con el escudo, las botas y el collar, se veía bastante convincente, tuvo que admitir. Más como un guerrero de lo que sentía en su corazón. Ojalá Ánaka pudiera verlo ahora.

Se asomó por el banco de nieve que tapaba la mitad de la entrada. Ya era noche. Había dejado de nevar, pero el viento seguía intenso y la temperatura, helada. Tendría que pasar la noche aquí. Ni modo. Moría de sueño, y todo su cuerpo le dolía por la caída que había sufrido.

Hizo una cama con las cobijas de los guerreros y la suya, y se acostó. Sin embargo, no podía dormir. Cada vez que cerraba los ojos, se imaginaba la cara burlona de Félix.

Se sentó de nuevo. Ojalá estuviera aquí Uyak, o por lo menos una visión de él, como en el Corazón de Mamut. De su mochila, sacó una bolita de copal y la echó entre los carbones de la fogata, únicamente para ver qué pasaba. Pronto el aire se llenó de una fragancia agridulce de pino, limón y menta, pero no hubo ninguna aparición, ninguna figura fantástica que le resolviera los problemas. Estaba solo.

Bueno, no solo. De repente sintió movimiento y volteó. Uma había salido del túnel y estaba haciendo círculos en la tierra a su lado, alistando su cama justo detrás de él. Luego se acostó y volvió a ronronear con una intensidad y volumen que hacían a Xolo recordar su moto.

Xolo inhaló lentamente con los ojos cerrados. Uma ya no proyectaba soledad, sino tranquilidad. Pronto, el calor de la gata, la fragancia del copal y los chasquidos de la fogata le arrullaron, y se encontró en otro tiempo.

Veía con los ojos de Uma ahora, enjaulada junto con otro gato dientes de sable, y sentía el mismo pánico que ella, un terror tiránico que la enloquecía, la controlaba.

Era la fortaleza de los Máruag, pero en otro tiempo, cuando no era tan grande. Al lado de los gatos, en un recinto enorme y reforzado con troncos, un mamut brincaba y barritaba. Con desesperación se azotaba contra los muros y los atacaba con enormes colmillos curvos. Era Manuka, la líder de los mamuts.

Hubo movimiento entre las sombras. Un hombre con barba y cabello blancos caminaba a hurtadillas, evitando ser visto por los guardias: Uyak.

Abrió la puerta del recinto y gritó algo al mamut. Ella golpeó la tierra con sus pies y soltó un barrito que sacudió la fortaleza entera. Con su trompa levantó al hombre y lo sentó en su espalda, luego huyó por la puerta abierta, arrasando todo a su paso como un huracán con colmillos. Los pocos que intentaron detenerla fueron aplastados sin misericordia o arrojados diez metros en el aire.

Hubo gritos, y la jaula de los gatos se abrió. Al instante la tierra se borraba bajo sus pies. Corría impulsada por un poder tanto pavoroso como irresistible, con el otro gato a su lado. Brincaban de piedra en piedra, cuesta arriba y cuesta abajo, siguiendo el rastro del mamut y el hombre que la había liberado.

Por fin los encontraron, pero Manuka no estaba sola. Se había puesto en frente de un mamut pequeño. Alrededor, hombres con lanzas gritaban, sus caras reflejando sorpresa y pánico ante la llegada inesperada de la matriarca. Uyak estaba a su lado, atlatl en mano.

Sobre una piedra alta detrás de Manuka, hubo movimiento. El otro gato la acechaba, esperando el momento para brincar. De pronto, se lanzó al vació. Manuka lo vio también. Giró con toda su fuerza y lo atravesó con sus colmillos. Luego lo lanzó contra la piedra, y su cuerpo cayó sin vida al suelo.

De repente, la tierra se esfumó bajo sus pies, y Xolo supo que también se había lanzado contra Uyak. Manuka volvió a girar, su trompa silbando como un látigo en el viento, y Xolo sintió, como si fuera suyo, un dolor agudo romper el cuerpo de Uma. Voló por el aire y se estrelló contra un árbol. Un colmillo roto yacía en la tierra, cubierto de sangre. Se levantó y cojeó hacia una densa arboleda, donde cayó al suelo, rota y sin fuerza, y trató de ocultarse entre los arbustos.

Escuchó gritos y vio cómo una lanza con punta de obsidiana penetró el hombro del mamut, luego otra le dio en el pecho. El dolor no detuvo al mamut, sino que la enfureció más. Corrió hacia los guerreros y los mató, uno por uno, hasta que estuvieron solos los dos mamuts y Uyak.

Con la trompa, Manuka arrancó las lanzas de su cuerpo. Uyak se acercó y dijo algo. Luego, sacó de su bolsa una pomada y la aplicó a las heridas. Cuando había terminado, puso su mano en la frente masiva del animal.

—Tienen que huir ahora mismo —insistió Uyak con una mezcla de urgencia y frustración—. Ustedes y toda la manada. La avaricia y violencia son demasiado fuertes aquí, y los Máruag van a aumentar su poder.

Manuka tocó la cabeza de Uyak con la trompa en gratitud, la cría de mamut a su lado. Uyak se inclinó hacia ella, atento. El mamut le estaba diciendo algo que solo él podía entender.

Después, Uyak levantó el amuleto, el hacha de marfil. —Ve en paz, Manuka. Tu manada te necesita. Te pido nada más una cosa. Si algún día las tribus del lago buscamos la ayuda de los mamuts... que ustedes nos escuchen, y que lo consideren.

Manuka tomó el amuleto y lo levantó al cielo, y brilló con la intensidad del sol. Después, los mamuts se fueron, desapareciendo en la oscuridad del bosque, y Uyak guardó el amuleto en su mochila.

El anauk volteó y, con la mano extendida en paz, caminó hacia la arboleda donde Uma escondía. Xolo percibía el terror y la furia en ella, pero por sus heridas no podía huir.

A tres metros, Uyak se detuvo. Sacó de su camisa un collar hecho de cuentas de marfil mezcladas con kiliak y lo extendió en dirección a ella. De pronto, Xolo sintió cómo el pánico que había acompañado a Uma por tanto tiempo menguó y desapareció, y el ruido constante que dominaba sus sentidos fue reemplazado por silencio y tranquilidad.

Uyak lentamente se acercó más. Tocó su frente y susurró palabras de consuelo. Aplicó la pomada que traía en las heridas, y Xolo percibió el alivio no solo del cuerpo sino de la mente y las emociones.

Era su abuelo, y quería decirle algo, pero no podía. Una gata no puede hablar. Sin embargo, cuando Uyak la miró a los ojos, Xolo sabía que lo veía a él, a su nieto, y que estaba orgulloso.

De pronto, inexplicablemente, la expresión de Uyak cambió, y el dolor transformó su cara. En su pecho brillaba algo como vidrio negro: una punta de lanza, filosa y terrible, que lo había atravesado por atrás. Sangre roja y caliente corría por su superficie.

Incrédulo, horrorizado, Xolo levantó la mirada. Un hombre vestido de pieles negras estaba en la distancia, con una sonrisa malvada en su rostro y un atlatl en su mano.

Uyak cayó de rodillas al suelo, agonizando. Con la poca fuerza que le quedaba, puso la mochila delante de Uma. Levantó la cabeza, y sus ojos penetraron hasta el alma de Xolo.

—Ahora te toca a ti.

Si las palabras eran para Uma, para Xolo, o para ambos, él no lo sabía. Al instante, el brazo de Uyak cayó sin vida sobre la alfombra de agujas de pino.

Xolo no podía gritar, pero Uma sí rugió, y él con ella, un lamento lleno de dolor y furia que sacudió el bosque e hizo retroceder al asesino. Debido a sus heridas, pelear era imposible, así que recogió la mochila con su boca y cojeó cuesta abajo, dejando atrás al hombre de pieles negras.

Mientras caminaba, su mente se aclaraba. Antes solía correr y cazar por todas estas colinas. Antes de ser esclavizada. Antes de ser convertida en su asesina, un arma para matar a todos aquellos que se oponían a los Máruag. Antes de perder a su pareja y sus crías a manos del guerrero vestido de negro. Él le había quitado todo, le había dejado sola; y por eso, le odiaba.

Por fin llegó a una cueva, su antigua guarida, y entró. El mundo giraba ahora, la realidad se perdía, y de pronto cayó inconsciente al lado de una persona que dormía ahí, un chico que le recordaba mucho a Uyak.

capítulo veintidós

La asesina está con nosotros

Temprano en la madrugada, Xolo fue despertado por una nariz fría en el cuello. El mundo seguía oscuro y álgido. ¿Cuánto tiempo había dormido? Cuatro horas, tal vez. Todavía había brasas en la fogata.

Apenas lograba distinguir una silueta felina de pie a su lado y un par de ojos verdes observándolo con urgencia. Uma caminó hacia la entrada de la cueva, luego miró hacia atrás, indicando que quería que la siguiera. ¿A dónde? Si el sueño de anoche era una indicación, su misión tenía que ver con los Máruag. Xolo recordó su dolor y pérdida. Con razón ella se sentía tan sola. Y tan homicida.

Sintió también un profundo golpe de tristeza por su abuelo, a quien nunca conocería. La sonrisa orgullosa de Uyak permanecía vívida en su mente. «Ahora te toca a ti». A pesar del cansancio y las bajas temperaturas, sintió esperanza y valentía surgir en su corazón.

Se puso las botas y el abrigo, luego tomó su mochila del suelo. Al tocarla, recordó la mochila de Uyak que había visto en el sueño.

Era la misma.

Xolo miró el oscuro pasaje que llevaba a la guarida de Uma. Entonces, años atrás, ¿alguien había recogido la mochila y el amuleto de aquí? Por ejemplo... ¿su papá? Uma entró de nuevo y lo miró con ojos impacientes.

—¿Mi papá vino por esta mochila? ¿Tú se la diste?

Ella solo parpadeó, y Xolo quería creer que ella sonreía.

—Ya casi estoy listo —le dijo, apresurándose para guardar sus cosas.

Colocó el escudo detrás de la mochila, subió todo a su espalda y tomó la lanza. Durante dos segundos, consideró llevarse un cráneo en la mochila. Si iba a entrar en Maruaga, con tantos osos, sería buena idea oler como los Máruag. «No —se dijo—, eso sería demasiado asqueroso».

Uma lo esperaba afuera, agitando su cola con prisa. La tormenta había pasado, y el aire estaba quieto, clarísimo y helado. A la poca luz que arrojaban las estrellas, iniciaron la subida por la barranca.

Al principio, Xolo se caía constantemente, y Uma lo volteaba a ver cada vez con un regaño exasperado evidente en sus ojos. Sin embargo, después de unos minutos, algo cambió. Sentía el suelo y las piedras bajo sus pies y se valía no solo de sus ojos sino de todos sus sentidos. Avanzaba más rápido ahora, sin caerse y sin hacer tanto ruido. En algún momento dejó atrás la lanza y el escudo porque le estorbaban el tacto. Sus movimientos no se comparaban con los de Uma, por supuesto. Ella era una como una fantasma ágil y veloz, cómoda tanto en la tierra como en los árboles.

Alcanzaron la cresta en una hora y continuaron derecho, adentrándose más en la sierra. La ruta no era la que habían tomado el día anterior, sino una más sinuosa, subiendo y bajando tantas veces que Xolo se norteó, pero dedujo que estaban rodeando la fortaleza para entrar por otro lado.

Otra hora más tarde, salieron de una pequeña barranca y Xolo vio grupos de chozas por delante, mucho más cerca de lo que hubiera esperado. Aquí, el bosque llegaba justo a la orilla de la fortaleza, y pudieron acercarse desapercibidos.

No se veía nadie. Eso era de esperarse a esta hora y con tanto frío. Todos estarían resguardados en sus barracas, descansando en espera de otro día de violencia. Faltaban dos días para la luna llena. Bueno, un día, ya que en un rato más el sol se levantaría.

Uma caminaba sin titubear, una sombra ninja en la noche, enfocada y decidida en su objetivo. ¿Tendría algún plan? Ojalá, pero era imposible saberlo y, aunque lo tuviera, imposible de comunicarlo. Corrieron de choza en choza, aprovechando la profunda oscuridad, hasta llegar a las chozas redondas. Había tres, y la última era el presidio.

Uma avanzaba con más cuidado ahora, como si el peligro se hubiera aumentado. Cuando llegó a la segunda choza, se detuvo por completo a excepción del movimiento en sus orejas, escuchando algo. Xolo también lo percibió: voces de hombres, de la dirección del presidio. Debían ser los guardias.

Con la cabeza, Uma empujó el pecho de Xolo, y él entendió que tenía que esperar ahí. Después, de un solo brinco, ella subió al techo y desapareció en dirección a las voces.

El silencio reinó. Luego, casi imperceptible, se oyó un golpe, seguido por lo que parecía ser el inicio de un grito, el cual fue sofocado de inmediato, y volvió nuevamente un enorme silencio.

Uma reapareció momentos después con una expresión de satisfacción, lamiéndose los labios. Con su cabeza empujó a Xolo hacia el presidio, y él obedeció. Cuando volteó, ella ya había desaparecido de nuevo. Xolo estaba solo.

Corrió hacia el presidio y se detuvo en seco al llegar, una vez más con ganas de vomitar. Dos cuerpos yacían desplomados en la nieve, iluminados tenuemente por la luz de una antorcha fijada en el muro.

No podía dejarlos ahí por si algún guardia u oso centinela pasaban. Arrastró el primero hacia un lado del presidio para ocultarlo de la luz. De repente, chocó con una jaula, y al instante algo familiar rozó su rodilla a través de las barras: una trompa.

—¡Baku! —susurró con alegría. Se apresuró a desatar la cuerda que mantenía cerrada la jaula, y Baku salió corriendo, casi derribando a Xolo con su entusiasmo.

—Shhh, tranquilo, Bakucito. Nos van a escuchar.

Con dificultad, Xolo metió el cuerpo del primer guardia en la jaula y luego hizo lo mismo con el segundo. Justo había cerrado la puerta cuando Baku le tocó el brazo. «Alguien viene».

—Quédate aquí —le dijo Xolo, y regresó a la entrada del presidio. Ahí recogió la lanza y escudo de un guardia caído y, cerrando bien su capucha para ocultar su rostro, se puso en guardia.

Dos guerreros con antorchas se acercaban. ¿Serían el relevo? Si era así, lo descubrirían. No podía defenderse contra un soldado, mucho menos dos, y quién sabe adónde se habría ido Uma.

—Oye, Pogo, ¿dónde está Melik? —La voz áspera de uno de ellos cortó el silencio nocturno.

—Eh, Melik tuvo que…aliviarse —respondió Xolo, con el tono más masculino y guerrero que podía sacar—. Ya saben cómo es, no aguanta nada.

Los dos se rieron.

—Más vale que no lo descubra Vulrik, o será la última vez que lo haga.

Se pararon frente a Xolo, dando patadas al suelo para calentarse.

—Qué frío, ¿verdad? —comentó el otro. Al parecer, no tenían prisa por irse a ningún lado.

—¿Frío? —La palabra le salió demasiado aguda, como la de un niño asustado. Intentó de nuevo—. Sí, mucho. Ya no siento los pies. ¿No quieren tomar nuestro lugar?

Los dos se rieron de nuevo, y el primero contestó:

—No, no. Nosotros ya terminamos nuestro turno. Ustedes disfruten.

Estaban girándose para partir cuando uno de ellos señaló las huellas y el surco en la nieve donde Xolo había arrastrado al soldado.

—¿Qué pasó aquí? Parece que escondieron un cuerpo.

Xolo fingió una risa.

—Ese bruto animal trató de escapar, pero lo atrapamos entre Melik y yo, y lo volvimos a meter. Le dimos una buena golpiza. No volverá a intentarlo.

—Qué lástima que nos perdimos la diversión.

Los soldados se marcharon. Xolo suspiró aliviado, levantó la tranca que aseguraba la puerta y entró rápido. Cuando cerró la puerta detrás de sí, la habitación quedó casi a oscuras. Algunos destellos de la antorcha afuera lograban filtrarse entre los palos que formaban el muro, pero no era suficiente para distinguir nada.

—¡Ánaka! —susurró hacia la oscuridad.

Nadie respondió. Comenzó a explorar el espacio a tientas. De algún rincón, escuchó respiraciones profundas y ronquidos que recordaban a los de una lancha en el lago de Chapala.

—¿Charal? —Xolo se acercó al ruido.

Extendió su mano y de repente tocó una cara. Más bien, tocó una boca abierta, en pleno ronquido. La boca se cerró con fuerza, mordiendo la mano de Xolo, y él reprimió un grito de dolor.

—¡Jsss! —respondió la dueña de la boca, y con un salto se puso de pie, golpeando furiosamente al aire. —Te juro que te voy a matar...

—¡Ánaka! ¡Ya cállate! Soy yo.

—¿Xolo? ¡Xolo! ¡Nos encontraste! —Lo abrazó en la oscuridad.

—Tenemos que irnos —susurró Xolo con urgencia—. ¿Dónde están los demás?

—Todos estamos aquí, pero se llevaron nuestras cosas. Mi pulsera, la flor de Xóchitl, las mochilas, todas las armas. Pero tienen que estar cerca porque nos entendemos cuando hablamos, y la pulsera no funciona de lejos.

«Con razón los guardias me entendieron», pensó Xolo.

Él y Ánaka despertaron al resto del grupo. Xóchitl recibió a Xolo con un abrazo, y Charal con un «¿qué onda, güey?». Luego salieron de la celda, y Baku corrió entre ellos al instante. Ánaka le dio un beso en la cabeza.

—Vámonos —susurró Xolo al grupo—. Hay que escapar antes de que se den cuenta.

—Primero tenemos que recuperar el amuleto —insistió Ánaka.

—Tu papá nos dijo que solo entráramos si era posible hacerlo en secreto, y ya los descubrieron —protestó Xolo.

—Exacto. Entonces esa regla ya no aplica. Y créeme, mi papá haría lo mismo si estuviera aquí. Y mi abuela aún más.

—¿Por dónde empezamos? —preguntó Charal—. ¿Cuál es el plan?

En el techo de una choza al lado, Xolo vio la figura de Uma en silueta contra las estrellas.

—Ella está a cargo del plan —contestó, señalando con la barbilla.

—¡Jsss! —Ánaka tomó la lanza de Xolo y la apuntó hacia la sombra—. ¡Es la asesina!

—Tranquila, Ánaka, la asesina está con nosotros. Me salvó la vida.

Uma volteó y desapareció en otra dirección. Diez segundos después, desde el lado opuesto de la fortaleza, se oyó el aullido escalofriante de Uma seguido por gritos desesperados y los rugidos de osos.

—Tu amiga asesina está creando una distracción —dijo Xóchitl, maravillada.

Desde la choza junto al presidio, se oyeron voces de hombres. Los cuatro jóvenes y Baku se pegaron al lado del edificio. Pronto emergieron de la puerta dos guardias con antorchas, seguidos por un hombre vestido con pieles negras. Corrieron hacia el alboroto que se intensificaba cada vez más.

—Él es Vulrik —Xóchitl le dijo a Xolo—. Es el líder de los Máruag.

—Y el que mató a nuestro abuelo —respondió Xolo, su voz cargada de furia repentina.

—¿Qué? —preguntó Xóchitl, atónita—. ¿Cómo supiste eso?

—Luego te explico.

Ánaka fue por la antorcha del presidio, luego dijo:

—Vamos, podemos revisar la habitación de Vulrik mientras no esté.

La entrada de la choza estaba flanqueada por dos colmillos de mamut, masivos y curvos. A la luz anaranjada y fluctuante de la antorcha, se asemejaban a la boca abierta de algún monstruo. Entraron sigilosamente por la puerta de palos cubiertos de piel. La cerraron detrás, asegurándola por dentro con una tranca de madera.

Xolo miró a su alrededor. El cuarto era más grande que el presidio, con unos quince metros de diámetro. En un fogón circular en la entrada, aún ardían brasas, los restos de una fogata de la noche anterior. Al parecer, el lugar no solo era la habitación de Vulrik, sino también su sala de guerra. En uno de los muros, una piel seca y delgada, pintada con un mapa rudimentario del lago y sus alrededores, capturaba la vista. Una mesa hecha de palos partidos a la mitad ocupaba el centro del espacio, junto a un grueso poste central que sostenía el techo de maderos y pieles.

Ánaka encendió un par de candiles de hueso que encontró en la mesa.

—Busquen rápido, porque pueden ver nuestra luz desde afuera.

Todos comenzaron a revisar el cuarto, y pronto Xóchitl exclamó:

—¡Aquí están nuestras mochilas! Y las armas también. Pero no está mi pulsera.

Continuaron levantando cobijas, sacudiendo ropa y vaciando bolsas y canastas en el piso. Incluso Ánaka jaló el mapa y lo desprendió del techo, pero no había nada detrás, únicamente la pared de piel. Mientras tanto, el griterío en la distancia crecía. La distracción estaba funcionando, pero Uma no podría enfrentarse a tantos por mucho tiempo, y el peligro crecía con cada minuto que pasaba.

De repente, Xóchitl dejó de buscar y se detuvo en el centro de la sala. Giró lentamente, examinando la choza y sus contenidos. Finalmente, su atención se fijó en el fogón cerca de la entrada. Estaba hecho de una gran piedra plana en el suelo, rodeada por un círculo de piedras planas y delgadas, colocadas de lado. Había dos fémures de mamut erguidos en lados opuestos del fogón, sosteniendo un palo que se usaría para cocinar.

—Ánaka, necesito la antorcha —pidió Xóchitl con urgencia—. Y Xolo, préstame la lanza.

Xóchitl retiró las piedras de un lado del fogón. Metió la parte inferior de la lanza debajo de la piedra plana del fondo, y la usó como palanca para levantarla. Las brasas calientes se deslizaron al piso de tierra compactada y, con el movimiento, empezaron a quemarse con más intensidad.

Charal se asomó.

—¡No inventes!

Debajo de la piedra había un hueco y, dentro del hueco, una bolsa de piel. Mientras Xóchitl sostenía el peso de la piedra con la lanza, Ánaka levantó la bolsa de su escondite. La abrió, metió la mano y sacó un objeto familiar de marfil.

—¡Mi collar! —exclamó Xóchitl, dejando caer la piedra y tomando la flor con gratitud.

Ánaka volvió a hurgar y pronto encontró su pulsera también. Se la colocó en el antebrazo, luego invirtió la bolsa. El último objeto cayó en su mano.

—¡Es el amuleto! —exclamó Xolo en voz baja.

—Casi no puedo creerlo. —Ánaka levantó el amuleto, su cara transformada en una enorme sonrisa—. Lo encontramos.

—Xóchitl, ¿cómo se te ocurrió buscar debajo de la piedra? —preguntó Charal.

—Porque el piso es de tierra, entonces no necesitan una piedra para protegerlo. ¿Quién traería algo tan pesado hasta aquí si no tuviera otra función?

—Tiene sentido, qué lista —respondió Charal con admiración en su voz.

—Ahora sí, tenemos que irnos —insistió Xolo.

Todos agarraron sus mochilas y armas. La fortaleza entera estaba despierta ahora, y tal vez podían escapar en la confusión. Justo cuando Xolo puso su mano en la puerta, Ánaka le detuvo.

—Xolo, ¡espera! Mira a Baku.

El mamut tenía su trompa en el suelo y sus orejas estaban extendidas y atentas. Todos se quedaron en silencio. Segundos después, escucharon ruidos afuera de la puerta.

—Chin —murmuró Charal, frustrado—. Esa puerta es la única salida.

Xóchitl levantó su collar. —Si es un oso, lo podemos liberar.

No era un oso. De repente se escucharon voces, y la luz de una antorcha se filtraba por las rendijas. Alguien sacudió la puerta, luego la golpeó con fuerza.

—¿Quién está ahí? —El grito rabioso paralizó a todos—. ¡Abre la puerta!

capítulo veintitrés

Voy a terminar esto

Los Máruag golpeaban la puerta con tanta fuerza que todo el muro se sacudía. La entrada no aguantaría mucho más.

Ánaka tomó el mapa de piel que estaba tirado en el suelo y lo puso contra la puerta.

—Xolo, ¡tráeme las lámparas! —le mandó urgentemente.

Él obedeció, y Ánaka arrojó las dos lámparas, llenas de aceite, sobre el mapa. La piel seca se incendió de inmediato, llenando el aire con humo negro y asfixiante. Las llamas crecieron rápido, y pronto empezaron a consumir los soportes de madera cerca de la puerta.

—¡Cuidado! Aquí va más. —Charal había encontrado un frasco lleno de aceite para las lámparas. Aventó el líquido espeso alrededor de la entrada, empapando el techo y los muros, y las llamas crecieron explosivamente, al igual que los gritos de pánico que resonaban afuera.

Ánaka corrió al muro opuesto.

—¡Rápido! Hay que cortar la piel para salir. —Intentó cortar la piel con su daga, pero era gruesa e impenetrable.

—Dame chance, Ánaka. —Charal tenía un hacha en sus manos. Tomó dos pasos firmes hacia el muro y lanzó el arma con toda su fuerza. Perforó la piel, abriendo una pequeña ranura. Tiró una segunda hacha, y ésta cortó otra abertura a medio metro de la primera.

Usando sus cuchillos de obsidiana, Ánaka y Xóchitl extendieron poco a poco los cortes, pero el proceso era demasiado lento. Humo negro y acre llenaba sus ojos y pulmones, y detrás de ellos, en la entrada, los Máruag ya estaban echando agua sobre las llamas para contener el incendio.

Xolo tocó la espalda de Baku. «Ayúdanos, amigo. Abre un camino».

Baku respondió de inmediato, barritando y golpeando el suelo con sus patas.

—¡Quítense todos! —gritó Xolo.

Apenas se habían movido Ánaka y Xóchitl cuando Baku se lanzó a correr, cabeza agachada, cuerpo inclinado hacia delante, tan imparable como un derrumbe de rocas. Irrumpió por la brecha que habían cortado con un estruendo, despedazando no solo las pieles que bloqueaban el paso sino algunos de los palos que las sostenían.

—¡Corran! —gritó Ánaka, aunque todos ya estaban corriendo, huyendo de la choza en llamas hacia la oscuridad por delante.

—¡Es por acá! —indicó Xolo a los demás.

Los guio entre las chozas hacia el bosque, siguiendo las huellas que él y Uma habían dejado cuando llegaron, apenas visibles en la luz de las antorchas que ya estaban prendidas por toda la fortaleza. Xolo había abandonado el morral, no llevándose más que su mochila, los dardos, y la lanza y escudo Máruag.

Pocos momentos después, se percataron de gritos detrás de ellos. Eran nuevas voces, más cercanas, y Xolo volteó a ver. Un grupo de guerreros Máruag los perseguía, a escasos treinta metros atrás, sus antorchas brincando en las tinieblas con cada zancada. Todavía faltaba demasiado para alcanzar la relativa seguridad del bosque.

—Nos están alcanzando. ¡Hay que pelear! —gritó Ánaka, volteándose y alistando su lanza.

De repente, desde el techo de una choza cercana, un rugido escalofriante rompió la noche, y un rayo negro con ojos verdes cayó del cielo entre los dos grupos. Los gritos de los perseguidores cambiaron de amenazas furiosas a chillidos desesperados, luego a silencio.

—No manches... —dijo Charal con una mezcla de admiración y miedo—. Qué bueno que la asesina está con nosotros.

Los jóvenes se echaron a correr de nuevo, y solo bajaron su velocidad cuando ya se habían adentrado al bosque, donde el terreno era demasiado complicado y la luz insuficiente para avanzar con rapidez. Detrás de ellos, en la distancia, el alboroto continuaba, y el cielo arriba de la fortaleza brillaba con la luz de cientos de antorchas. Gracias a ellos, todo Maruaga estaba en un estado de emergencia. Un poco diferente a lo que Kasluk se había imaginado. Xolo sonrió en la oscuridad. Lo importante es que tenían el amuleto, y se habían escapado. ¿Quién lo hubiera creído?

Ánaka los guiaba ahora, siguiendo las constelaciones que parpadeaban arriba de los pinos. Sin la iluminación de ningún pueblo o ciudad, la bóveda celestial era tan negra como el espacio, y la Vía Láctea era un grueso listón de luz estirado de extremo a extremo del horizonte.

Alcanzaron la cresta de la sierra en una hora, y por fin se sentaron a descansar sobre un tronco caído. Casi mil metros abajo, el lago era un espejo negro que reflejaba el cielo en su superficie. Al oriente, la negrura de la noche apenas empezaba a convertirse en color. Amanecería en una hora.

—¿Cuál es el plan ahora? —preguntó Xolo a nadie en particular.

—Llevar el amuleto al santuario y llamar a los mamuts —contestó Ánaka.

—Esa es la meta. No es un plan.

—Tú siempre quieres un plan, güey —respondió Charal—. Pero esta vez estoy de acuerdo contigo. Seguramente los Máruag ya nos están persiguiendo, y el profesor dijo que tienen lobos que nos pueden rastrear.

—Claro que tienen lobos. Por supuesto. Fantástico —Xolo respondió.

—Y mañana es la luna llena, entonces podrán atacar la aldea mañana o pasado —les recordó Xóchitl.

—Pues quién sabe… —Ánaka se encogió de hombros—. Es posible que los hayamos enojado tanto que salgan ahora y ataquen hoy en la noche. O, por otro lado, tal vez los asustamos tanto que se tomarán el tiempo necesario para atacarnos con toda su fuerza.

—Ninguna de esas posibilidades es buena. —Charal se escuchaba preocupado.

Cuando Ánaka contestó, su tono era sincero y su voz fallaba un poco.

—Si quieren, pueden regresar, Charal, en serio. No tienen que quedarse aquí. Ya tenemos el amuleto; mejor regresen a su tiempo. Xolo, tu mamá te necesita. Y a ti, Xóchitl. Si les pasara algo aquí…

Xolo se puso de pie.

—Ánaka, esta es mi tierra también, ¿recuerdas? Te hice una promesa. Voy a terminar esto, amiga.

—Por dos, hermana —dijo Xóchitl.

—Por tres, güey —dijo Charal.

Baku puso su trompa en las piernas de Ánaka, y ella sonrió.

—Gracias a todos. Ahora, el plan.

—Creo que lo mejor es dividirnos en dos grupos —opinó Xolo.

—Güey, ¿nunca has visto una película de terror? —Charal sacudió la cabeza—. No hay que separarnos.

—No, escúchenme. Vamos juntos hacia la aldea de los Tazik. Antes de llegar, nos dividimos en dos grupos. Ánaka y yo subimos el cerro de Mezcala para buscar el santuario, mientras Xóchitl, Charal y Baku continúan a la aldea. Así ustedes pueden distraer a los Máruag y sus lobos para que no nos sigan.

—Qué bonito plan, güey. Siempre he querido ser la carnada para una manada de lobos prehistóricos.

—¿Tienes otra idea?

—Es un buen plan, Xolo —opinó Ánaka.

Xóchitl se puso de pie también.

—Entonces vámonos ya. Todavía estamos muy lejos.

El descenso fue menos difícil que la subida, a pesar de la capa de nieve que cubría gran parte de la sierra. En dos horas ya estaban en la orilla del lago, refrescándose con tragos fríos de agua. No había nevado aquí, y se veían pedacitos de cielo azul entre las nubes matutinas. Con lo que había encontrado en la guarida de Uma, Xolo traía suficientes provisiones de comida para todos. Tomaron diez minutos para almorzar, luego emprendieron el largo viaje de regreso.

Después de media hora, habían dejado atrás los cerros de los Máruag. Ya se escuchaban ruidos de animales en el bosque de nuevo. Otro rato más, y los veían por todos lados. Pasaron más horas y más kilómetros. No se detenían más que por breves minutos para tomar agua y comer de lo poco que le quedaba a Xolo, luego seguían adelante. Cuando el sol había cruzado el cenit e iba de bajada, el cerro de Mezcala ya se apreciaba en la distancia.

Por fin llegaron a un riachuelo que bajaba entre colinas boscosas y desembocaba en el lago. Lo habían cruzado en el viaje de ida, pero había crecido con el deshielo que bajaba de la sierra. Cerca de la orilla, el riachuelo era ancho y poco profundo, y lo pasaron brincando de piedra en piedra.

Cuando llegaron al otro lado, Xóchitl se detuvo.

—Creo que aquí es donde sería mejor separarnos. Ustedes pueden caminar hacia arriba en el río para ocultar su olor de los lobos, y luego subir la sierra. Nosotros vamos siguiendo la orilla del lago hacia la aldea de los Tazik.

—Sí, me parece bien. —Ánaka estaba mirando hacia el sol con su brazo extendido y la mano cerrada en un puño—. Creo que podemos llegar al santuario antes de que sea noche. Faltan seis manos todavía.

—¿Seis manos? —preguntó Xolo.

Ánaka movió su brazo en una línea, su puño siguiendo el circuito que el sol trazaría en su bajada al horizonte.

—Uno, dos, tres, cuatro, cinco, seis manos.

—Así miden el tiempo —explicó Xóchitl—. El puño extendido cubre diez grados del cielo, y el sol toma cuarenta minutos para cruzar esa distancia. Seis manos por cuarenta son doscientos cuarenta minutos, o sea, cuatro horas. El sol se pone alrededor de las seis en diciembre, entonces son las dos de la tarde ahorita.

—Odio las matemáticas —se quejó Charal.

Ánaka se veía perpleja.

—¿Seis manos son doscientos cuarenta minutos, que son cuatro horas, entonces son las dos? Qué confuso. Nuestra manera es mucho más fácil.

—Estoy de acuerdo contigo —respondió Charal—. De aquí en adelante, voy a medir el tiempo en manos. Ya hay que irnos, ¿no? Acepto ser la carnada, pero prefiero no ser la comida.

—Cuando lleguen, díganle a mi abuela que me avise con humo. —les mandó Ánaka—. Ella sabrá qué hacer.

Ánaka les dio un fuerte abrazo a Xóchitl y Charal.

—Hermana querida. Güey querido. Los amo a los dos. —Se agachó y miró a Baku—. Y tú, mamut querido, te encargo mucho a estos dos.

Xolo abrazó a su hermana, rascó la cabeza de Baku y chocó puños con Charal. Luego él y Ánaka observaron mientras los otros tres se alejaban, apresurándose por la orilla del lago hacia la aldea.

—¡Oigan! —gritó Ánaka al trío que ya estaba a unos treinta metros—. Dejen rastros para que los Máruag los sigan a ustedes.

—¿Y cómo hacemos eso? — gritó Charal de vuelta.

—¡Orina en los árboles como un lobo, güey! —respondió Xolo.

Ánaka se rio.

—Rompan ramitas y dejen huellas en el lodo. ¡Y díganles a mis papás que pronto regresaremos!

Cuando los tres desaparecieron alrededor de una curva, Xolo y Ánaka se miraron.

—¿Tenemos que caminar en el río entonces? —preguntó Xolo.

Justo cuando lo dijo, como para enfatizar la urgencia del momento, escucharon el aullido de un lobo en la distancia. Un instante después, otro contestó al primero, como un eco sombrío en el bosque.

La cara de Ánaka reflejaba la misma ansiedad que Xolo sentía. No había tiempo que perder.

capítulo veinticuatro

Esta también es mi tierra

Otra vez se escucharon los aullidos, y los dos brincaron. Ánaka asintió con la cabeza, contestando la duda de Xolo.

—Sí, tenemos que meternos al río. Y rápido, para que el viento tenga tiempo de limpiar nuestro olor del aire.

Xolo tocó el agua con un dedo. Estaba helada. Ánaka vio su cara de angustia.

—No te preocupes, solo es por un rato. Lo que aguantemos nada más. Quítate los pantalones para que no se mojen.

—¿Mis pantalones? —Xolo vaciló, menos por modestia y más porque le daban pena sus piernas delgadas.

—Si te los mojas, no se van a secar y te vas a morir de frío cuando baje el sol. Tienes ropa debajo, ¿no?

—Obvio.

—¿Cuál es el problema entonces? —Ánaka se veía realmente confundida. En Nuna, la supervivencia era primordial.

Sin decir más, ella se quitó las botas y las guardó en su mochila, luego subió su túnica por encima de las rodillas y entró con cuidado al agua.

—¡Está muy fría! —exclamó con una mueca de dolor.

«Ni modo», pensó Xolo. Se quitó las botas y los pantalones, echó todo a la mochila y la siguió.

—¡Ayyy! —gritó espontáneamente. El agua llegaba a la mitad de sus pantorrillas nada más, pero estaba verdaderamente gélida.

A medida que subían la colina, el riachuelo se volvía más angosto, profundo y veloz. Llegaba muy arriba de sus rodillas ahora, y Xolo tuvo que concentrarse en cada pisada. Las piedras resbalosas en el lecho del río eran traicioneras, y caerse con todo y mochila podría ser fatal con este frío.

El riachuelo era sinuoso, y después de un rato ya no se veía el lago detrás de ellos. Solo bosque por todos lados, y adelante, los picos de la sierra. Xolo no sentía las piernas por debajo del agua ahora, y cada gota que le salpicaba en la piel expuesta al aire se sentía como picotazos de una aguja caliente.

Después de una eternidad que en realidad fueron quizás diez minutos, Ánaka exclamó:

—Ya no aguanto, Xolo. Esto tendrá que ser suficiente.

Los dos salieron del agua con dificultad, sus piernas tan entumecidas que ya no les obedecían. Se sentaron en un tronco para secarse con las cobijas y vestirse.

Sin darse cuenta, Xolo estaba mirando a Ánaka. Se veía perfecta allí, rodeada de la naturaleza, su rostro resuelto, una chispa de alegría indomable en sus ojos. Era una chica muy... diferente. En el mejor de los sentidos.

—¿Qué ves, Xolo? —se rio Ánaka.

—¿Yo? ¡Nada! No... es que... te cortaste. —Señaló un rasguño en su pierna. Sabía que su cara se había enrojecido de nuevo—. ¿No te duele?

—Estás loco. No es nada. Y ni lo siento porque estoy completamente congelada. Vámonos, caminando nos calentamos.

Mientras avanzaban, la sensación se fue restaurando poco a poco en su cuerpo, y Xolo se dio cuenta de que todo le dolía. Habían sido tres días intensos de subir y bajar, esconderse y correr, y todavía faltaba la subida al santuario. Por lo menos a esta altura no había nieve, y no se aproximaba ninguna tormenta.

Se detuvieron a descansar, y Xolo revisó el avance del sol. Faltaban tres manos en el día, o sea dos horas. Recordó la cornisa estrecha en el acantilado que tendrían que cruzar para llegar al santuario. Hacer eso de noche sería un suicidio garantizado.

—Xolo, ¡mira! —Ánaka estaba señalando abajo, hacia el lago.

Una columna de humo, más densa y ancha que las volutas producidas por las fogatas, subía proveniente del bosque. De pronto, la columna desapareció, como si alguien la hubiera tapado, solo para reaparecer un instante después, más grande que nunca. El ciclo se repitió tres veces.

Ánaka aplaudió con alegría.

—Charal y Xóchitl ya llegaron a la aldea. Tu plan funcionó, Xolo.

Xolo sintió un alivio enorme. Si algo les hubiera pasado, no se lo hubiera perdonado.

Emprendieron el viaje de nuevo, ahora más rápido. La meta estaba cerca. Podían descansar después. Al sol le faltaba apenas una mano cuando llegaron a la explanada donde habían estado unos días atrás. Bueno, doce mil años después, en realidad.

El atardecer sobre el lago era surreal. Por todo el horizonte, bolitas coloridas de nubes estaban suspendidas como globos en un cielo transparente. Caminaron a la orilla y miraron abajo. A su izquierda, el acantilado era un muro que descendía de aquel cielo y bajaba al infierno. Casi tres metros abajo, sobresaliendo de la cara del acantilado, estaba la cornisa, tal como Xolo la había soñado. Pero ahora, no en sus recuerdos sino en la vida real, se veía todavía más estrecha, y el abismo más profundo, y la probabilidad de morir más segura.

—¿Es por ahí? —preguntó Ánaka—. Qué miedo.

Si Ánaka estaba nerviosa, entonces realmente era peligroso. Xolo recordó su sueño y sacudió la cabeza. Una cosa era tener cuatro patas felinas, una cola para balancearte, y caminar dentro de la seguridad de un sueño. Otra muy distinta era colgarte de una piedra, dejarte caer en una saliente rocosa que medía por mucho cuarenta centímetros de ancho, luego atravesar la cara de un acantilado, completamente expuesto a las ráfagas violentas de aire que recorrían las barrancas y arañaban las peñas.

«Ni modo —se dijo—, la vida es un riesgo».

Él era más alto, entonces ofreció bajarse primero. Se quitó la mochila y se sentó en la orilla. Aquí el truco de no mirar abajo no funcionaría, porque tenía que ver hacia dónde iba a caer. Volteó y se aferró con ambas manos a la orilla del precipicio, luego con cuidado deslizó su cuerpo hacia el vacío. Se quedó ahí, columpiándose de sus dedos, por unos instantes. Sintió terror absoluto. Sus pies estaban a menos de cincuenta centímetros de la cornisa, pero, aun así, soltarse era un acto tremendo de voluntad, una violación del instinto humano de supervivencia.

Cuando cayó a la cornisa, su pie izquierdo resbaló en la orilla. Por un instante se imaginó rebotando por el precipicio y estrellándose entre los pinos, cientos de metros abajo, mas logró estabilizarse. Ánaka le pasó las mochilas, luego él le ayudó a bajarse también.

Caminaron en silencio, Xolo por delante, Ánaka atrás. El viento les arrastraba con dedos invisibles y fríos, mientras desde el vacío susurraban las voces indescifrables de cientos de árboles moviéndose en el aire. Ahora sí, Xolo no miró hacia abajo. Con un acantilado vertical a un lado y la muerte al otro, los veinticinco metros que tenían que recorrer le parecían una travesía interminable.

Pero no a Ánaka.

—Es increíble la vista desde aquí —maravilló ella, su tono tan tranquilo como si estuviera sentada junto al lago—. Creo que puedo ver nuestra aldea. ¡Mira!

—No voy a mirar nada. En serio, me quieres matar.

Por fin alcanzaron la brecha. Xolo abandonó la cornisa con alivio y escaló las piedras hasta salir al santuario, con Ánaka justo detrás de él.

—¡Es bellísimo! —susurró Ánaka, mirando alrededor con reverencia y asombro.

Tenía razón. Se veía más grande que en su sueño y más impresionante. Era un espacio circular, rodeado de peñas verticales que se extendían treinta metros o más hacia arriba. La única entrada era la brecha por donde habían subido. Muy arriba, donde las peñas terminaban, se veía el cielo de azul oscuro. Un par de pájaros volaba ahí, dibujando círculos lentos en las corrientes montañosas.

Dondequiera que miraran, los muros de roca estaban pintados y grabados con figuras misteriosas, creando un ambiente fantástico bajo la luz dorada del atardecer. Xolo casi podía imaginar los símbolos cobrando vida de noche y moviéndose por la superficie de la roca. Era un lugar vivo, mágico.

Justo en el centro, tal como Xolo recordaba, estaban las cuatro columnas, y en medio de ellas, la piedra rectangular. Se acercaron.

—¿Es un altar? —preguntó Xolo.

—Supongo que sí. Nadie sabe quién hizo todo esto. Según las leyendas, existe desde hace mucho tiempo, antes que todos los pueblos del lago.

Xolo se puso a revisar el altar por todos lados.

—¿Qué buscas? —inquirió Ánaka.

—La isla pájaro.

La encontró al otro lado del altar. Era más pequeño de lo que esperaba, y no brillaba rojo como en su sueño. Se veía fuera de lugar, como algo añadido después del resto del diseño.

—Estoy seguro de que Uyak hizo esto —afirmó Xolo—. Pero no sé qué hacer ahora. Lástima que el amuleto no vino con un instructivo.

—¿Qué es un instructivo? —preguntó Ánaka.

—Ehm…no importa. ¿Tal vez tenemos que acercar el amuleto a la isla?

—Lo podemos intentar. A ver, ¿tienes el amuleto?

Xolo la miró consternado.

—¿El amuleto? Tú lo tienes, ¿no?

—¡¿Qué?! —Ánaka casi lo gritaba—. ¡Te lo di en Maruaga!

—¿Qué estás diciendo, Ánaka? —Xolo estaba entrando en pánico—. ¡Yo no lo tengo!

Ánaka casi se moría de risa.

—No es cierto, es broma. Lo tengo aquí. —Abrió su mochila y sacó el amuleto.

—Ánaka, te juro, te voy a matar y destripar…

—Eres lindo cuando te enojas, Xolo. Ten. Toma el amuleto. Creo que esta parte la debes de hacer tú.

Le entregó el amuleto, y Xolo se acercó al altar. Estaba nervioso. No sabía qué esperar. ¿Calor, tal vez, o luz, o alguna aparición? ¿O quizás algo más violento, como ser lanzado por el aire y quedar inconsciente? Con el kiliak, todo era posible. Y todo dolía.

El amuleto en su mano estaba frío, y el altar, aún más. Pasó el amuleto frente al símbolo de pájaro varias veces. Nada. Lo levantó sobre el altar. De nuevo, nada. ¿Qué tenía que hacer, entonces? Lo movió alrededor de la espiral, trazando las líneas en una dirección, luego en la otra. Lo presionó contra el símbolo de pájaro, dejándolo ahí varios segundos para que hiciera efecto. Lo sacudió como si fuera un juguete descompuesto. Todo sin resultados. Xolo se estaba frustrando.

—Oye, ¿y si usas el copal? —sugirió Ánaka.

Era una buena idea. Xolo sacó la bolsita de copal y puso algunas bolitas sobre el altar.

—Tú eres mejor para hacer fuego que yo, Ánaka. Hazlo tú.

Recorrieron el santuario, juntando pasto seco y ramitas que el viento y las lluvias habían depositado ahí. Ánaka construyó una pequeña pirámide de yesca, ramitas y bolitas de copal en el altar. Con pedernal y pirita, hizo caer una lluvia de chispas. Una llama brotó, y pronto el aire se llenó del aroma resinoso del copal.

Xolo esperaba ver otra aparición de Uyak, pero no hubo nada. Nada más que el viento en el cielo muy arriba del santuario, y los chasquidos delicados de la fogatita.

—¿Y ahora? —preguntó Ánaka mientras observaban el copal derretirse sobre el altar.

—Ni idea. Tú eres de aquí, Ánaka, no yo.

—Y tú eres el anauk, Xolo. No yo.

—No soy un anauk. Ese era mi abuelo.

Ánaka no contestó, sino que se le quedó viendo con ojos expectantes. ¿Qué esperaba de él? Xolo no sabía qué hacer. Era mucha presión. La frustración e inseguridad eran voces gemelas burlándose de él. ¿Y si todo esto había sido en vano? ¿Si no era la persona que tenía que ser, y los mamuts no respondían?

Quedaba poca luz ahora. Tenía que hacer algo. El amuleto se sentía casi congelado en su mano, con un frío que quemaba. Lo examinó a la luz titilante del fuego. Estaba tallado con símbolos y figuras, igual que el colmillo y los piku que Uyak creaba.

Primero vio un árbol alto y delgado, y al lado, unas bolitas de copal con humo ascendiendo. Junto al árbol había varios mamuts, y al lado de ellos, un hombre y una mujer. La mujer portaba una daga, el hombre, una lanza o un palo.

Una corriente de aire llevó el humo hacia sus ojos. Tosió, se frotó los ojos, volvió a revisar el amuleto.

Las figuras parecían moverse ahora, seguramente un efecto del humo. Un mamut bebé se acercó al hombre, y este le extendió el palo, pero no era un palo normal, sino que tenía una forma peculiar.

—Es un…¿es un bate de béisbol? —Xolo sintió escalofríos.

Ánaka examinó el amuleto, luego murmuró con reverencia:

—Somos tú, Baku y yo. No sé cómo es posible, pero tiene que ser. Tu abuelo nos escogió, Xolo.

Con un dedo, Xolo trazó las líneas grabadas del árbol de copal, luego los mamuts y, por último, las personas, sintiendo la conexión entre la flora, la fauna y los humanos.

Uyak entendía esa conexión, ese vínculo que podría llamarse amor, compasión o empatía. Eran los Máruag quienes no comprendían la conexión. No querían comprenderla, porque deseaban más, siempre más, y entonces tenían que cerrar sus corazones al daño que su violencia provocaba.

Tenía que restablecer la conexión rota por los humanos. Impulsado más por el instinto que por la lógica, Xolo embarró el amuleto en el copal derretido. Le quemaban los dedos, pero no le importaba. Después apretó el amuleto contra el pájaro tallado al costado del altar. Casi al instante, el copal líquido se volvió sólido de nuevo, y el piku quedó fijado allí.

Tomó un paso atrás. Ánaka le agarró del brazo, y los dos esperaron. Poco a poco, una luz tenue y rojiza fue iluminando la orilla del amuleto y recorriendo las venas de kiliak.

—¡Xolo! —susurró Ánaka —. ¡Está funcionando!

Pero no duró. Se apagó después de unos segundos, y el amuleto cayó al piso con un sonido sordo y vacío, haciendo eco entre las paredes del lugar. Al instante, un viento sopló, recio y terrible, extinguiendo el copal y haciéndoles tiritar de frío.

—¡No! —gritó Ánaka con angustia.

Recogió el amuleto y trató de pegarlo al altar, pero se volvió a caer. Sopló sobre la llama. No quedaban más que cenizas, y el viento se las llevó mientras miraban horrorizados.

—No entiendo —protestó Xolo—. ¿Entonces no funcionó?

—No puede ser. ¡No puede ser! Entendieron mal, o algo pasó… —Ánaka estaba sentada en el suelo ahora, con la cabeza entre sus manos. Xolo se agachó y sacudió su hombro.

—Pero ¿qué pasó? No entiendo, Ánaka. ¡Explícame!

Ella levantó la cabeza. Lágrimas recorrían sus mejillas.

—Los mamuts ya tomaron su decisión. Nos han rechazado, Xolo.

—¿Qué? Pero eso no puede ser. —El corazón de Xolo se hundió. No sabía qué pensar ni qué decir—. ¿Cómo lo sabes?

Levantó el amuleto y se lo dio a Xolo. Estaba oscuro, helado. Ella continuó, su voz tan apagada como el amuleto:

—Esto es nuestra voz. La voz de los humanos. Ellos la escucharon, pero nos rechazaron.

—Pero ¿por qué harían eso? —respondió Xolo con angustia, aunque ya sabía la respuesta.

Ella se puso de pie, desolada y quebrantada.

—Por los Máruag. Mi papá me dijo que no era seguro que nos apoyaran. Tienen que creer en nosotros, los humanos. Que valga la pena que nuestra especie continúe.

Xolo sentía su dolor y desesperación como si fueran suyos. Más bien, eran suyos. Xolo puso su mano en el brazo de Ánaka, y ella respondió acercándose, sus hombros temblando de emoción.

—Ánaka, lo siento. Con todo mi corazón. —La abrazó, y sintió cómo se derrumbaba en sus brazos, sus lágrimas calientes mojándole el rostro.

Después de unos momentos, la soltó y tomó ambas manos en las suyas.

—No podemos rendirnos. Son terribles noticias, pero tu tribu es fuerte.

—No, no me voy a rendir nunca —contestó ella, limpiando su cara con el hombro. Su voz era baja, pero había furia ahí, y determinación—. Ya es tarde, y debemos pasar la noche aquí. Mañana regreso a mi tribu. Voy a pelear hasta la muerte. Pero tú, Xolo, debes volver a tu tiempo. Hay pocas probabilidades de que ganemos. Tú viste su ejército.

—Ánaka. Ya te dije. Esta también es mi tierra, y este también es mi tiempo.

A pesar de su angustia, Ánaka sonrió.

—Eres muy especial, Xolo. —Lo abrazó de nuevo, apretándolo fuerte, y recostó la cara en su pecho.

Xolo inhaló. Ella olía a fuerza y vulnerabilidad, una mezcla extrañamente poderosa. Sintió el calor de su cuerpo junto al suyo, y su corazón se aceleró. Ella levantó la cabeza para mirarlo. En la penumbra del atardecer sus ojos eran lagos negros, y su sonrisa repentina era lo único que podía ver con claridad. Por un momento pensó en besarla. Qué idea tan loca. Sería el peor momento para eso. Además, eran solo amigos.

La soltó, un poco más bruscamente de lo que había planeado.

—Debemos hacer una fogata, ¿no?

—Sí, buena idea.

—Yo quiero intentarlo.

Recolectaron todas las pequeñas ramas que encontraban, luego, durante diez minutos, Xolo hizo todo lo posible para hacer fuego mientras Ánaka se reía de él. Por fin, ella tomó el pedernal y la pirita, y en treinta segundos ya tenía una llama creciente.

Platicaron al lado de la fogata durante dos horas más, en ratos hablando seriamente sobre la guerra inminente, en ratos riéndose de tonterías. Arriba de ellos, entre las peñas dibujadas en silueta contra el cielo, el espacio negro brillaba con estrellas que aparecían y desaparecían, moviéndose en líneas curvas a una velocidad imperceptible. Helaba, aunque menos que los días anteriores.

Cuando ya se les acababa la leña, Xolo comentó:

—Debemos dormirnos.

—Odio dormirme.

—Ya sé, pero mañana tenemos que regresar y pelear.

—Voy a pelear con todo lo que hay en mí, Xolo. Los Máruag van a pagar. Vas a ver.

Pusieron sus cobijas en el suelo, lado a lado. Xolo ya se estaba acostumbrando a dormir en la tierra dura. Cerró lo más que pudo la capucha de su abrigo, colocó su mochila en el suelo como almohada y se envolvió en su cobija. Ánaka hizo lo mismo a su lado. De repente, sintió a Ánaka acurrucarse detrás de él, espalda con espalda.

—¿No te estás congelando? —preguntó ella.

Él colocó su cobija sobre los dos.

—¿Mejor?

—Mucho mejor. —Ella exhaló lento y profundo, y su cuerpo tenso se relajó.

Xolo no dijo nada por unos momentos. Seguramente ella tenía frío, nada más. Aquí no existía el espacio personal, acostumbraban dormir juntos, protegidos del frío por el calor humano compartido. Pero su cercanía le agradaba; nunca había sentido algo así.

—¿Ánaka?

La única respuesta fue su respiración profunda. Ya estaba dormida. Xolo sonrió y cerró los ojos.

capítulo veinticinco

¿Quién quiere morir primero?

Se levantaron antes del amanecer. El cielo se iba despertando en colores, y el santuario también. Xolo se estiró, tratando de acomodar sus huesos y extremidades en su posición correcta.

—Te ves terrible, Xolo —sonrió Ánaka—. Tu cabello parece un nido de pájaros.

—El tuyo está peor. —Bostezó tan fuerte que espantó a dos pájaros que habían hecho un nido de verdad en la peña—. No sabes cuánto se me antoja un café de olla ahorita.

—¿Qué es café?

—¿No tienen café? ¿Qué es un mundo sin café? Es un líquido casi mágico que te despierta. Sabe horrible, pero si le echas suficiente azúcar, es soportable.

—¿Qué es azúcar?

—¿Es neta? —Xolo sacudió la cabeza—. Luego te invito un café de olla.

Recogieron sus cosas y se prepararon para irse. Ya no les quedaba comida entonces tendrían que desayunar algo en el camino de regreso.

—¿Qué hacemos con el amuleto? —preguntó Xolo, señalando el altar donde lo habían dejado—. No sirve para nada.

—Según Félix, los Máruag lo quieren, aunque no tengo idea para qué. Tal vez para viajar a tu tiempo.

—No hay que dejarlo aquí, entonces. —Xolo guardó el amuleto en su mochila.

Bajaron por la brecha con cuidado. Al llegar a la cornisa, Ánaka inhaló con asombro.

—Xolo, no te vayas a matar, pero mira la vista.

Tenía razón. El lago estaba escondido debajo de una cobija esponjosa de neblina, iluminada por el sol que apenas se levantaba en el oriente. Alrededor del lago, los picos de los cerros eran islas esparcidas en la niebla. El panorama le provocó asombro y vértigo al mismo tiempo.

—Qué bonita vista. Pero la voy a poder apreciar mucho mejor desde el otro lado.

—Tienes razón. Caerte de aquí sería muy feo. ¿Te imaginas?

—No estás ayudando, Ánaka.

Caminaron por la cornisa sin problemas. Lo único complicado fue la parte final, donde tuvieron que escalar desde la cornisa hasta la explanada de piedra, pero pronto estaban en tierra firme, buscando plantas para desayunar en el bosque.

La temperatura subía junto con el sol. Era un día bello. En su camino se encontraron con un sinfín de animales, entre ellos un oso gigante que parecía tener el mismo menú de desayuno que los jóvenes. Lo esquivaron a distancia y con cuidado, pero el animal no les prestó atención. No era un oso centinela.

Unos minutos después, mientras seguían un camino estrecho al lado de un precipicio, escucharon ruidos violentos en el bosque detrás de ellos. Se voltearon justo a tiempo para ver al mismo oso corriendo cuesta abajo, sus largas piernas devorando el suelo con una velocidad aterradora. Los rebasó sin mirarlos y desapareció en el bosque más adelante.

—Eso no es normal —observó Ánaka con un tono preocupado. —Corría como si algo lo persiguiera.

—¿Tal vez es Uma?

—Ojalá, pero no creo. Una gata sola no atacaría a un oso. Hay que escondernos.

Se adentraron en el bosque y esperaron. No se escuchaba nada más que los ruidos cada vez más distantes del oso. Xolo extrañaba a Baku, con sus oídos y trompa tan sensibles. Justo cuando iba a decir que no había nada, Ánaka levantó la mano con una expresión de miedo. Había escuchado algo.

—Súbete a este árbol, Xolo. ¡Rápido!

Ella agarró una rama y jaló su cuerpo hacia arriba. Xolo iba detrás, aunque más lento.

—¡Apúrate, Xolo! Tienes que subir más. Mucho más.

Pronto estuvieron varios metros arriba del suelo, escondidos entre ramas y hojas abundantes.

—Shhh, no te muevas —susurró Ánaka desde su lugar justo arriba de él.

Xolo escuchó un ruido extraño, como de muchas pisadas, que se aproximaba hacia ellos. Pronto salieron a la vista tres pájaros enormes con cuellos largos y picos masivos. Eran los fororrácidos, las aves del terror. Parecían ser las mismas que antes, pero caminaban diferente ahora, en líneas rectas, mirando hacia ambos lados como si estuvieran cazando a su presa. Su comportamiento era idéntico al de los osos. ¿Estaban bajo el control de los Máruag también?

Arriba de los jóvenes, una ardilla chirriaba frenéticamente, molesta con los intrusos. Ánaka le lanzó una mirada fulminante, tratando de silenciarla con la pura fuerza de su voluntad, pero no funcionó.

Las aves estaban justo debajo de su árbol ahora. Uno de ellos tocó con su pico la lanza que Xolo había abandonado en el suelo, y luego miró alrededor como si sospechara algo. Xolo y Ánaka no se movieron. Apenas respiraban.

Así de cerca, eran enormes. Monstruosas. Fácilmente medían tres metros de alto, por lo que sus picos estaban demasiado cerca de los chicos. Xolo sintió una ola familiar de terror emanar de ellas, comprobando que, efectivamente, los Máruag los controlaban. Y probablemente estaban buscándolos.

Por fin las aves retomaron su misión. Justo en ese momento, la ardilla, ya harta de la invasión de su privacidad, arrojó una nuez, luego otra más. Cayeron entre los jóvenes y rebotaron de rama en rama hasta terminar en el suelo.

Las aves se detuvieron. Estiraron sus cuellos para mirar hacia arriba, registrando con cuidado cada rama.

Se escuchó el furioso chirrido de la ardilla de nuevo, y dos nueces más cayeron de arriba. Luego la ardilla brincó a otro árbol donde continuó sus regaños, dirigidos ahora hacia las aves. Cuando las aves la vieron, al parecer quedaron satisfechas de que no había nada más allí que un roedor molesto, y continuaron su marcha cuesta abajo por el cerro.

La pierna izquierda de Xolo estaba tan adormecida que creía que iba a caerse del árbol. Quiso acomodarse mejor sobre la rama donde estaba parado, pero cuando ajustó su peso, rompió una ramita. El chasquido rebotó por el bosque como un disparo y las aves, ahora a unos veinte metros, se detuvieron una vez más.

Al instante, la rama que sostenía a Xolo se quebró. Batió sus manos en el aire, buscando aferrarse a otra, pero solo logró crear más escándalo. Cayó rebotando, al igual que las nueces, de rama en rama hasta aterrizar sobre una cama nada suave de agujas de pino, donde se quedó inmóvil, aturdido por la caída.

Abrió los ojos y lentamente giró la cabeza. Las tres aves lo estaban mirando con ojos bulbosos que no parpadeaban. Ánaka no dijo nada, pero Xolo sabía lo que ella quería gritar: «¡Corre!»

Agarró la lanza que había dejado en el suelo y huyó a toda velocidad por el bosque. Escuchó terribles chillidos, el mismo sonido que emitieron cuando devoraron a los gliptodontes, y supo que lo estaban persiguiendo.

De pronto el bosque terminó y se encontró ante la orilla rocosa de un precipicio. Miró alrededor, buscando desesperadamente una ruta de escape, pero no había por dónde bajar ni dónde esconderse.

Jadeante y desesperado, se volteó, y su corazón se le fue al suelo como si fuera una piedra arrojada por el precipicio justo detrás de él. Las tres aves lo tenían rodeado. Comenzaron a tomar pasos lentos hacia él, mordiendo el aire con sus picos como víboras peludas.

Xolo recogió algunas piedras del suelo y se las aventó, sin efecto alguno. Entonces, tomó la lanza con ambas manos y apuntó hacia las aves.

—A ver, ¿quién quiere morir primero? —gritó con una valentía totalmente fingida. Por lo menos no iba a morir fácilmente.

Para su sorpresa, las aves se detuvieron de inmediato y luego tomaron pasos atrás. Xolo no sabía qué pensar.

—Me tienen miedo, ¿verdad? —exclamó, otra vez con denuedo falso.

De repente, se percató de un aleteo tremendo que subía desde la barranca detrás de él. Antes de que pudiera girarse, la luz del sol fue tapada, y sintió cómo el aire se agitaba alrededor de su cabeza. Levantó la vista justo a tiempo para ver dos garras enormes descendiendo del cielo, seguidas de un dolor agudo y punzante en ambos hombros. El sonido de las alas se intensificó, y miró con horror como la tierra se fue alejando de él o, mejor dicho, él de la tierra.

Lo había capturado un terátoro, o un zopilote en esteroides, como Charal los había denominado. Pero ¿por qué? No era carne muerta, el almuerzo preferido de las aves carroñeras. Claro, había estado a treinta segundos de morir, pero todavía estaba muy vivo, y muy interesado en seguir viviendo. Tal vez lo llevaba a su nido para enseñarle a sus crías a comer carne fresca. Qué terrible pensamiento.

El terátoro estaba luchando con el peso de su carga. En un momento, se le soltó de un hombro y tuvo que agarrarlo de nuevo, provocando un grito de dolor de Xolo. De ahí en adelante, intentó no moverse. Si se caía de las garras del ave al abismo, sin duda terminaría siendo carroña.

Miró hacia el piso. Descendían en grandes círculos hacia las colinas más bajas de la sierra. Desde aquí podía ver todo el lago, pero estaba seguro de que ni Ánaka estaría pensando en la vista. En la orilla de una de las colinas, había una gran piedra plana. Aparentemente ahí se dirigían porque era el epicentro de su vuelo en espiral.

Notó algo negro en el centro de la piedra. Entrecerró los ojos para ver mejor. No era un objeto, ni un animal, sino una persona. Una persona vestida con pieles negras, con una lanza en la mano, oteando el bosque abajo como si fuera el dueño de todo este territorio.

Era Vulrik.

El terátoro aterrizó sobre la piedra con dificultad, y Xolo cayó violentamente hacia adelante, rodando dos veces antes de detenerse con un gemido de dolor a los pies del hombre.

Vulrik abrió sus brazos en señal de bienvenida.

—Es un gusto, Xolo. Te he estado esperando.

capítulo veintiséis

Ahora es el tiempo de los humanos

Xolo se puso de pie por su cuenta, rechazando la mano de Vulrik, luego recogió su lanza del suelo y retrocedió cuatro pasos. Estaba atrapado entre el precipicio y el hombre que tenía delante.

Lanza en alto, Xolo lo miró detenidamente. Vulrik era grande, tanto en estatura como en edad. Su cabello y barba negros estaban salpicados de gris; su piel, dura y arrugada, tal vez por el sol y viento, tal vez por la violencia. De la cabeza a los pies, su vestimenta era negra, adornada con una decoración macabra de dientes de lobo y oso cosidos a la piel. Llevaba una lanza y escudo en su hombro, y en su cinturón, un garrote de madera incrustado con filos de obsidiana.

—Baja la lanza, Xolo. No te voy a lastimar.

En vez del pánico que hubiera esperado, Xolo solo sentía furia.

—¡Kiñakuk! —exclamó, escupiendo en la tierra.

—Me sorprendes, Xolo. Te voy a perdonar esa falta de respeto, por tu abuelo.

—¿Por mi abuelo? ¿Qué sabes de mi abuelo? Tú lo mataste.

Vulrik se veía sorprendido. Cruzó los brazos.

—No lo voy a negar, pero ¿cómo sabes eso?

Xolo no respondió.

—Mmm —rumió Vulrik—. ¿Esa gata vieja te lo dijo entonces?

—Los gatos no hablan —respondió Xolo. Seguía con la punta de la lanza en alto, a la defensiva.

—No, los gatos no hablan. Pero sí piensan, y sienten, y recuerdan. —Vulrik abrió sus brazos como extendiendo una invitación—. Vamos, Xolo, dejemos de fingir. Tú y yo somos iguales, y Uyak también.

Vulrik tenía algo en sus manos. Era un objeto blanco, de marfil, con líneas rojas. Un piku en forma de cuerno, con una punta de obsidiana y líneas rojas de kiliak. Por eso se podían entender, entonces. Lo movía entre sus dedos, y las líneas brillaban, aunque por la luz del sol apenas se notaba. De repente, Xolo sintió paz, casi felicidad.

Vulrik le sonrió.

—Xolo, puedes confiar en mí.

Xolo bajó sus defensas un poco, sin querer. ¿Podía confiar en él? Quería creer que sí. Estaba cansado, tan cansado, de pelear, de resistir, de temer. De repente, le dolía la cabeza terriblemente, y sentía náuseas. ¿Sería por el golpe que recibió cuando el zopilote lo soltó?

Sacudió la cabeza. No tenía ninguna razón para confiar en este monstruo.

—No somos iguales.

—Xolo, Xolo. —El tono de Vulrik era tranquilo, casi conversacional—. Te dije que bajaras la lanza.

La lanza cayó al suelo, y Xolo la observó frente a sus pies, confundido. No la había soltado a propósito. Sus manos tomaron esa decisión, guiadas por algún rincón de su cerebro al que no podía acceder. Veía a Vulrik con ojos que ahora se sentían desenfocados, como si los tuviera bizcos.

Vulrik continuó:

—Xolo, somos anauk. Tenemos dones que otros no tienen. Y cuando combinamos eso con el kiliak... pues tú lo has visto. Hay mucho que podemos lograr. Podemos hacer un mundo mejor para todos ellos. Podemos protegerlos.

El hombre señaló el panorama abajo. En la distancia, el lago brillaba bajo el sol. Donde el bosque terminaba cerca de la orilla del agua, un conjunto de volutas de humo indicaba las fogatas de los Tazik.

—Todavía no los han atacado. —Xolo escuchó su propia voz, extraña, como si no fuera suya. Sintió una repentina urgencia de confiar en Vulrik. ¿Por qué lo había odiado tanto antes? Ya no lo recordaba.

—No, y no tenemos que atacarlos. Eso depende de ti, Xolo.

—¿De mí? —Trataba de gritar, de recoger la lanza, de correr, pero no podía. Sus manos y pies no le obedecían.

—Necesito a alguien con tu poder. Hiciste un piku que liberó a mi oso. Nadie que haya conocido sabe hacer eso, a excepción de tu abuelo. Quiero que trabajes conmigo, como lo hacía él.

Al instante, Xolo recordó la cara de Uyak, agonizando sobre el suelo del bosque, y una ola de ira se disparó por sus venas, interrumpiendo la debilidad y confusión que sentía.

—¡Nunca! —Lo quiso gritar, pero solo salió un susurro.

Vulrik sonrió y siguió manipulando el piku en sus manos.

—Sí lo vas a hacer, Xolo. Porque es mejor para todos. No tienes otra opción.

—No…no entiendo. —Xolo se sentó. Sus piernas estaban débiles, y la luz del sol lastimaba sus ojos.

—Ahora es el tiempo de los humanos, de dominar nuestro mundo. Si todos nos unimos, seremos los más fuertes.

Xolo sentía que su cerebro lentamente se iba partiendo en dos. Un lado decía que no, que jamás ayudaría a un asesino como Vulrik, que la armonía del mundo se debía proteger, no dominar. Pero la otra mitad de su cerebro decía todo lo contrario. Que la lucha de las tribus por sobrevivir era innecesaria, y que sí, el ser humano merecía conquistar.

—¿Y por qué…por qué me necesitas? Yo…no soy…un anauk.

¿Por qué le costaba tanto trabajo formar frases? No solo en su boca, sino en su mente nublada y sus emociones revueltas.

Vulrik sonrió. Puso su mano en el hombro de Xolo. Su toque infundió un pavor escalofriante en el alma de Xolo.

—Porque eres como tu abuelo, Xolo. Ya te lo dije. Uyak era el mejor anauk. Fue el primero en hacer amistad con los mamuts, y él descubrió el poder del kiliak. Íbamos a construir Maruaga juntos. Pero no estaba dispuesto a hacer lo necesario para lograrlo. Tuvo ideas raras, quería dejar libres a los mamuts, los osos, los gatos. Trató de arruinar todo, y sí, lo tuve que…quitar del camino. No me dejó otra opción. Tú puedes terminar lo que él empezó. Es tu llamado. Por eso te trajo el Corazón de Mamut. ¿No lo puedes imaginar?

Instantáneamente, sí lo podía imaginar. Se visualizaba frente a una multitud de personas que lo admiraban como su líder, su protector. Veía hasta a los mamuts obedeciéndolo.

Vulrik continuó:

—Yo puedo hacer esto sin ti. Pero mi conexión con el kiliak no es tan fuerte, y solo puedo controlar a algunos de los animales, no a todos. Pero juntos, Xolo, podemos hacer más. Seremos invencibles.

Xolo no dijo nada. Sacudió su cabeza de nuevo. ¿Qué le estaba pasando? Jamás se uniría a Vulrik.

—No…no quiero —contestó por fin Xolo. Su voz era débil. Apenas tenía fuerza para respirar, mucho menos hablar—. No te voy a ayudar.

El hombre agarró los brazos de Xolo y lo levantó del suelo a la fuerza, colocándolo de pie delante de él. Se acercó a su cara y lo miró ahora con amenaza en los ojos.

—Ayúdame, y los Tazik no morirán. Rehúsa mi oferta, y te mataré a ti, luego a todos y a cada uno de ellos. Y después, con el amuleto, iré contra tu familia. Es tu decisión, Xolo.

Xolo sintió un terror que jamás en la vida había experimentado. Era un pánico que lo consumía, un temor desgarrador como lo que había percibido de los osos. La diferencia era que este fluía de su propio interior, por lo tanto no había dónde correr ni a dónde huir. Era una sombra que borraba sus memorias y le robaba la fuerza para luchar.

—Pero ¿qué…qué quieres de mí? ¿El amu…el amuleto? —Xolo susurró entrecortado las palabras como si fueran las últimas. Ya no podía resistir—. Llévatelo entonces.

—Quiero que me ayudes a aprovechar todo el poder del amuleto. Quiero la conexión que tienes con los animales y las personas. Yo puedo enseñarte a usarlo como nunca te has imaginado, Xolo. Serás poderoso. Serás un rey. Un dios. Tendrás todo lo que quieras. Ahora, decídete, niño.

Vulrik levantó el piku delante de Xolo. El kiliak dentro del cuerno brilló rojo y palpitó al ritmo del corazón del chico. Al instante, Xolo cayó al suelo con tanta fuerza que su mochila se abrió y desparramó su contenido.

Ahí estaba el amuleto, brillando bajo el sol. Se lo iba a entregar. No solo eso, sino que le iba a ayudar a usarlo. Era el fin inevitable de todo esto. No podía resistir más, ni quería hacerlo. Tener tanto poder, poder para conseguir todo lo que quisiera… parecía un sueño. Con eso, podría ayudar a su mamá. Podría buscar a su papá, si es que todavía vivía. Salvaría a Ánaka y a toda su familia. Y, además, sería rico. ¿Por qué pelear más? ¿Por qué arriesgarlo todo?

Vulrik sonreía como si leyera sus pensamientos. O tal vez era él quien los escribía.

—Toma el amuleto y acompáñame. —Su voz era hipnotizante, irresistible.

Xolo se arrastró hacia el amuleto. Justo cuando lo alcanzó, vio algo brillante al lado, escondido entre las hojas de pasto que crecían sobre la piedra. Era la cajita de marfil con la foto de Xolo y su papá. Se le había olvidado que estaba en su mochila.

La tapa se había caído. Xolo miró la foto guardada ahí, se concentró en ella, y sintió algo soltarse en su mente, como si las cuerdas invisibles que amarraba su cerebro se hubieran aflojado, aunque solamente un poco. El amor de su padre fue oxígeno para sus pulmones famélicos. Era un amor que traspasaba la distancia y los milenios que los separaban. Un amor que, poco a poco, inexplicablemente, saboteaba el temor de Vulrik.

Una voz ruda lo interrumpió.

—¿Qué esperas, niño? Recoge el amuleto y acompáñame.

—Es que… la caja. —entonó Xolo, su voz tan débil y opaca como antes. No tenía que fingir incapacidad; casi no podía moverse.

Vulrik se acercó y examinó la caja. Dio un brinco hacia atrás al ver la foto en el pasto, al lado del amuleto.

—¿¡Tukiun!? ¿Qué hechicería es esta?

—Es… es magia. Magia oscura. Él… está aquí. Me está resistiendo. —Xolo lo dijo jadeando, en parte por la necesidad, en parte para añadir drama al momento—. Tengo que… tengo que destruir su imagen… O no te puedo ayudar.

Vulrik se veía espantado. Se acercaba, luego se alejaba, dudando. Por fin exclamó:

—¡Sí! Hazla pedazos. ¿Qué esperas?

Xolo se levantó. Sus piernas todavía temblaban por el pavor abrumador que Vulrik había despertado en su interior, pero su fuerza regresaba poco a poco, y su mente estaba clara. Señaló al garrote de Vulrik.

—Necesito golpearla.

El hombre le prestó el garrote, aunque mantenía su lanza lista. Xolo lo levantó a su hombro como un bate de béisbol. Era sólido y pesado, un arma de guerra. Miró la foto en el suelo y sonrió.

—¡Ayyy! —gritó Xolo, y giró el garrote hacia abajo con la fuerza y precisión de un bateador buscando un jonrón.

¡Traz! El amuleto al lado de la foto explotó en mil pedazos que volaron por el precipicio, y Xolo fue arrojado diez metros en dirección opuesta como si una bomba hubiera explotado.

—¡No! ¡No! —Los gritos desesperados y furiosos de Vulrik rebotaron entre las peñas.

Xolo había caído sobre pasto y tierra suave. Sus emociones eran normales ahora, sus pensamientos lúcidos. Pero su cuerpo no reaccionaba, más por el impacto que por otra cosa.

Vulrik se volteó hacia Xolo con la lanza en sus manos y venganza en sus ojos.

—Ahora sí, niño, voy a terminar lo que empecé con tu abuelo.

Xolo se levantó. No tenía la fuerza ni la estabilidad para correr, pero el garrote había aterrizado en el suelo a su lado, así que lo levantó y tomó una postura defensiva. «David contra Goliat —pensó—, a ver quién gana esta vez».

De repente, escuchó el silbido de algo que voló justo al lado de su cabeza. Vulrik reaccionó antes que Xolo, girando su hombro justo a tiempo para que el escudo que llevaba desviara un hacha voladora. Luego hizo lo mismo contra una piedra, y otra más.

Hubo gritos detrás de Xolo ahora, voces que jamás había pensado escuchar de nuevo: Ánaka, Charal y Xóchitl, y junto con ellos, Ingri.

Vulrik aulló algo, desesperado, y el terátoro sobrevoló el grupo. Agarró a Vulrik con dificultad y los dos desaparecieron por el precipicio.

—¡Xolo! —El grito de Ánaka fue un sonido dulce.

Ella lo agarró, luego Xóchitl, y finalmente Baku se aventó encima. Cuando Xolo logró desalojar a Baku y ponerse de pie, Ingri se acercó, y los dos se saludaron de amuk. Esta vez no le importó la mezcla pungente de olores.

—Gracias, Ingri. Ustedes me salvaron. —Xolo lo expresó lento y con gestos exagerados.

—Güey, te entiende todo —comentó Charal con tono burlón—. Tenemos la pulsera de Ánaka.

—Xolo. Eres muy valiente —anunció Ingri con su voz cavernosa. Puso su mano en el hombro de Xolo y asintió con la cabeza. Al parecer no era de muchas palabras, con o sin un piku traductor.

Charal le chocó los puños.

—Tanto trabajo para encontrar ese maldito amuleto y lo agarraste de pelota de golf, güey. Te odio. Bien hecho.

Xolo miró al grupo. Todavía no podía creer que estaban todos ahí.

—¿Cómo me encontraron?

—Gracias a Ingri —contestó Ánaka—. Desde arriba, vio al terátoro que te trajo, luego me buscó y me guio hasta aquí.

—Encontré a tu esposa. —Ingri entonó las palabras con una gran sonrisa. Hizo gestos para que Xolo la abrazara, y él, con cierta incomodidad, accedió. Quién hubiera pensado que el montañés rudo tenía un corazón tan sentimental.

—Sí, esposa. Esposo. Muchos besos —añadió Charal con seriedad fingida.

—Güey, vas a ver. —Xolo levantó el garrote de Vulrik del suelo, donde había caído cuando Baku lo tacleó.

—No manches, güey, préstame eso. ¡Está bien chido! —Charal tomó el garrote y lo examinó con fascinación.

Xolo se dirigió a Xóchitl:

—¿Y ustedes? ¿No se supone que deberían estar abajo ayudando a defender la aldea?

—Pues, primero logramos que los lobos nos siguieran.

—Yo hice mi parte, ¿eh? —interrumpió Charal—. Todo ese tramo ahora es territorio mío, ¿si me explico?

Xóchitl lo ignoró y continuó:

—Cuando llegamos a la aldea, nos dijeron que los Máruag todavía no habían salido de su fortaleza, según sus espías. Obviamente, Kasluk y Ketia estaban preocupados por ustedes dos, entonces nos enviaron a buscarlos. Por suerte, encontramos a Ingri y Ánaka en el camino.

—No por suerte. Es por el Corazón de Mamut —afirmó Ingri, sin dar más explicaciones.

Xóchitl le sonrió y siguió:

—Me imagino que los Máruag estaban esperando a que los lobos o Vulrik recuperaran el amuleto. Ahora, van a venir con todo lo que tienen. Tenemos un día más, tal vez dos.

—Vulrik no quería solamente el amuleto —les informó Xolo, su voz solemne—. Quería que yo le ayudara. Como anauk.

Xolo les narró la conversación que tuvieron y lo que sintió estando bajo el control de Vulrik. Tembló un poco al recordarlo. Por poco se hubiera sumido en un foso negro de terror y esclavitud.

Charal fue el primero en responder.

—El villano más terrible de la prehistoria te ofreció trabajo y lo mandaste a volar, güey. Literalmente. Mis respetos.

—Lo importante es que lo pudiste vencer, Xolo —Ánaka le sonrió—. Estoy de acuerdo con Ingri. Eres valiente.

Xolo sintió su cara enrojecer por milésima vez.

—Lo pudimos vencer, mejor dicho. Entre todos. Ustedes llegaron justo a tiempo.

—Qué lástima que escapó —dijo Ánaka—, pero Ingri tiene una idea que deberías escuchar.

Ingri acercó la cara a Xolo tanto que este pensó que le iba a oler-besar otra vez, pero solo quería su atención.

—Xolo. Tienes que ir y hablar con los mamuts.

Xolo retrocedió discretamente. El concepto de espacio personal no era algo que Ingri entendiera.

—Pero ya lo intenté. Nos rechazaron. Si te lo dijo, Ánaka, ¿no?

Ingri dio un paso adelante para volver a cerrar la brecha entre los dos. Xolo podía oler el pescado que el montañés había almorzado.

—Ve con ellos —respondió Ingri con urgencia.

—Ingri sabe dónde están los mamuts —explicó Xóchitl—. Al otro lado del lago, cerca de un volcán extinto que nosotros llamamos el Cerro García. Aquí lo llaman Kiki, o «cabeza gris», porque su cima siempre tiene nieve en invierno. Está a unos sesenta kilómetros de aquí.

—¿Sesenta? Es demasiado, ¿no? No llegaríamos a tiempo.

—Obvio —respondió Charal—. Entonces tenemos una buena noticia y una mala. La buena es que tenemos un plan. Sé cuánto te gustan los planes.

—¿Y la mala?

Ánaka contestó:

—Tenemos que viajar por el vacío. Por los pasajes secretos del Corazón de Mamut.

capítulo veintisiete

Perdóname por quererte matar

Xolo hubiera preferido cualquier otro plan antes que este.

—¿Es en serio? —protestó—. ¡Casi nos morimos allí!

Charal miró al grupo con resignación.

—Les dije que al güey no le iba a gustar.

Xolo sacudió la cabeza, incrédulo.

—Charal, ¿no recuerdas ese monstruo que se tragó un venado completo?

—Gak —entonó Ingri con un tono ominoso.

—¿Gak? ¿Así se llama? Hasta su nombre suena horrible. Tiene que haber otra manera.

Ánaka levantó la mochila de Xolo y se la dio.

—Es la única. Pero no te preocupes, Ingri nos va a ayudar.

Ingri tomó esto como señal de que la conversación había terminado y partió de inmediato. El grupo se apresuró para alcanzarlo. Iba cuesta arriba por el bosque de pinos, en dirección a la cueva secreta por donde Xolo y Charal habían llegado a Nuna.

Mientras caminaban, Baku puso su trompa en el brazo de Xolo, y el gesto tranquilizó al chico.

—Te extrañé también, Baku. Oye, ¿tú qué piensas de la idea?

De pronto, Xolo vio una memoria que no era suya, sino de Baku. Una manada de mamuts pastaba entre los árboles. Había hembras y crías, y los pequeños corrían y jugaban sin miedo juntos. Era tan real que podía oler la brisa y escuchar los llamados de los mamuts.

—¡Ellos son tu manada! —exclamó Xolo—. Tu familia. Con razón quieres ir con ellos, amiguito.

Baku lo miró con ojos grandes y tocó su cara con la trompa. Xolo le rascó la cabeza.

—Ya sabes que no te puedo negar nada.

—¿Entonces sí le entras al plan? —preguntó Charal—. Qué bueno. Pero qué gacho que influya más un mamut que tu mejor amigo, güey…

—¿Cuál mejor amigo? Te la pasabas torturándome en la escuela.

—¿Nunca pensaste que tal vez te echaba carrilla porque quería que fuéramos amigos?

Siendo honesto, Xolo no había considerado los motivos detrás de su comportamiento.

—Pues qué manera tan tóxica de demostrarlo, ¿no crees?

Charal se veía tanto apenado como vulnerable, dos cosas que Xolo jamás habría esperado. Ahora que lo pensaba, el chico no tenía amigos cercanos, solo compañeros que lo seguían por conveniencia, o tal vez por inercia. Sin querer, Xolo frunció el ceño. No podía borrar tan fácilmente las memorias de los insultos y las agresiones, pero había visto otro lado de Charal ahora.

Con una sonrisa repentina, Xolo le dio una palmada en la espalda.

—Me salvaste la vida hoy. Eso cuenta por algo. No sé si te sube al nivel de «mejor» amigo…

—Güey, los dos sabemos que no tienes otros amigos.

—¡Yo soy su amiga! —gritó Ánaka desde su lugar atrás, donde iba platicando con Xóchitl.

Charal lanzó una mirada burlona a Xolo y susurró:

—¡Otra vez, güey! Por más que lo intentes, no sales de la zona de amigos.

Xolo le hizo una mueca, luego corrió hasta adelante para alcanzar a Ingri.

—¿Cómo aprendió tanto acerca del Corazón de Mamut?

—Buscando a Lupita.

—La extrañas mucho, ¿verdad?

Ingri asintió una vez con la cabeza, luego aceleró el paso. Al parecer, no quería tocar el tema.

Xolo también aceleró. Tenía más preguntas.

—¿Cómo conociste a mi papá? ¿A Tukiun?

—Hace muchos años lo encontré afuera del Corazón de Mamut. Con tu hermana. —Ingri indicó con su barbilla a Xóchitl—. Dijo que tenía que llevar un piku importante a tu tiempo. Me preguntó cómo cruzar. Después me regaló la luz para buscar a mi esposa.

Ahora Xolo entendió. Su papá viajó a Mezcala para dejar el amuleto en la isla, como Uyak seguramente planeaba hacer cuando grabó la imagen de la isla en el santuario y el colmillo. Pero su papá conoció a su mamá, y se enamoraron, y él nunca regresó a Nuna. Bueno, hasta hace cinco años…

Justo cuando se preguntaba si Ingri no lo habría visto cuando regresó, el montañés interrumpió sus pensamientos:

—¿Dónde está Tukiun ahora? No lo he visto desde ese día.

La pregunta sofocó la flamita de esperanza que se acababa de encender. Xolo sacudió la cabeza y contestó tristemente:

—No lo hemos visto en cinco años. De hecho, iba a preguntarte si tú lo habías visto. Creemos que… creemos que murió.

Ingri no dijo nada, solo puso una mano enorme sobre el hombro de Xolo por un momento mientras caminaban.

Poco tiempo después, Ingri se detuvo.

—Necesitamos llevarle un regalo a Gak.

Xolo reconoció el lugar. Entre estos mismos árboles, apenas dos horas atrás, había huido de las aves del terror. Ingri giró a la izquierda y se adentró en el bosque hacia el árbol donde Xolo y Ánaka se habían escondido. Los demás lo siguieron.

—¡Silencio! —ordenó Ingri, aunque nadie estaba platicando. Caminaba lento, como si acechara algo. Momentos después, dijo:

—Vengan. Las aves ya se fueron.

—Regresaron por mí después de que te llevó el zopilote, y yo maté a una —explicó Ánaka, como si matar a un ave sanguinaria de tres metros fuera la cosa más normal del mundo—, luego las otras dos se la comieron. Así me escapé.

Los restos grotescos del pájaro muerto estaban esparcidos entre los árboles. Muchos de los huesos estaban limpios, pero quedaba lo suficiente para que Ingri llenara una cobija con entrañas y carne.

El montañés colgó la cobija sobre su hombro y retomó la subida. Chorritos de sangre caían del borde de su carga y marcaban un camino morboso a seguir. De nuevo, Xolo sintió ganas de vomitar.

En media hora, ya estaban en la entrada del túnel. Doscientos metros debajo de ellos, el lago brillaba bajo el sol invernal. Xóchitl señaló un pico alto y solitario al otro lado del agua.

—Vamos a salir por ahí.

—¿Entonces tenemos que cruzar por debajo del lago? —inquirió Xolo, confundido.

—No —Ingri estaba intentando empujar la cobija por la grieta que llevaba al túnel. El ruido que hacían las entrañas dentro de la cobija era asqueroso, y el bulto sangriento se agitaba como el flan napolitano que Mari siempre preparaba—. En el Corazón de Mamut no hay arriba, no hay abajo, no hay tiempo, no hay distancia.

Eso no aclaró nada, pero Xolo tenía otra duda importante.

—¿Y no vamos a perder quién sabe cuántos días mientras estemos ahí? Porque eso fue lo que nos sucedió la vez pasada.

Ingri lo miró con impaciencia, como si fuera un niño pequeño que hacía preguntas tontas y molestas.

—No. Eso pasa cuando te caes. Viajar así es diferente. Te lo dije: no hay tiempo, no hay distancia.

Los cuatro jóvenes intercambiaron miradas de confusión. Sin embargo, era obvio que Ingri ya no quería hablar más. Había logrado pasar la cobija por la grieta y entró al túnel. El grupo lo siguió, uno por uno, siendo Xolo el último.

Se deslizó por la grieta y se puso de pie en el estrecho pasaje. Ingri había encendido una antorcha cubierta de resina. Sacó dos más de algún rincón y se las dio a Xóchitl y a Ánaka. Después, los guio hasta la piedra laja que bloqueaba el acceso a la cueva. Ahí se detuvo.

—Silencio —advirtió con mucha seriedad.

Procedió a remover la piedra, acción que produjo tanto ruido que Charal susurró a Xolo:

—¿No que silencio?

—¡Silencio! —Ingri lo fulminó con la mirada, y Charal se calló.

Entraron a la cámara interior. Era muy apretada, y Baku no dejaba de pisar los pies de todos. Ingri cerró la puerta detrás de ellos con otro rechinido escandaloso. Esta vez, Charal guardó silencio.

De entre las tinieblas de la cámara, Ingri sacó una cuerda larguísima hecha de fibras de plantas. Uno por uno, amarró a los jóvenes en una fila, luego pasó la cuerda por debajo de Baku y lo sujetó también.

—Mucho, mucho silencio —susurró, mirando directamente a Charal.

Deslizó la segunda piedra, y frente a ellos se reveló el hueco rocoso donde Xolo y Charal habían aterrizado días antes. Se encontraban por segunda vez en el umbral de un extraño inframundo donde el tiempo y la distancia no carecían de sentido. Más allá del hueco, se extendía la negrura opaca y palpable del vacío.

Xolo sintió cómo el oxígeno se evaporaba, reemplazado por el éter misterioso que no era ni aire ni líquido, ni vida ni muerte. La fuerza de la gravedad disminuyó hasta cesar por completo.

No quería estar aquí. Todavía no se había recuperado del trauma de la vez pasada. Para motivarse, trató de imaginar a los mamuts bebés, tan pequeños y pacíficos, jugando al otro lado del vacío, pero la sensación de estar flotando, junto con el recuerdo de la bestia que les esperaba, no permitía pensamientos tan inocentes.

Ingri, amarrado con otra cuerda para no perderse en el vacío, flotó hasta la orilla. Sacó el orbe de marfil y kiliak de su mochila. Brilló de inmediato, como un faro en la oscuridad.

Ingri hizo señas para que el grupo lo acompañara, luego señaló hacia la oscuridad. A la misma altura que ellos, y a una distancia imposible de calcular, relucía otra luz roja y tenue.

—Ahí es Kiki —susurró con tan poco volumen que apenas se le escuchaba.

Justo debajo de ellos había una estructura larga y delgada, hecha de palos de madera, que estaba amarrada al muro del vacío. Xolo no lo había visto cuando llegaron aquí.

—¿Hiciste todo esto para buscar a Lupita? —preguntó Xolo con un susurro.

Ingri asintió con la cabeza. Jaló una cuerda conectada a la estructura, y el extremo giró hacia afuera hasta quedar perpendicular con el muro de piedra. Parecía ser una especie de rampa o tobogán con palos a los lados. Con cuidado y mucha precisión, Ingri ajustó la rampa para que apuntara a la luz roja. Luego se dirigió a los jóvenes.

—Van a brincar. Después van a volar.

¿Brincar? ¿Volar? Xolo no dijo nada, pero estaba preocupado. ¿Cómo iban a atravesar el espacio con suficiente velocidad para evitar ser encontrados por Gak? ¿Y cómo iban a apuntar en la dirección exacta a donde tenían que ir? Cuatro personas y un mamut echando clavados al vacío no sería nada preciso, y cualquier error sería catastrófico.

Ingri los acomodó contra el muro trasero del hueco y les indicó que usaran sus piernas para empujarse, uno tras otro, en el orden en que estaban amarrados.

—Van a brincar muy fuerte. Muy rápido. Ánaka. Charal. Xóchitl. Xolo. Baku. ¿Entienden?

Todos indicaron que sí, aunque Xolo sabía que él no podía ser el único que no entendiese nada.

Ingri regresó a la orilla, donde se colocó al lado izquierdo de la boca del hueco y fijó sus pies en una fisura en el suelo. Giró la mitad superior de su cuerpo de un lado a otro varias veces, como si estuviera calentando para algún evento deportivo.

Después, aventó la cobija con sus contenidos sangrientos al vacío, hacia arriba. A los pocos segundos, el bulto ya no se veía, tragado no por el monstruo sino por la oscuridad. Ingri miraba por todos lados, nervioso, como si esperara la aparición de Gak en cualquier momento, pero no sucedió.

—¡Brinquen! ¡Brinquen! —Su susurro era urgente; sus gestos, bruscos.

Ánaka se empujó de inmediato, con toda su fuerza, seguida por los demás. Cuando cada uno flotaba frente a Ingri, los agarraba de una muñeca y un tobillo y los lanzaba con una fuerza impresionante hacia las tinieblas, con la excepción de Baku, que recibió un empujón tremendo en el trasero.

Flotaron en tren hacia la luz roja. Xolo seguía igual de preocupado, si no más. A esta velocidad, iban a morir de aburrimiento antes de llegar, o más seguro, iban a convertirse en cinco bocados para Gak.

Xolo miró hacia atrás. Notó con curiosidad que la cuerda que los amarraba no terminaba con Baku, sino que se extendía hacia adentro del hueco donde Ingri ahora estaba jalando otra cuerda misteriosa. De repente, escuchó un retumbo atronador que emanaba del túnel detrás de Ingri. Momentos después, una roca enorme y redonda apareció de algún lugar escondido en el monte, rodó por el hueco y la rampa con gran velocidad y voló como cometa hacia ellos.

Charal la había visto también.

—¡Agachen la cabeza! —gritó en pánico.

—¡Silencio! —gritó Ingri aún más fuerte desde su lugar en el muro.

La roca pasó cerca de sus cabezas, y Xolo se dio cuenta de que arrastraba el otro extremo de la cuerda que unía al grupo. La roca masiva pronto rebasó el grupo, y momentos después, Baku barritó en sorpresa y dolor cuando fue jalado con violencia hacia adelante. Xolo sintió el tirón después, una fuerza imparable que le arrebató el aire y aumentó mucho la velocidad del grupo. El tren extraño iba al revés ahora, con Baku al frente y Ánaka al final, arrastrados por la roca como una cola de cometa.

—Ni en la NASA tienen esta tecnología —dijo Charal.

—¡Silencio! —Ánaka gruñó desde atrás, imitando la voz de Ingri, luego se rio.

Xolo la volteó a ver. En la luz de su antorcha, su rostro se veía feliz, sus ojos abiertos con emoción y adrenalina.

Xolo sentía una extraña calma. O ya no tenía energía para preocuparse, o confiaba mucho en Ingri y su ingenioso lanzador.

Volaron así durante varios minutos, o tal vez horas; era imposible saber. No había más luz que las dos antorchas y el punto rojo por delante que poco a poco iba creciendo. Por lo menos Gak no había aparecido. Tal vez la botanita que Ingri le trajo fue suficiente para satisfacerlo.

Justo cuando lo pensó, vio de reojo movimiento furtivo debajo de ellos. Fue solo un vistazo, un destello de algo en la oscuridad.

—¡Xóchitl! Vi algo. —Lo susurró con urgencia a su hermana que estaba detrás de él.

—¡Lo vi también! ¡Es Gak! —Ella movió la antorcha para tratar de localizarlo, pero la luz naranja no alcanzaba muy lejos.

Instantes después, notaron otro destello, esta vez arriba, seguido por más movimiento debajo de ellos. Solo lograban distinguir una cola y parte de un cuerpo sinuoso cubierto de escamas.

—Está volando en círculos —dijo Charal.

—O hay más de uno —contestó Xóchitl.

—Güey, eres igual de pesimista que tu hermano.

La criatura se acercaba más con cada vuelta. Se veía su cabeza ahora. Sus ojos eran amarillos, su cara ancha, y tenía algo como bigotes enormes que se extendían horizontalmente desde su boca.

—Parece un bagre —observó Charal, con terror evidente en su voz—. Pero un bagre que mide quince metros y come carne.

—Creo que solo tiene curiosidad. —La voz de Ánaka sonó muy optimista desde su lugar al final de la fila—. A lo mejor no tiene hambre.

Al instante, Gak abrió su boca y se lanzó en picada hacia Ánaka, sus filas de dientes reflejando la luz de su antorcha.

—¡Ayyy! —gritó ella en pánico. Levantó la antorcha y la agitó en la cara del monstruo, quien se alejó confundido.

Xóchitl gritó con urgencia:

—¡Tenemos que juntarnos! Le tiene miedo al fuego.

Jalándose por la cuerda, formaron una bola justo detrás de la roca. El monstruo hacía círculos más veloces ahora, espiándolos desde diferentes ángulos como si midiera quién sería la mordida más fácil de arrebatar.

Xolo miró hacia adelante. Se veía más fuerte la luz de su destino, por lo menos un poco, pero era imposible medir cuánto faltaba para llegar. Con cada segundo que pasaba, el monstruo parecía temer menos a las antorchas, volando a veces tan cerca que Xolo podía ver las grietas entre sus escamas.

—Le voy a dar un piedrazo —anunció Ánaka, sacando la honda y una piedra de su bolsa.

—No, Ánaka, solo se va a enojar más —argumentó Xolo—.

—Entonces usa tu atlatl. Esos dardos atraviesan todo.

Xolo tomó el atlatl de su mochila y un dardo de su espalda. Dudaba mucho que pudiera atinarle a la criatura que constantemente desaparecía en la oscuridad, únicamente para reaparecer en otro lado.

—No te quiero presionar, güey, pero si no lo matas a la primera, se va a molestar mucho. —Charal tenía un hacha en cada mano, preparándose para lo peor.

—¡Xolo! Mira —interrumpió Xóchitl, señalando el atlatl.

Los puntos de kiliak incrustados ahí brillaban fuerte, la luz rojiza más notable que nunca en la oscuridad. Gak lo había visto también, y ahora volaba paralelo al grupo, su mirada fijada en el atlatl, su cuerpo ondulando por el éter como una anguila dragón. De repente, el costado completo de la criatura comenzó a brillar con todos los colores del arcoíris.

—¡No manches! —exclamó Charal—. ¿Eso es bueno o malo?

Nadie contestó porque nadie sabía. La criatura se acercó aún más, su boca abierta revelando fila tras fila de dientes. Estaba fascinado con el atlatl. Lo seguía con sus ojos, y cuando Xolo lo escondió para ver qué hacía, Gak rugió con enojo, un sonido terrible que parecía venir de todos lados al mismo tiempo y que le erizó el pelo a Xolo.

Gak se estaba poniendo más agresivo ahora, extendiendo su cabeza con fuerza y mordiendo el éter a un metro de las caras horrorizadas de los jóvenes.

—¡Creo que quiere tu atlatl, Xolo! —opinó Xóchitl.

Xolo asomó la cabeza por la roca y buscó la luz de Kiki. Se veía levemente más grande que antes, pero aún no lo suficientemente cerca como para distinguir nada sobre la salida que marcaba.

Gak soltó otro rugido, más insistente y violento que antes, y cuando Xolo se volteó, se encontró cara a cara con el monstruo. No le quedaba otra opción. Se puso de espaldas contra la roca y se dirigió en la dirección opuesta a su destino. Si iba a sacrificar su atlatl, al menos podría aumentar un poco la velocidad del grupo. Con el grito más feroz que pudo producir, arrojó el atlatl hacia la oscuridad.

El monstruo giró en el éter, su cola enorme pasando tan cerca que casi los golpeó, y desapareció tras el atlatl. Xolo suspiró con una mezcla de alivio y tristeza. No quería perder el atlatl, pero era preferible a perder su vida.

Su tranquilidad no duró más que unos cuántos segundos.

—¡Está regresando! —gritó Ánaka, con frustración evidente en su voz—. Ahora sí le voy a dar con un piedrazo, y justo en el ojo.

Giró la honda en círculos largos, y sus ojos chispeantes estaban fijados en el monstruo que se aceleraba hacia ellos. Los costados de la criatura todavía brillando con luces de colores que titilaban y cambiaban en patrones infinitos. A pesar del miedo, Xolo sintió asombro por su belleza fantástica.

—¡Espera! —le rogó Xolo, poniendo la mano sobre su brazo—. No lo hagas.

Gak planeó directamente al grupo a toda velocidad. Justo cuando iba a estrellarse contra ellos, extendió dos pequeñas aletas y frenó por completo, casi matando de miedo a los cinco. Entre sus labios grotescos, llevaba el atlatl. Lo soltó. El arma flotó en el éter, girando lentamente hacia Xolo mientras Gak volaba paralelo a ellos, a dos metros de distancia, su boca abierta y sus ojos clavados en el atlatl.

Xolo agarró el atlatl y lo volvió a lanzar al vacío. Como un cachorro feliz, Gak lo persiguió, reapareciendo momentos después con el arma en su boca.

Ese ciclo se repitió vez tras vez mientras atravesaban lo que faltaba del vacío. Si Xolo esperaba más que un par de segundos para lanzar el atlatl, Gak rugía con impaciencia.

—¡Ya estamos llegando! —avisó Xóchitl por fin.

Xolo tiró el atlatl una última vez. Instantes después, flotaron dentro de una cueva ancha en el muro rocoso del vacío. La roca se estrelló contra el fondo de la cueva, acción que hizo caer del techo una cerca de palos detrás de ellos. Era una especie de retén para que no rebotaran de nuevo al vacío, pero también sirvió para separarlos de Gak, que ahora los contemplaba tras la cerca con obvia tristeza al darse cuenta de lo que había pasado.

Espontáneamente, Xolo extendió la mano y tocó su cara. Era fría y pegajosa, como un pez fuera del agua. Percibió con asombro la antigüedad inconcebible del monstruo. Había vivido no durante décadas, ni siglos, ni milenios, sino millones de años.

—Te volveré a visitar, Gak. Kuyima tungit.

Ánaka flotó al lado de Xolo.

—Kuyima tungit. ¡Perdóname por quererte matar!

Gak agitó su cabeza y soltó el atlatl en dirección de Xolo. Luego giró su cuerpo masivo en el éter y voló hacia la oscuridad. Xolo tomó el atlatl, y él y Ánaka lo miraron hasta que la luz arcoíris había desaparecido por completo.

Regresaron con los demás. En la parte trasera de la cueva, un orbe de marfil y kiliak iluminaba una laja grande de basalto en el muro. Era la salida. Charal deslizó la piedra, apoyado por Baku, y todos entraron al cuarto del otro lado. Ya sabían qué hacer. Cerraron esa puerta, y de pronto, aire fresco llenó el cuarto y la gravedad regresó. Luego abrieron otra puerta al extremo opuesto del espacio, revelando un túnel largo, inclinado hacia arriba.

Casi corrieron por el túnel hasta salir a la luz del día. Cuando sus ojos se acostumbraron al brillo del sol, miraron alrededor. Se encontraban en el cerro de Kiki, debajo de la línea de nieve. El lago se extendía frente a ellos, hacia el norte. Al otro lado, teñida de azul por la distancia, se apreciaba la fila de cerros donde los Máruag tenían su fortaleza.

El sol había comenzado su descenso en el oeste. Xóchitl levantó su mano y midió la distancia que faltaba para el ocaso. Sacudió la cabeza con incredulidad.

—Seis manos. Ingri tuvo razón. No pasó nada de tiempo mientras estuvimos ahí. Nos quedan unas tres horas de luz.

Charal había sacado unos binoculares de su mochila y escaneaba la sierra al otro lado del lago.

—¡Hay movimiento! —exclamó de pronto—. Veo personas bajando los cerros. Muchas personas.

Xóchitl tomó los binoculares, luego suspiró fuerte.

—Tienes razón. Los Máruag ya van en camino, y los osos también.

—¡Ahhh! —lamentó Ánaka—. Se nos acabó el tiempo. Tenemos que apurarnos.

—¿Dónde buscamos a los mamuts? —preguntó Xolo.

—Según Ingri, han estado en los llanos alrededor de este cerro. Pero pueden cubrir mucho territorio en un día. Los tenemos que encontrar.

—Otro cerro que bajar. Qué divertido — suspiró Charal, el cansancio relucía en su voz.

Un barrito interrumpió la conversación. Baku se había alejado del grupo y estaba a cien metros, parado en la orilla de un precipicio, mirando en sentido opuesto al lago. Tenía sus ojos clavados en algo que estaba más abajo, y agitaba sus orejas con emoción. Volvió a barritar, ahora con un sonido distintivo que cambiaba de tono.

De repente, distante pero inconfundible, un barrito prolongado le respondió, luego otro más. Hacían eco por la montaña, fantásticos, irreales, como si fueran suspiros del mismo volcán.

Baku pataleó el suelo y dio una vuelta de alegría. Sus movimientos desprendieron piedritas y tierra que cayeron por la orilla, pero no le importaba. Barritó de nuevo y comenzó a dar pequeños saltos. De no haber sido por su cercanía al precipicio, habría sido la cosa más tierna.

—Baku, ¡cuidado! Te vas a caer —le advirtió Xolo, corriendo a donde estaba.

Quinientos metros abajo, en un prado verde rodeado por bosque, una manada de animales majestuosos, con colmillos largos y curvos, deambulaba y pastaba tranquilamente bajo el sol tardío.

Ánaka agarró el brazo de Xolo y lo apretó con alegría y emoción. Estaba llorando.

—Lo hicimos, Xolo. Encontramos a los mamuts.

capítulo veintiocho

Merecemos vivir

Descendieron la montaña con prisa. Baku abría camino y los demás apenas lograban seguirle el paso. Había animales por todos lados, tanto grandes como pequeños. Cuando Xolo mencionó la abundancia de fauna, Ánaka respondió con tristeza:

—Así era toda la región del lago antes de los Máruag.

En menos de dos horas, estaban en la orilla de un enorme prado, observando de lejos y con asombro la manada de mamuts que tanto habían anhelado conocer. Baku no quería esperar más, y Ánaka tampoco.

—Ve, Baku —le instó ella, y él hizo caso de inmediato.

Cuando iba llegando al grupo, dejó de correr. Titubeaba, como si de repente se sintiera nervioso. Una de las mamás fue la primera en notarlo. Barritó y se acercó con Baku, y dentro de diez segundos, él se encontraba rodeado de mamuts, tanto adultos como jóvenes y becerros, que le daban una bienvenida emotiva.

Ahora que estaban tan cerca de conocerlos, Xolo también se sentía nervioso. Primero, porque eran criaturas masivas, de cuatro metros o más de altura, con colmillos y trompas capaces de arrancar árboles y hacer pedazos a cualquier enemigo. Segundo, porque ya habían rechazado ayudarlos, y eso cuando todavía tenían el amuleto, el símbolo de su pacto con Uyak; por lo que la tarea de cambiar su opinión ahora se veía mucho más difícil.

—¿Cuál es el plan entonces? —preguntó Xolo al grupo.

—Hablarles. —Ánaka lo anunció como si conversar con una manada de mamuts desconfiados y posiblemente violentos fuera una solución obvia—. Tenemos que convencerlas.

—¿Convencerlas? —preguntó Charal—. ¿Son hembras?

Xóchitl contestó:

—Las adultas sí. Cuando los jóvenes machos crecen, se van de la manada, como los elefantes.

Charal le dio una palmada en la espalda a Xolo.

—Güey, tú hablas mamut. Yo voto por ti.

—No hablo mamut, güey. Solo entiendo un poco de lo que sienten. Y para eso, yo tendría que estar cerca de ellos.

—Perfecto. Hay que acercarnos entonces. —Ánaka no esperó una respuesta. Salió del bosque y marchó hacia el círculo de mamuts.

Los cuatro cruzaron el prado a pasos lentos, intentando no espantar a las criaturas que parecían más gigantescas conforme se acercaban. Las adultas más grandes medían cuatro o cinco metros de alto; tanto, que Ánaka podría caminar por debajo de sus enormes cuerpos sin agacharse. Sus piernas parecían árboles ambulantes, el doble de gruesas que los cuerpos de los jóvenes, con patas masivas capaces de aplastarlos como conos de pino en el suelo.

No eran peludos como las imágenes que Xolo había visto de los mamuts lanudos de Siberia, sino ligeramente cubiertos de un pelaje fino de color marrón que era más adecuado a las temperaturas templadas del bosque. El rasgo más distintivo e imponente eran los colmillos de marfil, de hasta tres metros de largo, que curvaban hacia arriba y hacia adentro, símbolos de su poder y edad.

La mamut más grande del grupo fue la primera en avistar a los jóvenes. Al parecer, era la líder, una matriarca con piel arrugada y colmillos dañados por el tiempo. Barritó en alarma y pisoteó la tierra con una fuerza que hizo temblar todo el prado. De inmediato, los demás mamuts formaron un círculo grande alrededor de los pequeños. Su nerviosismo y agresión eran evidentes: agitaban sus cabezas, orejas, y colmillos para advertir a los invasores que no se acercaran.

Los jóvenes se detuvieron. Estaban a menos de cien metros de la manada. Xolo no sabía si paralizarse o huir, solo entendía que seguir no era una opción.

—Hay que seguir. —Ánaka obviamente no pensaba igual que él.

—Si creen que somos una amenaza, un grupo de mamuts adultas es muy peligrosa, Ánaka. —Xóchitl puso la mano en su hombro.

—Entonces debemos dejar nuestras armas atrás. —Ánaka aventó su lanza al suelo, junto con su daga. Los demás siguieron su ejemplo y pronto había un pequeño montón de lanzas, hachas y cuchillos sobre el prado.

Volvieron a caminar hacia la manada con pasos tentativos y respetuosos. Los mamuts estaban inquietos, y cuanto más se acercaban los jóvenes, más agitados se ponían.

Cuando estaban a cincuenta metros, la matriarca barritó de nuevo y se alzó sobre sus patas traseras, luego se dejó caer al suelo con una fuerza que agrietó la tierra y espantó los pájaros en todo el bosque alrededor. Los demás hicieron lo mismo, y el ruido se volvió ensordecedor. Los cuatro volvieron a parar.

—Güey —anunció Charal a nadie en particular—, como que no les caemos bien.

—Somos demasiados. —Xolo sabía lo que tenía que hacer. Intentó hablar con determinación, pero su voz temblaba un poco—. Quédense aquí. Yo me acerco solo.

Ánaka le tocó el brazo. No dijo nada, pero había gratitud en su expresión.

Xolo caminó hacia la manada. Sin querer, estaba aguantando la respiración, y se recordó inhalar y exhalar. Extendió las dos manos, abiertas y vacías, mientras trataba de proyectar pensamientos pacíficos.

No funcionó. Con cada paso, aquellos animales se agitaban más. Cualquier movimiento en falso podría incitar una estampida asesina. Ya estaba lo suficientemente cerca para percibir la mezcla de enojo y miedo en los ojos de la líder.

«He visto esos ojos», Xolo pensó con repentina claridad. Era Manuka, la mamut con quien Uyak había hecho el pacto. Supo al instante que estaba en presencia de una sabiduría antigua.

Se dirigió hacia ella:

—Kuyima tungit. Soy Xolo, nieto de Uyak. Reciba mi amistad.

Xolo pronunció las palabras en voz alta, sin gritar. Aunque fueron prácticamente inaudibles debido a la cacofonía de los mamuts, el saludo pareció tener efecto. La líder dejó de brincar, y poco a poco los demás se tranquilizaron también, aunque no dejaban de resoplar y bufar con obvia ansiedad.

De repente, Xolo notó movimiento entre las piernas de Manuka. Era Baku. Quería regresar con Xolo, pero la matriarca no lo estaba permitiendo. Cada vez que lo intentaba, recibía un empujón firme por la trompa de Manuka.

Baku cambió de estrategia. Comenzó a barritar y pisotear la tierra, luego corrió con toda su fuerza contra la pierna inamovible de Manuka, rebotando y cayéndose al suelo. Se levantó y volvió a lanzarse contra la pierna. Era la versión mamut de un berrinche.

Manuka emitió una serie de chasquidos y gruñidos, como si le estuviera diciendo algo. Baku respondió, insistente, casi desesperado. La matriarca levantó su cabeza y fijó la mirada en Xolo. Después, acompañada por Baku, caminó hacia él. Detrás de ella, la manada cerró el círculo para proteger a los pequeños escondidos en el centro.

Era imposible no demostrar miedo, por más que Xolo lo intentara. Tanto la tierra como su cuerpo vibraban con cada paso ponderoso de la mamut. Cuando ella se detuvo frente a él, Xolo tuvo que extender su cuello hacia atrás para mirarla en los ojos. Se sintió pequeño, microscópico, un niño impertinente en la presencia de una reina.

Algo rozó su pierna. Era Baku. Xolo puso una mano en su hombro sin desviar la mirada de la matriarca, y Baku devolvió la caricia con su trompa.

Manuka bajó la cabeza. Xolo estaba parado entre sus colmillos ahora, como Uyak había estado muchos años antes. Con su trompa, Manuka olfateó su rostro. ¿Era una especie de amuk? Xolo se paralizó. Su trompa era capaz de romperlo en dos como un árbol estorbando su paso. Sin embargo, ella la movió con delicadeza, incluso ternura.

Xolo inhaló también, tratando de adivinar lo que ella pensaba. No percibió agresión ni temor, sino, por encima de todo, curiosidad. También desconfianza, incluso dolor, como si el olor humano hubiera despertado memorias en ella que tenía sepultadas y, junto a todo eso, amistad. Amistad con Uyak, no con Xolo; aunque eso ya era un inicio.

Los pelos marrones que cubrían la trompa de Manuka le estaban haciendo cosquillas a Xolo en la nariz y no aguantó más.

—¡Achú!

Manuka se asustó, y por un segundo Xolo creyó que había arruinado todo, que iba a morir aplastado a causa de un estornudo. Pero ella solo soltó un bufido extraño, y otras hicieron lo mismo. Xolo miró alrededor. Se estaban riendo de él.

Xolo sonrió y se relajó. Mejor ser objeto de risa que de violencia.

Baku corrió hacia Ánaka y la jaló con Manuka. Charal y Xóchitl siguieron detrás. La matriarca los olfateó también. Pasaron la prueba, al parecer, porque ella hizo otros ruidos más, y el círculo defensivo de mamuts se disolvió.

Momentos después, los jóvenes se encontraron rodeados de las enormes criaturas, todas curiosas por su visita. Los más valientes eran los mamuts becerros y los jóvenes, quienes se acercaron y los tocaron con sus trompas a pesar de las advertencias de las mamás todavía recelosas.

—¡Estoy…en... el cielo! —exclamó Xóchitl con una risa de alegría. Xolo nunca la había visto tan feliz.

Después de unos minutos, Ánaka se acercó a Xolo.

—Tenemos que pedir su ayuda.

—Ya sé. Sí, pero no sé cómo hacerlo.

Xolo volteó para buscar a la matriarca. Ella ya lo estaba mirando, como si esperara este momento. Él tomó pasos tentativos a donde estaba ella.

—Manuka, necesito hablar con usted.

De pronto, el mamut tomó a Xolo con su trompa y lo levantó al aire. Él soltó un pequeño aullido de sorpresa, lo único que podía hacer ya que todo el aire se le había salido de los pulmones con el apretón. Manuka lo llevó a veinte metros de distancia, a la orilla de la manada, y lo colocó de nuevo en el suelo delante de su cara inmensa y arrugada. Xolo podía sentir su aliento, oler su piel.

«¿Qué quieres de mí, pequeño?» Las palabras no procedieron de la boca de Manuka, sino de algún lugar profundo en su ser, y cayeron directamente en el corazón de Xolo.

—Necesitamos su ayuda —respondió Xolo en voz alta—. Para luchar contra los Máruag, los enemigos de Uyak y de todos los pueblos del lago.

Ella bufó con resentimiento. «No es nuestro conflicto».

—Sí, tiene razón. —La miró en los ojos y habló con determinación—. Tampoco era el mío.

«¿Entonces qué haces aquí, si no es tu pelea?»

—Lo mismo que Uyak. Busco que los humanos podamos vivir en armonía con todos.

«Los humanos son violentos. Lo único que saben es robar, matar y destruir. Uyak era diferente.» Ella bajó su gran cabeza y contempló a Xolo con cuidado, como si pudiera ver los secretos de su alma. «Me recuerdas a él. Pero dime, ¿por qué rompiste el amuleto de tu abuelo, pequeño? Te hubiera dado mucho poder».

—Es que… es que no quiero tener tanto poder. Y no quiero ese tipo de poder. —respondió Xolo, lento y pensativo. En cuanto lo dijo, supo que era verdad. Había visto el efecto de un poder así en Félix y Vulrik, y no quería terminar como ellos.

«¿Entonces qué quieres?»

—¿Qué quiero? —Repitió la pregunta, luego se quedó callado, pensando.

Quería sobrevivir, para empezar. Quería llegar a casa y ver a su mamá de nuevo. Quería bañarse y comer y dormir en su cama.

Miró a sus amigos, que poco a poco se le habían acercado. Charal, por única y última vez en su vida, no se estaba moviendo, solo esperaba la respuesta de Xolo. ¿Qué quería para Charal? No quería vengarse por los meses que le había hecho sufrir. Antes sí, tal vez, pero ahora pensaba diferente. Ya lo había conocido mejor, y solamente quería el bien para él. Que encontrara paz, que tuviera amigos de verdad, que mejorara la situación en su casa, de ser posible.

Su mirada cayó sobre Xóchitl. Quería ver a su hermana contenta, segura, satisfecha, persiguiendo su sueño de ser científica para después regresar y ayudar a los Nipiruk, como le había expresado durante una de sus largas caminatas.

Sintió una trompa familiar acariciar su brazo. Era Baku. ¿Qué quería Xolo para él? Que estuviera seguro y contento con su familia. Que creciera y llegara a ser el mamut más fuerte y sabio de todo el bosque. Que nunca más se preocupara por ataques de gente malvada y avara.

Por último, vio la cara sonriente de Ánaka. Xolo quería que ella estuviera feliz. Que su familia y tribu estuvieran a salvo, como ella tanto había luchado por lograr. Que siguiera desarrollando las habilidades de líder que tenía, porque el mundo la necesitaba. También quería que ella sintiera por él lo mismo que él sentía por ella, pero no era el momento para eso.

«¿Qué quieres, pequeño?» Manuka insistió.

—Quiero el bien —contestó Xolo finalmente, con voz firme y fuerte—. Pero no nada más para mí, o para los míos, sino para todos. Para ustedes, los mamuts. Para los osos y los demás animales. Para los Tazik y todas las tribus. Para el lago, los árboles, las plantas, el aire. Quiero hacer el bien, y quiero disfrutar del bien.

De nuevo, el mamut guardó silencio, sus orejas ondeando lentamente, sus ojos concentrados y sabios. Xolo escuchó latidos de corazón, tal vez los suyos, tal vez de Manuka, no estaba seguro. Por fin ella contestó:

«Respondes con sabiduría para alguien tan joven. Pero todos dicen que quieren el bien. Todos piensan que hacen lo correcto, que son los héroes, no los malos. Entonces, ¿qué es el bien?»

Xolo no sabía cómo responder. Ella tenía razón. Vulrik creía que era correcto que los humanos dominaran. Félix creía que era bueno buscar su propia ganancia. ¿Cómo saber si lo que Xolo quería no era igual de egoísta?

—No sé.…Supongo que es tan sencillo como tratar a los otros como quisiera que me trataran a mí, ¿no?

Ella asintió con la cabeza, aunque Xolo no sabía si eso significaba lo mismo para los mamuts que para los humanos. Aparentemente sí, porque después Manuka le contestó:

«Vas por buen camino, pequeño humano. Ahora escúchame».

Ella levantó su cabeza un poco. Sus ojos chispeaban con pasión, y ondulaba su trompa para enfatizar la importancia de lo que estaba por decir.

«El bien es lo que procede de la compasión unida con el entendimiento. ¿Me entiendes? El bien es lo que resulta de sentir el dolor de otros y de hacer tu parte para aliviarlo. El bien es buscar maneras para que todos puedan estar libres y florecer, no solo los más poderosos».

Volvió a bajar la cabeza, luego bufó y resopló. Estaba enojada, no con Xolo, sino con el mundo alrededor. Su mirada intensa erizó el pelo de Xolo, y sus palabras eran gritos en su cerebro.

«El bien, pequeño nieto de Uyak, es lo que procede del amor. ¡Recuerda eso! Eso es lo que los humanos no saben, o han olvidado, porque son avaros y violentos. Oprimen a los débiles en vez de protegerlos. Buscan poder en lugar de armonía. No se dan cuenta de que están destruyéndose a sí mismos, porque todos somos uno».

Xolo asintió con la cabeza. El dolor de Manuka era evidente. Ella había visto de primera mano la agresión de los humanos.

—Entiendo y estoy de acuerdo. La compasión y el entendimiento son la mejor guía. Y sí, hay humanos malos y egoístas. Tal vez muchos, porque es el camino que han aprendido. Pero yo creo que la mayoría no son así, ni quieren vivir así. Como Uyak, hay muchos. Los he conocido.

Ella no respondió.

—Si usted me permite, se lo demuestro. —Xolo extendió la mano hacia arriba y tocó su frente.

En respuesta, Manuka bajó la cabeza y puso su frente contra la de Xolo. El contacto disparó una explosión de emociones y pensamientos en la mente del chico, tan fuertes que por un segundo sintió que se iba a desmayar. Empujó su cabeza contra la de Manuka con más fuerza y trató de no perder control de sus emociones.

Una por una, sin prisa y con intención, Xolo trajo a la memoria a las personas que los habían acompañado y apoyado. Visualizó sus caras, sus temores y deseos, sus acciones.

Don Rafa en el museo. Charal, quien los rescató en la isla, y después los acompañó a Nuna y ahora luchaba a su lado. Mari, primero cuando narró entre lágrimas la pérdida de su esposo, luego cuando los envió con tanta valentía a Nuna. Ingri, el montañés sentimental, y su búsqueda incesante por un amor perdido, su ayuda en el salto al vacío, y su apoyo contra Vulrik. Iraluq y su cuidado feroz por el remanente de su tribu. Kasluk, defensor de los Tazik y las demás tribus, y su esposa Ketia, la sanadora compasiva. Su hermana, Xóchitl, tan curiosa, inteligente y leal. Su papá, Tukiun, cuyo amor imparable había roto el temor paralizante de Vulrik. Y, por último, Ánaka, con su fuerza y ternura, su creatividad y cariño, su valentía y generosidad.

Cuando Xolo por fin terminó, tomó un paso atrás. Para su sorpresa, los colmillos de Manuka brillaban levemente, y plasmadas sobre ellos, lograba distinguir líneas y figuras que le recordaban al colmillo en la casa de Don Rafa. ¿Alguien más podría ver eso, o solo él? No sabía. Mientras miraba con intriga, las imágenes se desvanecieron lentamente, dejando únicamente el marfil blanco-amarillento. Xolo fijó la mirada en los ojos de Manuka.

—Como ustedes, nosotros amamos y luchamos, celebramos y lamentamos, sentimos alegría y sufrimos dolor. Sí, hay algunos que hacen el mal, pero son muchos más los que buscan la paz. Merecemos vivir. Les pedimos su ayuda.

Manuka no respondió de inmediato. Emanaba emociones contradictorias: esperanza y tristeza. Por fin contestó:

«Uyak una vez me dijo que la época de los humanos venía. No le creí. Pero ahora veo que sí es verdad. Tal vez sea para bien, tal vez para mal. Solo el tiempo lo dirá».

De pronto, Ánaka se puso al lado de Xolo, hombro con hombro.

—Manuka, de parte de mi familia, de mi tribu y de los pueblos del lago, acepte nuestra amistad.

Xóchitl y Charal se acercaron también. Manuka los contempló, y Xolo otra vez tuvo la sensación de que podía ver hasta lo más escondido de sus corazones.

«Representan bien a su especie. Lo voy a consultar con las demás». Ella giró y caminó hacia la manada.

—Güey, ¿dónde aprendiste a hablar así? —le preguntó Charal con admiración.

—No sé. Solo hablé desde el corazón. A ver cómo responden.

Ánaka le apretó la mano, luego la soltó.

—Hicimos todo lo que pudimos. Está en sus manos ahora.

—Mmm, en sus patas, yo diría. —reflexionó Charal —. ¿O en sus trompas?

Manuka estaba comunicándose con algunos de los mamuts adultos con una serie de chasquidos y bufidos. Después de varios minutos de discusión, ella regresó con los jóvenes. Había determinación en sus pasos, incluso prisa. Se dirigió a Xolo.

«Vamos a ayudarles».

capítulo veintinueve

No sé qué hacer

Las palabras inaudibles de Manuka hicieron estallar de gratitud a Xolo. Ánaka interpretó su sonrisa al instante.

—¡Ayyy! —gritó, abrazando la pierna de Manuka y brincando con alegría—. ¡Gracias! ¡Gracias!

La mamut inclinó su cabeza y bufó, reconociendo su gratitud, pero no dejó de mirar a Xolo.

«Pequeño, ¿sabes por qué aceptamos?»

Xolo sacudió la cabeza sin decir nada.

«Es porque destruiste el amuleto».

—No… no entiendo. El amuleto era la conexión entre tú y Uyak. Entre los mamuts y los humanos.

«¿Crees que esa conexión depende de un amuleto? No, pequeño. Cuando rompiste el amuleto en vez de usarlo, demostraste tu corazón. Tú y tus amigos buscan el bien de todos, no solo el suyo. Me hacen creer que hay más humanos como Uyak. Ahora hay que irse. La distancia es mucha, y el peligro es grande».

Xolo les comunicó el mensaje a los demás. El ambiente se volvió más serio. No había tiempo que perder.

—Muchas gracias, Manuka —dijo Xóchitl—. Nada más vamos por nuestras cosas y podemos irnos.

Cuando regresaron con sus armas, cuatro mamuts les esperaban al lado de Manuka.

—¿Solo… solo cuatro? ¿No van todas? —preguntó Ánaka, confundida y con decepción evidente en su voz.

La matriarca respondió a Xolo, y él repitió sus palabras en voz alta.

—Dice Manuka que las demás son madres, entonces no pueden ir, y que ella tiene que quedarse con la manada.

La matriarca hizo otros bufidos, y de repente Baku hizo un berrinche de nuevo. Esta vez, Manuka no le hizo caso, pero lo consoló con la trompa.

Xolo interpretó con un poco de tristeza.

—Y también dice que Baku se queda aquí. Es demasiado pequeño para recorrer esa distancia tan rápido o para pelear.

Ánaka abrazó a Baku.

—Estoy de acuerdo con Manuka, Baku —insistió ella con cariño—. Pero pronto te volveremos a ver. Te lo prometo.

Charal señaló a los mamuts que los esperaban.

—¿Cuáles son sus nombres?

Manuka respondió con una secuencia compleja de barritos, y Xóchitl se rio.

—Creo que ninguno de nosotros puede pronunciar eso.

La matriarca se dirigió a Xolo de nuevo.

«No tienen nombres humanos, y no saben hablar contigo como yo. Eso lo aprendí con Uyak. Pero ellas entienden lo que sienten, y saben pelear. Cuídenlas mucho. Son mis amigas. Ahora, vayan. No hay tiempo que perder».

De repente, un mamut agarró a Charal por detrás y lo levantó al aire, haciéndolo gritar de sorpresa. Lo depositó en el hueco entre sus hombros y cuello, justo detrás de sus orejas. Medio segundo después, la incertidumbre en la mirada del chico se había convertido en adrenalina.

—¡No manches, güey! ¡Esto es increíble!

Al instante, primero Xóchitl y luego Ánaka, fueron transportadas de la tierra hacia sus respectivos lugares cinco metros arriba del prado. La misma alegría que Charal mostraba se reflejaba en sus rostros.

Xolo no compartía el entusiasmo. La idea de balancearse sobre un gigante peludo con colmillos durante horas le provocaba nerviosismo, no emoción.

Miró los ojos azules de la criatura majestuosa frente a él, tan profundos y expresivos como el mar. ¿Ella quería decirle algo? Por un instante pareció que sí. No hubo palabras, sin embargo, sí hubo una sensación de tranquilidad. Todo iba a estar bien. Xolo exhaló e intentó relajarse.

La mamut bajó la trompa al suelo como un escalón y Xolo se subió con cautela. Al instante ella lo elevó al nivel de su cabeza.

—¡Ay! —gritó Xolo de terror, y todos se rieron.

Con cuidado dio un paso desde la trompa hasta la cabeza, luego se sentó en los hombros. Sin pensarlo, miró hacia abajo. Se arrepintió inmediatamente. Se sentía a punto de caer. Intentó aferrarse a las orejas del mamut, pero ella las sacudió como si desalojara una mosca irritante. El movimiento le hizo perder el equilibrio, y se deslizó hacia un lado.

—¡Me estoy cayendo!

La mamut levantó su trompa y tranquilamente detuvo la caída, luego lo reacomodó en su lugar. Los demás volvieron a reírse.

—Güey, eres tan dramático. Solo tienes que balancearte. —Charal había aprendido rápido a equilibrarse, al igual que Xóchitl y Ánaka.

Xolo los miró con envidia y algo de náuseas. Esto iba a ser un viaje largo. Hubiera preferido su moto a un mamut.

Los cuatro mamuts emprendieron el viaje con pasos largos y determinados que devoraban la tierra a una velocidad impresionante, el doble de la que los jóvenes hubieran alcanzado.

—¡Ayyyyy! —gritó Ánaka con abandono, su cara alzada al viento mientras los mamuts marchaban en dirección al lago—. ¡Gracias, Manuka! ¡Te quiero, Baku!

La mamut de Xolo tuvo que rescatarlo algunas veces al principio, pero después de media hora, Xolo se había acostumbrado al vaivén de su caminar. Los otros tres ya estaban practicando con sus armas, fingiendo lanzar piedras, hachas y lanzas contra enemigos imaginarios. Ánaka incluso estaba intentando pararse sobre la espalda ancha de su mamut como una surfista prehistórica. Xolo se contentaba con no caerse.

El sol se puso detrás de ellos justo cuando habían rodeado la parte oeste del lago y llegaron al lado de las primeras colinas de la Sierra de San Juan Cosalá. Más adelante, todavía a unos quince kilómetros, los picos donde Maruaga se ubicaba estaban bañados en los últimos rayos del sol. Viajaron por la orilla del lago Xolo y Ánaka, que iban al frente lado a lado, mientras Xóchitl y Charal los seguían.

—¿Vamos a viajar de noche? —preguntó Xolo a Ánaka.

—No tenemos otra opción. Los Máruag nos llevan horas de ventaja.

Como en respuesta a la urgencia en su tono, la mamut que Xolo montaba apresuró su paso, y los demás la siguieron.

Después de dos horas, habían bordeado todo el territorio de los Máruag, permaneciendo siempre escondidos entre los árboles a la orilla del lago. No vieron ningún guerrero ni oso. Seguramente todos estaban marchando hacia la aldea de los Tazik. Continuaron así, circunvalando el lago, por otras dos horas más.

Por fin se toparon con un riachuelo que desembocaba en el lago. Xolo lo reconoció de inmediato. Era aquí donde Ánaka y él se habían desviado al Corazón de Mamut. No podía creer que habían llegado tan rápido. A esta velocidad, ya estaban a nada más una hora de la aldea de los Tazik.

En frente de ellos, desde algún punto distante, escucharon aullidos de lobos. Las mamuts se detuvieron.

—¿Son los Máruag? —preguntó Charal—. ¿A poco los alcanzamos tan rápido?

—Creo que sí —contestó Xóchitl—. Parece que han acampado para la noche. Miren.

A dos o tres kilómetros de distancia, un brillo anaranjado iluminaba el bosque y el cielo. Era la luz de fogata de cientos de invasores. Arriba, la luna llena escalaba el cielo, un recordatorio solemne del ataque inminente.

—Creo que tenemos dos opciones —comentó Xolo, pensativo—. Acampar aquí y, mañana, cuando ataquen, sorprenderlos por atrás. O la otra, seguir caminando, pero rodear su campamento y llegar a la aldea por otro lado esta noche.

—Ya que la segunda opción tiene el desayuno incluido, yo voto por esa —respondió Charal—. Muero de hambre, güey.

—Hay una tercera —agregó Ánaka—. Atacarlos en un rato, de noche, mientras duerman. No lo van a esperar.

—¿Nosotros contra ochocientos soldados y quién sabe cuántos osos? No son buenas probabilidades —objetó Xolo.

—Únicamente tenemos que matar a uno. A Vulrik.

Xóchitl sacudió la cabeza.

—Estoy de acuerdo con Xolo. Es mucho riesgo.

Ánaka estaba por contestar cuando de repente gritó en alarma:

—Charal, ¡cuidado!

Al instante, un rugido que heló la sangre partió la oscuridad, y una sombra con garras y colmillos saltó del suelo hacia Charal. Advertido por Ánaka, él ya estaba en movimiento, lanzándose al otro lado con desesperación. Un gato dientes de sable cayó sobre el mamut justo donde Charal había estado hace un segundo. El gato rugió de nuevo, frustrado por haber fallado, y rasguñó la espalda del mamut. Con un barrito de dolor y espanto, ella giró su trompa hacia atrás y arrojó al gato cinco metros en el aire. El intruso chilló adolorido, luego huyó al bosque y desapareció.

Charal se levantó del suelo y revisó sus extremidades. Aparentemente todo estaba en orden.

—¿Qué fue eso?

—Fue un gato dientes de sable —respondió Xolo.

—Obvio, güey, pero ¿por qué me atacó?

—No sé. —Ánaka se veía preocupada—. No es normal eso. Un gato solitario nunca atacaría a un mamut, mucho menos a cuatro. Ha de haber estado bajo el control de Vulrik. Es la única explicación.

—Chin. —Charal hizo una mueca de frustración.

—Hay otra cosa importante —añadió Ánaka, su tono era serio—. Si está bajo el control de Vulrik, es probable que era un espía. En cuanto regrese al campamento, ellos sabrán que estamos aquí. Ya perdimos el elemento de sorpresa.

—Quiere decir que no podemos quedarnos aquí, ni tampoco atacarlos ahora —concluyó Xóchitl—. Pues yo también voto por la opción del desayuno incluido.

La mamut de Charal lo levantó para colocarlo sobre su lomo, quejándose un poco cuando la pierna del chico rozó sus heridas.

—¡Frida! ¿Qué te hizo? —Charal se escuchaba verdaderamente angustiado.

—¿Frida? —inquirió Xolo.

—Le puse un nombre humano. ¿Qué tiene, güey? No hablo mamut.

—Charal, ponle esto a Frida. —Xóchitl le pasó un frasco que llevaba en la mochila—. Es un ungüento compuesto de plantas que recogí. Le ayudará a sanar.

Después de curar a Frida, se adentraron en el bosque, y pronto dejaron atrás la ribera del lago. En la oscuridad, tuvieron que estar atentos para no ser descalabrados por las ramas casi invisibles de los pinos.

Caminaron en silencio un rato, luego Ánaka anunció, mientras rascaba detrás de la oreja enorme de su mamut:

—Las demás necesitan nombres humanos. A ella, yo le voy a decir Kayu. Significa fuerza.

—Justo estaba pensando lo mismo —respondió Xóchitl. Tocó la cabeza de su mamut. —Para mí, ella va a ser Luna.

La mamut levantó su mirada hacia el cielo nocturno y barritó.

—Mira, te entendió —observó Ánaka—. Luna, entonces. Me gusta. ¿Y tú, Xolo?

—No sé… soy malo para los nombres —objetó Xolo.

—Es cierto. —Xóchitl confirmó su opinión con una risita—. ¿Conocen a Gus, ¿verdad? ¿Xolo les dijo su nombre completo?

—Nop —contestó Charal—. ¿Desde cuándo se les dan nombres completos a los gatos?

—Se llama Don Gato Gustavo el Grande —confesó Xolo, un poco avergonzado—. Déjenme en paz. Yo tenía ocho años cuando le puse ese nombre.

Se dirigió a la mamut que montaba, poniendo la mano sobre su espalda:

—¿Tú qué quieres que te diga, amiga?

«Me llamo Mar».

Xolo no había esperado una respuesta. Lo que escuchó fue más una imagen con olores y sonidos del mar que otra cosa, pero el significado fue claro.

—Mar. Se llama Mar.

—¿Mar? —preguntó Ánaka, curiosa—. El mar es como un lago que no tiene fin ni fondo, ¿no? De ahí vienen las conchas que cambiamos por obsidiana y pieles. Dicen que el agua sabe extraña.

—Güey, ¿nunca has ido al mar? —reaccionó Charal.

—No, está demasiado lejos. Son diez días caminando. ¿Tú sí?

—Claro. Bueno, una vez.

—Yo también —comentó Xolo—. Voy con mi mamá cada año. Si visitas mi mundo otra vez, yo te llevo.

Charal repitió con tono exagerado:

—Yoooo te llevoooo. Qué romántico.

—Ya cállate, güey.

Para no arriesgar otro encuentro con los espías de los Máruag, caminaron media hora hacia el norte antes de girar al oeste, en dirección al cerro de Mezcala. Luego avanzaron otra hora en silencio, curvando poco a poco hacia el sur en dirección al lago.

Ya era medianoche, y a Xolo le estaba dando sueño. La noche era fría y su abrigo caliente, y el canto repetitivo de incontables grillos lo arrullaba. Justo cuando creía que no aguantaría más, que se quedaría dormido y se caería del cuello de Mar, la voz de Ánaka rompió el silencio.

—Ya casi llegamos. Estamos en territorio Tazik.

—Cuidado con los hombres en los árboles —murmuró Charal, medio dormido—. Les gusta pescar a gente inocente.

Momentos después, Ánaka se detuvo. Xolo no había visto ni escuchado nada, pero parecía que ella sí, y los mamuts también. Pataleaban el suelo y columpiaban sus trompas nerviosamente.

—¡Venimos en paz! —gritó Ánaka hacia la oscuridad. No hubo respuesta. Lo intentó de nuevo. —¡Venimos en paz!

—Apulik —murmuró Xolo, recordando el grito de Iraluq.

Ánaka le sonrió, sorprendida. —Ay, Xolo, ¡estás aprendiendo mi idioma!

—Ayy, Xooolo, estás aprendiendo mi idioooma —cantó Charal en falsete, en voz tan baja que solo Xolo escuchara.

Xolo le lanzó una mirada fulminante.

—También hablo Tazik —insistió Charal, luego gritó:—¡Apulek! Ánaka se rio.

—Apulik significa traemos paz. Apulek significa traemos popó.

De la oscuridad, escucharon una voz femenina, llena de sorpresa.

—¿Ánaka? ¡Bienvenida a casa!

Eran las mismas tres guardias que Xolo y Charal habían conocido antes. Ánaka se bajó al suelo y las abrazó, saludándolas por sus nombres. Ellas los acompañaron hacia la aldea. Varias veces, advertidos por las guardias, rodearon espacios abiertos que estaban cubiertos de hojas y agujas de pino.

—Hay una fosa ahí —explicó una de ellas la primera vez que sucedió—. Cavamos varias alrededor de la aldea, y los Niuk pusieron trampas con redes debajo de los árboles.

Cuando llegaron a la aldea, todo el mundo estaba dormido, excepto los guerreros que vigilaban el borde del campamento. Estos miraban a las cuatro mamuts con confusión y asombro, como si nunca hubieran visto un mamut de cerca, y mucho menos a cuatro, todas dentro de su aldea y montadas por humanos.

Ánaka desmontó de Kayu y corrió delante del grupo hacia su choza. Metió la cabeza y anunció algo, luego se rio con alegría pura. Momentos después, toda la familia estaba fuera de la choza, recibiendo al grupo con abrazos y lágrimas.

Kasluk estaba fascinado con las mamuts. Se les quedó mirando durante unos momentos, sacudiendo la cabeza, incrédulo. Por fin tomó ambas manos de Ánaka en las suyas.

—No sé cómo lo hiciste, hija, pero bien hecho.

—Fue un trabajo en equipo, papá. —De repente, su rostro se ensombreció—. Pero solo son cuatro.

—¿Cómo que solo son cuatro? —Su papá sonrió—. Nunca he escuchado de ningún mamut que quisiera ayudar a los humanos, y nos trajeron cuatro. Es una gran ayuda.

Kasluk se dirigió al grupo:

—Ahora, hay que dormir. Nuestros espías dicen que los Máruag están cerca. Es probable que ataquen por la mañana.

—¿Pero han comido? Cenen algo rápido —insistió Ketia—. Aquí hay carne y fruta.

Charal aceptó con gusto, y los demás siguieron su ejemplo. Luego se alistaron para dormir.

Mañana les esperaba la guerra, un concepto tan extraño que a Xolo le parecía irreal, ya que pocos días antes sus mayores preocupaciones eran resolver sumas en álgebra y evitar a Charal en la escuela. Estaba demasiado exhausto para contemplar lo que le esperaba, y todo el cuerpo le dolía.

Cerró sus ojos y disfrutó la sensación celestial de las gruesas cobijas acariciándole la cara. Sintió que todavía se tambaleaba arriba de un mamut. El movimiento imaginario le mecía, las cobijas reales le acogían, y cayó dormido.

Uyak estaba allí, en sus sueños. Se veía igual a cuando abrió el paso al Corazón de Mamut: etéreo, irradiando energía azul y caliente como si una estrella brillara dentro de él.

Los dos se encontraban en medio de un prado verdoso que se extendía hasta el horizonte. Había animales por todos lados: osos, aves, venados, mamuts, perezosos gigantes y gatos dientes de sable. La bóveda celeste se veía tan azulada, y Xolo sentía una paz tan profunda, que por un segundo creyó que estaba muerto, y esto era el cielo, aunque un concepto muy prehistórico de él.

De repente, el prado, los animales y el cielo mismo se revolvieron en un torbellino de colores y emociones, con Xolo y Uyak en el centro. El movimiento aceleró más y más, luego el torbellino que contenía el mundo se levantó y todo entró en una barra de kiliak que Uyak tenía en su mano.

Xolo miró alrededor. Ahora todo era un vacío negro que le recordaba al éter debajo del Corazón de Mamut. Únicamente estaban su abuelo y él, y la barra roja y palpitante de kiliak. Sintió una soledad tan gélida, tan cortante, que le hizo temblar de miedo.

Se atrevió a hablar:

—Abuelo, necesitamos tu ayuda. Mañana tenemos que pelear contra los Máruag, y son más poderosos que nosotros. Muchos van a morir. Y no somos lo suficientemente fuertes para vencerlos.

Al principio, Uyak no respondió. Solo contempló a Xolo, sus ojos eran difíciles de leer. ¿Estaba preocupado? Xolo tuvo la extraña sensación de que algo estaba en juego, algo que Uyak entendía, pero no podía decir.

Uyak extendió su mano con el kiliak y se lo entregó a Xolo.

—Ahora te toca a ti, Xolo.

La barra quemaba en las manos de Xolo, pero no lo soltó. Podía percibir los animales, los árboles, el aire dentro. Los escuchaba y veía, los olía y saboreaba, los tocaba y los comprendía.

—Todo está conectado, Xolo. Recuerda eso. Tú eres parte de todo, y todo es parte de ti.

Su abuelo se volteó como si estuviera a punto de irse. Xolo sintió un pánico repentino.

—¡Pero no sé qué hacer! No soy un anauk.

Uyak sonrió.

—Sabes más de lo que crees que sabes, nieto mío. —De repente, su mirada se volvió seria, casi urgente, como si presintiera algo del futuro—. Solo recuerda, cuando llegue el momento, no te pierdas.

—¿El momento? ¿Qué momento? ¿Y qué significa no perderme?... ¿Abuelo?

No hubo respuesta. Xolo estaba solo en la negrura, pero ya no era fría y vacía, sino cómoda y cálida, y cobijas gruesas le acariciaban la cara, y se escuchaba la respiración profunda de las personas que dormían a ambos lados, y olía a familia.

Después de eso, durmió como un tronco, sin soñar más. Se despertó hasta que alguien golpeó el poste de la puerta.

—¡Kasluk!

El toque fue insistente, la voz urgente y asustada. Xolo abrió sus ojos, tan nublados de sueño como su mente. En la luz tenue de la madrugada, distinguió la figura de Kasluk saliendo con prisa.

—¿Qué pasó? ¿Hay noticias? —preguntó Kasluk con voz tensa.
Xolo sabía la respuesta antes de escucharla.
—Ya vienen los Máruag.

capítulo treinta

No sabe lo que le espera

Xolo miró a su alrededor. Todos dormían excepto Ánaka, acostada al otro lado de Xóchitl y su hermanito Puka. Ella había escuchado al mensajero también, y sus ojos reflejaban el mismo miedo que alborotaba el corazón de Xolo.

Juntos despertaron a los demás y salieron de la choza. La aldea parecía un hormiguero en alerta máxima. A dondequiera que Xolo mirara, hombres y mujeres con escudos y armas corrían, se alistaban, ponían en marcha los planes que durante semanas habían formulado. Sus rostros mostraban más valentía que miedo, y su determinación era casi palpable en el aire frío de la mañana.

Sintió una mano firme en su hombro. Era Kasluk.

—Xolo, lo que han logrado es un milagro. No tengo palabras para agradecerles. —La expresión de Kasluk se volvió preocupada—. Pero necesitan regresar a su tiempo. Tú, Xóchitl y Charal. Si se van ahorita, tienen posibilidades. Es que…no sabemos qué va a pasar aquí, y no quiero…si les pasara algo…que tu mamá…

No terminó el pensamiento, pero Xolo entendió. Tampoco quería que su mamá se quedara sola. Y Kasluk tenía razón. Habían cumplido su misión de traer a los mamuts. Xolo miró sus manos. Estaban temblando. Sin embargo, en su corazón encontraba la misma determinación que veía a su alrededor. Quería estar aquí, con o sin miedo.

—Tío, este es mi lugar. Quiero pelear. Y no te preocupes. Volveré a ver a mi mamá porque vamos a ganar.

El rostro de Kasluk se suavizó. Había gratitud en su tono, y cierta admiración.

—Ánaka me dijo que responderías así. Gracias. Entonces ve con ella. Ya le expliqué qué van a hacer con las mamuts.

—¡Ay, ay, ay!

Un grito de alerta desde el perímetro los interrumpió.

—Ya llegaron. —La cara de Kasluk era solemne—. Cuídense mucho, Xolo.

Xolo encontró a Ánaka acompañada de Xóchitl y Charal, guiando a las mamuts hacia una choza grande con muros reforzados con ramas y troncos, ubicada en la parte más protegida de la aldea, cerca del agua. Estaba rodeada en tres lados por la aldea y en el cuarto, por el lago; lo cual le ofrecía una barrera natural.

—Todos los niños están aquí adentro —explicó Ánaka—. Incluyendo a mi hermanito. Los vamos a proteger.

—¿Entonces somos niñeras? —Charal no se veía molesto, solo sorprendido—. Pensé que las mamuts estarían en la primera fila de la batalla.

Ánaka contestó simplemente:

—Los niños son nuestro futuro.

Las cuatro mamuts entendieron. Se pusieron en semicírculo frente a la choza como si estuvieran rodeando a sus propios pequeños. Ánaka tocó la pierna de Kayu, y ella bajó su trompa. Ánaka se subió, con su lanza y escudo en mano, luego Kayu la elevó sobre su lomo. Las otras tres mamuts hicieron lo mismo.

Montado sobre Mar, Xolo examinó la escena. Desde su posición más elevada que todas las chozas, tenía una vista abierta de la aldea completa. Para que los Máruag no los sorprendieran, los Tazik habían talado el bosque alrededor de su aldea para crear una zona abierta de unos cien metros de ancho. Con los troncos, habían construido defensas dentro de la aldea, incluyendo murallas bajas en puntos estratégicos donde sus guerreros podían esconderse.

Aún a esta distancia, las mamuts debían ser una visión intimidante para los Máruag merodeando en el bosque que rodeaba tres lados de la aldea. No cualquier día se enfrentaban a una mamut, y menos aún a cuatro. Xolo se enderezó, intentando verse más alto y menos aterrado, por si acaso alguien lo estuviera observando.

Esperaron, atentos y nerviosos. Toda la aldea también estaba en posición, con sus armas y escudos listos. Un silencio inquietante envolvía el lugar mientras pasaban los minutos.

—¡Ay, ay, ay! ¡Ay, ay, ay!

Los gritos en staccato de los guardias en el perímetro resonaron por el campamento. Segundos después, una lluvia de piedras Máruag llenó el aire sobre la aldea.

—¡Escudos! —advirtió Ánaka, y los cuatro se cubrieron, al igual que el resto de los defensores.

La choza de los niños estaba ubicada a tanta distancia que pocas piedras alcanzaron a llegar hasta allí, cayendo la mayoría entre las chozas por delante. Una piedra filosa pegó el costado de Mar, pero solo rebotó. La piel del mamut era demasiado gruesa para que un proyectil tan pequeño la perforara.

En la distancia, desde algún lugar escondido en el bosque, una voz rasposa y furiosa gritó:

—¡Ataquen!

Era Vulrik. Xolo no podía verlo, pero reconoció su voz, y un golpe de temor le robó el aliento. Otra lluvia de piedras oscureció el cielo y cayó sobre la aldea. Luego, una terrible cacofonía de aullidos en el bosque anunció que los Máruag comenzaban la ofensiva. Todavía estaban ocultos por los árboles, pero el sonido de las ramas que quebraban bajo su paso revelaba que el ataque venía de todas direcciones.

De pronto hubo otro sonido: el crujir de palos rompiéndose bajo el peso de los atacantes. Los aullidos de guerra se convirtieron en gritos de espanto y dolor.

—¡Las fosas y las redes! —exclamó Charal—. ¡Tomen eso, Maruagüeyes!

El daño para los Máruag fue más psicológico que letal, pero logró detener su avance mientras se reagrupaban.

Ánaka aplaudió, emocionada.

—¡Ese kiñakuk Vulrik no sabe lo que le espera!

Xolo miró alrededor de la aldea. Varias personas estaban heridas por las piedras, y Ketia, junto con tres ayudantes, corría de un lado a otro con vendas y pomadas. Todo era silencio. En cualquier momento los Máruag volverían a atacar.

Charal, con la mano sobre los ojos para protegerse del brillante sol, escudriñaba la frontera del bosque.

—¡Hay osos! —exclamó de pronto—. Miren, entre los árboles.

Xolo los vio también. Eran veinte o más, parados entre los árboles en toda la orilla del bosque, esperando la orden para atacar.

Xóchitl levantó la flor de marfil que colgaba de su cuello.

—Xolo, tú eres el único que puede liberar a los osos.

—¡Pero no a esta distancia! Y no con tantos.

Hubo movimiento dentro del bosque. Los guerreros invasores estaban en toda la orilla ahora, lanzas en guardia, intercalados entre los osos. Comenzaron a vociferar y a gritar amenazas desde la seguridad de los árboles.

—Nos quieren intimidar. —Ánaka escupió en su dirección, su rostro lleno de furia.

—Está funcionando un poco —admitió Xolo—. Son muchos.

Por toda la larga fila de guerreros invasores, hubo destellos de luz, reflejos del sol en sus lanzas. La mayoría eran de obsidiana, pero también se veían muchas de acero. Habían perdido la ventaja de la sorpresa que buscaban con su primer intento. Ahora, parecía que atacarían con pura fuerza bruta.

—¡Hombres! ¡Listos! —La voz de Vulrik retumbó por encima de los gritos Máruag—. ¡Ataquen!

Gritando a todo pulmón, con escudos al hombro y armas dirigidas hacia adelante, los invasores iniciaron el ataque contra los Tazik. Los osos se quedaron inmóviles, mirando hacia adelante como estatuas vivas. ¿Creía Vulrik que no necesitaba tanta fuerza para ganar? ¿O los estaba reservando para perseguir a quienes intentaran huir?

No hubo tiempo para pensarlo. Ya venían los Máruag, sus bramidos escalofriantes reverberando por la aldea.

Cuando la vanguardia de los Máruag llegó al centro del campo de batalla, la voz firme de Kasluk se elevó por encima del tumulto:

—Lanzadores, ¡ya!

Desde el contorno de la aldea, más de veinte guerreros Tazik salieron de sus escondites, cada uno con un atlatl en mano, cargados con lanzas de dos metros. Con una destreza que igualaba su ferocidad, arrojaron los proyectiles contra el enemigo, ahora expuesto y vulnerable en el campo de batalla.

Los escudos de los Máruag no fueron suficientes para detener las lanzas, y muchos cayeron. Una vez más parecían confundidos. No estaban acostumbrados a enfrentar una resistencia tan organizada. Sin embargo, no se detuvieron. Vulrik siguió rugiendo órdenes, y más guerreros emergieron del bosque. Los lanzadores Tazik desataron una segunda lluvia de lanzas contra los Máruag, seguida de una tercera.

—¡Son demasiados! —lamentó Ánaka, con frustración evidente en su voz.

Tenía razón. Cuando uno caía, tres más tomaban su lugar, surgiendo entre los pinos como si el mismo bosque los engendrara. Los primeros invasores estaban ahora a cincuenta metros de la aldea, amenazándola desde todas direcciones.

—¡Honderos, ya! —gritó Kasluk.

Desde distintos puntos de la aldea, más guerreros Tazik se levantaron con sus hondas listas. Las primeras piedras volaron en sincronía, proyectiles redondeados y pulidos que zumbaban por el aire como avispas furiosas. Después de la primera salva, cada hondero lanzaba tan rápido como podía.

Mientras tanto, los lanzadores habían cambiado sus atlatles por lanzas largas, armas más efectivas a corta distancia, y pronto los invasores enfrentaban una cortina densa de piedras y puntas afiladas. Sin embargo, Vulrik gritó algo, su voz furiosa y amenazante, y los guerreros redoblaron su ataque.

Poco a poco, los Máruag avanzaban y los Tazik retrocedían. Cuando los invasores llegaron a las primeras chozas en las afueras de la aldea, incendiaron una, luego otra. El aire se llenó de humo denso.

Cientos de guerreros Máruag inundaban el campo de batalla ahora. Caminaban, corrían y gritaban con sus lanzas en mano, imparables y eficientes. Dondequiera que Xolo mirara, la aldea estaba bajo ataque. Ganar parecía imposible ahora. En cualquier momento, romperían las defensas y arrasarían la aldea.

—No los podemos parar —exclamó Ánaka, consternada y furiosa.

Justo cuando lo dijo, Kasluk gritó:

—¡Jinetes, ya!

Hubo un coro de gritos detrás de ellos, desde la orilla del lago, luego el sonido de caballos.

—¡Es mi tribu! —celebró Xóchitl.

Los caballos y sus jinetes Nipiruk galoparon por la aldea, avanzando tan rápido y zigzagueando en tantas direcciones que Xolo no podía contarlos. Fácilmente eran cuarenta, si no más. Cargaron directamente hacia la vanguardia de los Máruag con garrotes, lanzas y dagas, y cayeron sobre los invasores con una valentía nacida de la desesperación.

De pronto, los Máruag flaquearon. En su afán por atacar y confiados en su victoria, se habían desprotegido demasiado. Ahora, los Nipiruk que contratacaban su flanco y volaban entre su ejército como rayos en cuatro patas provocaron el pánico. Ignorando los gritos rabiosos de Vulrik, abandonaron su ataque y se retiraron al bosque.

—¡Ey! ¡Ey! ¡Ey! —Los Nipiruk gritaron en celebración, y los Tazik respondieron con aullidos victoriosos.

Los jinetes y caballos regresaron a la aldea, y el campo de batalla se volvió silencioso. El humo denso de las chozas quemadas se dispersó poco a poco con el viento. En el cielo, varios terátoros planeaban en círculos pacientes, observando la destrucción abajo con ojos hambrientos.

Por toda la aldea, los Tazik y Nipiruk ayudaban a los heridos a encontrar refugio y atención. Ketia y sus ayudantes habían improvisado una enfermería al lado de la choza de los niños, bajo la protección de los mamuts, donde atendían a los heridos que podían caminar. Xolo escuchó sollozos de miedo dentro de la choza. Los niños pequeños lloraban mientras los mayores intentaban consolarlos.

Ánaka se veía preocupada, y Xolo sabía por qué. A pesar de su éxito temporal ahuyentando a los Máruag, los Tazik y Nipiruk estaban bajo asedio por un ejército que los superaba por mucho en número. Ahorita mismo los invasores se estaban reagrupando, y a los Tazik ya no les quedaban trucos ni sorpresas, solo su pasión resoluta por luchar.

capítulo treinta y uno

Es hora de pelear

Desde su lugar arriba de Mar, Xolo podía ver la fila de osos zombis entre los pinos, esperando petrificados bajo el poder de Vulrik. Xolo imaginaba que podía sentir su temor aun a esa distancia. Trató de lograr una conexión, de influirlos de alguna manera, pero sin éxito.

«Todo está conectado».

La frase no dejaba de rebotar en sus pensamientos. ¿Por qué Uyak había sido tan insistente? ¿Qué significaba?

Abajo, caminando rápido entre las chozas, se acercaba Kasluk. Se veía cansado y tenso y tenía el brazo vendado.

—¡Papá! —Ánaka se bajó de Kayu y corrió hacia él—. ¿Qué pasó?

—No es nada, hija. Una lanza me rozó. Tuve suerte.

Kasluk se dirigió al grupo:

—Creemos que pronto van a soltar a los osos. Xolo, me dijo tu hermana que tú los puedes liberar.

—Sí, tío, pero solo cuando están cerca. No puedo hacer nada desde aquí. Ya lo intenté.

—Y si atacan al mismo tiempo, ¿puedes hacerlo con todos?

Xolo sacudió la cabeza.

—No, uno por uno, y es lento. Si vienen corriendo todos al mismo tiempo, tal vez alcanzaría a liberar a tres o cuatro. Es poco, lo siento.

—Entiendo… —Kasluk se veía preocupado, aunque lo intentaba ocultar—. Entonces quédate aquí con los demás para proteger a los niños. Si se acercan los osos, ya sabes qué hacer. Nosotros veremos qué hacer con los demás.

—Papá, ¡las mamuts pueden ayudar! —insistió Ánaka, obviamente frustrada—. Son más grandes que los osos y saben pelear. Déjanos ir a la batalla con ellas.

Su papá le puso la mano en el hombro.

—No, hija. Contra tantos osos y guerreros, eso sería enviarlas a morir. Tenemos que esperar. Las mamuts son nuestra última línea de defensa aquí.

—¡Pero yo quiero pelear!

—Lo sé, Ánaka. Tendrás tu oportunidad. —Su tono se volvió serio, y la tristeza delineaba su cara—. Todos tendremos que luchar hasta… hasta el final.

Un grito del otro lado de la aldea los interrumpió. —¡Kasluk!

—Me tengo que ir. Te quiero, hija. Te veo después. —Kasluk intentó sonreírle, luego regresó corriendo a su puesto en la línea de batalla.

Kayu colocó a Ánaka de nuevo sobre su cuello. La cara de la joven estaba decaída, y sacudía su cabeza en incredulidad.

—Mi papá no cree que podamos ganar.

Nadie contestó. Todos habían entendido lo mismo. Anaka continuó, su emoción fue convirtiéndose en rabia:

—No entiendo por qué luchamos tanto, por qué ustedes tuvieron que venir hasta aquí, por qué fuimos hasta el otro lado del maldito lago, ¡si ni con los mamuts tenemos esperanza!

Kayu levantó su trompa y tocó la pierna de Ánaka compasivamente.

«¿Por qué?» Xolo repitió la pregunta de Ánaka en su mente. Tenía razón. Tanto esfuerzo, y no había sido suficiente. ¿Qué podían hacer cuatro mamuts contra tantos guerreros? ¿Matar a unos cuantos, únicamente para terminar dando sus vidas en una lucha destinada al fracaso? ¿O había algo más?

—Oigan… —Xolo se detuvo. No sabía cómo poner en palabras lo que sentía.

Los tres le prestaron atención. Xolo continuó, pensando en voz alta:

—Las mamuts… saben pelear, eso sí, pero… tal vez pelear no sea la solución. ¿Qué más pueden hacer aparte de eso? ¿Qué hacen mejor que pelear? —Sin esperar respuesta, sacó la barra de kiliak de su mochila y la levantó—. Ellas tienen una conexión con todo. ¿No habrá manera de utilizar esa conexión?

—¿Qué estás diciendo, Xolo? —respondió Ánaka.

—No estoy diciendo nada. Les estoy preguntando.

—Es fácil, güey —exclamó Charal—. Usa el kiliak para crear un arma, como una bomba o algo que dispare rayos láser.

—No, no funciona así.

—¿Cómo lo sabes?

—No estoy seguro. —Recordó su sueño y sonrió un poco para sí mismo—. Solo sé que lo sé.

—A lo mejor tienes razón, Xolo — asintió Xóchitl, pensativa—. Debe haber otra manera diferente de defendernos. —Miró a los demás—. Piénsenlo. Vulrik controla muchos osos, y lo hace desde lejos. Y él dijo que Xolo es aún más poderoso.

Xolo no se sentía poderoso. Frunció el ceño y sacudió la cabeza.

—Vulrik dijo eso cuando yo tenía el amuleto. Tal vez si lo tuviera todavía...

—No necesitamos el amuleto —insistió Ánaka—. Tenemos la flor de Xóchitl. Y cuatro mamuts. ¡Cuatro! Si nada más con Baku pudiste hacer tanto...

—Nunca pensé que diría esto, pero creo en ti, güey —añadió Charal—. Aunque sigo votando por la bomba.

—Oye, Xolo, ¿y si no solamente liberas a los osos, sino que también los pones en contra de los Máruag? —sugirió Xóchitl—. Aunque lo hagas uno por uno, cada oso que domines nos daría una ventaja más. Sería cuestión de tiempo para tenerlos a todos.

Xolo parpadeó varias veces, su boca abierta mientras asimilaba la idea. No había pensado más que en liberarlos, no en controlarlos. Se encogió de hombros.

—Pues, lo podemos intentar...

—¡Ay! ¡Ay! ¡Ay! —El triple grito de alarma resonó desde la línea de batalla.

Xolo observó el bosque, al igual que los demás, su corazón latía con un súbito golpe de adrenalina. Los osos estaban en movimiento. Uno tras otro, a lo largo del bosque que los rodeaba, marchaban en líneas rectas hacia la aldea. Detrás de ellos, los Máruag avanzaban, sus lanzas listas para recibir a cualquier persona que huyera de los osos.

Desde su lugar encima de Luna, Xóchitl sacó la flor y se la ofreció a Xolo.

—Ten. No tenemos mucho tiempo.

Mar sacudió sus orejas y pataleó, como si quisiera comunicarle algo. Xolo tocó su cabeza. Luego respondió a Xóchitl:

—Creo que tiene que ser algo diferente. No sé por qué…¿Tal vez porque ya la usamos? ¿O porque es tuya?

—Usa tu atlatl, Xolo. —Ánaka señaló el arma en sus manos—. Es de marfil, y el kiliak está pegado con copal.

—¡Buena idea! Mar, ayúdame a bajar —Xolo le pidió al mamut.

Los demás se bajaron también, y los mamuts formaron un círculo alrededor de ellos. Se encontraban ahora dentro de un bosque vivo de piernas, trompas y colmillos de mamut. Algo brincaba y bailaba dentro del atlatl, una energía extraña. Era como si pudiera tocar la voz de su papá, y escuchar su sonrisa, y oler su orgullo. Afuera del círculo, la aldea estaba en alboroto mientras todos se preparaban para la llegada de los osos, pero Xolo apenas notaba el ruido. Estar aquí, bajo la sombra de los mamuts, era como caminar entre las chayoteras verdes de Mezcala, un santuario personal donde todo era paz.

—Órale, güey, ya vienen. —Charal estaba impaciente, nervioso—. ¿Tenemos que tomarnos de las manos, o repetir algún hechizo, o qué hacemos?

Xolo no tenía idea, pero no quería admitirlo. Extendió el atlatl hacia Mar y la miró fijamente en sus ojos azules. «Necesitamos su ayuda». No lo dijo en voz alta, solo lo pensó.

Afortunadamente, Mar sabía qué hacer. Extendió su trompa, tomó el atlatl de Xolo y lo levantó. Los demás mamuts entrelazaron sus trompas con la suya, creando una espiral que se alzaba al cielo arriba de los jóvenes.

Mar bajó su cabeza lo suficiente para tocar suavemente a Xolo en el hombro con la parte inferior de un colmillo. «Vente, pequeño. Eres parte de esto».

Xolo no sabía si ella ya hablaba humano o si él de pronto entendía mamut, y no era importante ahora. Respondió colocando su mano sobre el colmillo. En cuanto lo hizo, sintió un calor pulsante bajo sus dedos, y el marfil liso y frío se convirtió en una fuente de energía.

De pronto, su mente explotó en colores vivos, mezclados con las voces de personas y animales; mientras su interior se inundó de un sentimiento indescriptible: algo como descanso o alegría, pero más profundo. Aunque sentía que se le quemaba la mano, no le importaba. No quería que esto terminase.

Pasaron segundos así, o tal vez días enteros. Xolo no sabía si era humano o mamut, cielo o tierra, agua o viento. No le importaba. Él era parte de todo, y todo era parte de él. La energía parecía subir y bajar al ritmo de algún corazón universal.

Poco a poco la energía y calor fueron disminuyendo, y Xolo volvió en sí. Abrió los ojos sin darse cuenta de que los había cerrado, y soltó el colmillo que otra vez estaba frío.

—¡Defiéndanse!

El orden gritado por Kasluk sacudió a Xolo, devolviéndolo al momento, y miró a su alrededor. Los primeros osos estaban a escasos veinte metros de la aldea. Los defensores intentaban detenerlos con atlatles, hondas y lanzas, pero los osos ignoraban las piedras como si el dolor no les importara, y bateaban los dardos y las lanzas en pleno vuelo. Los sonidos de guerra eran terroríficos. El mundo sabía a polvo, olía a tristeza.

«Ten, pequeño. Ahora te toca a ti». Mar le entregó el atlatl. Estaba caliente todavía y pulsaba con un rojo profundo. El kiliak incrustado en el arma se había fusionado con el marfil, creando espirales fantásticas de color.

—Es hora de pelear, Xolo —Ánaka estaba a su lado, hablándole al oído. Xolo podía sentir su confianza, y eso le dio fortaleza.

Uno por uno, los mamuts levantaron a los jóvenes y los colocaron sobre sus espaldas, luego retomaron sus puestos de guardia. La energía que Xolo había sentido todavía fluía por sus venas. Barritaron al unísono, y patalearon el suelo con tanto poder que la tierra fue sacudida y el aire se llenó de polvo.

Xolo extendió el atlatl hacia los osos y esperó. Nada. Ningún cambio, ningún efecto.

—Necesito estar más cerca, Mar.

Mar respondió de inmediato y galopó hacia la línea de batalla donde los Tazik estaban luchando por repeler el ataque. Cuando rebasaron a Kasluk, su cara de susto y confusión le recordó a la de su mamá cuando la vio en su moto con Ánaka. También iba a ser complicado explicar esto después. Pero lo tenía que hacer. Nunca se había sentido tan seguro de una decisión.

Se detuvieron a unos metros del primer oso que encontraron, y Mar barritó con ferocidad. El oso se giró, buscando la nueva amenaza. Aunque el animal era mucho más grande que los guerreros Tazik que luchaban contra él, parecía pequeño en comparación con Mar, y tuvo que mirar hacia arriba para ver a Xolo. En sus ojos vacíos de color miel, Xolo vio reflejado el mismo terror que siempre.

Extendió la flor hacia el oso. Justo en ese momento, surgió un pánico abrumador y paralizante en su interior. Ya lo esperaba. No eran sus propios sentimientos, sino sentimientos ajenos. Xolo comprendía eso ahora, y el conocimiento le ayudó a reaccionar con cordura, e incluso con misericordia. Abrió más sus ojos y con ellos su corazón. Se dejó compadecer con el sufrimiento del oso; así como experimentar su dolor, escuchar su miedo, todo sin perderse en ellos, y la conexión entre los dos se volvió más fuerte.

De repente, sintió energía fluir por su brazo, su mano, la flor, el animal que tenía por delante. Percibió cómo la mente nublada de la criatura poco a poco se aclaraba. Los ojos marrones ya no estaban vacíos; eran todo un mundo que Xolo no podía comprender, pero si admirar.

Para sorpresa de Xolo, el efecto no se limitó al oso que tenía enfrente. Mientras él no cerrara su mente o desviara la mirada, la influencia liberadora fue extendiéndose de oso en oso, como si todos estuvieran conectados. Uno tras otro, los osos que rodeaban la aldea dejaron de luchar contra los Tazik. Comenzaron a deambular por el campo de batalla, sacudiendo sus cabezas masivas y gruñendo confundidos.

A la distancia, Xolo escuchó gritos feroces de Vulrik. Se había dado cuenta de que estaba perdiendo el control. No tardaría en descubrir que Xolo era el responsable.

Por un momento, Xolo pensó en dejarlos libres a todos. Era lo que anhelaban, lo que merecían.

No podía. Tenía que hacer más que eso. Los Máruag eran más fuertes que los Tazik, mucho más, incluso sin osos. Y, de todos modos, Vulrik solo los volvería a esclavizar. La única opción era ponerlos en contra de los Máruag, pero Xolo nunca había hecho algo así. Una cosa era percibir las emociones y otra era manipularlas.

Se concentró en el terror que todavía manaba del oso como lava de un volcán. En vez de limitarse a sentirlo, ahora intentó recolectarlo, darle forma y devolvérselo con una ferocidad imposible de resistir.

Funcionó. Era como si el cerebro del oso fuera una puerta, y Xolo hubiera encontrado la llave. Tenía acceso a sus memorias y su instinto de supervivencia. Guiado por un conocimiento que ni él sabía que poseía, inscribió en ellos sus propios pensamientos y emociones.

«Los Máruag son el enemigo».

Se concentró en el pensamiento, intentando inculcarlo y difundirlo, y su intervención tuvo efecto. El oso delante de él y todos los demás cayeron de nuevo en un estado de terror, esta vez bajo el control de Xolo.

Con los mismos movimientos tiesos y mecánicos, giraron sus cuerpos y cabezas para fijarse en los Máruag. Los invasores eran el blanco ahora. La presa. Los osos solo esperaban la orden de atacar.

Al darse cuenta de la transformación, los guerreros Máruag entraron en pánico. Se retiraron, primero caminando, luego corriendo a toda velocidad.

—¡Xolo! ¡Está funcionando!

La voz de Ánaka apenas era audible para Xolo, aunque ella ya estaba a su lado, montada sobre Kayu.

Xolo estaba concentrando no únicamente en el oso delante de él, sino en todos los demás. El terror que manipulaba en ellos era tan fuerte que la sangre se había drenado de su propia cara y su cuerpo se consumía por un frío que parecía de muerte. A pesar del sol, el mundo se le volvió oscuro, como si una cortina terrible hubiera caído sobre su mente, borrando cualquier recuerdo de belleza o alegría.

«Algo está mal». El pensamiento brotó de su interior, buscando atravesar la cortina oscura, pero Xolo no podía hacerle caso porque el trabajo que hacía era urgente, y esta era la única opción.

Entre más control tomaba sobre los osos, más gélida se ponía la neblina dentro de él. Ya no escuchaba nada. Veía, como en un sueño, las caras de los guerreros Máruag, ojos abiertos con terror, huyendo de los osos que estaban a una sola palabra de atacar.

Cuando percibió la desesperación de los hombres que rogaban por misericordia, sintió una punzada inoportuna de lástima; la cual duró apenas un segundo. Lo merecían. Habían atacado sin compasión a tantas aldeas. Debían sentir el mismo temor y dolor, sufrir la misma suerte, que habían infligido a tantos otros.

Debajo de él, tirado sobre el suelo, un guerrero Máruag lo miraba aterrorizado. Tenía una pierna gravemente herida y no podía levantarse, mucho menos huir.

¿Lo podía controlar también? ¿Incluso a todo el ejército, como había hecho con los osos?

No lo sabía, pero quería intentarlo. Ellos seguían a Vulrik por decisión propia, no porque los controlaba. Él no poseía tanto poder. Pero quizás Xolo sí, y contra tantos, Vulrik no podría hacer nada.

El atlatl quemaba en sus manos, vivo y poderoso. Xolo sentía el poder, su energía cruda, y le agradaba. Nunca había tenido tanto control.

Fijó su mirada en el guerrero herido. Pánico absoluto estaba escrito en su cara. Xolo podía usar eso en su contra. Otra vez recolectó el miedo y lo convirtió en un arma para derribar las defensas del hombre. Sintió cómo la puerta de su mente se abría, se volvía una hoja en blanco donde podía plasmar su voluntad.

La cortina era más gruesa ahora, y más fría. Xolo se hundía bajo su peso, se sofocaba, pero no se detenía. Estaba cerca de controlar a todos: osos, guerreros y cualquier otro que se opusiera.

«No te pierdas, Xolo».

Las palabras brotaron de algún lugar profundo de su ser.

Xolo empezó a temblar, y la cortina fría se levantó un poco. ¿Realmente quería esto? Había rechazado unirse a Vulrik precisamente para no dominar así, con temor y fuerza. Pero no había otro camino, otra manera de vencer…

«¡No te pierdas!».

Sin querer, su mente se inundó con memorias que no eran suyas, sino que provenían del guerrero Máruag que yacía indefenso y petrificado. Memorias de su infancia, de su familia, de su aldea muy lejos de aquí. Junto con los recuerdos, sintió sus emociones, vivas y rojas.

El hombre no quería morir. No quería matar. No quería nada de esto.

Y Xolo tampoco.

Lentamente bajó el atlatl, y la conexión con el hombre y los osos se disipó. La cortina gélida se debilitó, se esfumó. Un zumbido fuerte llenaba sus oídos, y sintió una debilidad tan agotadora que casi caía de la mamut.

Miró a su alrededor. Algunos osos se habían recuperado lo suficiente para correr hacia la libertad del bosque, pero la mayoría estaban atónitos, como en trance, atrapados en un limbo entre la libertad y el terror.

—¿Xolo? ¡Xolo! ¿Qué pasó? ¿Por qué te detuviste? —le gritó Ánaka. Estaba a su lado ahora, montada sobre Kayu, pero su voz se escuchaba distante, como si viniera de otro mundo.

Intentaba responder cuando, a lo lejos, entre los árboles, vio movimiento. Algo masivo estaba allí. De pronto, las ramas entrelazadas de dos pinos se apartaron, y salió del bosque un mamut macho. Era enorme, más grande que las hembras, y cubierto de armadura negra, y sobre sus hombros estaba sentado Vulrik.

Los movimientos tiesos y forzados del mamut indicaban que también estaba bajo el control de Vulrik. Este extendió su brazo hacia un oso, y un objeto de marfil brillaba en su mano. Estaba recapturando a los osos, uno por uno.

Pero Xolo no tuvo tiempo para reaccionar. De repente, un dolor agudo explotó en su cabeza, y sintió sangre caliente cubrir su rostro y cuello. Medio segundo después, escuchó el *crac* de una pistola, pero ya estaba en el aire, cayendo al suelo, y el mundo se volvía opaco y lleno de agonía.

capítulo treinta y dos

Eso no es un plan, es suicidio

Alguien le gritaba, y por más que quería ignorarla, no era posible. La voz era insistente, angustiada.

—¡Xolo! ¡Xolo! ¡Despierta!

Se percató de un olor pungente, alguna hierba que le hizo toser. Abrió sus ojos. Estaba acostado en el suelo, boca arriba, cerca de la choza de los niños. El sol era un rayo láser que partía su cerebro en dos, y las nubes en el cielo giraban como un trompo.

Ketia movía un racimo de hierbas de un lado a otro bajo su nariz, y poco a poco el olor le devolvió algo de claridad.

—¿Qué…qué pasó?

—¡Fue el kiñakuk! ¡Félix! —Ánaka escupió las palabras con furia.

De repente Xolo recordó el disparo.

—Pero ¿no morí?

Ketia le sonrió.

—No, hijo, tuviste suerte.

—La bala pegó en tu escudo y rebotó hacia arriba —explicó Xóchitl en voz solemne, su cara todavía reflejando espanto—. Rozó tu cabeza nada más.

—Acabas de comprobar científicamente que eres un cabeza dura, güey. Felicidades. —Charal intentaba disimular su espanto con humor.

Xolo intentó sentarse. Todo le daba vueltas, y sintió ganas de vomitar. Se volvió a acostar. Ketia puso la mano en su hombro.

—Cuidado, hijo, perdiste mucha sangre. No hay prisa.

—Bueno, un poquito de prisa, güey. —Charal se agachó a su lado—. Vulrik ya tomó control de los osos que le faltaban, y Kasluk piensa que no tardará en atacar de nuevo.

Con cautela y una mueca de dolor, Xolo tocó su cabeza. Una tira de piel funcionaba como venda. Dolía como si un mamut lo hubiera pateado.

—¿Cuánto tiempo estuve inconsciente?

Charal encogió los hombros.

—¿Veinte minutos, tal vez? Lo bueno es que Vulrik es más lento que tú en todo esto. Tardó mucho, y la mayoría de los osos escaparon.

—¿Y Félix?

—¡Es un cobarde! —respondió Ánaka—. Huyó al bosque en cuanto te disparó.

De nuevo, Xolo intentó sentarse. Ketia y Ánaka le ayudaron, y esta vez lo logró.

—Estoy bien. Bueno, dentro de lo que cabe. —Xolo sonrió débilmente y levantó un pulgar.

Ketia ladeó su cabeza, confundida por el gesto. Xolo discretamente bajó el pulgar. Tal vez significaba algo diferente aquí. Ketia se aseguró de que él estuviera estable, luego se levantó.

—Ahorita regreso, Xolo. Necesito atender a otros. No te muevas.

Xolo miró alrededor. Un dolor profundo permeaba la aldea. Lo podía sentir, oler. Más de la mitad de las chozas estaban quemadas. En el suelo, tanto dentro de la aldea como en el campo alrededor, yacían guerreros Tazik, Nipiruk y Máruag, algunos heridos, otros probablemente muertos. Detrás de él, se escuchaban los llantos de los niños.

—No podemos resistir otro ataque. —Ánaka miró a Xolo con confusión en sus ojos, e incluso enojo—. No entiendo, Xolo. ¿Por qué te detuviste? ¿No estabas a punto de controlar a los osos?

—No solo a los osos. A los Máruag también. —Xolo sacudió su cabeza, recordando el peso sofocante y frío de la cortina mental—. Pero era… era como perderme. Como morir a toda luz, toda emoción, todo lo que es bueno. No sé cómo explicarlo. Solo sé que ganar así significaría perder todo. La respuesta no es por ahí, Ánaka. Lo siento.

Ánaka no respondió de inmediato. Debía ser difícil asimilarlo, y Xolo esperaba una reacción, quizás un regaño, pero no sucedió. Cuando por fin habló, su voz era pensativa pero firme:

—Confío en tu decisión. Entonces, ¿qué podemos hacer?

—No sé. —Sacudió su cabeza, pero la acción provocó un dolor punzante. Inhaló fuerte sin decir más.

Xóchitl le ofreció una hoja verde que sacó de su mochila.

—Toma, cómete esto. Te ayudará con el dolor.

Masticó la hoja rara, luego la tragó con una mueca de disgusto. Era demasiado amarga. Ojalá su efecto fuera mejor que su sabor.

Charal le extendió la mano.

—Te ayudo, güey.

Xolo se puso de pie, lento y con la cabeza ardiendo.

—¡Ay! ¡Ay! ¡Ay! —El grito de alarma venía del perímetro de la aldea.

Vulrik estaba en medio del campo de batalla, montado sobre el mamut. A su lado, seis osos, enormes e inmóviles, hacían de guardaespaldas, y detrás de él, cientos de soldados esperaban atentos.

—¡Xolo! —El eco del grito áspero de Vulrik retumbó por toda la aldea—. Ven acá, chico, y platiquemos. Nadie más tiene que morir si aceptas unirte a mí.

—¡No le hagas caso, Xolo! —Ánaka se colocó delante de él como si quisiera detenerlo a la fuerza—. Es una trampa. Vulrik es un mentiroso.

—Ya sé. No te preocupes, nunca me aliaré con él. —Se fijó en Vulrik. A pesar de los cien metros o más que los separaban, sintió su poder, su odio—. Pero si me acerco a él, tal vez pueda hacer algo.

—¿Qué harás contra un anauk como él? ¡No le puedes ganar!

—Creo que puedo liberar a los osos, y eso les daría una mejor oportunidad en la batalla.

—¡Güey! Pero luego te matará, y volverá a esclavizarlos. —Charal se puso al lado de Ánaka, con los brazos cruzados—. Eso no es un plan, es suicidio.

—Si tú vas, nosotros vamos también— insistió Ánaka. Sin esperar una respuesta, puso su mano en la rodilla de Kayu—. Kayu, ¿me ayudas a subir otra vez?

Kayu bajó su trompa y Ánaka trepó con dos ágiles brincos. Xolo hizo lo mismo con Mar, aunque más lento y con un dolor tremendo de cabeza. Al lado de ellos, Charal y Xóchitl también montaron a sus mamuts.

—¡Ánaka! ¡Xolo! —Kasluk llegó corriendo, seguido por Iraluq, la jefa anciana de los Niuk—. ¡Ni lo vayan a pensar!

—¿Qué, papá?

—¿Cómo que qué? ¡Tú sabes! Salir contra Vulrik.

—Pero ¡papá! Es la única manera. Los mamuts nos protegerán.

—Hija, ¿no viste al mamut de Vulrik? Es Crayak.

—¿Crayak? ¿En serio? —De pronto Ánaka se veía aterrada—. Creí que solo era una leyenda que me contabas de niña.

—Pues ese monstruo es legendario, pero no deja de ser real. Nadie lo ha visto durante muchos años. Es imposible vencerlo en batalla.

Xolo levantó la mano, como si estuviera interrumpiendo a un maestro en la escuela. Kasluk lo miró.

—Tío, tenemos que intentarlo. —Xolo mostró a Kasluk el atlatl en su mano. El kiliak todavía brillaba de rojo intenso—. Sé que es peligroso. Pero mientras yo hable con Vulrik, puedo liberar a los osos, y tal vez a Crayak también. Es la única opción que tenemos.

Kasluk sacudió la cabeza, su expresión tensa y frustrada por la imposibilidad de la situación. —Entonces yo voy contigo, Xolo, no los demás.

—¡Papá! — Ánaka contestó, impaciente.

De nuevo, Kasluk sacudió la cabeza, esta vez con más violencia. Estaba por responder cuando otro grito reverberó por la aldea. Era Vulrik.

—¡Xolo! No vengas con nadie más. Quiero hablar contigo.

—¡No voy a obedecer a ese kiñakuk! —gruñó Ánaka—. Vámonos todos. ¡Que nos maten, si pueden!

—Quédense aquí —contestó Xolo—. Voy solo.

—Xolo, ¡no! —Ánaka rechazó la idea, furiosa—. Por poco te mató la última vez que lo enfrentaste. ¿No recuerdas?

Iraluq puso su mano sobre el brazo de Ánaka.

—Hija, sé que es duro oírlo, pero Xolo tiene razón.

Sin responder, la joven volteó la cara, no antes de que Xolo viera lágrimas en sus ojos. Él no lo podía explicar, pero sentía una extraña paz, la misma que llenó su cuerpo cuando los mamuts infundieron el atlatl con su energía. Tenía que hacer esto.

Kasluk suspiró y se dirigió a Xolo.

—Haremos todo lo posible para protegerte, hijo.

Iraluq se acercó también.

—Sabrás qué hacer, pequeño. Recuerda, todo está conectado.

Xolo la miró con asombro. ¿Sabía lo que Uyak le había dicho?

—¡Vámonos, Mar! —Al comando de Xolo, la mamut comenzó a marchar por la aldea hacia Vulrik.

Ánaka y el resto del grupo los acompañaron hasta la orilla de la aldea. Mientras caminaban, Xolo sacó de su mochila la foto de su padre y la guardó en su abrigo. Si Vulrik intentaba debilitarlo, quería estar listo.

Pasaron junto a las chozas quemadas en el perímetro de la aldea. Aún olían a humo. Había cuerpos sobre la tierra, algunos de los Tazik y la mayoría de los Máruag, así como armas esparcidas. «Qué horrible es la guerra —pensó Xolo—. Todos perdemos».

Un grito de Vulrik interrumpió su monólogo interno:

—¡Les dije que solamente Xolo!

Los osos gruñeron y mostraron sus colmillos. Detrás de ellos, los Máruag apuntaron sus armas hacia los jóvenes. Con cara de enojo, Ánaka detuvo su mamut, igual que Xóchitl y Charal. Sin mirarlos, Xolo siguió adelante.

La boca de Vulrik se curvó en una sonrisa, pero sus ojos permanecían fríos.

—Acércate, Xolo, y no hagas nada tonto.

Mientras Mar avanzaba con pasos lentos hacia Vulrik, Xolo sintió el atlatl entre sus dedos. Pulsaba con energía caliente. Fijó su mirada en el oso más cercano, tratando de penetrar la neblina de terror que lo envolvía.

En lugar de la apertura que esperaba, se encontró con un muro oscuro e impenetrable. Echó un vistazo a Vulrik. Él tenía su mano en el aire, y el piku brillaba en ella, rojiblanco bajo la luz del atardecer.

Vulrik soltó una carcajada tan helada como su rostro.

—Te dije que no hicieras nada tonto, Xolo. ¿Creías que te dejaría controlarlos de nuevo? Deja de jugar al anauk, niño. No sabes nada.

El hombre giró su mano extendida hacia Xolo y concentró la mirada en él, los ojos entrecerrados, su boca una línea delgada y sin emoción. Xolo sintió un golpe de terror asaltar su corazón. A pesar del sol, no dejaba de tiritar.

Sacó la foto de su papá. Se dejó llenar del amor por su familia, por sus amigos detrás de él, por la mamut tan valiente que avanzaba hacia el peligro en vez de huir de él. Aquí el terror no encontraría lugar. El temor se disipó tan rápido como había llegado.

De repente, recordó al guerrero Máruag cuyas memorias habían interrumpido su plan. Sintió de nuevo la humanidad de ese guerrero sin nombre. ¿Habría escapado? ¿Estaba muerto?

Uno por uno, registró los rostros del ejército detrás de Vulrik, buscándolo entre las filas de hombres armados. No lo encontró, pero algo inesperado ocurrió: en cada rostro que veía, podía percibir las memorias, los sentimientos, los sueños de esa persona.

«Todo está conectado. Todo. Todo. Todo». La frase era un tambor en su mente, marcando un ritmo que se aceleraba con cada paso de Mar.

Mar empezó a galopar, sus pasos devorando la distancia que faltaba. Xolo levantó el atlatl en el aire, y de sus labios escapó un grito primal, ni humano ni animal, un clamor que provenía de su alma.

La expresión de Vulrik se transformó en alarma. Crayak barritó y bajó la cabeza, preparándose para chocar y pelear. Detrás de él, los Máruag alistaron sus lanzas de acero y obsidiana.

Pero Xolo no estaba enfocado en Vulrik, ni en los osos. Tenía los ojos puestos en el ejército. El atlatl quemaba en su mano, un fuego que recorría su cuerpo y el de Mar. Miró hacia atrás. Las demás mamuts tenían sus trompas al aire, barritando con una energía compartida, y Xolo supo que también aportaban su poder, que el mismo fuego que él sentía ahora fluía a través de Ánaka, Xóchitl y Charal.

Xolo se concentró en los invasores y comenzó a recolectar de ellos no su temor, sino su alegría, sus memorias, su amor. Fusionó todo y lo devolvió en un bombardeo de sentimientos humanos. No era un arma. Era un regalo. Un regalo que interrumpía su avaricia y les recordaba su humanidad.

El efecto se notó de inmediato. Los rostros de los guerreros se suavizaron ante el inesperado diluvio de emociones y pensamientos que brotaban en su propio interior. Se veían confundidos, incluso avergonzados. Algunos bajaron sus armas.

Mar se detuvo en una nube de polvo, a escasos metros de Vulrik. Barritó y pateó la tierra, y los osos tomaron pasos atrás. Vulrik volteó en su lugar y miró con alarma a su ejército.

—¡No! ¿Qué hacen? ¡Ataquen!

No le obedecieron. Y Xolo apenas había comenzado.

Giró sobre Mar y miró hacia atrás, donde los Tazik, Nipiruk y Niuk estaban atentos y temerosos en el perímetro de la aldea. «Todo está conectado», se dijo, y sonrió, y con el atlatl hacia el cielo, comenzó a tomar las memorias de los Tazik y transmitirlas ahora a los Máruag. Los inundó con el mismo torrente que había sentido de aquel guerrero herido, sin nombre: pensamientos de familia, momentos de risa, sueños de futuro, el instinto de todo ser vivo por sobrevivir y prosperar. Les hizo confrontar la humanidad de aquellos a quienes buscaban asesinar.

Se notaba en el ejército Máruag el impacto de las imágenes que Xolo los obligaba a ver, las emociones que les hizo sentir. Todos los invasores habían bajado sus armas ahora; algunos incluso lloraban mientras otros estaban abandonando el campo de batalla. Ya no podían pelear, incapacitados no por la tiranía del temor sino por la sutil fuerza de la empatía humana.

Desesperado, Vulrik volvió a gritar:

—¡Hombres, ataquen! ¡Ataquen!

Era como si no lo pudieran escuchar. Xolo continuó el flujo de imágenes y emociones, fortaleciendo la conexión aún más, hasta que, uno por uno, comenzaron a retirarse hacia el bosque. No podían matar a personas iguales a ellos.

Vulrik tenía el piku en una mano, su lanza en la otra, y furia en sus ojos.

—¡Xolo! ¡Te voy a matar!

Crayak bajó la cabeza de nuevo y sacudió los colmillos, a punto de cargar. Xolo no hizo caso. Ya no le tenía miedo.

Mar sí entendió el peligro, y se echó a correr hacia el bosque. Al instante, Xolo escuchó el silbido de una lanza volar al lado de su cabeza. Detrás, surgió un retumbar de pisadas que sacudían la tierra. Vulrik y su mamut lo perseguían.

De reojo, vio una nube de polvo que iba paralela con él. Eran Ánaka y Kayu.

—¡Xolo! —gritó ella—. ¡Tenemos que destruir su piku!

Tenía razón. Con el piku, Vulrik controlaba a los osos, a Crayak, y seguramente a otros animales. Y su poder solo volvería a crecer.

Miró hacia atrás. Vulrik y Crayak estaban veinte metros atrás. El hombre había recogido otra lanza, y tenía el deseo de sangre en sus ojos.

Xolo le gritó a Ánaka, que ahora galopaba a su lado:

—¿Qué quieres que haga?

—Vete a la barranca por donde bajamos ayer. ¡Sé la carnada!

Ella se adentró al bosque, y Xolo también. Por delante iniciaban los cerros del Corazón de Mamut.

Ánaka giró a la izquierda y subió galopando por una colina hasta que desapareció entre los árboles. La colina era angosta y empinada, y al lado derecho, terminaba en una barranca ancha que Xolo reconoció de inmediato. Por ahí habían descendido el día anterior, después de escapar de Vulrik.

Se metió a la barranca y corrió cuesta arriba entre el claroscuro de las sombras producidas por los pinos. Ánaka tenía que estar arriba, en algún lugar en la colina, pero no la podía ver ni oír. La barranca comenzó a estrecharse, con muros de piedra cada vez más altos a ambos lados.

—¡Xolo! —El grito enfurecido de Vulrik rebotó entre las paredes rocosas—. ¡No puedes escapar!

Xolo no contestó; levantó la mirada y registró la orilla superior de los muros, buscando a Ánaka. No la encontró. ¿Se habría equivocado de barranca?

—¡Más rápido, Mar!

Ella intentó acelerar el paso, pero el bosque aquí era denso, casi impenetrable, y el terreno irregular y difícil de atravesar. Luchaba por avanzar. Detrás, se escuchaba el estruendo de árboles siendo tumbados y arrojados ante el paso del monstruo de Vulrik.

Mar se detuvo. Delante, columnas de piedra a ambos lados del camino lo hacían demasiado estrecho para pasar.

—Está bien, aquí me bajo, Mar.

Mar le alzó la trompa, y pronto Xolo estaba en el suelo.

—Vete a un lugar seguro, Mar. Yo voy a seguir.

Ella no se movió. «Te voy a defender».

—¡No, ya has hecho mucho!

Quiso discutir más, pero al instante hubo un ruido terrible detrás de ellos. Las ramas de los pinos se hicieron pedazos, y Crayak y Vulrik explotaron a la vista. El animal gigantesco pataleó el suelo, barritó y bajó su cabeza en posición de cargar.

Mar empujó a Xolo con su trompa.

«Corre, pequeño».

capítulo treinta y tres

De aquí no sales con vida

Xolo obedeció al instante. Huyó entre las piedras, adentrándose cada vez más en la barranca. A la distancia, escuchó un barrito de Mar, luego el choque terrible y repetido de colmillos.

«Ánaka, ¿dónde estás?», se preguntó desesperado.

Volteó hacia atrás y vio entre los pinos la figura oscura de Vulrik, ahora persiguiéndolo a pie. Se apresuró cuesta arriba, corriendo entre árboles y trepando sobre las piedras que estorbaban su paso a toda velocidad. A pie, él era más ágil que Vulrik y pronto lo dejó atrás. Cuando ya no lo escuchaba, se detuvo, escondido detrás de un árbol, y esperó. Necesitaba que Vulrik lo siguiera.

Se generó un silencio tras de él. Ni el ruido de los mamuts peleando se percibía. Era tarde, y el sol había descendido en el cielo. La luz dorada se filtraba en ángulo a través de las ramas entrecruzadas de los pinos. Xolo intentó localizar a Vulrik entre la espesura del bosque, sin éxito. ¿Se había rendido? No, imposible.

Ffft. Una daga se clavó en el árbol, a escasos centímetros del pecho de Xolo. Vulrik salió de la arboleda, mucho más cerca de lo que Xolo había creído. Tenía su mano extendida, su piku a plena vista.

Otra vez, el terror repentino recorrió la columna y cuello de Xolo, y sin querer, cayó de rodillas. Sentía que se sofocaba. La cara de Vulrik se torció, sus ojos se nublaron, mientras intentaba dominar la mente de Xolo.

—¡No! —Xolo lo gritó con furia. Fijó su mirada en el hombre y se resistió a la emoción.

Vulrik se vio sorprendido. Xolo había aumentado su poder. Por un momento, el chico trató de sentir la mente de Vulrik, pero era un hoyo negro y muerto como una tumba, imposible de penetrar.

De pronto Vulrik volteó y gritó hacia la oscuridad del bosque, y una voz le contestó con palabras indescifrables a esta distancia. El corazón de Xolo aceleró aún más. No estaban solos.

Se echó a correr de nuevo, con Vulrik detrás de él. Por delante, un par de peñas de diez metros de alto formaban un pasillo estrecho y largo al pie de la barranca. Ojalá Ánaka estuviera arriba, entre los árboles de la orilla, esperando con una piedra o un tronco.

Xolo entró al pasillo y huyó más rápido. No miró atrás, solo corrió, esperando sentir un cuchillo clavarse en su espalda en cualquier momento.

Vulrik se detuvo cuando llegó al inicio del pasillo, jadeando por aire de tanto correr.

—No te vas a escapar, Xolo. Ya deja de huir.

Xolo echó un vistazo arriba y vio movimiento entre los árboles de la peña. Tenía que ser Ánaka. Era el lugar ideal para una trampa: tan estrecho que no había manera de escapar. Solo que el hombre tendría que entrar al pasillo o el plan no funcionaría.

Xolo corrió quince pasos más, hasta salir de la parte más angosta, y volteó. Vulrik no se había movido. Estaba parado en la entrada del pasillo, cruzado de brazos, con una sonrisa malvada retorciendo su cara. Se rio, y las carcajadas se multiplicaron entre los muros de roca como si un ejército entero se burlara de Xolo.

—¿De verdad creías que iba a caer en su trampa? Ve arriba, Xolo. Mira a tu preciosa amiga.

Vulrik señaló hacia arriba. Ánaka estaba ahí, en la orilla de la peña, cojeando hacia atrás como si su pierna estuviera lastimada. De repente, Xolo contuvo el aliento, un súbito pánico crecía por todo su cuerpo. Ella no estaba sola. Félix había salido a la vista también, con su pistola apuntada hacia su pecho.

Desde la peña, Félix miró a Xolo, sacudiendo su cabeza como un maestro decepcionado por un alumno travieso.

—Xolo, Xolo. Te hubieras quedado en tu mundo. Este lugar no es para ti.

—¡Xolo, corre! —gritó Ánaka.

—¿Dónde está Kayu? —gritó de vuelta, ignorando su orden.

—Me caí, y ella huyó.

¿Huyó? Xolo no podía imaginar a Kayu escondiéndose del peligro. Tal vez le tenía miedo a la pistola, aunque una bala tan pequeña no tendría mucho efecto contra la armadura natural de un mamut.

Mientras Félix estaba distraído con Xolo, Ánaka había recogido una piedra del suelo.

—¡Toma, kiñakuk!

La lanzó a su cara, y Félix apenas la esquivó. Ánaka se echó a correr por la orilla de la barranca, lo más rápido que pudo con la pierna lastimada.

—¡Detenla! —exclamó Vulrik.

¡Pum! ¡Pum! Félix disparó dos veces, pero Ánaka corría de lado a lado, zigzagueando como un venado herido entre los árboles, y el profesor falló ambos tiros.

—¡Maldita niña! —Félix se lanzó en su persecución, sin bajar el arma.

Xolo aprovechó la confusión para adentrarse más en la barranca. Vulrik se rio de nuevo y con una sonrisa arrogante entró al pasillo y avanzó hacia Xolo.

—Ya perdiste, niño. De aquí no sales con vida. —exclamó el hombre con un timbre de triunfo en su voz, y otra vez Xolo sintió escalofríos.

Miró para arriba. Ánaka seguía cojeando de árbol en árbol. En cada uno, se detenía y miraba con miedo a Félix, luego avanzaba un poco más. Pero Ánaka no le temía a nadie. Qué raro. Y qué mala forma de huir, porque el profesor ya la estaba alcanzando, y en su rostro se veía una alegría torcida al tener atrapada a su presa.

De repente, entre las sombras al lado de Félix, apareció una figura salvaje, con barba y cabello todavía más salvajes. Agarró al profesor por la cintura, lo levantó como un bulto al aire y, con un gruñido victorioso que resonó por la barranca, lo aventó al suelo. Luego la voz inconfundible de Ingri exclamó:

—¡Eres un hombre malo!

Félix aulló de dolor y se retorció en el suelo. Su pistola voló por el precipicio, rebotando entre piedras y árboles, hasta caer en una fisura a pocos metros de Xolo.

Al instante, desde algún punto más arriba, un barrito hizo eco por toda la barranca. Vulrik volteó hacia el sonido justo a tiempo para ver un árbol entero caer desde las alturas. Kayu estaba arriba de él, en la orilla de la peña, bufando y pataleando triunfante.

Vulrik intentó brincar hacia atrás, pero el árbol cayó con tal fuerza sobre su hombro y brazo que soltó un grito terrible de dolor y, como en cámara lenta, su piku voló por el aire y se estrelló contra la peña.

—¡No! ¡No! —Vulrik tambaleó hacia atrás. Su brazo colgaba en un ángulo imposible, su rostro se torcía de sufrimiento. Miró alrededor desesperado, luego cojeó hacia Xolo.

Xolo se apresuró para buscar la pistola, pero Vulrik no venía por él. Cuando salió del pasillo estrecho, gritó una orden al aire. Momentos después, se escuchó el aleteo de un pájaro negro y gigantesco, y el terátoro que había raptado a Xolo el día anterior bajó del cielo.

Vulrik gritó otra orden. El pájaro lo levantó con dificultad y lo depositó arriba de la barranca, al otro lado de donde Ingri estaba felizmente sentado encima de Félix. Vulrik volteó y desapareció entre los pinos.

Xolo recogió la pistola, y por un segundo consideró perseguir a Vulrik, pero Ingri gritó desde arriba:

—Déjalo, Xolo. Está vencido.

—¡Ayyyy! ¡Lo hicimos! —Ánaka bajó el lado empinado de la barranca tan rápido que Xolo estaba seguro de que se iba a matar. Ya no estaba cojeando para nada. Cuando llegó con él, le dio un abrazo fuerte.

Desde arriba, Ingri aplaudió.

—¡Bien, muy bien! ¡Esposos!

Cuando Ánaka lo soltó, Xolo preguntó incrédulo:

—¿Qué… qué acaba de pasar?

—Fue una doble trampa. Los dos fuimos carnada. —Sonrió, luego gritó hacia arriba—. ¡Gracias, Ingri!

Ingri levantó el brazo y la saludó con la mano. Ánaka continuó, su voz tan cargada de adrenalina y alegría que ni siquiera pausaba para respirar:

—Cuando estaba arriba con Kayu, Ingri llegó y me dijo de Félix. Entonces armamos un plan. Yo fingí que me había lastimado al caerme. El profesor kiñakuk lo creyó y me siguió, y eso distrajo a Vulrik, luego Kayu hizo lo que solo ella puede hacer. ¡Y ganamos! ¡Ganamos, Xolo!

Hubo voces en la barranca debajo de ellos, y pronto Charal, Xóchitl y Kasluk aparecieron entre los árboles, subiendo cuesta arriba por la barranca. Cuando los alcanzaron, Kasluk abrazó a Ánaka.

—Bien hecho, hija. Siempre me sorprendes.

—Tal vez debes esperar más de mí —respondió con una sonrisa.

—Ya sabes que espero mucho de ti, pero aun así me sorprendes —contesto, riéndose—. Y tú también, Xolo.

Hubo ruidos en el bosque sobre la barranca, y pronto Ingri apareció en la orilla, cargando a Félix en hombros como si fuera un venado recién cazado.

—Mmm, ¿qué haremos con el kiñakuk? —preguntó Ánaka—. ¿Lo dejamos para ellos? —Señaló a tres terátoros que volaban en grandes círculos, espiando con hambre la batalla en tierra.

—¡No! ¡Por favor, no! —replicó Félix, luchando sin éxito contra Ingri.

—Es broma, cálmate. Aunque mereces eso y más.

—Yo me encargo de él —afirmó Ingri, en su tono se notaba que hablaba muy enserio.

—Ingri, no lo vayas a matar —insistió Xolo.

—No, no. Solo va a viajar a una tierra lejana de donde no puede regresar. —Ingri señaló hacia abajo con una sonrisa misteriosa.

Charal fue el primero en entender.

—¿O sea, los vas a enviar por un pasaje secreto del Corazón de Mamut?

Ingri asintió con la cabeza y, sin esperar una respuesta, partió en dirección del túnel.

—¿Y Mar? ¿Encontraron a Mar? —preguntó Xolo a Xóchitl. —La dejé peleando contra el Crayak.

Xóchitl se veía preocupada.

—Está muy herida, Xolo. Vamos, nos esperan abajo.

Descendieron la barranca angosta hasta salir de entre las columnas de piedra por donde Xolo había huido a pie. Mar estaba ahí, tendida sobre el suelo, con Frida, Luna y Kayu a un lado. El mamut herido respiraba con dificultad, su cuerpo temblaba cada vez que exhalaba. Ketia también estaba ahí, sentada en la tierra junto a la cabeza masiva del animal, acariciando su frente y susurrándole al oído.

Al ver a Mar, Xolo percibió el dolor como si fuera propio, y su corazón se congeló. Corrió a su lado y la miró en sus ojos, tan azules y profundos como el océano que le había prestado su nombre.

—¡Mar! Vamos a ayudarte.

Ella levantó su trompa, débil y con cuidado, y tocó la mejilla de Xolo.

«No, pequeño».

La finalidad de sus palabras partió el corazón de Xolo en dos. Supo en ese instante que agonizaba, pero se negaba a aceptarlo. Miró hacia Ketia.

—¡Tenemos que hacer algo! ¿El kiliak sirve para esto también?

Ketia puso una mano sobre su hombro, mientras con la otra seguía acariciando a Mar. Con ternura en su mirada, sacudió la cabeza.

—Lo siento, hijo.

Impulsivamente, Xolo presionó su rostro contra la trompa de Mar. No le importaban las lágrimas calientes que recorrían sus mejillas. Inhaló lento, luego exhaló, una y otra vez, expresando con su empatía lo que las palabras no podían decir.

Por fin dijo en voz alta lo único que podía:

—Gracias, Mar. Gracias.

«Fue un honor pelear a tu lado, pequeño».

Ella puso su trompa en la mejilla de Xolo. A pesar de su tristeza, él sintió una ola de tranquilidad, como en el cerro de Kiki, cuando lo calmó antes de subirlo en sus hombros. Ella dejó caer su trompa al suelo y parpadeó, abriendo con dificultad sus ojos para mirar a Xolo.

«No tengas miedo por mí. Recuerda, también la vida y la muerte están conectadas. ¿Y quién sabe? Tal vez, en otro mundo, nos volveremos a encontrar. Eso me daría mucho gusto».

Mar cerró sus ojos, exhaló una vez más y quedó inmóvil.

—Ay, Mar... —susurró Ánaka con tristeza.

Frida, Luna y Kayu formaron un semicírculo alrededor de Mar. Lentamente Xolo se puso de pie y se colocó al lado de Kayu. Uno por uno, Ánaka, Xóchitl, Charal, Ketia y Kasluk completaron el círculo.

—Kuyima bala, Mar —entonó Ketia con reverencia y gratitud en su voz—. Honramos y respetamos tu vida.

Permanecieron ahí durante unos momentos, luego Ketia dijo en voz baja:

—Vámonos, chicos. Los mamuts necesitan despedirse de su hermana.

El grupo descendió en silencio. Xolo sintió lágrimas bañar sus mejillas, y no le molestaba que los demás las vieran. No podía creer que había conocido a Mar y a las demás mamuts apenas el día anterior. La conexión con ella había sido fuerte. ¿Cómo habrá aprendido a hablar? ¿O era Xolo quién estaba aprendiendo a escuchar?

Al llegar a la aldea, encontraron a los seis osos detenidos donde Vulrik los había dejado, inmóviles, como en trance. Un círculo de guerreros Tazik los rodeaba, empuñando sus armas, listos para defenderse en caso de ataque.

Kasluk se dirigió a Xolo:

—Necesitan tu ayuda, hijo.

Xolo se acercó portando su atlatl. Los osos eran gigantescos en comparación a él, pero cuando los miró directamente a los ojos, lo único en lo que podía pensar era en el terror y confusión que percibía en ellos. Extendió el atlatl, lo cual quemaba en su mano.

Momentos después, un oso resopló, sacudió la cabeza, bajó a cuatro patas. Luego otro, y otro más, hasta que los seis animales estuvieran libres. Xolo los contempló con una mezcla de gratitud y lástima mientras se alejaban de él, primero caminando, luego corriendo hacia el bosque. Habían sufrido mucho.

—¡Ay! ¡Ay! ¡Ay!

El grito de alarma espantó a todos, y giraron hacia el ruido.

—¡Es Crayak! —exclamó Ánaka, señalando al bosque donde el animal había aparecido.

El terrible mamut golpeó la tierra con sus colmillos con evidente enojo. Bajó la cabeza, resopló, y de pronto cargó a toda velocidad en su dirección.

—¡Güey! ¿Puedes liberar a un mamut? —preguntó Charal, desesperado— ¿Un mamut que te quiere matar?

—No tengo idea…

—¡Prepárense! —Kasluk gritó a los guerreros que estaban ahí.

Las pisadas de Crayak retumbaban como truenos. Los guerreros apuntaron sus lanzas hacia el mamut, aunque la idea de defenderse así contra un animal de su tamaño parecía una broma. Xolo no sabía si correr o quedarse ahí. Ambas opciones terminarían en muerte si no lograba detenerlo. Optó por esconderse detrás de los guerreros, aun empuñando el atlatl.

De pronto, detrás de ellos, se escuchó un barrito tan fuerte que Xolo creía que sus oídos reventarían. Luego hubo otro barrito, éste más suave e infantil que el primero. Crayak frenó al instante, como si hubiera escuchado un fantasma. Todos voltearon a ver la fuente de los ruidos.

—¡Bakuuu! — gritó Ánaka con alegría exuberante.

—Y Manuka —maravilló Xóchitl— ¡Sí vinieron!

Mientras Baku corría hacia Ánaka y Xolo, Manuka galopó al centro de la franja, interponiéndose entre el mamut y los humanos. El macho trepidaba, y su pelo marrón estaba cubierto de sudor. Estaba sufriendo. Igual que los osos, vivía con pavor.

—¡Él es tan grande! —dijo Ánaka, angustiada—. ¡Va a matar a Manuka!

—No, miren. —Xóchitl lo dijo en voz baja, casi susurrando en asombro—. Creo que se conocen.

Crayak había bajado la cabeza cuando Manuka se acercó. Ella caminó directamente hacia él y empujó su frente contra la suya. No estaban peleando; se estaban saludando.

Mientras Xolo los observaba con el corazón palpitante de adrenalina, sintió un empujón familiar en su pierna.

—¡Baku! —Lo abrazó fuerte, y Baku le acarició la cara con su trompa.

Charal no había dejado de observar a Manuka y al macho.

—¡Oigan! ¡Creo que ella lo está liberando!

La matriarca comenzó a resoplar, a bufar, a barritar. Era un idioma que solo ellos entendían. Manuka se veía pequeña en contraste con él, pero no mostró temor, solo acarició su cara con la trompa. Poco a poco, el macho dejó de temblar.

«Ella es su mamá». El pensamiento surgió en la mente de Xolo. Tenía la mano puesta sobre la cabeza de Baku, y lo miró con sorpresa.

—¿Manuka? Su mamá?

—¿Qué dijiste, güey? —preguntó Charal—. ¿Ese monstruo es el hijo de Manuka?

Xolo encogió los hombros.

—Baku dice que sí.

Crayak se veía diferente ahora. Sus ojos estaban abiertos y tranquilos, sus movimientos más naturales. Con su trompa, acarició la cabeza de Manuka. Bufó una vez más, luego volteó y se fue, solitario y libre, y desapareció en el bosque.

De repente Xolo recordó la visión que tuvo en la guarida de Uma, cuando su abuelo rescató a Manuka y a un mamut joven. ¿Sería él?

Kasluk puso una mano sobre el hombro de Ánaka y la otra sobre Xolo.

—Vamos, chicos. Nos esperan en la aldea.

capítulo treinta y cuatro

Quiero memorizar tu cara

Esa noche, el ambiente en el campamento de los Tazik era agri- dulce. Hubo alegría por la victoria contra los Máruag, y la aldea agradeció a Xolo, Ánaka, Charal y Xóchitl, junto con las mamuts, por su apoyo. Pero también hubo luto por aquellos que dieron sus vidas en defensa de la aldea. Los sobrevivientes habían sepultado a sus seres queridos durante la tarde, los cuerpos vestidos con ropa adornada de conchas y dientes de animales en figuras intrincadas. Cuando bajó el sol, los honraron con una ceremonia emotiva de fuego y canto.

Al final de la ceremonia, Ánaka y Xolo caminaron al lago. Se sentaron en el mismo tronco caído, contemplando en silencio el agua. No había viento, y la superficie serena destellaba con el reflejo de un techo infinito de estrellas. Xolo puso una cobija alrededor de los dos.

—Te regresas mañana —murmuró Ánaka, su voz era melancólica.

En la oscuridad, Xolo apenas podía ver su cara, pero sus ojos eran lagos gemelos, grandes y negros.

—Y tú te quedas.

Guardaron silencio unos minutos más, luego Ánaka preguntó:

—¿Me vas a visitar?

—Espero que sí. Eso depende del Corazón de Mamut.

—Sí, ya sé. Quién sabe, tal vez mañana no te abra el paso…

—¿Eso te gustaría?

Ella recostó la cabeza sobre su hombro.

—Claro… «güey» —se rio—. Pero es porque soy muy egoísta. Tu mamá te necesita. Y tu hermana, y Charal, y ese gato asesino que insistes en tener en tu casa.

Xolo inclinó su cabeza contra la suya, y sintió su cabello contra su mejilla. Inhaló profundo.

—¿A qué huelo, Xolo?

—A ver… —Inhaló de nuevo y fingió toser. —Hueles a sudor. Y a polvo. Y a…

Ánaka le pegó en el hombro.

—Eres un tonto.

Xolo miró su cabeza recostada sobre su hombro, y sintió algo inexplicable en su interior.

—Hueles a muchas cosas. A risas. A valentía. Y… a amor.

Ánaka levantó su rostro y lo miró. No dijo nada, únicamente sonrió, y la luz de las estrellas se reflejaba en sus ojos. Cuando una ráfaga de aire le onduló el cabello, Xolo ajustó más la cobija para cubrirlos a ambos y, casualmente, dejó su brazo alrededor de la espalda de ella.

Pasaron media hora así, platicando de todo. El frío era más fuerte, y el viento que soplaba del lago, más recio.

—Debemos regresar a la aldea, Ánaka. Ya es tarde.

Se acurrucó bajo su brazo.

—No quiero.

—Porque odias dormirte.

—Sí, y porque mañana te vas, y no quiero que sea mañana. Mírame. —Ella puso sus manos en los hombros de él y lo miró fijamente—. No te muevas, quiero memorizar tu cara.

Xolo sintió cómo su corazón se aceleraba mientras su cara se enrojecía, como siempre. Para que no se diera cuenta, hizo una mueca tonta con su mirada cruzada y la lengua fuera.

—Perfecto, así te recordaré siempre —ella respondió con una risa.

Él sonrió, luego se puso serio.

—Ánaka, nunca he conocido a nadie como tú.

—Eres lindo, Xolo. Un gran amigo.

¿Amigo? No contestó, pero seguramente su rostro expresaba decepción. Ánaka se rio, y su voz bailaba con humor.

—Es broma.

Puso sus manos atrás del cuello de Xolo, luego se inclinó y lo besó en los labios. Fue rápido, un instante apenas, pero él sintió que su corazón iba a estallarle en el pecho.

—Xolo, te voy a extrañar como no tienes idea. Vámonos, ya es tarde.

Se levantaron del tronco y, tomados de la mano, regresaron a la aldea. Cuando llegaron a la choza, los demás se habían acostado. La fogata ya no era más que brasas calientes y rojizas. Se detuvieron ahí por un momento, calentándose, y compartieron otro beso, luego entraron a la choza.

Xolo se acostó entre su hermana y el imparable roncador Charal y, sonriendo en la oscuridad, se quedó dormido. Esa noche, no soñó nada, sino que durmió como no había dormido durante mucho tiempo.

El sonido de niños jugando lo despertó. Sintió repentina gratitud por eso. Hace un día, despertar así parecía imposible. La choza estaba vacía, y la luz del sol se filtraba por las grietas entre palos y pieles.

Salió y buscó a Ánaka, Charal, Xóchitl y Baku. Los encontró en la orilla de la aldea con los mamuts.

—Por fin, güey —dijo Charal—. Estaba a punto de despertarte a cubetazos de agua fría. O canastazos, o no sé qué usen aquí.

—No querían regresar sin antes despedirse de ti —explicó Ánaka.

Manuka se acercó.

«Ya nos vamos, pequeño. La manada nos espera».

Xolo inclinó su cabeza en señal de respeto.

—Gracias, Manuka. Todo esto hubiera sido imposible sin ustedes. Y sin Mar…—Bajó su mirada con tristeza.

Sintió la respuesta de Manuka escrita en su mente.

«Fue un honor haberte conocido, Xolo. Uyak estaría orgulloso de ti».

—¿Las volveré a ver?

«Eso no depende de mí, ni de ti. Ya no podrán viajar como antes. Su mundo es demasiado peligroso para los pueblos del lago. Pero debes saber que el mal que Vulrik trajo a Nuna aún no termina. Hay cosas que no entiendes, cosas que tendrás que aprender».

Xolo la miró confundido. Antes de que pudiera contestar, Baku lo abrazó con su trompa, insistente, y Xolo presintió al instante que se marcharía con ellas.

—¡Amiguito! Te voy a extrañar demasiado. —Lo abrazó, luego le rascó la cabeza—. Pero me da gusto que hayas encontrado a tu familia.

Ánaka abrazó a Baku también, fuerte, como si nunca lo fuera a soltar.

—No te olvides de mí, Baku. Visítame pronto.

Después del despido, las mamuts comenzaron su larga marcha hacia el oeste, y los jóvenes regresaron a la choza. Ketia y Kasluk los esperaban ahí con el desayuno. Después, Xolo, Xóchitl y Charal recogieron sus cosas y alistaron sus mochilas.

—Ánaka y yo los vamos a llevar al Corazón de Mamut —anunció Kasluk.

Se despidieron de Ketia y Puka y partieron rumbo al cerro. Durante la subida, Xolo buscó a Uma entre los árboles, pero nunca apareció. ¿La habrán matado los Máruag en la fortaleza? ¿O seguía recorriendo los cerros alrededor del lago?

Charal no dejaba de mirar en dirección a los árboles tras de él, así como hacia al cielo. Por fin externó su preocupación:

—Oigan, ¿y si aparece Vulrik?

—¡Lo matamos! —Ánaka escupió las palabras—. Tuvo mucha suerte de no morir aplastado bajo ese árbol.

—Tenemos guerreros buscándolo, pero no lo han encontrado —comentó Kasluk—. Probablemente regresó a Maruaga.

—¿Y todos los Maruagüeyes? —preguntó Charal.

—Son de tierras lejanas, no de aquí del lago. Parece que la mayoría decidieron regresar a sus antiguas tribus.

Llegaron al Corazón de Mamut en menos de tres horas. Aunque el sol casi alcanzaba su cenit, la entrada de la cueva miraba hacia la otra dirección, creando una sombra fría. A Xolo le dieron escalofríos, tal vez por la sombra, tal vez por miedo.

Charal miró la fisura pequeña en la roca, luego a Xolo, y de nuevo a la fisura, con confusión evidente en su rostro.

—¿Y ahora qué, güey? ¿Dónde está la cueva?

Xolo estaba a punto de admitir que no tenía la menor idea qué hacer, cuando las piedras comenzaron a vibrar. Pronto, con un estruendo abrumador, la fisura se fue abriendo más y más, hasta revelar la boca negra de la cueva escondida en su interior.

Nadie habló por unos momentos. Se quedaron ahí, contemplando el portal entre dos mundos y dos tiempos.

Por fin Ánaka exhaló fuerte y rompió el silencio.

—No te caigas esta vez, Xolo.

—Entonces que pase Charal primero, es el güey inepto que echó a perder todo.

—Oye, güey, solo por eso conocimos a Ingri, y él te salvó el pellejo —protestó Charal—. Deberías estar agradecido conmigo.

Ánaka se aferró a Xolo con toda su fuerza.

—Gracias —ella susurró con lágrimas en los ojos. No podía decir más.

Xolo no contestó, primero porque estaba a punto de llorar también, y segundo porque no podía respirar. Ella apretaba muy fuerte. Cuando ella lo soltó, Xolo se limpió los ojos.

—Obvio, no estoy llorando.

—Beso, beso, beso —cantó Charal.

Xóchitl le pegó en el brazo.

—No arruines el momento.

—Eres mi güey favorito, Charal —Ánaka sonrió—. También te voy a extrañar.

Por último, se despidió de Xóchitl, y luego el grupo entró a la cueva. Xóchitl iba por delante con una antorcha que Kasluk le había dado. Xolo miró hacia atrás. Ánaka seguía en la entrada, una silueta cada vez más distante. El pasaje subterráneo descendió cada vez más, y ya no podía verla. ¡Cuánto la extrañaría!

Caminaron en silencio, siguiendo la luz de la antorcha. Poco a poco, Xolo se fue percatando del olor a agua y el rugir de los dos ríos del tiempo. Cuando las venas de cuarzo en los muros brillaban en distintos colores, sabía que estaban cerca.

Momentos después, salieron a la caverna. Los ríos de luz eran más bellos de lo que Xolo recordaba, aunque se le puso la piel de gallina ante el recuerdo de la última vez que estuvo allí.

Charal se agachó y recogió piedras, y las guardó en su mochila.

—Te quieres llevar algunos recuerdos de Nuna, ¿o qué? —le preguntó Xolo.

—Güey, son piedras. También tenemos piedras. No, son para aventar si nos caemos de nuevo.

—No se van a caer —insistió Xóchitl—. He hecho esto muchas veces. —De pronto su cara se puso triste—. Pero creo que ésta será la última, gracias a Félix.

Xolo no respondió. No quería pensar en eso.

—Vamos, hay que meternos al río. — indicó Xóchitl, luego entró sin vacilar, seguida por Xolo y Charal.

—Güey, mira. —Charal señaló hacia atrás—. Estamos moviéndonos con el río.

Xolo se volteó justo a tiempo para ver la caverna desaparecer en la distancia. Qué raro. No sentía el avance del río, ni percibía corriente alguna, pero el río, silencioso e imparable como el tiempo, ya los arrastraba hacia un futuro invisible.

—Chicos, ahí viene el otro río —advirtió Xóchitl—. Pongan atención.

El segundo río ondulaba hacia ellos. Cuando las curvas coincidieron, Xóchitl brincó, luego Charal, y por último Xolo.

Sintió un repentino diluvio de emociones, voces, pensamientos. Todo eran colores y sonidos en armonía. Por un instante, no sabía si él era una persona o el universo entero.

Tan rápido como el tránsito inició, se detuvo, y se encontraron parados sobre el polvo seco de la caverna. A su lado, Charal le sonreía.

—Qué fácil, güey. Increíble que lo arruinaras la vez pasada.

Xolo le lanzó una mirada asesina, luego le preguntó a Xóchitl:

—¿Eso fue todo? Estamos donde empezamos.

—Exacto. Solo que unos doce mil años después. Vámonos.

Los tres cruzaron la caverna hacia la salida, luego tomaron el pasaje que ascendía a la superficie. Hubo un estruendo por delante, y de pronto un rayo de luz iluminó el camino. La cueva se había abierto.

El corazón de Xolo se aceleró y, por un instante, buscó ver la silueta de Ánaka; mas no había nadie ahí. Solo un círculo de luz que demarcaba el mundo moderno afuera.

Salieron por la cueva, y momentos después, la montaña volvió a cerrarse. El aire era menos frío y más húmedo, y en lugar de pinos y abetos, los cerros y barrancas estaban cubiertos de los árboles y plantas que Xolo había conocido toda su vida. Charal notó que estaba mirando alrededor.

—Nuna es más bonita. Pero güey… por lo menos nada aquí nos quiere comer.

El viaje de regreso fue rápido. Alrededor del lago, los pueblos ribereños lucían en la luz de la tarde invernal. Justo abajo, donde habían estado la aldea de los Tazik y el bosque alrededor, el pueblo de Mezcala ahora llenaba la vista. En menos de dos horas, salieron de la última barranca y llegaron a la carretera ventosa que rodeaba el lago.

—Bueno, aquí nos separamos. —Charal señaló hacia la derecha—. Yo vivo por acá, y ustedes están en la otra dirección. Nos vemos el lunes en la escuela, güey.

Xolo miró el cielo.

—¿Qué hora es?

Xóchitl extendió su puño hacia arriba y contó.

—Cuatro manos… Son como las cuatro de la tarde.

—Oye, Charal, ¿no quieres ir a comer con nosotros? —Xolo hizo un gesto en dirección a su casa—. Mi mamá ya debe de haber llegado. ¿O tienes que ir con tu tío?

—Probablemente ni se ha dado cuenta de que no estoy. —Charal esperó un segundo, luego sonrió—. Sí, vámonos. Le vas a contar mal todas las historias a tu mamá. Necesitas mi ayuda.

Doblaron a la izquierda y siguieron la carretera hasta ver su casa en la distancia. El primero en verlos fue Gus, que fingió no notar que habían llegado. Típico gato.

—Qué gusto verte también, Gus —lo saludó Xolo.

Xolo vio la moto en la cochera y se detuvo, inundado por un torrente espontáneo de memorias sobre Ánaka.

—Vámonos, güey —le instó Charal, y los tres caminaron uno al lado del otro hasta las escaleras frente a la casa.

Los perros de los vecinos estaban ladrando, haciendo un escándalo como siempre. De pronto la puerta de la casa se abrió. Su mamá sacó la cabeza, buscando la causa de tanto alboroto. Cuando los vio, su familiar cara redonda se iluminó como el sol sobre el lago.

—¿Xolo? ¿Xóchitl? ¡Ya regresaron! —Gritó las palabras, primero con incredulidad, luego con alivio, finalmente con alegría, todo tan alto que los perros se callaron.

Xolo sintió un nudo de nostalgia del tamaño de un mamut en su garganta. Mari salió de la puerta y corrió hacia ellos, casi pisando a Gus en su prisa, y envolvió a Xolo con sus brazos, luego a Xóchitl, después a Charal.

Antes de entrar por la puerta, Xolo volteó a ver al lago. Lucía bajo el atardecer como un campo movedizo de diamantes. Inhaló, exhaló, saboreando el viento fresco que soplaba del lago hacia su casa.

Sonrió. Ánaka estaba cerca, mirando otro atardecer al lado del mismo lago. Xolo no podía explicarlo, pero sabía que era cierto. Casi podía verla, escucharla, tocarla. De repente, los doce mil años que los separaban le parecieron pocos.

«Todo está conectado», se dijo, y con otra sonrisa, entró y cerró la puerta.

Seis meses después...

El calor del día era sofocante, infernal, como solía suceder a mediados de junio. Pronto empezarían las lluvias. Mientras tanto, no había más que esperar y sudar.

Xolo guardó sus libros en la mochila y caminó hacia su motocicleta.

—Güey, ¿vas a ir al Corazón de Mamut hoy? —Charal estaba detrás de él. Xolo no lo había visto.

Xolo sacudió la cabeza.

—Hace demasiado calor. He intentado cruzar diez veces, y nada. Ya no hay paso, gracias al profe kiñakuk.

Charal le dio un golpe en el hombro, supuestamente de cariño, pero sí le dolió.

—No seas así, güey. Nada más es cuestión de tiempo. Oye, ya me voy. Nos vemos mañana.

Xolo arrancó la moto y se fue. Por lo menos había ganado un amigo este año. Más de uno, de hecho. Poco a poco, sus demás compañeros lo habían aceptado, aunque nunca lo perdonarían completamente por ser el hijo de la directora.

La carretera a casa estaba desierta. Sintió el viento en su cara, una tregua muy bienvenida del calor. La soledad del camino le hacía sentir melancólico, y recordó, como siempre, los gritos alegres de Ánaka en este tramo.

Por delante había una curva, y desaceleró un poco para navegarla. No quería terminar nadando en el lago.

—¡Ayyy! —gritó de repente, no de alegría desbordada como Ánaka solía hacer, sino con un pánico absoluto. Su carril estaba bloqueado por un animal, gordo y peludo, y una persona que caminaba a su lado.

El trasero lanudo estaba tan cerca que no tuvo tiempo para frenar, entonces giró el volante bruscamente hacia la izquierda. Salió del camino, apenas esquivando árboles y piedras, y terminó cayéndose de lado en un nopal a diez metros de la carretera.

—¡Xoloooo!

El grito detrás de él le hizo olvidar las espinas y los raspones, además de la condición trágica de su moto. Se levantó y corrió de vuelta a la carretera. Ánaka estaba allí, su cabello negro ondulando en el viento, con Baku a su lado.

—¿Ánaka? ¿Baku? ¿Qué...? ¿Cómo...?

—Luego te explico, Xolo. Tienes que venir conmigo.

—¿Por qué? ¿Qué pasó?

—Hay alguien que necesita tu ayuda. —Había emoción en sus ojos brillantes, así como un poco de miedo—. Encontramos a tu papá.

FIN

ACERCA DEL AUTOR

Justin Jaquith nació en Portland, Oregón, en 1977, pero desde niño ha vivido en México, su país adoptivo, en la Ciudad de México, Puebla y, desde 2013, en Guadalajara, donde reside con su familia. Su arraigo en México ha influido profundamente en su visión del mundo y en su escritura. 

Durante más de 15 años, ha trabajado como escritor y editor, colaborando con más de 70 autores, entre ellos Justin Bieber y otras figuras destacadas en diversas áreas. Sus proyectos han aparecido en listas de los más vendidos de *The New York Times*, *The Washington Post* y *The Wall Street Journal*, entre otras. Escribe tanto en inglés como en español, explorando diferentes géneros y estilos narrativos.

Además de la escritura, le apasionan la astronomía, la arqueología y la exploración de la naturaleza. Estas experiencias inspiran gran parte de su trabajo. *Xolo Díaz y el Corazón de Mamut*, que fue escrito originalmente en español, marca su debut en la ficción y refleja su pasión por la cultura literaria juvenil en Latinoamérica.

AGRADECIMIENTOS

Angela: fuiste la primera en creer que podía alcanzar mis sueños. Tu apoyo, tus ideas y tu brillantez han sido indispensables. Gracias por compartir la vida conmigo.

Zach, Annie y Jett: son mi mundo. Los admiro y me siento orgulloso de cada uno. Gracias por tantas aventuras en familia.

Dayanara: gracias por ser parte de la familia, eres un regalo para nosotros. Te quiero como hija.

Mis papás, Felipe y Judy Jaquith: gracias por siempre tener libros a la mano cuando era niño y por introducirme a México, mi querido país adoptivo.

Mis suegros, Henry y Karen Mears: gracias por invertir tanto amor y tiempo en los pueblos de la Ribera de Chapala. Son verdaderos héroes.

Daniel Santiago de la Cruz: gracias por contarme de los fósiles y pinturas rupestres de Mezcala hace tantos años y por ser mi guía en la exploración. Tu trabajo y el museo que fundó tu papá, Exiquio Santiago Cruz, a quien también expreso mi sincera gratitud, son invaluables para la conservación de la historia de México.

Erick Rizo, gracias por compartir tu conocimiento sobre la arqueología, historia y geografía de Jalisco y sus alrededores.

Quisiera reconocer a Federico Solórzano Barreto, en paz descanse, paleontólogo y maestro emérito, por su incansable pasión por el estudio de las épocas prehistóricas y precolombinas en Chapala, así como por sus valiosas contribuciones al Museo de Paleontología en Guadalajara.

También extiendo mi reconocimiento a Diana Solórzano, Isabel Orendain y Ricardo Aguilar, por su dedicación al museo y por compartir conmigo su conocimiento y compromiso con la ciencia. Carolina Aranda Araiza, Martha Cerda y mis compañeros de SOGEM: gracias por su guía y por mostrarme que puedo crear historias en español. Despertaron en mí un sueño de escribir libros de ficción que desde mi adolescencia había permanecido latente.

Ian Roberto Sherman Minakata: gracias por ser no solo mi editor, sino también un amigo y un maestro. Tu creatividad y pasión por la literatura me inspiran.

Édgar Pulido y Angela Jaquith: gracias por su esfuerzo y talento al diseñar una portada que represente perfectamente la historia.

Fernando Pascual y Annae Castañeda: gracias por su apoyo y consejo respecto al lanzamiento y distribución.

Zach, Dayanara y su equipo: gracias por usar su creatividad e influencia para presentar esta historia al mundo.

Por último, agradezco de todo corazón a los lectores tempranos que brindaron retroalimentación sobre las primeras versiones de la historia: José Carlos Querol Suñé, Olivia Fregoso, Regina Luna, Jorge Antonio Meza Castrejón, Édgar Mendoza Torres, Annae Castañeda, María Fernanda Cárdenas Olivares, Erick Rizo, Daniel Santiago de la Cruz, Samantha Flores Reynos, Ayla Merino, Zachary Jaquith, Angela Jaquith, y Catherine Russler.